O GRANDE SUSPEITO

PHILLIP MARGOLIN

O GRANDE SUSPEITO

Assassinatos, escândalos e impunidade

Tradução
DENISE AZEVEDO DOS SANTOS

Título original: *Executive privilege*
Copyright © 2008 by Phillip Margolin

Todos os direitos reservados. Nenhuma parte desta obra pode ser reproduzida ou transmitida por qualquer forma ou meio eletrônico ou mecânico, inclusive fotocópia, gravação ou sistema de armazenagem e recuperação de informação, sem a permissão escrita do editor.

Direção editorial
Soraia Luana Reis

Editora
Luciana Paixão

Editor assistente
Thiago Mlaker

Assistência editorial
Elisa Martins

Preparação de texto
Yara Santos

Revisão
Isney Savoy

Capa, criação e produção gráfica
Thiago Sousa

Assistentes de criação
Marcos Gubiotti
Juliana Ida

Imagem de capa: © Gabe Palmer/CORBIS/Corbis (DC)/Latinstock

CIP-Brasil. Catalogação-na-fonte
Sindicato Nacional dos Editores de Livros, RJ

M28g Margolin, Phillip
   O grande suspeito : assassinatos, escândalos e impunidade / Phillip Margolin; tradução Denise Azevedo dos Santos. - São Paulo : Prumo, 2009.

   Tradução de: Executive privilege
   ISBN 978-85-7927-034-5

    1. Ficção policial americana. I. Haroldo Netto. II. Título.

09-4793.   CDD: 813
                    CDU: 821.111(73)-3

Direitos de edição para o Brasil: Editora Prumo Ltda.
Rua Júlio Diniz, 56 – 5º andar – São Paulo/SP – CEP: 04547-090
Tel: (11) 3729-0244 – Fax: (11) 3045-4100
E-mail: contato@editoraprumo.com.br
Site: www.editoraprumo.com.br

No dia 8 de janeiro de 2007, às 13:40h, Doreen, minha esposa durante trinta e oito anos, faleceu. Ela era minha heroína, a personificação da classe e o mais próximo da perfeição que um ser humano pode ser. Todos a amavam. Ela vive no meu coração.

Prólogo

Brad Miller acordou às seis horas da manhã, muito embora sua reunião com Roy Kineer, ministro aposentado e ex-presidente da Suprema Corte dos Estados Unidos, estivesse marcada para as nove. Nervoso demais para voltar a dormir, foi até o banheiro a fim de se preparar para o encontro mais importante de sua vida. Em circunstâncias normais, Brad teria ficado ansioso por estar na presença de um gigante intelectual. Não muito tempo atrás estava lendo as opiniões fundamentais de Kineer na faculdade de direito. Mas não era a estatura intelectual do homem que fazia a mão de Brad tremer ao fazer a barba. O que o assustava era a possibilidade de estar errado, de ter interpretado mal a evidência. Por outro lado, e se estivesse certo?

Examinou no espelho o rosto com a barba feita pela metade. Nada que dissesse respeito à sua aparência ou história pessoal era notável. Tinha vinte e seis anos, cabelo negro crespo, nariz reto e olhos azuis claros. Não era feio, mas certamente não serviria para modelo masculino. Como atleta, era bom o suficiente para ser o segundo melhor jogador do time de tênis da escola, mas suas aptidões esportivas nunca alcançaram o nível adequado para disputar campeonatos. Ele se saíra bem na faculdade de direito a ponto de colaborar com a *Law Review*, a prestigiosa publicação acadêmica dirigida pelos alunos, mas não ganhara prêmio algum, e estava empregado como associado júnior na maior firma de advocacia do Oregon, o que significava ocupar o primeiro degrau de uma escada muito alta. Até o dia de hoje, não passara de um membro insignificante da raça humana. Se estivesse certo, estava prestes a se tornar uma figura chave no maior escândalo político da história americana.

O som da água corrente acordou Dana Cutler, que nunca dormia com facilidade. Ela precisou de um momento para se lembrar de que estava na casa segura do FBI e de outro para concluir que não havia ameaças. Brad Miller estava no quarto ao lado, provavelmente tomando uma ducha. Com a respiração mais calma, deixou-se perder nas sombras que se movimentavam no teto claro. Quando se sentiu tranquila, levantou-se da cama.

Dormira de camiseta e calcinha, e sua aparência era sexy até que tirou a camiseta, revelando as cicatrizes nos seios e na barriga. A cirurgia plástica e o tempo tinham transformado quase todas em lembranças pálidas e com formas estranhas, de algo que fora realmente ruim. Enquanto se lavava e se vestia, desviou os pensamentos para a reunião da qual participaria naquela manhã. Rezou para que aquilo viesse a significar um retorno à normalidade. Estava cansada de violência, cansada de ser caçada; ansiava por dias calmos e serenos.

Brad terminou o banho e vestiu seu melhor terno. Antes de descer, afastou a persiana e deu uma olhada para fora da janela. A casa segura do FBI era separada do mato por um campo extenso. As folhas estavam mudando de verde para vermelho e amarelo. O céu estava claro e as cores pareciam ainda mais intensas à forte luz do sol. Debaixo de sua janela, um agente patrulhava a propriedade. Ao expirar, o bafo do homem ficou branco no ar frio do outono.

Brad virou-se e desceu para a cozinha. Não sentia fome, mas sabia que devia comer. Precisaria de toda a sua energia para o encontro com o juiz Kineer, que interrompera a aposentadoria a fim de liderar a investigação que ocupava as primeiras páginas de todos os jornais do país. Embora presidentes dos Estados Unidos já tivessem sido acusados de infidelidades sexuais, esquemas financeiros e atividades criminosas, nenhum jamais fora objeto de uma investigação de assassinato no decorrer de seu mandato.

Brad não reconheceu o agente que estava fazendo café na bancada da cozinha. Devia ter entrado de serviço depois que fora dormir.

— Quer? — perguntou o agente, apontando para o bule.

— Vou querer sim, obrigado. O que tem para comer?

— Tudo o que está na despensa. Faça sua escolha — ovos, bacon ou cereal.

Brad normalmente preferia panquecas e omelete, mas não estava com muito apetite naquela manhã e, depois de uma tigela de cereal, levou uma caneca de café para a sala de estar. Gostaria de respirar um pouco de ar fresco, mas Keith Evans, o agente encarregado da casa, instruíra a ele e a Dana Cutler para que não saíssem e se mantivessem afastados das janelas. Brad sentiu-se perturbado ao perceber que acabara de servir de alvo perfeito para um atirador de tocaia, quando afastou a persiana e deu uma olhada do lado de fora.

— Que tal o café?

Brad virou-se e viu Dana descendo a escada. Ela vestia um traje executivo, e aquilo o impressionou. Nunca a vira tão bem-vestida.

— Muito bom, forte — respondeu ele. — Não dormi muito bem, e era exatamente do que eu precisava.

— Também não dormi direito.

— Você devia comer qualquer coisa antes de irmos.

Dana consentiu e entrou na cozinha. Brad ficou olhando. Mesmo que estivessem do mesmo lado, Dana o deixava nervoso. Ele tinha sido criado em uma distinta família de classe média.

Até que o caso Clarence Little entrasse em sua vida, seguira uma das rotas características da classe média — universidade, escola de direito, emprego em uma boa firma com planos para montar uma família e morar nos bons condomínios de um subúrbio rico. Não havia lugar em seu projeto para atos de violência extrema, exumação de cadáveres, convivência com assassinos em série ou tentativas de derrubar o chefe do Poder Executivo dos Estados Unidos da América, coisas que vinha fazendo nos últimos tempos.

Brad ouviu o segurança na cozinha dizer bom-dia a Dana antes de se dirigir aos fundos da casa. Barulho de pratos batendo em cima da mesa, Dana preparando qualquer coisa para o café da manhã. Brad tinha certeza de que não estaria naquela casa cercada de homens armados se não fosse por causa dela. Provavelmente estaria em sua saleta do tamanho de um depósito de vassouras, trabalhando em um relatório para um dos sócios, tratando de algum detalhe do fechamento de um contrato imobiliário no valor de muitos milhões de dólares. Claro, sempre há quem diga que morrer de tédio é melhor do que morrer de verdade.

Parte Um

Uma Missão Simples
Washington, D.C.
Dois meses e meio antes

Capítulo Um

O celular de Dana Cutler tocou momentos depois de a caminhonete de Jake Teeny desaparecer na esquina e segundos após ela ter trancado a porta da casa de Jake, onde ficaria enquanto ele estivesse fora em uma missão.

— Cutler? — perguntou uma voz rascante assim que Dana abriu o telefone.

— O que é que há, Andy?

Andy Zipay era um ex-policial que deixara a polícia do Distrito de Colúmbia, sob suspeita, um ano antes de Dana demitir-se por razões muito diferentes. Dana tinha sido uma das poucas pessoas na polícia do D.C. que não evitara Zipay, e ainda mandara trabalho para ele depois que se estabelecera como investigador privado. Seis meses depois de ter tido alta do hospital, Dana lhe dissera que não se incomodaria em ajudá-lo na firma se a demanda fosse muito grande e os trabalhos fossem tranquilos. Zipay lhe passava alguma coisa sempre que podia, e ela lhe ficara agradecida por ele nunca ter perguntado o que acontecera na clínica.

— Está a fim de fazer outro trabalho para o Dale Perry?

— Perry é uma droga!

— É verdade, mas gostou do último trabalho que você fez e paga bem.

— De que se trata?

— Seguir uma pessoa. Parece dinheiro fácil. Ele precisa de

alguém imediatamente, e eu estou com as mãos cheias. Você topa ou não topa?

A conta bancária de Dana precisava de uma injeção de dinheiro. Ela suspirou.

— Ele quer que eu vá ao seu escritório?

— Não — Zipay disse a ela aonde ir.

— Você está brincando?

Eram duas da manhã quando Dana manobrou lenta e cuidadosamente a Harley de Jake Teeny no estacionamento de uma loja de panquecas que ficava aberta vinte e quatro horas por dia, num subúrbio residencial de Maryland. Vestia uma jaqueta preta de couro, uma camiseta preta e calça jeans justas, um traje que a deixava com aparência de durona. Mesmo sem a Harley e aquela roupa, as pessoas recuavam instintivamente na sua presença. Ela era robusta, tinha vinte e nove anos, um metro e setenta e oito, era magra e musculosa e parecia sempre agitada. A intensidade dos seus olhos cor de esmeralda era intimidante.

Antes de entrar na Pancake House, Dana tirou o capacete e soltou o cabelo castanho-avermelhado que ia até os ombros. Assim que ultrapassou a porta, localizou Dale Perry nos fundos do restaurante. Ela ignorou a recepcionista e foi direto para o reservado onde ele estava. O advogado tinha uns quarenta e muitos anos, era baixo, com excesso de peso e estava se divorciando pela terceira vez. Seu rosto redondo lembrava a Dana um buldogue, mas ela estava certa de que Perry não via o que os outros viam quando se olhava no espelho, pois estava sempre querendo seduzir todas mulheres atraentes que passassem pelo seu caminho. Ela também já recebera uma cantada na última vez em que trabalhara para ele. Dana desviara-se habilmente e deixara até escapar indícios de ser lésbica, a fim de dissuadi-lo, mas isso, aparentemente, só tinha servido para criar um desafio para o libidinoso advogado.

Dana raramente sorria, mas seus lábios momentaneamente recurvaram-se para cima em sinal de divertimento quando considerou o local que Dale Perry selecionara para o encontro e o modo como estava vestido. Perry, sócio sênior de uma grande firma no D.C. e muito influente nos bastidores da política nacional. Era do tipo que veste ternos de três mil dólares e conduz negócios no bar do hotel Hay-Adams, onde os donos do poder de Washington decidiam o destino do mundo ao mesmo tempo em que sorviam uísque escocês de puro malte envelhecido por vinte e cinco anos. Hoje o advogado segurava uma caneca descascada com o péssimo café da Pancake House, usava calça jeans, uma jaqueta dos Washington Redskins, óculos escuros e um gorro de beisebol do Washington Nationals, com a pala puxada para baixo.

— *Qué pasa?* — perguntou Dana ao sentar-se no reservado em frente a Perry e depositando seu capacete em cima do vinil rachado.

— Já estava na hora — resmungou Perry. Dana não reagiu. Estava acostumada a ver Perry exibir sua autoridade. Ele era um porco que amava descarregar o mau humor nos serviçais. Dana não se considerava uma serviçal, mas não ganharia nada em deixar que Perry soubesse como se sentia. Nunca permitia que seu ego interferisse no caminho de ganhar dinheiro.

— Então, Sr. Perry, qual é o problema? — perguntou Dana ao mesmo tempo em que tirava a jaqueta.

Uma garçonete apareceu e Dana pediu café. Quando a moça afastou-se o suficiente, o advogado retomou a conversa. Mesmo que não houvesse outros clientes nas proximidades, ele abaixou a voz e inclinou-se para frente.

— Lembra daquele trabalho que você fez para mim no ano passado?

— Seguir aquele sujeito que trabalhava para o senador?

Perry assentiu.

— Como foi que aquilo funcionou? — perguntou Dana.

Perry sorriu.

— Muito fácil. Toquei a fita para ele. Ameaçou me processar, mandar que me prendessem, blá-blá-blá. Mas no fim cedeu.

— Fico satisfeita de saber que deu certo.

— Você fez um excelente trabalho.

Agora foi a vez de Dana assentir. Ela fazia realmente um ótimo trabalho. Investigação particular era uma atividade que combinava com ela. Podia ficar na obscuridade uma boa parte do tempo quando estava se dedicando a tarefas para as quais a firma de Perry jamais designaria seus próprios investigadores, sendo que o pagamento para a execução de missões que não fossem completamente legais era mais alto. E também eram livres de impostos, porque Dana era sempre paga em espécie e sem registro nos livros.

A garçonete voltou com o café de Dana. Depois que saiu, Perry puxou o envelope de papel manilha que até então estivera no banco ao seu lado. Empurrou a foto colorida de uma jovem para o outro lado da mesa.

— Seu nome é Charlotte Walsh. Dezenove anos de idade, estuda na Universidade Americana. Vou lhe dar o endereço dela e algumas outras informações antes que você saia.

Dana estudou a fotografia. A garota era bonita. Não, ela era mais que bonita. Tinha a aparência doce de quem acabara de lavar o rosto, como a boa moça de adolescentes. Olhos azuis e suave cabelo louro. Dana seria capaz de apostar que ela tinha sido líder de torcida.

— Meu cliente quer que ela seja seguida para onde quer que vá — Perry passou um celular para as mãos de Dana. — O cliente quer uma narrativa contínua de tudo o que a Walsh fizer. — Perry empurrou uma folha de papel com um número de telefone. —

Deixe mensagens de voz a qualquer hora que ela dê um passo, com detalhes sobre o que estiver fazendo. Fotografias, também. Você me dará tudo o que tiver. Não guarde cópias.

Dana estranhou.

— Esta garota é só uma estudante?

— Segundo ano do curso de ciências políticas.

Dana franziu a testa.

— Quem é o cliente, os pais, preocupados com a filhinha?

— Você não precisa saber. Basta fazer seu trabalho.

— Claro, Sr. Perry.

O advogado pegou de cima da cadeira um envelope gordo de dinheiro e entregou a Dana.

— Isso vai dar?

Dana abaixou o envelope e contou as cédulas embaixo da mesa. Ao terminar, balançou a cabeça afirmativamente. Perry entregou-lhe o envelope de onde tirara as fotografias de Walsh.

— Há mais informações a respeito do objeto da vigilância aqui dentro. Livre-se de tudo depois de ler.

— Você vai querer relatórios?

— Não, só as fotos. Não quero nada por escrito. Deixe-me de fora a menos que haja algum problema.

— Claro. — Dana levantou-se, deixando ainda três quartos do café na caneca. Vestiu a jaqueta e enfiou o dinheiro em um bolso que fechou passando o zíper. Perry não se despediu.

Dana ficou repensando no encontro na volta para a casa de Jake Teeny. O serviço parecia bastante fácil, mas ela sabia que havia muito mais coisas escondidas ali do que simplesmente descobrir como uma aluna de escola mista passava seus dias. O dinheiro que Perry lhe dera era superior ao que valeria uma simples vigilância, e não havia como Perry querer vê-la às duas da manhã em um restaurante de panquecas de má qualidade

17

no subúrbio se fosse uma missão comum. Se ela precisava de mais provas de que havia alguma coisa escondida naquele caso, bastava lembrar que Perry não tentara nenhuma cantada. Ainda assim, o dinheiro era bom, e seguir uma aluna de faculdade devia ser fácil. Dana esqueceu o serviço, acelerou a Harley e entregou-se ao prazer do percurso.

Capítulo Dois

Charlotte Walsh levantou os olhos do relatório econômico que fingia ler e deu uma olhada no quartel-general do comitê de campanha da senadora Gaylord para presidente. Eram cinco e meia, e a maioria dos voluntários e empregados estavam no jantar ou a caminho de casa, o que deixava apenas o número mínimo necessário de pessoas trabalhando no local. Quando teve certeza de que não havia ninguém perto da sala de Reggie Styles, o coordenador da campanha da senadora Maureen Gaylord, Walsh respirou fundo e atravessou a sala. Styles se ausentara para uma reunião e, embora as mesas próximas à sua sala estivessem desertas naquele instante, isso podia mudar de uma hora para outra. Aquilo ali normalmente ficava cheio de voluntários barulhentos.

A única razão pela qual Charlotte Walsh tinha em mãos aquele relatório econômico era por ser uma pilha grossa de folhas soltas. Ela o levou para a sala de Styles. Se fosse surpreendida, diria que estava deixando para ele ler. Sentia-se meio tonta e um tanto nauseada. Também se sentia culpada. Nunca tencionara ser uma espiã quando se apresentara como voluntária para a campanha de reeleição do presidente Farrington, mas Chuck Hawkins, o assessor principal do presidente, pedira que se infiltrasse no comitê da senadora Gaylord, como um favor pessoal ao presidente. A recompensa prometida foi uma posição na Casa Branca. Houve também o encontro particular com o presidente Farrington, em Chicago.

Walsh engoliu em seco ao se lembrar do encontro à meia-noite na suíte de hotel do presidente. Depois fez força para se concentrar. Tinha visto Styles pôr as planilhas do caixa dois na gaveta debaixo da sua mesa. Ela deu uma olhada por cima do ombro. Após assegurar-se de que não havia ninguém olhando, usou a cópia da chave que fizera e tirou as cinco folhas de papel da gaveta. Depois de inseri-las aleatoriamente entre as páginas do relatório econômico, correu para a copiadora onde começou a introduzir o maço de papéis. Quando terminasse a cópia, levaria consigo, depois de devolver os originais furtados à mesa de Styles.

— Trabalhando até mais tarde?

Charlotte sobressaltou-se. Estava tão concentrada que não percebera que Tim Moultrie devia tê-la seguido. Moultrie era aluno do terceiro ano de Georgetown e apoiava intensamente a senadora Gaylord. Também sentia particular atração por Charlotte e dava em cima dela desde que começara a trabalhar ali como voluntária. Moultrie não era feio e era incrivelmente inteligente, mas não passava de um estudante universitário, e garotos dessa idade não mais interessavam a Charlotte.

— Oi, Tim — ela cumprimentou, incapaz de esconder um certo tremor na voz.

— Não tive intenção de assustá-la — disse ele, rindo. — Acho que provoco esse efeito nas mulheres.

Charlotte conseguiu forçar um sorriso. Com o canto do olho, viu as páginas na bandeja plástica da copiadora.

— O que você está fazendo? — perguntou Tim.

— Só copiando um relatório sobre o déficit comercial com a Ásia. A senadora Gaylord quer criticar Farrington pela sua política comercial.

— Vai ser fácil. A política comercial de Farrington tem sido um desastre. Se ele for eleito, nós seremos território chinês antes que termine seu mandato.

— Concordo totalmente — disse Charlotte, encorajando Tim a continuar falando, na esperança de que ele ficasse tão entretido a expor suas teorias que não desse atenção aos papéis que ela estava copiando.

O esquema deu certo, e a última página saltou da máquina no meio de uma tirada dele contra os males do subsídio que o Japão estava dando a uma de suas indústrias.

— Ainda bem que você está por aí para me explicar essas coisas de economia — disse Charlotte, que obtivera notas altíssimas em economia internacional.

— Tudo bem — respondeu Tim, enquanto Charlotte empilhava o original e a cópia em duas pilhas caprichosamente arrumadas.

— Ei, está quase na hora do jantar. Topa comer alguma coisa? — perguntou ele.

— Puxa vida, eu adoraria. Onde quer comer?

Tim deu o nome de um restaurante tailandês que ficava a umas poucas quadras do quartel-general da campanha.

— Deve ser ótimo. Me dá uns minutinhos para eu arrumar minha mesa e umas bobagens. Posso me encontrar com você no saguão?

— Claro! — exclamou Tim, radiante.

Charlotte ganhou algum tempo na sala das copiadoras, folheando uma das pilhas de papel e, assim que Tim desapareceu, retirou as cinco folhas furtadas do maço de originais e retornou à sala de Reggie Styles. Acabara de recolocá-las na gaveta de baixo quando Tim entrou.

— O que está fazendo? — perguntou ele, parecendo desconfiado desta vez.

— Meu Deus, Tim! Você tem que parar com essa mania de me espionar. Vai acabar me provocando um ataque do coração. Em vez de jantar com você, vou acabar no hospital.

O rosto de Tim desanuviou e ele sorriu.

— Não ia querer que acontecesse isso — disse ele.

Charlotte colocou o relatório econômico em cima de uma pilha de papéis dentro da caixa "entrada" da mesa de Styles e levou a cópia com a lista das contribuições de caixa dois para a sua mesa.

— Encontro você em um minuto — disse ela, enquanto punha os documentos dentro da sua mochila e endireitava os papéis de um modo que dava a impressão de estar fazendo mesmo alguma coisa.

— Vejo você lá embaixo.

A porta fechou-se atrás de Tim. Charlotte suspirou de alívio. Conseguira. Claro que teria que fingir que estava gostando de jantar com ele. Não conseguia imaginar um modo de cair fora sem levantar suspeitas. O jeito era encarar o pequeno sacrifício.

De qualquer modo, sua aventura no campo da espionagem política a deixara com uma fome terrível, e tinha certeza de que Tim insistiria em pagar. Escapara por pouco e ainda conseguira uma refeição gratuita; nada mal para aquela noite, reconhecia, e só poderia melhorar dentro de mais algumas horas.

Capítulo Três

No início do mandato, Christopher Farrington achava que ele era uma fraude e gostaria de saber quantos outros presidentes teriam se sentido do mesmo modo. Ele tinha certeza de que toda pessoa que entrava na política nutria o sonho secreto de se tornar um dia presidente dos Estados Unidos, mas tinha curiosidade de saber se o exercício do cargo parecia tão surreal aos poucos escolhidos que conseguiam realizá-lo, quanto achava sua ascensão à presidência.

Nesse caso, o aspecto ilusório da sua presidência fora ampliado pelo fato de não ter havido eleição, apenas uma visita matinal do Serviço Secreto dizendo que o presidente Nolan tinha sofrido um ataque fatal do coração e que agora ele era o comandante em chefe. Num minuto ele desfrutava do relativo anonimato da vice-presidência, noutro minuto era o Líder do Mundo Livre.

Ninguém que visse Christopher Farrington descendo o corredor a fim de dirigir-se ao quarto do filho teria adivinhado que ele nutrisse dúvidas a respeito da própria capacidade para liderar a nação. Farrington tinha aspecto presidencial. Alto e de ombros largos, a cabeça cheia de cabelos lustrosos e negros era suficientemente grisalha para dar uma impressão simultânea de vigor e maturidade, assim como seu sorriso de boas-vindas lhe dizia que ele podia ter galgado as alturas, mas ainda era o mesmo sujeito com quem você pode tomar um café sentado à mesa da cozinha.

Naquela noite, de pé junto à porta observando a mulher ajeitar as cobertas de Patrick, o filho deles de seis anos, sua aparência era igual a de qualquer pai vaidoso. O peito inchou-se de orgulho quando Clair abaixou-se e beijou a testa de Patrick.

O filho do presidente Farrington não teria nenhuma das lembranças de infância que o presidente tinha. Chris crescera na área rural pobre do Oregon com apenas uma vaga lembrança do pai que os abandonara, a ele, sua mãe, irmãos e irmãs. Quase todas as noites, sua mãe estava cansada demais, após trabalhar em dois empregos, para pôr na cama Chris ou qualquer um de seus irmãos. Nas ocasiões em que se dera ao trabalho, seu hálito era uma mistura de menta com bebida barata.

A vida de Farrington foi salva pelo esporte. Com um metro e noventa e cinco, tinha um arremesso bom o bastante para conseguir uma bolsa de estudos na Oregon State, a universidade estadual do Oregon, que conduziu a duas participações no torneio da Associação Atlética Universitária Nacional (NCAA). Também não era nenhum preguiçoso em sala de aula, e suas boas notas e a necessidade financeira lhe proporcionaram uma bolsa completa para a faculdade de direito no Oregon. Havia uma boa chance de ele entrar em uma das faculdades de direito de elite do país, mas uma carreira política sempre fora o objetivo de Christopher Farrington desde que fora eleito presidente da classe no ensino médio. Graduar-se em Yale ou Harvard não o atraía tanto quanto a possibilidade de fazer amizades influentes durante os três anos de faculdade, e nesse ponto ele teve êxito. Poderosos patrocinadores e sua notoriedade como herói esportivo ajudaram-no a conquistar uma vaga no senado estadual na primeira tentativa. Tinha ascendido à posição de líder da maioria quando decidiu enfrentar o governador, que deixou de ser reeleito devido a um escândalo financeiro revelado por um intrépido repórter dois meses antes da eleição. O amigo mais íntimo de Christopher Farrington e seu principal auxiliar, Charles Hawkins, tomara conhecimento dos pecados pequenos do governador antes de aconselhar seu chefe a concorrer, e dera a informação ao repórter na ocasião oportuna.

Claire abaixou a persiana do quarto de Patrick e o iluminado monumento a Washington desapareceu. Ela virou-se na direção da porta e sorriu.

— Há quanto tempo você estava aí? — perguntou ela.

— Alguns segundos — respondeu Farrington, ao mesmo tempo em que fechava a porta silênciosamente.

O corredor que atendia às acomodações da família lembrava aos Farrington o de uma hospedaria colonial. O macio carpete azul combinava bem com o papel de parede de estilo antigo e cor de gelo que a esposa do presidente Nolan tinha escolhido. Umas poucas pinturas a óleo representando o país rural dos anos 1800 em toda a sua glória eram intercaladas com retratos de alguns presidentes menos conhecidos. Abajures independentes e uns poucos lustres pequenos iluminavam o caminho. O casal Farrington não se importava muito com decoração interior, e por isso não houve nenhuma mudança desde que Christopher ascendera à presidência.

O presidente vestia um terno azul-marinho clássico. A primeira-dama trajava um terninho azul-claro com uma blusa de seda creme. Ao caminharem pelo corredor, ele passou o braço pelos ombros de Claire. Era um gesto fácil, considerando que ela era apenas alguns centímetros mais baixa que o marido.

A primeira-dama, uma mulher de constituição vigorosa, entrara na Oregon State com uma bolsa de voleibol e terminara na seleção nacional no último ano do curso. Seu cabelo castanho, cortado na altura dos ombros, era ondulado, o nariz um pouco grande demais e os olhos azuis relativamente pequenos para o tamanho do rosto. Tinha a testa alta e os ossos do rosto não eram destacados. Embora não fosse feia, tampouco era uma garota bonita e certamente podia ser chamada de carismática, dominando qualquer reunião com sua estatura e intelecto. Fora capitã do time de voleibol do ensino médio e da faculdade, capitã do time de basquete do ensino médio, oradora da turma do ensino médio e se graduara com honras na faculdade e na escola de medicina.

Chris e Claire tinham se casado quando Claire estudava medicina em Portland e Christopher estava prestes a concorrer à sua primeira eleição. Claire reduziu a atividade profissional quando Patrick nasceu, e por fim desistiu quando a família se mudou para Washington, depois que Christopher foi eleito vice-presidente.

— Você podia ter entrado e dado um beijo de boa-noite no Patrick — disse Claire.

— Vocês dois pareciam tão em paz que eu não quis estragar o momento.

O presidente beijou a mulher na testa.

— Eu já lhe disse que grande mãe você é?

— De vez em quando — respondeu Claire com um sorriso malicioso —, e agora vai ter mais chances.

Farrington pareceu confuso, e Claire deu uma risada.

— Estou grávida.

Ele se deteve. Parecia atônito.

— Você está falando sério?

Claire parou de sorrir.

— Você não está arrependido, está?

— Não, eu só... É que eu pensava que você estava tomando pílula.

— Decidi parar dois meses atrás — ela pôs as mãos nos ombros de Chris e encarou-o diretamente nos olhos. — Está bravo?

Emoções de toda sorte passaram pela fisionomia do presidente, mas as palavras que pronunciou foram as adequadas.

— Nós sempre quisemos ter mais filhos. Eu só pensava que outra gravidez seria difícil, considerando-se tudo o que você tem que fazer como primeira-dama.

— Não se preocupe comigo. Estar grávida não reduziu meu ritmo durante a campanha para governador.

— É verdade. Se bem me lembro, foi uma vantagem.

— Da mesma forma como será agora. As mulheres aplaudirão seus valores familiares e os homens vão sentir admiração pela sua virilidade.

Farrington riu e abraçou Claire.

— Você é um tesouro — ele recuou e a manteve um pouco afastada. — Vai se sentir bem hoje à noite?

— Vou. Meu discurso é curto, e será legal aparecer em público antes que eu comece a ficar muito gorda...

— Não se sente enjoada?

— Tive um pouco de enjoo matinal, mas estou bem agora. Chuck telefonou para o hotel e reservou uma suíte, para o caso de eu precisar de descanso.

— Eu amo você — disse Farrington, abraçando-a de novo. — Você sabe que eu não teria jogado isso em cima de você na última hora se essa reunião não fosse muito importante, mas a Gaylord está realizando um esforço extraordinário. Chuck diz que ela está levantando um bocado de dinheiro.

Farrington deu a impressão de estar preocupado. Clair encostou a mão no rosto dele. Estava quente, e, ao seu toque, ele se acalmou.

— Maureen vai ficar nervosíssima quando anunciarmos que estou grávida. Vamos ver agora como ela se sairá bancando a moralmente superior ao falar de valores familiares.

— Vou mandar Chuck ir com você.

— Ele não será necessário na reunião?

— Quero que ele fique ao seu lado, Claire. Quero saber que você está protegida.

Claire beijou o rosto do marido.

— Não se preocupe comigo, e, decididamente, não se preocupe com Maureen Gaylord.

Capítulo Quatro

Dana Cutler estava entediada até a alma. Após três dias seguindo Charlotte Walsh à aula, supermercado, restaurantes e seu apartamento, tinha vontade de se matar. A vida da garota era tão chata que Dana não podia imaginar por que alguém haveria de se interessar por ela. Teria abandonado o serviço se não pagassem tão bem.

Pouco depois das seis da tarde, Dana deixou um recado para seu cliente misterioso no telefone que Dale Perry lhe dera, explicando que Walsh saíra do QG da campanha da senadora Gaylord na companhia de um homem branco, de pouco mais de um metro e oitenta de altura, com o cabelo louro ondulado e um bigode cuidadosamente aparado. O alvo da vigilância e seu acompanhante tinham seguido para o restaurante denominado Casa da Tailândia, onde naquele momento compartilhavam uma refeição do que parecia ser *pad thai*, rolinhos primavera e um tipo qualquer de *curry*. Cutler foi capaz de fazer um relatório tão detalhado porque estava sentada em seu carro, em uma vaga destinada a deficientes físicos, observando o casal através das lentes da câmera digital Leica M8 que pertencia a Jack Teeny. A permissão de estacionamento especial para deficientes físicos no seu painel era cortesia de uma conhecida que trabalhava no Departamento de Veículos Motorizados e que vendia licenças de motorista falsas, permissões de estacionamento para incapacitados e outras especiarias do DVM, a fim de suplementar sua renda. Se alguém lhe perguntasse um dia, Dana alegaria estar se recuperando de uma cirurgia em que colocara uma prótese na cabeça do fêmur, e tinha uma carta de um charlatão que fazia parte da lista de pagamento de sua conhecida que sustentaria sua declaração.

    Dana aproveitara a oportunidade e fora fazer xixi em outro restaurante a duas portas do tailandês, assim que Walsh e seu amiguinho fizeram seus pedidos. Agora, quase uma hora depois, estava aliviada, mas o estômago roncava de fome. Pegou um sonho na caixa em cima do banco do carona e já ia dar uma mordida quando Walsh se levantou. Parou no meio da mordida. Walsh apanhara a mochila e dirigia-se para a porta. Dana largou a câmera ao lado da caixa de sonhos e deu a partida no motor do seu inconspícuo Toyota marrom. O carro parecia uma lata velha, mas Dana instalara nele um motor que daria inveja em um piloto da Nascar, a *stock-car* americana. Seu pai tinha uma oficina e fora piloto na juventude. Dana amava velocidade e aprendera o funcionamento de um carro quase que ao mesmo tempo que aprendera o abc. O pai morrera de um ataque cardíaco antes que ela terminasse o trabalho no motor, e sempre fora um motivo de tristeza não ter podido levá-lo para dar uma volta no seu calhambeque.

    Pensar no pai trouxe-lhe de volta lembranças da infância. Tinha certeza de que suas recordações eram muito diferentes das de Charlotte Walsh. A mãe de Dana abandonara a família quando a filha estava no segundo ano do ensino médio. Conversavam ocasionalmente, mas Dana jamais a perdoara por ter desertado. Walsh provavelmente tivera grandes almoços de Ação de Graças e Natal, com pais amorosos e irmãos inteligentes e bem-sucedidos.

    Os pais de Dana não eram pobres, mas nunca sobrara dinheiro para futilidades. Na época do colégio, ela precisava trabalhar se quisesse comprar alguma coisa. Longas noites como garçonete pagaram sua mensalidade em uma faculdade comunitária, e Dana foi uma aluna de baixo rendimento até ingressar na polícia. Ser tira era uma coisa na qual era boa, mas seus dias na polícia tinham acabado e jamais os conseguiria de volta.

Walsh seguiu na direção do quartel-general da campanha de Gaylord, na rua K. As pessoas que trabalhavam naquela rua eram, em sua maioria, advogados, lobistas e empregados de grupos de especialistas multidisciplinares, e muitas delas tinham retornado aos subúrbios para jantar. Os cafés onde a elite de Washington se encontrava para almoços de trabalho, onde se tomavam decisões importantes, estavam fechados e eram muitas as janelas escuras nos edifícios comerciais. Poucos pedestres eram vistos nas calçadas, e os vendedores de rua que ofereciam flores e cópias baratas de relógios Rolex e bolsas Prada tinham encerrado o expediente. Dana imaginou que sua presa estivesse dirigindo-se à garagem onde estacionara algumas horas antes. Exatamente. Walsh desapareceu na garagem e saiu ao volante poucos minutos depois.

Não havia muitos carros na estrada e Dana se permitiu, portanto, ficar para trás, acelerando cada vez que corria o risco de perder de vista as luzes traseiras do carro de Walsh. Esperava que ela estivesse indo para casa dormir, para que pudesse descansar um pouco também. O Toyota passou num buraco e a câmera deu um salto no banco ao lado de Dana. Ao pensar na câmera, automaticamente pensou no seu dono, Jake Teeny. Ele era um repórter que ela conhecera quando fora designado para fazer as fotos que ilustrariam um artigo sobre mulheres policiais. Quando ela deixara a força policial, Jake a ajudara a transpor seus piores dias.

Não era incomum que Jake se ausentasse por semanas seguidas em algum local exótico ou na zona de guerra. Quando ele estava em Washington, e ambos achavam que fosse uma boa ideia, Dana ficava na casa de Jake, mais espaçosa que o pequenino apartamento que ela chamava de lar. Fazia anos que eram amigos e, ocasionalmente, amantes. Nenhum dos dois, entretanto, desejava nada permanente, portanto o relacionamento do jeito como estava era conveniente para ambos. Jake era a única pessoa com quem se abrira a respeito do que tinha acontecido na fazenda, embora não tivesse chegado perto de lhe contar toda a história. Não podia arriscar-se a perdê-lo, algo que provavelmente aconteceria se ele viesse a saber tudo o que fizera.

Quando Walsh virou na via expressa, Dana soube que sua presa não estava indo em direção ao apartamento onde morava. Seu sonho de dormir cedo desapareceu, e ela resolveu ligar o rádio. O noticiário estava terminando com uma história a respeito da última vítima do DC Ripper, um assassino em série que vinha matando mulheres na área do Distrito de Colúmbia. O locutor explicava que a polícia parecia estar paralisada quando Dana virou o botão da sintonia para a DC101. Depois de deixar o hospital, Dana descobriu que tinha problemas em ouvir histórias sobre violência contra mulheres. Nos seus tempos de policial, ela lidara com os casos contados por vítimas de estupro, espancamento doméstico e coisas similares com um distanciamento profissional que não conseguia mais ter.

"Highway to Hell" executada pelo conjunto AC/DC começou a tocar justamente quando o cenário deixou de ser a cidade e passou a ser uma rodovia arborizada. Walsh virou na saída da Dulles Toll Road, seguiu ao longo da VA-267 e depois percorreu vinte e cinco quilômetros na Sully Road. Após terem passado por alguns canteiros de obras iluminados e subdivisões meio construídas, o shopping center Dulles Towne Center surgiu de repente na distância. Dana deixou escapar um gemido quando percebeu que aquele era o destino de Walsh.

Era tarde, e por isso a maior parte da enorme área destinada a estacionamento estava vazia. A expectativa de Dana foi de que Walsh parasse perto da entrada iluminada onde se encontrava a maioria dos carros das pessoas que ainda faziam compras, mas ela a surpreendeu passando direto pela JCPenney e Old Navy e seguindo para uma seção afastada do estacionamento, onde não chegava o clarão dos luminosos da Sears e da Nordstrom. Dana desviou-se de Walsh, apagou os faróis e fez a volta para retornar a um ponto afastado muitas fileiras dali, de onde teria uma visão bem direta do lado esquerdo do carro da estudante.

Assim que estacionou, Dana verificou o relógio. Eram sete e quarenta e cinco, o que indicava que levara quase quarenta e cinco minutos para percorrer o trajeto da rua K até o shopping. Tirou algumas fotos do carro antes de telefonar para seu cliente a fim de informar onde se encontravam e onde Walsh estacionara. Em seguida tomou um gole do café da garrafa térmica para tentar ficar acordada e atacou o sonho que tinha começado a comer quando ainda estava perto do restaurante tailandês. Quando terminou sentiu-se mais animada ao ver que Walsh continuava sentada no carro. Era a primeira coisa interessante que acontecia naquela vigilância. Se Walsh não viera fazer compras, provavelmente estava esperando alguém. E, se esperava por essa pessoa em uma região remota e escura do estacionamento e não no interior do shopping, é porque não queria que vissem o encontro. Talvez houvesse uma razão para vigiar a estudante, afinal.

Dana focalizou a câmera de Teeny no carro de Walsh e já estava prestes a tirar mais algumas fotos quando um movimento percebido pela sua visão periférica fez com que se virasse para a direita. Um Ford azul-escuro entrou na fileira de Walsh e parou a uma vaga de distância do carro dela. A lente da câmera de Teeny lhe permitia ler o número da placa do carro, mas também podia tirar uma fotografia dela e depois ampliar em seu *notebook*. Dana anotou o número da placa. Um momento depois, Walsh saltou do carro, olhou nervosamente para os lados e entrou no banco de trás do Ford, que saiu perseguido por Dana perto o bastante para que seus faróis não a denunciassem.

De repente, Dana se viu entrando na Virgínia em uma estrada de duas pistas. Tornou-se mais difícil permanecer perto o bastante para ver o Ford, mas, por sorte, havia outros carros que a escondiam. Em pouco tempo as árvores começaram a suplantar o número das estruturas construídas pelo homem. Ela fez uma anotação no bloco que deixara no banco do passageiro e girou o botão da sintonia até encontrar uma estação de música antiga que tocava um clássico de Springsteen.

Dana seguiu em frente por mais mil e quinhentos metros até que a luz do freio do Ford acendeu. Reduziu a marcha até quase se arrastar. O Ford virou em uma estrada secundária estreita, cruzou os trilhos de uma estrada de ferro e foi passando pelas fachadas escurecidas de lojas que se alinhavam ao longo da rua principal de uma cidadezinha sonolenta. Dana anotou o nome da cidade. Poucos quilômetros após ultrapassar os limites urbanos, o Ford virou à direita em uma estrada de terra que mal tinha largura suficiente para dois carros. Anotou a distância percorrida da aldeia até o desvio antes de apagar as luzes e seguir os faroletes traseiros do outro carro.

Após quinhentos metros, os faróis do Ford iluminaram uma cerca de tábuas brancas e outros quinhentos metros depois disso o carro parou diante de um portão. Dana espantou-se ao ver um guarda armado. Enquanto o guarda se concentrava nos ocupantes do Ford, ela engrenou a ré do Toyota e recuou até uma estradinha secundária. Se tivesse que fugir não queria perder tempo fazendo a volta. Enfiou o celular no bolso da jaqueta e pegou uma lanterna pesada e a câmera. Agachou-se, atravessou a estrada, pulou a cerca e mergulhou no mato, avançando por meio da folhagem e mantendo baixa a luz da lanterna para não chamar atenção. Após uma curta caminhada, encontrou-se no topo de uma pequena elevação em que dominava uma casa de tábuas brancas situada a mais ou menos um campo de futebol de distância. O Ford estava parado diante da porta da frente, mas não havia ninguém em seu interior. Dana ficou espantada com o guarda armado no portão e mais espantada ainda ao ver outros guardas patrulhando o terreno.

Fazia frio e Dana virou o colarinho para cima antes de se acomodar com as costas apoiadas em uma árvore. O solo era pedregoso, e ela teve que procurar uma posição em que se sentisse confortável. Nada aconteceu por diversos minutos. Dana levantou os joelhos, equilibrou a câmera em cima deles e passou o tempo estudando a casa. A construção parecia ser dos tempos coloniais, modernizada com adições que a tornaram quase indistinguível do imóvel original. O andar térreo estava iluminado, mas isso era tudo o que podia dizer, já que as grossas cortinas das janelas da frente impediam que se visse qualquer coisa do interior, deixando apenas escapar um pouco de luz.

Para matar o tempo, Dana enviou um relato sussurrado para seu cliente e depois tirou umas fotos da casa, dos guardas e da placa do Lincoln azul-marinho parado ao lado do imóvel. Escreveu o número da placa na mesma folha de papel onde escrevera a placa do carro que levara Walsh até ali. Estava prestes a tirar outra fotografia quando uma luz foi acesa no andar de cima. Dana enquadrou a janela no visor da máquina. Um homem apareceu brevemente de costas, mas se afastou antes que ela pudesse fotografar. Dana deu uma espiada no aposento, mas tudo o que pôde ver foram duas sombras se deslocando na parede. As sombras se separaram e depois se uniram em uma única massa negra e, momentos depois, caíram abaixo do nível do peitoril e o quarto ficou escuro.

Dana recostou-se na árvore. Quisera ter tido a precaução de trazer a garrafa térmica. Esperava também que Walsh não fosse passar a noite ali, porque acampar ao ar livre não combinava com ela. Entediada, resolveu observar os guardas patrulhando o terreno e tentou imaginar a rotina deles. Um dos homens armados era um ruivo de cabelo cortado à escovinha. Quando ele atingiu o ponto na sua ronda em que ficava mais próximo de Dana, ela checou seu arsenal. Ele parecia ter uma Sig Sauer 9mm no coldre e empunhava uma HK MP5 semiautomática. Dana tentava examinar melhor as armas através da lente de telefoto quando a luz do quarto de cima foi acesa de novo. Uma sombra apareceu na parede segundos antes de Charlotte Walsh surgir diante da janela. Dana não conseguiu ouvir o que ela dizia, mas viu que estava acenando rapidamente os braços e parecia gritar.

Dana checou o relógio. Eram nove e meia. Precisara de pouco mais de uma hora para ir do shopping até a casa de fazenda, e Walsh estava no andar de cima da casa por cerca de meia hora. Ela terminou seus cálculos justamente quando a porta da frente se abriu e Walsh saiu em disparada. Dana tirou algumas fotos. Walsh voltou para a casa e falou com um homem que estava de pé na porta. Ela estava ligeiramente inclinada para a frente e tinha os punhos cerrados. A raiva que a movia viajou montanha acima naquela noite de ar frio, mas Dana estava longe demais para distinguir o que estava dizendo.

Dana mudou a direção da lente para o homem na porta. Viu a manga de sua camisa e parte de uma perna de calça, mas não conseguiu ver seu rosto. Um dos guardas entrou no lugar do motorista, e Walsh atirou-se no banco de trás. Quando o carro saiu, Dana usou o celular para avisar que Walsh provavelmente estava voltando para o shopping. Enquanto falava, ficou de olho na porta da frente, na esperança de que aparecesse o homem com quem Walsh estivera. Concluía o relatório quando ele saiu da casa. Dana largou o aparelho e apontou a câmera. O homem virou o rosto na direção dela. Estava longe demais para ver claramente suas feições, mas alguma coisa nelas lhe era familiar. Tirou uma foto rápida e já ia partir para outra quando um galho partiu-se.

Dana ficou imóvel por um segundo antes de rolar para trás da árvore na qual estava recostada. O estalar de mais galhos indicou que alguém vinha avançando naquela direção bem depressa. Devia ser um guarda que patrulhava o mato, e sentiu que tinha bancado a idiota ao presumir que os únicos guardas fossem os que guarneciam os arredores da casa.

Deu uma espiada pelo lado do tronco da árvore e localizou um homem carregando uma MP5 deslocando-se em sua direção. Soltou um palavrão baixinho e enfiou o celular no bolso enquanto avaliava suas alternativas. Estava armada, mas não ia atirar no guarda. Naquelas circunstâncias, seria ou crime de agressão ou assassinato a sangue frio. Não podia correr sem ser vista, e ele estava tão perto que a atingiria com toda a certeza, mesmo que fosse um péssimo atirador. Quando percebeu que suas chances se resumiam a render-se ou resistir, ela reviveu a cena do porão em um *flashback*.

Dana sentiu-se meio tonta e começou a tremer. Seu *flashback* não era uma lembrança e sim como um sonho que parecia real. Podia sentir o cheiro de mofo que as paredes úmidas do portão exalavam e da água suja acumulada junto a elas. Pior ainda, podia sentir o suor do homem que a mantinha presa.

Sempre que ocorriam esses momentos, ela se obrigava a respirar fundo. E foi o que fez naquele instante, porque não podia se dar ao luxo de ficar paralisada pelo medo. O exercício de respiração a distraiu tempo suficiente para que o guarda desaparecesse. Dana entrou em pânico ao examinar a floresta. O homem reapareceu logo, mais perto e, com toda a certeza, dirigindo-se à sua posição. Quando ele se deslocou para trás de outra árvore, ela se movimentou cuidadosamente. O guarda disparou em direção ao ponto onde Dana estivera sentada até momentos antes e parou, chocado com o seu desaparecimento.

Dana correu, ziguezagueando por entre o mato baixo para oferecer ao guarda o alvo mais difícil possível. Já o guarda corria na direção dos sons que Dana produzia na sua retirada. Ela sabia que ele a pegaria logo ou se aproximaria o bastante para atirar, portanto se escondeu atrás de uma árvore, na esperança de que a ruidosa respiração do homem mascarasse o fato de ela não estar mais fazendo barulho. Quando o guarda passou pela sua árvore, Dana bateu a lanterna com força na sua nuca. Ele caiu de joelhos e sua arma disparou, atingindo troncos de árvores e arbustos. Dana recolheu a pistola e jogou no mato. O guarda lutou para se ajoelhar e ela o golpeou de novo. Ele desabou justamente na hora em que galhos quebrados, folhas pisoteadas e exclamações amortecidas vindas da base da elevação disseram a Dana que outros guardas tinham ouvido os tiros e corriam atrás dela.

Dana saiu do meio das árvores e saltou a cerca. Procurara adivinhar onde seu carro estava e errou por poucos metros. Escancarou a porta do motorista, jogou a câmera e a lanterna no banco de trás e deu a partida no motor. Quando saiu em disparada pela estradinha, deu uma olhada no retrovisor e viu o guarda ruivo pular a cerca. Apertou mais o acelerador e o motor envenenado fez aquilo para o que tinha sido construído. Ela saiu dando guinadas, levantando nuvens de poeira, na esperança de atrapalhar a pontaria do guarda. Quando olhou de novo pelo espelho retrovisor, viu que ele escrevia qualquer coisa num bloco de notas. Se fosse o número da sua placa estava ferrada. Encontrava-se a quilômetros de casa. Caso divulgassem um alerta geral, era muito provável que fosse detida na estrada ou que encontrasse a polícia à sua espera no apartamento.

Dana acionou o GPS e seguiu por ruas secundárias até alcançar um grande conjunto residencial. Quando se assegurou de que ninguém a seguira, parou. Tivera algum tempo para pensar e chegara a uma decisão. Discou o número do cliente misterioso e ouviu a conhecida voz familiar não identificada dizendo que deixasse um recado.

— Sou eu de novo – disse ela depois do bip. — Acabo de ser perseguida mato adentro por um homem armado com uma pistola. Tive que que me livrar dele. Ser caçada por homens armados não fazia parte das etapas do serviço que me deram, assim sendo este é, definitivamente, meu último relatório.

— O elemento vigiado parecia transtornado quando ela saiu. Meu palpite é que ela foi pegar o carro dela no shopping e provavelmente irá para casa depois, portanto não espero que haja muito mais o que relatar hoje. Levarei as fotos que tirei para seu advogado, e ele poderá dá-las a você. O relacionamento privilegiado advogado-cliente deverá proteger também você, de modo que não precisa se preocupar que eu venha a descobrir sua identidade. Seu advogado deverá ser capaz de encontrar outra pessoa que realize o serviço de vigilância.

Dana não conseguiu imaginar mais nada para dizer e encerrou a ligação. Depois ficou sentada no carro e tentou formular um plano que não a levasse para a cadeia por agressão e violação de domicílio, mas estava ligada demais para pensar direito. Fechou os olhos e visualizou o homem com quem Charlotte Walsh tinha se encontrado. Por que tivera a impressão de já tê-lo visto antes? Tinha que ser alguém importante ou não teria todos aqueles seguranças. Quem era? Seria alguém famoso? Já o teria visto na televisão?

Dana teve uma ideia. Deixou de lado o celular que Dale Perry lhe dera. Pegou o seu e ligou para Andy Zipay.

— Zip, é Dana. Você conhece alguém que consiga descobrir de quem são umas licenças de automóvel?

— É para o caso do Perry?

— É.

— Tem um tira que vai me quebrar o galho, mas não gosto de fazer muitos pedidos a ele.

— É importante.

Dana disse o número da licença do Ford que levara Walsh até a casa, o do Lincoln que estava estacionado junto da casa e terminou com o da própria Walsh, por medida de segurança. Talvez o carro dela estivesse registrado em nome de seus pais e aí ela descobriria por que era tão importante. Sabia que estava fora do caso, mas ainda assim sentia curiosidade de saber o que estava acontecendo.

— Para quando você vai querer isso? — perguntou Zipay.

— O mais cedo possível.

— Vou providenciar agora mesmo.

Dana terminou a ligação e pensou no que fazer a seguir. Estava escuro quando fugira, e tinha levantado um bocado de poeira. Com isso, talvez o guarda ruivo não tivesse conseguido ler a placa do seu carro ou a houvesse escrito incorretamente. Logo logo descobriria isso, mas não queria que fosse naquela noite. A escolha natural de um lugar para dormir era a casa de Jake, já que estava lá mesmo. Dana ligou o motor e foi para lá, satisfeita por ter se libertado do serviço encomendado por Dale Perry.

Capítulo Cinco

As luzes das dezenas de candelabros de cristal iluminavam a elite trajando *smokings* e vestidos que enchia o enorme salão de baile do Theodore Roosevelt Hotel no centro de Washington. Cada centímetro do salão estava decorado com mesas circulares cobertas por toalhas brancas e decoradas com elegantes arranjos florais. Por mil dólares o lugar ou dez mil para patrocinar uma mesa, foi servido aos colaboradores da campanha de Christopher Farrington um jantar à base de frango ou salmão, purê de batatas e aspargos. Ninguém fora ali por causa da comida. Muitos dos presentes pagaram bom dinheiro por um frango de borracha na esperança de que os demais participantes se lembrassem afetuosamente deles no futuro. E se Farrington não ganhasse, não era pequeno o número daqueles que tinham se prevenido, contribuindo também para a campanha de Maureen Gaylord.

Alguns eram ardorosos e genuínos defensores de Christopher Farrington e estavam ali, na verdade, para ouvir o presidente. Tinham ficado desapontados quando foi anunciado que os negócios de Estado o tinham impedido de comparecer, mas os ânimos se modificaram rapidamente quando a primeira-dama começou a falar. Claire Farrington foi divertida e entusiasmada e o ponto alto do discurso foi a avaliação que fez da política de educação do presidente, que destacou ao expressar suas preocupações relativas às escolas do país como mãe *e como futura mãe*. Uma ensurdecedora salva de palmas saudou o anúncio da sua gravidez e uma outra salva tão barulhenta quanto a primeira assinalou a aprovação de todos quando o discurso terminou.

— Você deixou todo mundo assombrado — disse Charles Hawkins a Claire ao acompanhá-la de volta ao estrado. Ele era alto e usava o cabelo grisalho cortado bem curto. Lutara como herói no exército até que uma lesão no joelho sofrida em uma missão de combate o forçara a retirar-se do serviço ativo. Seus olhos penetrantes estavam sempre esquadrinhando o terreno à procura de ameaças à família do presidente, e ele estava sempre pronto a atacar qualquer um que ameaçasse Claire Farrington ou seu marido.

— Você acha mesmo que me saí bem? — perguntou Claire.

— Você fez com que todos comessem na palma da sua mão, e dar a notícia que vai ser mãe de novo foi um golpe de gênio. Será a principal matéria em todas as primeiras páginas dos jornais do país amanhã.

— Eu certamente espero que sim — disse Claire, ao mesmo tempo em que sua equipe de seis integrantes do Serviço Secreto a cercou e conduziu por um corredor que passava atrás da cozinha. — Pobre Maureen, está fazendo um discurso importante em Georgetown sobre sua política exterior hoje à noite. Aposto como vai ficar escondido na página seis.

No fim do corredor ficava o elevador que a levaria para a elegante sala de reuniões do segundo andar, onde estava programado que tirasse fotos com um grupinho dos seus maiores colaboradores. Estavam quase chegando lá quando Claire fez uma careta e levou a mão à barriga.

— Alguma coisa errada? — perguntou Hawkins, alarmado.

— Eu tinha esquecido que o enjoo matinal não acontece só de manhã. Vamos depressa, Chuck.

— Eu cancelo as fotos, se quiser. Todo mundo vai entender.

— Quantas fotos estão previstas?

— Acho que vinte e cinco, mas eles estão mais interessados em ter acesso a seu marido do que em outra foto para pôr em cima da lareira. Prometemos a eles uma foto feita na Casa Branca.

Claire apoiou a mão no braço de Hawkins:

— Não, pode deixar. Se me sentir realmente mal, eu falo. Tenho a suíte em que posso me deitar um pouco, se me cansar.

— Tem certeza de que quer fazer isso?

— Eu estou bem — assegurou Claire. — Basta que a fila ande e que você diga ao fotógrafo que não perca tempo.

— Ray — ela acrescentou, dirigindo-se a Ray Cinnegar, chefe da equipe de Serviço Secreto. — Pode me levar a um banheiro? Preciso de alguns minutos.

— Deixe comigo. Maxine — ele dirigiu-se à mulher que era a líder da ponta da equipe e tinha percorrido e examinado o itinerário antes —, a Sra. F. precisa de uma parada no banheiro.

— Tem um logo ali, virando a direita. Vou dar uma olhada.

— Vá.

Maxine já estava dentro do banheiro quando Claire chegou. Cinnegar manteve a primeira-dama do lado de fora até que Maxine lhe assegurou de que estava tudo bem. Claire suspirou aliviada.

Hawkins apresentou Claire Farrington quando chegaram na sala de reuniões Theodore Roosevelt, um aposento espaçoso decorado com peças originais que o presidente Roosevelt tinha levado de Sagamore Hill, a residência de sua família, para a Casa Branca. Uma fila de homens e mulheres aguardava entre a parede e uma corda de veludo vermelho sustentada por colunas douradas. A fila terminava perto da antiguidade mais famosa do hotel, um relógio de pêndulo grande que fora instalado em uma sala de estar da Casa Branca e enfeitava a capa do folheto do hotel. O fotógrafo aguardava na frente do relógio que bateu nove vezes momentos depois que a primeira-dama entrou.

Os homens e mulheres da fila eram, em sua maioria, poderosos advogados, executivos de grandes empresas e respectivos cônjuges e riquíssimos financistas, mas muitos deles pareciam crianças ansiosas aguardando para tirar foto com o Papai Noel. Claire achou engraçado. Experimentara esse fenômeno muitas vezes em seus anos de Casa Branca — homens e mulheres ricos e poderosos reduzidos a meros turistas boquiabertos ante a visão de uma celebridade.

Diversas outras pessoas circulavam pela sala bebendo champanhe ou comendo os canapés oferecidos à turma da alta. Um dos homens acabara de enfiar na boca uma torradinha com caviar. Quando viu a primeira-dama, enxugou as mãos em um guardanapo e engoliu rapidamente antes de se encaminhar na direção dela.

— Dale Perry! — exclamou ela quando o viu.

— Só queria lhe dar um alerta — disse Perry. — O quinto da fila é Herman Kava, industrial de Ohio e meu cliente. Trate-o bem.

"Trate-o bem" era o código para um alerta de contribuição valiosa. Claire sorriu.

— Obrigada, Dale.

— É um prazer poder servi-la. Oi, Chuck.

Hawkins cumprimentou com um gesto de cabeça antes de levar a primeira-dama para assumir sua posição na frente do relógio.

Mais ou menos quarenta minutos mais tarde, Claire agradeceu à última pessoa da fila. Assim que um auxiliar conduziu o último contribuinte para fora da sala, ela suspirou, aliviada.

— Como está se sentindo? — indagou Hawkins.

— Exausta. Deixe-me sentar.

— Você está bem? — perguntou Dale Perry quando Claire arriou numa poltrona.

— Oh, Dale, pensei que você tivesse ido embora.

— Eu saí, mas quis lhe dar a boa notícia. Kava vai preencher um cheque e disse que Chris ficará muito satisfeito.

— Ótimo — respondeu ela, repousando a cabeça no encosto da poltrona e fechando os olhos.

Hawkins estava prestes a dizer alguma coisa quando seu celular tocou. Pareceu sem saber o que fazer, mas Perry dispensou-o com um gesto.

— Pode atender. Eu cuido de Claire.

Hawkins apertou o fone no ouvido e praguejou.

— Não tem sinal aqui dentro. Vou ter que ir lá fora.

— Está bem, Chuck — disse Claire. — Dale me levará para cima.

Hawkins saiu apressadamente e Claire pôs-se de pé com algum esforço.

— O que há lá em cima? — indagou Ray Cinnegar.

— Fiz Chuck reservar uma suíte para mim, para o caso de eu ficar enjoada ou exausta.

Cinnegar fechou a cara.

— É a primeira vez que ouço falar nisso.

— Desculpe. Tive essa ideia na última hora e me esqueci de lhe dizer.

— Nós temos que tomar conhecimento desse tipo de coisa para poder examinar o local antecipadamente.

— Eu sei, Ray. Desculpe.

— Penso que posso deixar que você suba. Não sabemos quem está na suíte ao lado, não examinamos o quarto para ver se há explosivos escondidos...

— Chuck também reservou a suíte ao lado e ninguém espera que eu fique aqui no hotel. Examine a suíte, mas seja rápido. Eu realmente não estou me sentindo bem.

— Tem certeza de que não quer voltar para a Casa Branca?

— Certeza absoluta. Agora eu preciso descansar.

— Onde é? — perguntou Cinnegar. Ela falou e ele deu instruções a um de seus homens.

— Deixe-me ajudá-la — disse Perry, oferecendo o braço.

Claire dirigiu-se para a porta e a equipe do Serviço Secreto envolveu-a. Cinnegar perguntou se ela era capaz de subir um lance de escada. Quando ela respondeu que sim, todos subiram a escada para o andar seguinte. Assim que Cinnegar examinou o corredor, eles passaram pela porta da suíte em frente ao poço da escada e, sempre seguindo o agente, viraram na direção da suíte que o hotel reservara para a primeira-dama. Cinnegar obtivera uma chave mestra na véspera do evento destinado a levantar fundos para a reeleição de Christopher Farrington e abriu a porta. Dois agentes entraram na suíte de Claire para examiná-la. Outros dois estavam prestes a irem examinar a suíte adjacente quando a porta se abriu e Chuck Hawkins apareceu.

— Onde está a primeira-dama? — perguntou ele.

— Logo ali dobrando o corredor.

Hawkins seguiu em frente e encontrou Claire e Dale Perry esperando que os agentes terminassem de examinar a suíte.

— Claire, tenho que ir. Tudo bem?

— Pode ir, ficarei bem.

— Tem certeza?

— Vá — disse Claire, na mesma hora em que os agentes davam o Ok para que ela entrasse.

Hawkins desapareceu momentos antes de a equipe que vasculhou a suíte adjacente dar seu Ok.

A porta da frente da suíte de Claire dava para uma sala de estar mobiliada com um sofá, um aparador com a televisão, diversas poltronas e uma escrivaninha. Claire ignorou a sala e entrou no quarto, que continha uma enorme cama de casal. Ela tirou os sapatos e o casaco e desabou na cama.

— Dale, pode mandar todo mundo sair e apagar todas as luzes. Quero dormir. Diga ao Ray que aviso quando estiver pronta para voltar para a Casa Branca.

— Deixa comigo! E aceite minhas congratulações pelo bebê. Claire sorriu.

— Obrigada, Dale. Então peça para todos saírem que eu quero dormir.

— Está bem — assentiu Dale, antes de entrar na sala de estar onde Cinnegar e uma agente feminina esperavam.

— A Sra. Farrington quer que todo mundo saia para que ela possa dormir — Claire ouviu Dale dizer, enquanto ela tirava a roupa. A porta da frente fechou um momento depois, ela apagou a luz e fechou as persianas.

Capítulo Seis

Assim que Charlotte Walsh sentou no banco de trás do Ford, encostou na porta, envolveu o corpo com os braços e começou a chorar. Sentia o peito tenso, mas por dentro estava vazia. Ele nunca a amara. Só a usara para que espionasse em seu benefício. E depois a tinha usado do mesmo modo que se usa uma prostituta. Como podia ter acreditado em suas palavras? Nos seus devaneios, ele abandonava a esposa por ela, mas tudo não passava de um sonho impossível, uma fantasia ridícula. Charlotte era ridícula. Só agora podia ver isso.

— Você está bem? — perguntou o motorista.

Charlotte não percebera que estava chorando tão alto que dava para ele ouvir.

— Estou bem — conseguiu responder, sufocada.

— Quer água? Tenho uma garrafa aqui.

— Não, está tudo bem.

Charlotte respirou fundo algumas vezes e tentou acalmar-se. Não antecipara o que aconteceu. Ficara tão orgulhosa por ter conseguido os registros do fundo secreto da senadora Gaylord que quase tinha estourado de orgulho quando o presidente a elogiara. Não suspeitara de nada quando fizeram amor, embora, em retrospecto, chamar aquilo de fazer amor não passasse de uma piada.

Charlotte ficara atônita quando Farrington lhe dissera que aquela era a última vez que estariam juntos porque sua mulher estava grávida. Assegurou que a amava, mas pediu que compreendesse que não podia deixar Claire, agora que ela carregava um filho seu. Que idiotice! Sentia-se uma perfeita imbecil. Não, não se sentia, ela era uma imbecil, uma criança. Como poderia ter acreditado que alguém tão importante ia abdicar de tudo por uma estudante universitária? Era uma idiota, uma idiota que enganara a si própria.

O pensamento de Charlotte voltou a Chicago. Chuck Hawkins lhe dissera que o presidente tinha ficado impressionado com ela quando se conheceram na sede de Washington da campanha, e queria que ela fosse a Chicago a fim de conversarem sobre um projeto especial. Só uma imbecil podia ter acreditado numa mentira dessas — o presidente falara com ela menos de um minuto —, mas ela acreditou no que desejava acreditar.

Hawkins explicara a necessidade de fazer com que ela entrasse em segredo no hotel. Disse que seu disfarce seria arruinado se alguém da campanha de Gaylord a visse. Que estúpida tinha sido ao acreditar na história dele. Estava claro agora que Hawkins agira como cafetão de Farrington, mas estava tão empolgada com a perspectiva de sua importantíssima missão secreta que não pensara direito.

O presidente se encontrara com ela sozinho em sua suíte. Ele lhe pedira para falar tudo a seu respeito e ouvira atentamente cada palavra sua enquanto ia recompletando seu copo com a bebida que ela não queria beber, mas que sentira vergonha de rejeitar. A inebriante emoção de ser confidente de um presidente tão atraente quanto Christopher Farrington, sua missão secreta e o álcool facilitaram para ele seduzi-la. A sedução não representara o menor desafio.

Charlotte respirou fundo mais algumas vezes e isso ajudou. Assim como a raiva que começava a sentir. O escândalo Mônica Lewinsky surgiu na sua cabeça. Quase destruíra Clinton. E antes acontecera Watergate, um presidente encobrindo um arrombamento seguido de roubo. O que aconteceria ao Senhor Valores

Familiares se a imprensa soubesse que ele dormira com uma adolescente voluntária de sua campanha a fim de fazer com que ela roubasse documentos secretos do quartel-general da campanha de sua oponente?

Não havia lágrimas agora, só uma raiva violenta que aguçava a mente de Charlotte. Podia arruinar Farrington se quisesse, mas valeria a pena? Lewinsky tornara-se um nada, sujeita ao ridículo e às piadas baratas dos programas cômicos baratos de fim de noite na televisão. Queria que o mundo todo soubesse a respeito de sua patética vida sexual? E havia a possibilidade de acusações criminais. Furtara documentos de campanha. Isso devia ser crime. Se procurasse a imprensa para contar o que houve, o presidente faria tudo o que estivesse em seu poder para deixá-la desacreditada e destruída.

Pensar em ir para a prisão e na notoriedade que receberia acalmou Walsh. Sua vida seria arruinada se contasse o que sabia. Charlotte fechou os olhos e recostou-se no banco. Estava emocionalmente vazia e quase caiu no sono, mas o carro freou por causa de um sinal de trânsito e ela abriu os olhos. Estavam na aldeia que tinham atravessado pouco antes quando viraram para pegar a estrada que dava na fazenda.

Charlotte observou as fachadas das lojas às escuras pela janela do carro. A cidadezinha parecia tão pacífica à noite... Ela suspirou. Estava com raiva, mas talvez não devesse. Tivera uma aventura. Algum dia falaria com alguém a respeito do breve período em que fora amante do presidente dos Estados Unidos. Ela sorriu. Era seu segredinho sujo e naquele instante apostava como Farrington estaria se perguntando se ela seria capaz de guardá-lo. Seu sorriso alargou-se mais quando ela percebeu que Christopher Farrington tinha muito mais com que se preocupar do que ela.

Parou de sorrir. O que foi que disse quando brigara com ele? Fizera alguma ameaça? Tinha certeza que sim. Subitamente sentiu medo, mas depois sacudiu a cabeça. Era evidente que estava por demais fragilizada emocionalmente para pensar direito. Assim, tinha que relaxar para decidir o que tinha de fazer. Provavelmente nada, concluiu, amargurada. Farrington a usara, mas custaria muito caro lutar contra ele. Tentou pensar no que acontecera como se não fosse pior que ser rejeitada por qualquer outro sujeito. Claro que ia doer por algum tempo, mas ela ia se recuperar.

— Chegamos — anunciou o motorista. Charlotte estava tão preocupada que não percebera que tinha voltado ao shopping.

O motorista virou-se para trás e estudou Walsh. Ele devia ter uns quarenta anos. Seu rosto era enxuto, mas tinha muitos fios brancos no cabelo e rugas no rosto. Parecia preocupado.

— Tem certeza de que está bem?

— Claro, vou ficar bem — respondeu Charlotte, sentindo que ficaria bem após algum tempo. Não era divertido ser descartada, e ficara empolgada demais por ser confidente do chefe da nação, mas devia ter visto logo que não ia durar.

Charlotte saltou e fechou a porta. O motorista esperou que ela estivesse dentro do seu carro para sair.

Ela ficou sentada por um instante tentando se recuperar. Era tarde e estava exausta. Pensaria com mais clareza pela manhã, mas tinha certeza de que chegaria à mesma conclusão. Devia jogar isso para trás e seguir com sua vida. O sexo fora legal e ela tivera seus quinze minutos de fama, embora ninguém devesse jamais tomar conhecimento do acontecido. Suspirou e enfiou a chave na ignição. Não aconteceu nada. Tentou de novo, mas o motor não deu a partida.

Que beleza, pensou ela. Depois deu uma risada. O que mais poderia dar errado?

Estava se inclinando para pegar o celular na bolsa, quando a porta do motorista foi aberta com violência.

Capítulo Sete

Quando chegou na fazenda, Charles Hawkins foi acompanhado até a biblioteca. Havia duas paredes forradas de livros que pareciam mesmo ter sido lidos. Uma lareira de pedra dominava a outra parede. Alguém tinha acendido o fogo. Uma janela panorâmica que dava para um amplo gramado tomava a quarta parede. O vidro à prova de bala nessa janela conferia ao aposento um aspecto insólito.

— Por que demorou tanto? — perguntou Farrington assim que Hawkins entrou. Ele segurava um copo de uísque pela metade e Hawkins suspeitou que não fosse o primeiro.

— Não tenho asas, Chris — respondeu Hawkins calmamente. Estava acostumado com o temperamento de Farrington.

— Desculpe — disse Farrington. – Estou aflito.

Hawkins arriou o corpo em um sofá e estudou o amigo cuidadosamente. Farrington parecia exausto, sem paletó, gravata torta e o cabelo despenteado, como se tivesse passado os dedos nele muitas vezes.

— Conte-me por que estou aqui — disse Hawkins.

— É aquela garota, Charlotte Walsh. Você sabe que nós conversamos a respeito da contabilidade da caixinha de Maureen?

— Ela ia conseguir para nós.

— É, pois bem, ela telefonou. Disse que podia conseguir os registros na noite de hoje. Eu lhe disse para vir aqui.

— Para onde foi que ela ligou?

— Casa Branca.
— Como foi que ela conseguiu ser atendida por você?
— Eu lhe dei meu celular.
— Jesus Cristo. Essa linha não é segura.
— Não se preocupe. Ela não usou o nome verdadeiro.
— Pensei que tivéssemos combinado que eu é que ia cuidar disso.
Farrington olhou para o chão.
— Você transou com ela, não transou?
— Não pude me conter.
— Isso também aconteceu em Chicago, não foi?
Farrington não respondeu.
— Que droga, Chris, você me jurou que não tinha tocado nela. Você só tinha que convencê-la a ser nossos olhos e ouvidos no QG da campanha da Maureen.
— Eu sei, eu sei.
— Você me prometeu que não ia mais fazer essa merda.
— Não cumpri a promessa.
— Então fez com que a menina roubasse para você, traçou-a e depois disse: "A propósito, nós terminamos".
— Quando Charlotte chegasse, eu ia lhe dizer que tínhamos que deixar de nos ver aqui, mas ela estava tão bonita...
Hawkins suspirou. Ficar furioso com Farrington era inútil; ele sempre fora governado pelo pênis, e, a não ser que o castrasse, Hawkins não sabia como modificá-lo.
— Claire está grávida, Chris — disse Hawkins pacientemente.
— Ela anunciou essa pequena novidade no evento para levantar fundos, hoje à noite. Será uma matéria importante em todo jornal e noticiário de televisão neste país. Você sabe o que acontecerá se os eleitores descobrirem que você está traindo sua mulher grávida?
— Sinto muito. Sei que foi uma estupidez.
Hawkins contou até dez. — Como foi que Walsh reagiu?

— Nada bem. Ameaçou abrir o jogo.
— Porra.
— Não sei se ela levará a ameaça adiante.
— É melhor rezar para que não leve, se não você vai voltar a ganhar dinheiro com processos de indenização em favor de vítimas de acidentes de tráfego. Onde ela está agora?
— Não sei, mas deixou o carro no shopping Dulles Towne Center. E tem mais.
— Não vai me dizer que bateu nela? — perguntou Hawkins, alarmado com a possibilidade de Farrington ter sido violento.
— Não, não é nada disso — o presidente fez uma pausa. — Havia alguém no mato.
— Como assim?
— Alguém tirando fotografias.
— Jesus Cristo! Você avalia o quanto isso é ruim? Fotos de você e da Walsh valeriam milhares de dólares para um tabloide ou poderiam ser usadas para chantagem.

Farrington levantou a cabeça bruscamente. Estava furioso.
— Não sou idiota, Chuck. Sei exatamente que a coisa está feia. É por isso que preciso que você ajeite tudo.
— Como sabe que estavam fotografando?
— Um dos agentes do Serviço Secreto a localizou.
— Era mulher?
— Nós pensamos que sim.
— Por que só "pensamos"?
— Um dos guardas localizou alguém na elevação. Ela correu, e não chegamos perto, e estava escuro. Ela golpeou o agente na cabeça, e ele ficou desacordado. Mas acha que se tratava de uma mulher.
— Os outros guardas ouviram o barulho e correram para verificar o que estava acontecendo. Um deles perseguiu o intruso. Quando chegou na estrada o carro já estava se afastando. Ele acha que conse-

guiu registrar o número da placa, mas estava escuro e o carro levantou muita poeira. Verificamos a placa e ele pertence a uma tal Dana Cutler. Trata-se de uma ex-tira do D.C. que trabalha como detetive particular, o que explicaria essa atividade de vigiar e tirar retratos.

— Suposições demais.

— É o que temos. Você pode fazer alguma coisa?

— Sobre o quê?

— Ambos os problemas. Charlotte e a detetive particular.

Hawkins sabia exatamente o que Farrington queria que ele fizesse. Levantou-se.

— É tarde. Se tivermos sorte, nenhuma das duas mulheres fará nada até o dia amanhecer. Isso me dá algumas horas.

— Obrigado, Chuck. Não sei o que seria de mim sem você.

Hawkins não respondeu. Estava furioso. Em vez de responder, sacudiu a cabeça enojado e saiu. Assim que se assegurou de que não podia ser ouvido pelo presidente Farrington, Hawkins sacou do celular e fez um telefonema.

Christopher Farrington sentira-se ansioso quando sua desventura começou, mas sentia-se confiante de que Chuck arrumaria tudo. Ele sempre arrumava. E embora tivesse tido momentos de medo e dúvida, o presidente não se sentiu culpado quanto ao modo pelo qual usara Charlotte Walsh; culpa era uma emoção desconhecida dele.

Farrington retornou à Casa Branca pouco antes das duas da madrugada. Tomou um rápido banho de chuveiro e se meteu na cama pé ante pé, sentindo-se muito melhor agora que estava limpo, como se a água quente tivesse lavado seus pecados juntamente com a sujeira. Tudo acabaria bem, disse a si próprio. Sorria quando se meteu debaixo das cobertas limpas.

— Como foi a reunião? — perguntou Claire com a voz pesada de sono.

Farrington rolou na direção dela e descansou uma das mãos nas suas costas. Ele realmente a amava. As outras mulheres serviam para aliviar uma necessidade física, mas Claire era sua força, sua esposa e companheira. Estaria perdido sem ela.

— Não acordei você, acordei? Tentei não fazer barulho.

Claire beijou-o.

— Não se preocupe. Eu queria estar acordada na hora em que você voltasse, mas devo ter cochilado.

— Seu discurso foi bom?

— Chuck não lhe contou?

— Desculpe, mas fiquei tão envolvido no que estávamos fazendo que me esqueci de perguntar.

Claire fez um carinho no rosto dele.

— Você não tem nada do que se desculpar. Eu sei a pressão a que está submetido. Mas fique sabendo que fiz um sucesso tremendo. Ninguém sentiu sua falta.

Farrington sorriu.

— Ainda bem que você não está competindo comigo. Eu não conseguiria um único voto.

— Teria o meu — murmurou Claire, e o presidente sentiu dedos familiares se esgueirarem pela braguilha do seu pijama e o acariciarem.

Ele riu.

— Pensei que a gravidez reduzisse um pouco o impulso sexual feminino.

— Então você não se lembra da última vez em que estive grávida. Agora cumpra com suas obrigações maritais ou eu vou para a televisão e digo para a Bárbara Walters que você está impotente.

— Que sacana — murmurou ele, recuando o bastante para livrar-se da calça do pijama.

Capítulo Oito

Jake Teeny tinha um emprego empolgante que o levava aos lugares mais exóticos e perigosos do mundo, mas morava em uma nada interessante casa em estilo rural no subúrbio de Maryland, preferindo — como dissera a Dana — uma existência rotineira e livre de riscos, quando não estava enfrentando os perigos de uma zona de guerra ou resistindo ao intenso calor africano ou ao frio cortante das noites do Ártico. Nos fins de semana em que estava em casa, Jake se ocupava do jardim, assistia aos jogos de basquete e de futebol e vivia a vida suburbana.

Dana estacionou bem mais abaixo na rua onde ficava a casa de Jake, como medida de precaução para o caso de haver um alerta geral para o seu carro. Estava exausta, mas tinha trabalho a fazer e por isso entrou na cozinha e preparou café instantâneo. Estava levando a caneca para o escritório de Jake quando o telefone tocou. Descansou a caneca em um degrau e atendeu.

— O que está acontecendo, Dana? — perguntou Andy Zipay, parecendo nervoso.

— Como assim?

— Meu amigo fez a pesquisa daquelas placas. Uma delas pertence a Charlotte Walsh, outra é registrada em nome da Monarch Electronics, uma empresa de Landover, Maryland, mas o terceiro carro é do Serviço Secreto. E aquela firma de eletrônica é o tipo do lugar que o Serviço Secreto usaria como disfarce para carros que não são usados em missões de proteção.

Dana sentiu um arrepio.

— Qual é a placa do carro do Serviço Secreto?

Zipay leu o número da licença do Lincoln azul-escuro que estava estacionado ao lado da casa da fazenda. Dana sabia agora o motivo pelo qual o homem com quem Charlotte Walsh gritara lhe parecera familiar.

— Obrigada, Zip — disse ela, automaticamente, com seu cérebro correndo para a única conclusão lógica que parecia possível.

— Você vai me contar por que está interessada no Serviço Secreto?

— Você não quer saber, certo?

— Como queira, mas é melhor que isso não se volte contra mim.

— Não acontecerá.

Dana encerrou a ligação e desceu o resto da escada o mais rapidamente que pôde. Acendeu a luz do escritório de Jake e ligou o computador. Enquanto esperava, deu uma olhada nas paredes do aposento apinhado, cobertas por fotos que tinham sido premiadas ou que eram as favoritas de Jake. As fotos eram tão espetaculares que atrairiam sua atenção mesmo que as tivesse visto vezes sem conta: uma criança nua bebendo água em uma poça numa rua destruída pela guerra, na Somália, um casal de noivos aterrorizados momentos após um homem-bomba ter atacado a cerimônia do seu casamento na cidade de Fallujah, no Iraque, um alpinista cego após conquistar o Everest.

O computador deu o sinal sonoro de que estava pronto. Dana voltou o olhar para o teclado e digitou alguns comandos. Depois de descarregar as imagens de sua câmera, gravou um DVD para Perry dar ao seu cliente e só depois foi examinar as fotografias. Tomou um gole de café enquanto revia as fotos tiradas no restaurante tailandês. As de primeiro plano estavam boas e só precisavam de um pouco mais de zoom a fim de melhorar os detalhes.

As tiradas no shopping também estavam boas, embora estivesse escuro, e ela conseguira uma foto bem nítida da placa do carro que levara Walsh à casa da fazenda.

As primeiras fotos que tirara na fazenda estavam legais, mas as da janela do segundo andar não tinham saído lá essas coisas. Dana percorreu a coleção rapidamente até chegar à sequência de quando Walsh saíra furiosa porta afora e correra. Na foto tirada exatamente antes da corrida, inclinou-se um pouco para examinar melhor a imagem do monitor. O homem misterioso estava olhando para o Ford que se afastava e tinha o rosto perfeitamente enquadrado, mas encontrava-se demasiado longe para ser visto com clareza sem que a foto fosse aperfeiçoada. Dana aumentou o zoom. As feições do homem ficaram mais nítidas. Aumentou mais um pouco e recostou-se, o coração batendo velozmente. Não tinha a menor dúvida da identidade do homem com quem Walsh se encontrara na fazenda. O rosto do presidente Farrington aparecia nos jornais todos os dias e na televisão todas as noites. Em que Perry tinha se metido?

Dana tentou tomar outro gole do café, mas sua mão tremeu e um pouco do líquido quente caiu no pulso e a queimou.

— Merda!

Ela passou a mão na camisa e sacudiu para esfriar.

Dana levantou-se e começou a andar de um lado para outro. Poderia Perry interceder por ela? Ele era bem relacionado. Droga, ele era amigo pessoal dos Farrington. Então lhe ocorreu que ele não podia interceder em seu favor. Caso o fizesse, teria que dizer ao presidente que contratara alguém para espioná-lo. Perry negaria qualquer conexão com ela assim como com a vigilância, e não haveria como provar que ele estava mentindo. Eles haviam se encontrado onde ninguém os conhecia. A garçonete era a única testemunha, e nunca seria capaz de identificar Dale Perry. Ele estava de óculos escuros e com aquele gorro de beisebol. E não havia rastros de papel. Ele pagara em dinheiro. Estava ferrada.

Outra ideia ocorreu-lhe assim que se acalmou o suficiente para pensar. Talvez pudesse tirar vantagem daquele fiasco. Se Christopher Farrington estava tendo um caso com Charlotte Walsh, as fotografias que tirara valiam um bocado de dinheiro. Farrington vivia falando a respeito dos valores familiares. Uma prova de que andava fazendo sexo com uma adolescente deixaria a mídia absolutamente frenética. Um tabloide sensacionalista lhe daria uma fortuna por aqueles retratos. E ainda havia as televisões de direita. Era capaz de apostar como pagariam o que quisesse.

Claro que o dinheiro não a beneficiaria em nada se estivesse na prisão por ter atacado o guarda, ou morta. Talvez pudesse usar as fotos como moeda de troca para ficar fora da cadeia ou fazer com que Farrington a deixasse em paz. Talvez, graças a elas, conseguisse ganhar dele algum dinheiro *e também* usá-las como uma apólice de seguro. Decidiu que guardaria uma cópia em um lugar seguro. Talvez entregasse para algum advogado cuidar ou guardasse em um cofre. Mas ia precisar de uma moeda de troca? Precisaria se o Serviço Secreto soubesse quem era ela, mas ainda não tinha certeza se eles teriam a placa do seu carro. Só havia um modo de descobrir. Precisava ir ao seu apartamento e ver se estava sob vigilância. Não podia ir no seu carro porque seria reconhecida. A Harley de Jack estava disponível, mas não queria metê-lo em confusões. No fim, Dana decidiu ir de moto.

Ela pôs um DVD com as fotos e uma carta explicando seu conteúdo dentro de um envelope com o nome de Jake, e deixou em cima da mesa dele. Jake saberia como aproveitar as fotos, caso lhe acontecesse alguma coisa. Endereçou um outro, com uma segunda cópia do DVD, a um advogado que lhe prestara aconselhamento legal quando estava decidindo se devia ou não deixar a força policial. Largou o envelope para o advogado em uma caixa do correio a caminho do seu apartamento, que ficava no terceiro e último andar de um prédio revestido de tijolinhos, na avenida Wisconsin, a curta distância da Catedral Nacional. O andar térreo era ocupado por um restaurante grego, e a entrada ficava entre esse restaurante e uma tinturaria. Dana passou vagarosamente pelo edifício, atenta a ambos os lados da rua. Naquela hora não havia muito trânsito e teria sido fácil localizar uma vigilância. Tanto quanto podia dizer, os carros de ambos os lados da rua estavam desocupados e não via nenhum furgão de aspecto suspeito.

Ela esperou em uma rua lateral durante quinze minutos antes de contornar o quarteirão e voltar pelo lado oposto da rua. Nada do que viu suscitou sua desconfiança. Se alguém estivesse vigiando o apartamento, não era da rua, embora pudesse ser de qualquer um dos apartamentos do outro lado. Tentou distinguir alguma atividade suspeita neles, mas não dava para enxergar o que acontecia nos interiores escuros.

Depois de se certificar de que os fundos não estavam sendo observados, Dana estacionou a Harley na parte de trás do seu edifício e entrou pela porta de metal que abria no porão. Talvez se safasse. Podia ser que a sorte estivesse ao seu lado e que, com o escuro, eles não tivessem conseguido ver sua placa.

Dana subiu a escada e parou no patamar que passava diante da sua porta. O piso de madeira barata era ligeiramente iluminado por poucas lâmpadas fracas espaçadas no teto cheio de manchas de água. O chão rangeria quando andasse em cima dele, e por isso deslocou-se o mais silênciosamente que pôde. As paredes do corredor eram de madeira fina e ofereciam pouca privacidade. Dali era possível ouvir as televisões ligadas e as brigas domésticas. Encostou o ouvido na porta do seu apartamento por um minuto e usou a chave quando não ouviu sons vindo lá de dentro.

Dana acendeu a luz e examinou o corredor estreito que saía da porta da frente ao quarto de dormir e à parte dos fundos do apartamento. A cozinha ficava na primeira porta à esquerda, e a entrada da salinha de estar era perto da porta da cozinha. Dana fechou e trancou a porta da frente e procurou ouvir algum som no apartamento. Sem nada ouvir, deixou escapar um suspiro de alívio e entrou na cozinha.

O soco que Dana levou no plexo solar deixou-a sem poder respirar, e ela caiu sentada. Uma enorme mão segurou-a pelo pescoço e obrigou-a a levantar-se enquanto ela tentava respirar.

— Onde estão a câmera e as fotos, sua vaca? — perguntou um homem muito grande que vestia uma camiseta preta. Ele aproximou o rosto do dela. Tinha o nariz quebrado e olhos azuis sem brilho. Seu hálito era péssimo e ela podia ver os pelos escuros no seu rosto.

Dana queria responder, mas não conseguia respirar. O homem atirou-a no chão e chutou-a de lado. Sua jaqueta de motociclista absorveu um pouco da pancada da queda, mas não o suficiente para impedir a dor do chute nas costelas.

— Nós não estamos aqui para zonear. Passa a câmera e todas as fotos agora, ou te estupro antes de te matar a pontapés.

O cérebro de Dana pregou-lhe uma peça fazendo-a pensar que a voz do seu atacante soava como a de um dos homens que a tinham acorrentado no porão. Ela recuou como um caranguejo e foi comprimida de encontro à porta da frente. Aí então se encolheu e assumiu a posição de uma bola fetal. Seu atacante olhou por cima do ombro para um outro homem que vestia uma jaqueta cinza claro, calça jeans e tênis de corrida. Seu cabelo louro era comprido, quase alcançando os ombros, e a barba estava cuidadosamente aparada.

— Acho que ela não quer entregar porque prefere transar com a gente antes — disse o homem que tinha batido nela. — O que é que você acha?

— Eu não ouvi a mocinha dizer onde se encontram as fotos, você ouviu?

— Não. Acredito que ela esteja mesmo querendo — seu atacante agarrou a genitália e puxou para cima. — Nossa, mas ela é muito gostosa.

Dana, embora aterrorizada, também estava armada. Desde a provação por que passara, carregava um sortimento de armas, e a mais fácil de pegar na posição fetal em que se encontrava era a que estava presa no tornozelo.

Seu agressor observou com os olhos arregalados quando Dana atirou. A bala perfurou sua coxa, ele gritou e desabou no chão. A explosão e o grito num lugar tão confinado assustaram o segundo homem. Quando, por fim, ele foi capaz de se mover, Dana estava de pé, a arma apontada para seu coração. O olhar dela era homicida.

— Calma — implorou o segundo homem, a voz insegura e as mãos, que ele erguera, súplices, sacudindo com força.

Uma onda vermelha varreu o cérebro de Dana e vozes insanas instaram-na para que o matasse. Só as lições aprendidas em meses de terapia a impediram de matá-lo, ou fazer algo pior.

— Calma? — ela gritou. — Não acho que vocês estivessem querendo demonstrar calma.

A mão de Dana tremia e os olhos do intruso ficaram colados no dedo do gatilho. Ele ergueu os olhos na direção dela.

— Você não vai querer matar por engano. Calma!

— Se me mandar ter calma mais uma vez, vou atirar em você. O homem ficou pálido.

— Olha, nós não íamos estuprar você — disse ele, a voz tremendo tanto quanto a de Dana. — Somos agentes federais. Estávamos só tentando amedrontar você.

O homem que a tinha agredido agarrou a coxa com ambas as mãos e rolava pelo chão para trás e para frente, gemendo de dor. Dana chutou seu rosto.

— Cala essa merda da boca — ela berrou para poder ser ouvida acima dos seus gritos de dor. Espirrou sangue do seu nariz e ele desmaiou de costas.

O segundo homem usou a momentânea desatenção de Dana para procurar uma arma, mas a dela voltou a apontar para ele antes que completasse a metade do movimento. Ele hesitou antes de levantar as mãos de novo.

— Não atire. Nós somos realmente agentes federais. Deixe que eu pegue minha identidade no bolso.

— Estou cagando para quem vocês sejam. Mas o fato é que não estavam vestidos no estilo J. Edgar Hoover. Pareciam mais ladrões-estupradores, e eu estaria agindo em defesa própria se arrancasse suas bolas com um tiro.

— Seja inteligente. Mate-nos e terá todas as agências de repressão ao crime atrás de você.

— Já estão.

Dana engatilhou a arma.

— Por favor, não. Sou casado. Tenho filhos.

— Acha que eu me importo?

Dana ouviu sirenes. Alguém ouvira os tiros e gritos e chamara a polícia. Tomou uma decisão.

— Você tem algemas?

— Tenho.

— Apanhe-as bem devagar, depois abaixe-se e algeme-se a esse panaca.

O segundo homem obedeceu com satisfação. Assim que viu os dois agentes algemados, ela recuou, saiu do apartamento e voou escadas abaixo. Sentira-se tentada a matar seus agressores, mas não queria mais fantasmas em seus pesadelos.

Assim que montou na Harley, Dana saiu velozmente, fazendo curvas aleatórias à esquerda e à direita até que se viu a quilômetros de distância da sua casa. Tentou lembrar quanto dinheiro tinha na carteira. Usara um banco 24 horas recentemente e achava que tinha 150 dólares. Se pegasse dinheiro de novo, os tiras saberiam, mas não tinha escolha. Precisava de tanto dinheiro em espécie quanto fosse capaz de pôr as mãos em cima. A partir daquele momento não mais poderia usar seus cartões de crédito.

Dana encontrou um banco nas cercanias de Chevy Chase e pegou o máximo de dinheiro que pôde. Em seguida partiu velozmente, sem nenhum plano. Estava vivendo o pior dos pesadelos. O presidente dos Estados Unidos estava a fim de pegá-la e contava com os recursos do FBI, CIA, NSA e todas as outras letras do alfabeto. Dana tinha 372 dólares, um 38 especial com quatro balas e uma Harley emprestada com três quartos de tanque de gasolina.

Parte Dois

Um Apelo Desesperado
Oregon

Capítulo Nove

Pouco depois de se mudar para Portland a fim de trabalhar com Reed, Briggs, Stephens, Stottlemeyer & Compton — a maior firma de advocacia do estado de Oregon — Brad Miller alugou um apartamento na orla do rio, com vista para o Monte Hood, o vulcão extinto que é a montanha mais alta do estado. Quando abriu as persianas do quarto de dormir naquela manhã amena de final de junho, ele contemplou o sol nascendo por trás da majestosa montanha encimada pela neve e uma equipe de oito mulheres remando com vigor ao longo da margem mais distante do rio Willamette. Era uma cena que deveria ter trazido um sorriso ao semblante de Brad, mas naquela manhã ele tinha um bom motivo para se sentir triste e vazio.

Brad experimentara bons e maus dias desde que atravessara o país para assumir aquele emprego. Quanto mais longe estivesse de Nova York e das suas paisagens que o faziam pensar em Bridget Malloy, mais frequentes eram seus bons dias, mas hoje fazia sete meses que Bridget rompera o noivado, e não havia paisagem, por mais magnífica, que pudesse impedi-lo de sentir-se deprimido.

A água do chuveiro afastou um pouco de sua melancolia, ele se vestiu, saiu caminhando a pé até o trabalho e parou no caminho para o café da manhã no seu local favorito, na Terceira Avenida. Geralmente comia qualquer coisa em casa, mas o escritório atravessava uma fase de calmaria e ele não tinha pressa naquela manhã. Leu o jornal enquanto comia os ovos. A vitória dos Yankees sobre o Boston ajudou-o a afastar o pensamento de Bridget. Brad podia ter deixado a Costa Leste para trás, mas era torcedor dos Yankees para o resto da vida.

Quando terminou o café, Brad caminhou diversas quadras até o edifício de trinta andares de vidro e aço, no coração do centro da cidade de Portland. A entrada principal da firma era no trigésimo andar, e a primeira pessoa que os clientes viam ao entrar na espaçosa área de espera era uma recepcionista lindíssima que ficava sentada atrás de um magnífico balcão de madeira em que se podia ver o nome da firma em reluzentes letras de metal. Atrás dela havia diversas salas de reunião com paredes de vidro e vistas espetaculares das três montanhas cobertas de neve e do rio que passa pela região. Enquanto esperavam, os clientes se sentavam em sofás macios forrados de couro e folheavam exemplares do *U.S. News & World Report* ou do *The Wall Street Journal*. Era naquele andar que os sócios faziam grandes negócios para gente importante em escritórios imensos mobiliados por *designers* famosos.

Brad não tomou o elevador para o trigésimo andar. Associados juniores adentravam os sagrados corredores da Reed & Briggs no vigésimo sétimo e caminhavam em um corredor sem janelas até uma porta comum onde digitavam um código de acesso em um teclado afixado na parede. No seu interior, o pessoal de apoio ocupava cubículos que enchiam o centro do andar e eram cercados pelas salas nada impressionantes dos membros mais novos da firma.

Brad encheu uma caneca com café na lanchonete e carregou-a para a sua saleta mínima. A janela estreita acima do aparador dava para o telhado do estacionamento de um hotel. O resto do escritório era inteiramente ocupado por uma mesa, duas cadeiras para clientes, um arquivo de aço cinza e uma estante entulhada com um conjunto revisado das leis do estado do Oregon e o Código Fiscal. Os únicos enfeites eram cópias emolduradas dos diplomas de ensino médio e da faculdade de direito que Brad cursara.

A mesa de Brad geralmente era ocupada por pilhas altas de missões dadas pelos sócios da firma, mas quando saíra na noite anterior havia menos documentos que o normal. Isto porque o sócio a quem vinha prestando assistência acabara de encerrar o processo que demandara uma boa parte do tempo de Brad desde que ele começara a trabalhar ali. Ao entrar na sala hoje Brad deteve-se, com um gemido. Três novas pastas cobriam seu risque-rabisque. Um rápido olhar no memorando em cima da pasta do centro o informou que ia trabalhar até tarde.

Brad tomou um gole de café enquanto o computador inicializava. Depois de checar os *e-mails*, começou a leitura de um contrato de quarenta páginas entre um subempreiteiro e uma companhia de engenharia que estava construindo apartamentos na costa perto de Lincoln City. Alcançara a página sete quando o aparelho de intercomunicação tocou e a recepcionista lhe disse que Susan Tuchman queria vê-lo. Brad suspirou, colocou um marcador no parágrafo que estava lendo e encaminhou-se para a escada que o levaria ao trigésimo andar.

Os associados tinham apelidado a Tuchman de "Dragoa", e o trigésimo andar, o ninho de águia de onde os deuses da Reed & Briggs reinavam, de "Céu". Brad podia ter subido pelo elevador, mas subir a escada era um dos poucos tipos de exercício que conseguia praticar desde que começara a passar catorze horas por dia no escritório. Alguns dos outros associados corriam ou se exercitavam em um ginásio antes do trabalho, mas ele não era do tipo matinal. Jogava ocasionalmente uma partida de tênis no Pettygrove Athletic Club, onde todos os sócios e associados eram membros, e fazia uma ou duas corridas por semana, mas notara que os números da balança do seu banheiro iam aumentando aos poucos e que estava ficando cada vez mais difícil alcançar uma bola do outro lado da quadra. Quando abriu a porta para o trigésimo andar, ele tinha feito uma promessa de fazer dieta e praticar pelo menos quatro horas de exercício por semana.

O escritório de esquina de Susan Tuchman era um tributo ao minimalismo. Havia duas janelas grandes num canto, proporcionando-lhe uma visão panorâmica de Portland. Na terceira parede, debaixo de uma pintura toda branca, havia um sofá de couro negro. A mesa da sócia sênior era um vidro grosso e enorme, escorado em tubos de alumínio, e os únicos itens que ficavam em cima dela eram uma caixa de entrada e outra de saída feitas de metal polido e uma pasta grossa de documentos. O único espaço atravancado era a parede decorada com os prêmios que Tuchman ganhara das velhas escolas de direito de Londres, as chamadas Inns of Court, da American Bar Association e de outros grupos legais. Ali estavam também as fotos de Tuchman com celebridades do mundo da política, negócios e entretenimento.

Tuchman tinha um metro e sessenta e dois e era bem magra. O cabelo louro era livre de fios grisalhos com a ajuda da química, e um cirurgião plástico de Beverly Hills de reputação internacional podia reivindicar o crédito por manter sua pele esticada como um envoltório de plástico. Ela vestia um terninho Armani preto com uma blusa branca de seda e usava um colar de pérolas negras. Tinha quarenta e nove anos de idade, mas era sócia sênior fazia dez anos, como resultado de uma série de vitórias em favor de uma indústria farmacêutica e uma companhia de tabaco. O primeiro marido era associado de outra firma, mas ela preferira se divorciar a permitir que se configurasse uma situação em que um oponente, integrante da firma dele, pudesse entrar com um recurso destinado a tirá-la do caso sob o fundamento de conflito de interesses. O segundo e tempestuoso casamento com um juiz federal durara apenas o tempo necessário para Tuchman processar a diferença existente entre as contribuições dos dois para a conta conjunta do casal.

— Sente-se — ordenou Tuchman, indicando uma das cadeiras destinadas aos clientes, forrada do mesmo couro negro do sofá com a estrutura também de tubos de alumínio. Brad abaixou o peso do corpo cuidadosamente, esperando que a cadeira fosse cair para trás a qualquer segundo.

— Tive boas informações a seu respeito, dadas por George Ogilvey — disse Tuchman, mencionando o sócio que acabara de ganhar a ação em que Brad estivera trabalhando. — Ele me disse que você é um ás na pesquisa.

Brad encolheu os ombros, não por modéstia, mas sim por medo de que qualquer opinião que desse de George Ogilvey pudesse encorajar Tuchman a aumentar sua carga de trabalho.

Tuchman sorriu.

— Eu queria escolher um associado para um projeto interessante e, com base na recomendação entusiasmada de George, concluí que você é o homem para o trabalho.

Com todo o trabalho que tinha, Brad não precisava de mais projetos, interessantes ou não, mas sabia muito bem que o sensato seria manter essa opinião para si mesmo.

— Você sabe que Reed & Briggs se orgulha de ser mais que uma fábrica de dinheiro. Acreditamos que nossos advogados devam proporcionar um retorno à comunidade, portanto aceitamos projetos *pro bono*. Esses projetos são empolgantes e dão a nossos novos associados a chance de trabalhar em contato direto com os clientes e obter experiência de tribunal.

Brad sabia tudo a respeito desses projetos gratuitos. Representavam boas relações públicas para a firma, mas, porque consumiam muito tempo sem render direito, os sócios os empurravam para os associados mais recentes.

Tuchman empurrou a pasta que ocupava o centro da sua mesa na direção de Brad.

— Você não é do Oregon, é?

— Sou de Nova York. Nunca estive na Costa Oeste antes de ser entrevistado para este emprego.

Tuchman assentiu.

— O nome Clarence Little significa alguma coisa para você?

— Acho que não.

Tuchman sorriu.

— Teste rápido, o nome do presidente dos Estados Unidos.

Brad retornou o sorriso.

— Christopher Farrington.

— Excelente. E você sabe quem era o governador do Oregon antes de ele ter sido escolhido como vice-presidente de Nolan?

— Acho que sim.

O presidente Nolan morrera de ataque do coração no meio do seu segundo ano de mandato, e Farrington de repente se vira guindado à posição de presidente dos Estados Unidos. Brad voltou o olhar para as fotos em que Tuchman aparecia tagarelando com pessoas importantes, e subitamente notou que em várias delas aparecia um sorridente Christopher Farrington.

Tuchman notou para onde Brad estava olhando.

— O presidente é um amigo pessoal. Fui encarregada de suas finanças na campanha para governador.

— O que o presidente Farrington tem a ver com o meu trabalho?

— O Sr. Little entrou com um *habeas corpus*, que se encontra agora na Corte de Apelações do Nono Circuito. Ele é um assassino em série condenado e está contestando uma sentença de morte que recebeu no Oregon. O crime ocorreu enquanto o presidente Farrington era governador, e a vítima era filha da secretária pessoal do governador. O caso criou muita confusão por aqui por causa do vínculo com o governador, mas talvez não tenha merecido muito espaço nos jornais de Nova York.

— Acho que ouvi falar nisso — disse Brad para que Tuchman não pensasse que ele era um nova-iorquino típico, desses que imaginam que quem sai dos limites da cidade cai da beirada da Terra, mas, na verdade, não se lembrava de nada.

— A empresa aceitou representar o Sr. Little. Penso que o senhor achará a missão muito desafiadora. Examine a pasta com os documentos do caso e volte a me procurar caso tenha alguma dúvida.

— Vou começar agora mesmo — disse Brad, ao mesmo tempo em que se levantava.

— Vou mandar que entreguem as caixas-arquivo com o resto do processo na sua sala.

Oh, não, pensou Brad. Essas caixas costumavam ser enormes, e Tuchman acabara de dizer que eram mais de uma. Lembrou-se de todo o trabalho recente que encontrara empilhado em cima da sua mesa.

— Lembre-se, Brad, isto é literalmente uma questão de vida ou morte e — ela acrescentou em tom confidencial — talvez suba até o Supremo Tribunal Federal. Não seria fantástico?

— Vou trabalhar duro no caso do Sr. Little, não se preocupe — garantiu Brad com grande entusiasmo, que desapareceu assim que ele se viu do outro lado da porta da sala da sócia sênior.

— Só me faltava esta — resmungou Brad enquanto descia a escada. Não apenas tinha em mãos uma enorme carga de trabalho oriunda dos outros sócios, como não sabia absolutamente nada a respeito de lei criminal e não podia se importar menos com isso. Cursara a matéria de direito criminal obrigatória no primeiro ano da faculdade e fizera um curso de atualização antes de prestar o exame da Ordem, mas não se lembrava quase nada do que aprendera. E ainda havia a pressão extra de saber que uma pessoa podia morrer se ele fizesse besteira. Claro que a pessoa em questão era um assassino em série condenado, alguém que ele não tinha interesse em salvar da forca. Se o tal de Little realmente tinha cometido os crimes de que o acusavam, a sociedade estaria melhor se fosse condenado.

— Por que eu, meu Deus? — resmungou Brad ao empurrar a porta do vigésimo sétimo andar. Não recebendo uma resposta, ele concluiu que ou a Deidade não estava interessada em seus problemas ou os deuses do trigésimo andar eram mais poderosos do que quem quer que ele anteriormente considerara como o Grande Chefe.

Brad passou o resto da manhã e a tarde trabalhando no contrato dos apartamentos de Lincoln City. Eram quatro e quarenta e cinco quando finalmente enviou, por *e-mail*, ao sócio que lhe dera a missão, um memorando delineando os problemas com que a companhia construtora se defrontava. Sentia-se exausto e brincou com a ideia de ir para casa, mas tinha muito trabalho a fazer e novas tarefas continuariam chegando.

Ele suspirou e pediu uma pizza. Enquanto não chegava, foi até a sala dos homens onde reciclou o café que vinha bebendo avidamente e jogou água no rosto. Depois pegou uma Coca-Cola, por causa da cafeína, e foi trabalhar nas caixas-arquivo que continham os documentos do processo *Little versus Oregon*. Uma das caixas continha os quinze volumes da transcrição do julgamento e os nove volumes da transcrição da audiência de sentença. Outra tinha as pastas com os pleitos, as moções legais e memorandos. Uma terceira continha a correspondência, os relatórios policiais e miscelâneas, tais como o laudo e as fotografias da autópsia e da cena do crime.

Duas horas mais tarde, ele ainda se encontrava sentado à sua mesa, lançando olhares ansiosos a um envelope de papel pardo que jazia a poucos centímetros de distância dele, bem no centro do seu risque-rabisque. A única pessoa morta que vira na vida fora no funeral de sua bisavó, e, mesmo assim, não se lembrava com clareza de nada porque tinha só cinco anos naquela ocasião. Mesmo assim, sabia que ela morrera pacificamente durante o sono. Não fora torturada e picada em pedaços como Laurie Erickson, a adolescente cujas fotos da autópsia e da cena do crime estavam no envelope.

Brad sabia que Laurie Erickson tinha sido cortada em pedaços e torturada porque acabara de ler no laudo da autópsia. Era muito enervante, como ler uma crítica descrevendo detalhadamente um desses filmes de terror que envolvem assassinos psicopatas que matam aleatoriamente, filmes, aliás, de que Brad fugia como o diabo da cruz. De acordo com o legista, a causa da morte de Erickson não era mistério algum. Ela quase fora decapitada quando Clarence Little golpeara cada centímetro do seu pescoço com um facão do mato ou instrumento similar, transformando a pele em fitas; havia uma hemorragia subdural no tronco encefálico para a qual o legista não conseguiu encontrar uma causa e, não satisfeito em matar a pobre garota, Little tinha cortado diversas partes do seu corpo depois que morrera.

A tentação de ver as fotografias do crime horripilante atraía Brad para o envelope do mesmo modo que um acidente de trânsito atrai o olhar de cada motorista que passa. O que o impedia de abrir o envelope eram os detalhes sangrentos da autópsia e o fato de ele ter recentemente ingerido três fatias de pizza de pepperoni. No fim, a mórbida curiosidade de Brad levou a melhor. Puxou o envelope para junto de si, abriu a aba e puxou a foto de cima ao mesmo tempo em que desviava os olhos a fim de não ter uma visão clara. Então virou a cabeça vagarosamente para não ver tudo ao mesmo tempo. A foto mostrava uma jovem com a pele cor de cera esticada e nua em cima de um leito de aço com os braços ao lado do corpo. Ele levou um momento para perceber a natureza medonha dos ferimentos que a pobre tinha sofrido. Quando isto aconteceu, ele sentiu a cabeça ficar leve, o estômago embrulhado e arrependeu-se de não ter seguido seus instintos e deixado as fotos da autópsia dentro do envelope.

— O que nós temos aqui? — perguntou Ginny Striker da porta. Com o susto, Brad deu um pulo na cadeira e largou o envelope. Uma torrente de fotos realmente horrorosas espalhou-se em cima do seu risque-rabisque.

— Ai! — Ginny soltou um grito fingindo-se apavorada. — É o retrato de um dos querelantes dos nossos casos de derramamento de produtos tóxicos?

A mão de Brad voou ao peito.

— Puxa vida, Ginny, você quase me provoca um ataque do coração.

— E um grande processo trabalhista. Por que você está vendo essas fotografias nojentas?

— Susan Tuchman me encarregou de um pedido de *habeas corpus* — respondeu Brad. Ele indicou as pastas que cobriam sua mesa. — Como se eu não tivesse o suficiente para fazer.

— O trabalho de um associado nunca termina. Ele tem que labutar de sol a sol.

Brad apontou a caixa de pizza.

— Quer uma fatia? Essas fotos me fizeram perder o apetite.

Ginny pegou uma fatia da pizza fria, um guardanapo e sentou-se em uma das duas cadeiras de cliente. Era um pouco mais velha que Brad, uma loura alta e magra do Meio-Oeste com grandes olhos azuis. Ginny era agressiva, engraçada e inteligente e havia começado a trabalhar na Reed & Briggs um mês antes de ele chegar a Portland. Durante a primeira semana de Brad, tinha sido ela quem lhe mostrara como as coisas funcionavam por ali. Brad a considerava bonita, mas os boatos de um namorado na faculdade de medicina e sua própria história trágica com Bridget Malloy tinham mantido o relacionamento dos dois platônico.

— Eu não sabia que você era tão melindroso — disse Ginny.

— Nunca vi uma coisa dessas. Você já viu?

— Claro. Fui enfermeira antes de entrar para a faculdade de direito. Vi mais do que a parte que me cabia em matéria de ferimentos abertos e órgãos internos.

Brad empalideceu e Ginny riu. Riu e deu uma mordida na pizza enquanto ele reunia as fotos sangrentas e enfiava de volta no envelope.

— De que trata esse seu caso?

A boca de Ginny estava meio cheia de pizza e Brad precisou de um instante para entender o que ela havia dito.

— Clarence Little, meu mais novo cliente, é um assassino em série cujo atual endereço é o corredor da morte da Penitenciária Estadual do Oregon. Ele está lá por ter assassinado diversas mulheres, incluindo uma garota de dezoito anos chamada Laurie Erickson. Fui informado que o caso teve muito destaque aqui à época em que aconteceu porque a vítima trabalhava como babá para o governador quando desapareceu.

— Eu ouvi falar nisso! Ela não foi levada da mansão do governador?

— É o que pensam.

— Fizeram um programa de uma hora no horário nobre da televisão a respeito do crime. Foi há alguns anos atrás, não foi?

— Sim, um ano antes, Nolan escolheu Farrington como seu candidato favorito.

— Isso é tão legal, por que está se queixando? Um homicídio é muito mais interessante do que essa chatice em que normalmente temos que trabalhar.

— Eu poderia achar tão fascinante quanto você se não tivesse outras coisas para me manter ocupado, mas além de estar assoberbado não tenho motivação para salvar a vida de um degenerado que se excita torturando garotas inocentes.

— Tem razão. Quer dizer que você tem certeza de que ele é culpado?

— Não li a transcrição toda — são vinte e quatro volumes — mas li o resumo. A promotoria não tinha uma argumentação incontestável, mas montou um caso bastante forte.

— O que foi que aconteceu? — perguntou Ginny, pegando uma segunda fatia de pizza. Laurie Erickson era filha de Marsha Erickson, secretária pessoal de Farrington quando ele era governador. Acho que ela trabalhava na firma de advocacia dele antes de sua eleição. De qualquer modo, Laurie cursava o último ano do ensino médio e ocasionalmente trabalhava como babá de Patrick, o bebê dos Farrington. Os Farrington iam a um evento destinado ao levantamento de fundos na Biblioteca Pública de Salem, que não fica longe da mansão do governador. Patrick tinha dois anos naquele tempo e estava fortemente resfriado. Ele dormia quando Laurie chegou para cuidar dele. Você sabe que a primeira-dama é médica?

Ginny fez que sim.

— Pois bem, a Dra. Farrington deixou um remédio que Laurie deveria dar ao menino se ele tossisse ao acordar. O governador e seu assistente, Charles Hawkins, desceram para pegar a limusine enquanto ela ficou no quarto de Patrick dizendo a Laurie como administrar o remédio. Segundo o depoimento da Dra. Farrington ela disse boa noite a Laurie pouco depois das sete horas. Era dezembro, e, portanto, já estava escuro quando a limusine saiu para a biblioteca. A equipe de segurança da mansão não viu ninguém espreitando nas proximidades, mas a mansão é um prédio histórico cercado por vegetação. Foi construída por um barão da indústria de madeira em um terreno enorme no século XIX e remodelada após uma campanha para levantamento de fundos no final dos anos 1990. Há muitas maneiras de alguém entrar furtivamente ali. Há um guarda no portão da frente, outro que patrulha o terreno e algumas câmeras de segurança, mas o sistema não é a coisa mais moderna do mundo.

— Quer dizer então que os guardas não viram ninguém entrar na mansão depois que o governador saiu?

— Na verdade, alguém viu. Charles Hawkins, o assistente do governador, retornou por volta das sete e meia a fim de apanhar uma planilha com estatísticas que ele tinha esquecido de levar para o discurso do governador. Hawkins estacionou nos fundos e entrou por uma porta que era usada pelo pessoal de serviço. Ele tinha que passar pelo quarto de Patrick a caminho do escritório. A Sra. Farrington tinha pedido que ele desse uma olhada em Patrick. No seu depoimento, Hawkins declarou que Laurie Erickson lhe disse que Patrick ainda dormia. Depois disso, ele pegou o papel e voltou para a biblioteca a tempo de entregá-lo ao governador.

— Alguém viu Laurie viva depois que Hawkins saiu?

— Não, ele foi a última pessoa a vê-la, com exceção do assassino, é claro. Quando os Farrington voltaram para casa mais tarde, Patrick ainda dormia, mas Laurie não pôde ser encontrada em parte alguma. O terreno da propriedade e a vegetação foram vasculhados, mas a polícia não conseguiu encontrar qualquer rastro dela. Alguns dias mais tarde, excursionistas encontraram o corpo mutilado em um parque estadual, a quilômetros da mansão do governador.

— O que a polícia pensa que aconteceu?

— Há uma entrada para o portão nos fundos da casa. Estava aberta quando a polícia examinou o lugar e vestígios do sangue de Laurie Erickson foram encontrados em um tubo que terminava no porão e era destinado a transportar a roupa para lavar. De acordo com o médico forense, a garota era magra e pequena o suficiente para ter sido jogada por esse tubo. Os tiras pensam que Little veio pelo mato e entrou na casa pelo porão, nocauteou a pobre garota e saiu com ela pela porta do porão.

— Que trabalheira!

— O sujeito é maluco. Provavelmente pensou que fosse um bom plano.

— Como é que ele ia saber que ela estava trabalhando de babá? Teria de saber também não só da existência do tubo como que seria capaz de acomodar uma criatura do tamanho da tal Erickson. Como ele conhecia a planta da mansão?

— Não sei — respondeu Brad, aborrecido com Ginny por bancar a detetive.

— Por que a polícia prendeu Little pelo assassinato da Erickson se ninguém o viu entrar na mansão ou sair com ela?

— O principal foi o dedo mínimo. Ele sequestrava as garotas, matava e depois de mortas cortava seus dedos mindinhos. A polícia acha que guardava como troféus, mas nunca os encontrou. O dedo de Laurie Erickson estava faltando e fora cortado do mesmo modo que Little tinha mutilado suas outras vítimas.

— O caso me parece fraco.

— Tem razão. Penso que Little teria uma boa chance de se safar da acusação da promotoria caso fosse a única acusação contra ele, mas na verdade ele tinha sido preso por ter matado treze outras garotas, e as provas contra ele eram fortíssimas em diversos desses crimes. Não levaram Little a juízo pelo assassinato de

Laurie Erickson senão quando ele já tinha sido condenado por duas outras mortes. O promotor apresentou as provas dos outros casos no julgamento de Little pela morte de Erickson. O *modus operandi* era tão similar que apontava para uma única pessoa cometendo todos os crimes.

— O que está acontecendo com os outros casos?

— A suprema corte do Oregon afirmou que — a não ser que ocorra um milagre no tribunal federal — ele vai ser executado.

Ginny ficou confusa. — Se ele vai ser executado duas vezes por que está apelando deste caso?

Brad deu de ombros. — Não faço a menor ideia.

— Há uma chance de ele ser inocente?

— Quem mais poderia ter sido o criminoso?

— Hawkins foi a última pessoa a vê-la viva — respondeu Ginny, entre mordidas. — Um dos guardas poderia ter subido a escada quando os outros não estavam olhando. E se Little conseguiu entrar furtivamente na mansão, qualquer outra pessoa também poderia.

— Algum outro assassino em série que por acaso matava do mesmo modo que Little?

— Bem lembrado.

— De qualquer modo, nada disso tem importância. Não posso debater os fatos em um pedido de *habeas corpus*. A única coisa que posso é levantar as questões constitucionais apresentadas por Little na audiência do *habeas corpus*.

— Por que ele pensa que deve ser submetido a novo julgamento?

— Ele afirma que tem um álibi para a noite em que Laurie Erickson foi morta e que seu advogado não quis utilizá-lo.

— Então ele afirma que o advogado foi incompetente.

— É, mas não tem como entrar na justiça contra o advogado. Ele depôs na audiência. Disse que Little realmente assegurou que tinha um álibi, mas que não queria dizer qual era. Afirmou que pressionou Little para que lhe desse mais informações, mas Little foi sempre tão vago que não pôde usar o tal álibi na sua defesa.

— O que foi que Little disse?

— Não muito. Eu li o depoimento dele. Simplesmente afirmou que tinha dado ao advogado informações suficientes, mas não diria ao juiz onde supostamente estivera e evitou responder diretamente às perguntas do promotor. Ele aparece na transcrição como um sujeito realmente evasivo. O juiz o acusou de querer brincar com a corte e decretou que o advogado de Little tinha sido competente e tudo mais.

— Há algum outro problema?

— Não que eu possa ver.

— Então, o que você vai fazer?

Brad encolheu os ombros. — Acho que vou passar os olhos na transcrição e ler tudo isso só para me garantir. O cara está no corredor da morte. Não posso deixar nenhum detalhe sem verificar, certo? Acho que só estou perdendo tempo. Farei alguma pesquisa. Devo isso ao cliente. Se não encontrar nada, procuro a Tuchman e digo a ela que deveríamos aconselhar o cliente a desistir do apelo.

Ginny limpou as mãos e a boca com um guardanapo. — Tenho uma brilhante sugestão.

— Para o caso?

— Não, a respeito da vida. São quase nove horas e você está péssimo. Acho que a Dragoa pode esperar um dia para ouvir sua opinião a respeito do caso do Little, mas não creio que você consiga durar muito mais tempo sem uma cerveja. Assim, quero que você guarde seu processo e me acompanhe até o bar do Shanghai Clipper.

Brad deu uma olhada no relógio. Perdera a noção do tempo com o seu entusiasmo pelo trabalho.

— Essa foi uma sugestão brilhante. Você deve ter se formado entre as primeiras da classe.

— Brilhei em direito de beber — Ginny levantou-se. — Vou pegar meu casaco e encontro você no elevador.

O Shanghai Clipper, um restaurante de comida asiática e ocidental com uma decoração moderna, ficava no segundo andar de um arranha-céu situado a poucas quadras dos escritórios da Reed & Briggs. As janelas enormes davam para um trecho dos Park Blocks, uma sucessão de parques que tinha início no campus da Universidade Estadual de Portland e se estendia do norte ao sul da cidade com apenas umas poucas interrupções. Brad e Ginny encontraram uma mesa perto da janela em um canto escuro do bar e pediram cerveja e aperitivos.

— Finalmente sós — disse Ginny.

— É bom sair do escritório.

— Você tem que se cuidar, parceiro. Um pouco de trabalho extra, tudo bem, mas você não está querendo ter um colapso nervoso, está?

— Isto é uma propaganda do "Faça o que digo, mas não faça o que eu faço"? Você tem trabalhado tanto quanto eu.

— *Touché.*

— Além do mais, não faz muita diferença se estou em casa ou no escritório.

— Opa, você não está sentindo pena de si mesmo, está?

— Na verdade estou. Hoje é o aniversário de um evento realmente desagradável.

O garçom apareceu e colocou entre os dois advogados duas garrafas geladas de Widmer Hefeweizen, uma seleção de sushi e um prato dos bolinhos chamados won ton, fritos com molho. Depois fechou os olhos, inclinou a cabeça para trás e colocou as pontas dos dedos na testa.

— Estou vendo a imagem de uma mulher — disse Ginny, imitando o sotaque de uma cigana.

Brad suspirou. — É tão óbvio assim?

— Quando um homem está melancólico costuma ser uma aposta segura que a causa seja uma mulher.

— Você me pegou.

— Quer falar sobre isso? Sou uma boa ouvinte.

— Sim, claro, por que não chatear você com minha saga de infortúnio e desgraça. Era uma vez um tempo em que eu estava loucamente apaixonado por Bridget Malloy. Ela era — e ainda é, acredito — a garota dos meus sonhos. Inteligente e bonita, aceitou minha proposta de casamento na terceira vez.

— Entendo.

— Sim, eu sei. Devia ter aceitado o não da primeira vez, ou pelo menos da segunda, mas não sou capaz de pensar direito quando a Bridget está envolvida.

— Essa história deve ter um final infeliz...

— E tem. Nós íamos nos casar depois que eu me formasse na faculdade. O hotel foi alugado, os convites expedidos, o organizador da cerimônia contratado. Aí então Bridget me convidou para encontrá-la no restaurante onde a pedira em casamento pela segunda vez para tomarmos alguns drinques.

Ginny tapou os olhos com a mão. — Não posso olhar.

Brad riu amargamente. — Você obviamente adivinhou o desfecho desta história dolorosa. Bridget me disse que não podia seguir adiante com a ideia do casamento. Acho que disse também algo a respeito de eu ser um grande sujeito que certamente haveria de encontrar alguém que valesse mais a pena e também a respeito de ela não estar preparada ainda para casar, mas não posso garantir. Depois que Bridget largou sua bomba o resto da noite passou a ser um borrão só.

— Estou adivinhando que você não lidou bem com isso.

— Não mesmo. Pelo menos não de imediato. Passei os dois dias seguintes de porre em cima da cama. Fiquei realmente em péssimo estado. Mas depois o céu clareou, o sol apareceu e eu tive uma epifania. Bridget disse que era jovem demais para se casar e eu decidi que ela estava certa e que eu talvez também fosse jovem demais. Antes que Bridget recuasse da ideia do casamento, nós planejávamos morar no meu apartamento. Eu estava na terceira entrevista com quatro escritórios de direito de Manhattan, ia aceitar a melhor oferta e trabalhar para galgar a posição de sócio enquanto ela completava o mestrado de belas-artes e seguia seu sonho de ser escritora. Teríamos um filho ou dois e nos mudaríamos para o subúrbio onde ambos tínhamos sido criados. Havia uma casa grande em uma área rica da North Shore, Long Island, e a associação a um *country club* em algum ponto do plano. Depois vinham a meia-idade e a aposentadoria quando os garotos tivessem terminado a faculdade. Tudo muito certinho e horrivelmente parecido com as vidas que nossos pais tinham vivido. Depois que me recuperei fiz uma avaliação de minha vida. Eu tinha feito a escola secundária em Westbury, Long Island e faculdade em Hofstra, que fica em Hempstead, também em Long Island e não muito longe de casa. Exceto por uma viagem à Europa na companhia dos velhos e uma viagem pelo interior do país sozinho após a faculdade, passei a maior parte da minha vida na Costa Leste dos Estados Unidos. Agora que eu não mais estava na trilha casamento/carreira perguntei a mim mesmo por que deveria permanecer em Manhattan quando havia um mundo enorme lá fora. Assim, entrei na internet e pesquisei escritórios em Colorado, Califórnia, Oregon e no estado de Washington. Quando Reed & Briggs me chamaram para uma entrevista, peguei um avião para a Costa Oeste e voltei com uma proposta de emprego. E aqui estou eu.

— Mas você ainda não está totalmente recuperado, está?

— Uma boa parte do tempo, sim. Quase tudo o que vejo em Portland não me faz lembrar dela. Isso ajuda. Mas de vez em quando ouço sua canção favorita no rádio ou um filme antigo a que tínhamos assistido juntos é exibido na televisão e tudo volta.

— E agora este aniversário.

— Isso mesmo.

— Foi por isso que você se enterrou debaixo dos arquivos do caso Clarence Little?

— Ler os autos do processo ajuda a esquecer.

— Até que eu mexi na ferida. Desculpe.

— Não se desculpe. Falar a respeito ajudou. Botar para fora o que está preso dentro do peito é melhor do que conservar tudo lá dentro.

— Então, fico satisfeita por ter podido ajudar.

— E você, algum amor trágico no passado?

Ginny tomou um gole de cerveja antes de responder. — Não sei ao certo.

— E isso quer dizer...

— Eu tenho um namorado. Estuda medicina na Filadélfia.

— Um bocado longe.

— Com certeza. Estamos dando um tempo para ver se a ausência faz o coração mais apaixonado.

— Sua sugestão ou dele?

— Nossa, você está sendo pessoal demais.

— Eu vomitei tudo o que tinha. Você pode fazer o mesmo.

— Foi uma sugestão mais ou menos mútua. Quer dizer, eu sugeri, mas ele não se contrapôs muito.

— Há quanto tempo rola esse namoro?

— Desde o primeiro ano da faculdade.

— Um bocado de tempo.

— É, mas as pessoas mudam. Ademais, são sete anos juntos. Sete anos nos quais a tão famosa coceira dos sete anos surge na vida dos casados. Tem que haver uma razão para isso, não acha?

— Então você está em Portland para ver se o esquece?

Ela pegou sua cerveja e balançou a cabeça afirmativamente.

— E...?

Ginny deu de ombros. — Não estou segura. Conversamos muito pelo telefone e é legal. Mas acho que ele está vendo alguém.

— Oh?

— Matt não sabe mentir. O que me chateia é que não me importo. Acho que na verdade estou aliviada. Talvez ele estivesse certo e nós precisássemos seguir em frente — ela suspirou. — O tempo dirá. Ligue novamente neste mesmo canal na semana que vem.

Brad sorriu. — Somos dois patéticos perdedores, não é mesmo?

— Fale em seu nome, Amigo. Eu me vejo como alguém prestes a embarcar em uma nova aventura de vida — ela consultou o relógio. — Estou vendo que já passou e muito da minha hora de ir para a cama.

Brad estendeu a mão para pegar a conta, mas Ginny foi mais rápida. — Você comprou a pizza gordurosa. Isto é por minha conta. A próxima vez é sua.

— Falou — disse Brad, sabendo que Ginny era muito teimosa para recuar e feliz por ver que ela estava pensando que haveria uma próxima vez.

Capítulo Dez

O trajeto pela I-5 de Portland para a penitenciária estadual em Salem, a capital do Oregon, levou uma hora. Durante o percurso, os pensamentos de Brad Miller oscilaram entre a iminente visita a Clarence Little e o encontro que tivera dois dias antes com a Dragoa. Assim que completou a pesquisa, Brad disse a Susan Tuchman que não pensava que houvesse no caso de Clarence Little algo que lhe possibilitasse aparecer de cara limpa numa corte de apelação. Ele presumira que Tuchman lhe diria para apresentar uma moção a fim de cancelar o apelo depois de escrever uma carta para Little explicando que não havia base para fundamentar seu pedido. Nem uma coisa nem outra, exigiriam que Brad se aproximasse a menos de oitenta quilômetros do seu cliente homicida. Em vez disso, Tuchman mandara que ele pegasse o carro e fosse até a penitenciária onde explicaria pessoalmente a conclusão a que chegara ao hóspede do corredor da morte. Brad tentara convencê-la de que deveria estar trabalhando mediante pagamento para a firma em vez de gastar horas gratuitas trancado atrás de altas muralhas de concreto com um sujeito cuja ideia de divertimento era cortar os dedos mindinhos das mulheres que matava. Tuchman tinha sorrido — sadicamente, na opinião de Brad — ao mesmo tempo em que explicava como o contato com o cliente ajudaria seu crescimento como advogado.

O conhecimento que Brad tinha de prisões vinha principalmente de filmes em que detentos brutais ou se estupravam uns aos outros debaixo do chuveiro ou faziam reféns inocentes durante rebeliões. O único criminoso que ele se lembrava de ter conhecido era um garoto durão na classe de ginástica da escola secundária que — segundo o que diziam — tinha sido preso por roubar um carro mais ou menos um ano depois da formatura. A ideia de ficar trancado no mesmo lugar que assassinos psicóticos, estupradores dementes e traficantes violentos não o atraía, para dizer o mínimo, e a perspectiva de ficar sentado diante de um sujeito que tinha matado uma porção de pessoas o deixava muito inquieto. O agente penitenciário responsável pela visita de Brad assegurara que haveria vidro à prova de bala e concreto separando-os, mas Brad vira *O Silêncio dos Inocentes* e não tinha total confiança na capacidade dos agentes da lei para manter assassinos em série realmente ardilosos atrás das grades.

Na noite anterior à expedição à penitenciária, Brad teve um sonho vívido sobre a autópsia de Laurie Erickson. Em partes do seu pesadelo Laurie se encontrava em cima da laje, mas em outras sequências pavorosas havia um homem vagamente parecido com ele mesmo deitado sob o bisturi ensanguentado do legista. Brad acordou diversas vezes durante a noite e a cada vez que voltava à consciência seu coração batia disparado, e as cobertas estavam molhadas de suor. Quando finalmente desistiu de dormir às 5h45min estava exausto e preocupado. E no instante em que estacionou na área destinada aos visitantes da penitenciária, era uma ruína.

Brad verificou se o carro estava trancado antes de percorrer a alameda arborizada que ia do estacionamento à porta da frente da prisão. O sol estava quente e soprava uma leve brisa. De ambos os lados da alameda havia agradáveis casas brancas que tinham sido residências e que agora serviam como escritórios para a administração. Teria sido uma paisagem idílica se o intimidante muro amarelo gema de ovo da prisão, encimado por arame farpado e protegido por torres armadas, não se agigantasse sobre as encantadoras casinhas com seus gramados meticulosamente aparados.

Brad subiu um curto lanço de degraus até uma porta que se abria em uma sala de espera de piso verde e com sofás baratos de estofamento cor de ferrugem fabricados na prisão. Havia dois guardas atrás de um balcão circular no centro da sala. Depois que Brad explicou o propósito de sua visita e mostrou seu cartão da Ordem dos Advogados e a licença de motorista, um dos guardas disse para que se sentasse.

Duas velhas gordas ocupavam um dos sofás. Uma era afro-americana e a outra, branca. Pareciam se conhecer. Brad supôs que seus filhos estivessem presos e que elas tivessem feito amizade durante as visitas anteriores. Uma mulher de vinte e poucos anos estava sentada em outro sofá, às voltas com um menino que devia ter uns quatro ou cinco anos. Ela era atraente, mas usava muita maquilagem. O garoto choramingava e lutava contra a mão que o segurava com firmeza. A mãe parecia irritada e prestes a usar violência para obrigar o menino a fazer o que ela queria.

Brad encontrou um sofá desocupado tão longe da mãe e seu filho quanto possível e estudou as anotações que fizera para o encontro com Little. O menino começou a gritar e isso aumentou a dificuldade para se concentrar, de modo que ele se sentiu aliviado quando um dos guardas adiantou-se até um detetor de metais e chamou em voz alta seu nome e diversos outros. A mãe pegou o filho no colo e carregou-o para o fim da fila que as mulheres mais velhas tinham formado. Brad juntou-se a elas. Quando chegou sua vez o guarda mandou que tirasse os sapatos e o cinto e esvaziasse os bolsos antes de passar pela máquina. Quando já estava com os sapatos e o cinto de novo, o guarda levou os visitantes a descer uma rampa. Ao fim da rampa havia um conjunto de grades de aço corrediças. O acompanhante do grupo sinalizou para outro guarda que estava sentado numa sala de controle. Momentos mais tarde as grades rolaram de lado com um barulho metálico e eles entraram em uma área de retenção. Assim que a primeira porta foi fechada, voltando à posição original, uma segunda se abriu e o grupo seguiu o guarda por um corredor pequeno onde esperaram até que ele destrancou a grossa porta de metal que dava para a área de visitas.

Um agente penitenciário estava sentado em uma plataforma na extremidade de um salão amplo cheio de mais sofás feitos na prisão e frágeis mesinhas de madeira. Viam-se máquinas de venda de refrigerantes, café e balas encostadas em uma das paredes. Um homem de cabelos brancos arrastava os pés na direção da máquina de café. Era fácil ver que ele era um prisioneiro porque os detentos usavam camisas azuis de trabalho e calças jeans.

Brad esperou as mulheres falarem com o guarda para lhe dizer que tinha uma reunião marcada com Clarence Little. Achou que ele fosse ficar impressionado ou horrorizado ao ouvir o nome do cliente de Brad, mas só parecia entediado quando telefonou para o corredor da morte a fim de requisitar o deslocamento de Little.

— Vai demorar uns quinze minutos para que ele chegue — disse o guarda quando desligou. — Quer esperar aqui ou na sala do não contato?

Brad lançou um rápido olhar à sala de visitas, que tinha esperado ver cheia de Hells Angels tatuados e psicopatas de olhos arregalados e cabeças raspadas à navalha, mas nenhum dos prisioneiros era assustador. Diversos deles, sentados no chão, brincavam com os filhos pequenos. Outros se debruçavam por cima das mesas e sustentavam conversas murmuradas com as esposas e namoradas. Ainda assim, Brad ficava nervoso por estar tão próximo de pessoas que tinham feito algo ruim o bastante para serem mandadas para a prisão.

— Eu espero na outra sala — respondeu Brad.

Do outro lado da sala de visitação geral ficava outra área destinada a visitas. Nela havia janelas de vidro à prova de bala em duas das paredes. Atrás delas deviam ficar os prisioneiros considerados perigosos demais para serem autorizados a permanecer na área aberta. Suas visitas se sentavam em cadeiras de dobrar e as conversas eram conduzidas por meio de telefones especiais. No fundo ficavam dois aposentos que mal acomodavam uma dessas cadeiras usadas em jogos de cartas. O guarda abriu a porta de um deles para Brad. A cadeira ficava diante de uma janela de vidro cercada por blocos de concreto pintados do marrom institucional da presidiária. Embaixo do vidro havia uma fenda destinada a passar documentos e uma borda de metal de tamanho suficiente para apoiar um bloco tamanho ofício. Um aparelho telefônico como os que ele vira outros visitantes usando era fixado na parede.

O guarda saiu e Brad ficou olhando ansiosamente através do vidro uma porta que abria para o aposento idêntico do outro lado. Não havia fotografias do seu cliente nos documentos que recebera e a imaginação de Brad criara uma personagem mista de Hannibal Lecter, Jason e Freddy Krueger. O homem que foi apresentado na sala por dois agentes penitenciários tinha um metro e oitenta de altura, era magro e parecia um contador. O cabelo era penteado cuidadosamente de modo que o risco ficava claramente à vista. Tinha pele lisa e nariz pequeno e comum. Olhos azuis acinzentados examinaram Brad através de óculos comuns de aros de metal enquanto os guardas abriam os fechos dos grilhões dos tornozelos e as algemas. Um dos guardas carregava uma pasta de bordas gastas e cobertas de escritos. O guarda passou-a para Little.

Nem Brad nem seu cliente falaram enquanto os guardas estavam presentes. Assim que eles saíram e fecharam a porta, Little puxou sua cadeira de dobrar para perto do telefone e sentou-se. Ele colocou a pasta em cima do ressalto de metal que tinha à sua frente e pegou o aparelho. Brad sentiu o estômago contrair-se.

— Senhor Little, meu nome é Brad Miller — disse, na esperança de que seu cliente não notasse o leve tremor de sua voz. — Trabalho como associado de Reed & Briggs, Stephens, Stottlemeyer e Compton em Portland. Foi solicitado que a nossa empresa se encarregue do seu pedido de *habeas corpus* na Corte de Apelações do Nono Circuito.

Little sorriu. — Sua firma tem uma excelente reputação por fazer um trabalho de qualidade, Senhor Miller. Sinto-me lisonjeado que a corte tenha designado Reed & Briggs para me representar. E agradeço o fato de o senhor ter gasto tantas horas do seu dia atarefado para me visitar.

Brad sentiu-se aliviado ao ver que Little era tão cortês.

— O senhor é nosso cliente e não poderia ir ao nosso escritório, poderia? — perguntou Brad com um sorriso, esperando que um pouco de humor melhorasse o astral do ambiente.

Little sorriu. — Acho que não.

Brad começou a relaxar. Talvez aquilo não fosse ser tão ruim afinal de contas. Então se lembrou de que ainda não dera a má notícia ao assassino sentado do outro lado do vidro.

— Vim aqui a Salem discutir alguns problemas que estou tendo com o caso — começou Brad, diplomaticamente.

— Que problemas?

— Bem, o mandado de segurança requerido pelo senhor alegava incompetência do advogado.

Little balançou a cabeça afirmativamente.

— E o juiz que presidiu a audiência discordou do senhor acerca da qualidade do seu representante no julgamento.

— Ele estava errado.

— Ah, sim, sei que é esta a sua posição, mas temos um problema. A Suprema Corte dos Estados Unidos emitiu o seguinte parecer em um caso chamado *Strickland versus Washington* — Brad puxou uma folha de papel da pasta e leu — "ao decidir sobre uma acusação de incompetência feita a um advogado, o tribunal deve julgar a racionalidade da conduta considerada deficiente desse advogado em fatos específicos do caso em questão, apreciada essa conduta no contexto temporal em que teve lugar. O réu condenado, ao se queixar de assistência recebida, deve identificar os atos ou omissões do advogado que ele, réu, considerou não resultarem de um critério profissional razoável. A corte então deve determinar se, à luz das circunstâncias, os atos ou omissões identificados se situam fora daquilo que se pode considerar como sendo assistência profissional competente..."

— Eu li *Strickland* — informou Little.

— Ótimo. Então entende que não pode simplesmente acusar seu advogado de tê-lo prejudicado. É preciso que diga ao tribunal de modo muito específico o que foi que ele fez que constituiu uma assistência ineficaz.

— Eu disse. Falei com meu advogado que eu tinha um álibi para a hora em que fui acusado de sequestrar e assassinar Laurie Erickson e ele não investigou minha afirmativa.

— Ok, aí está o problema. Não há dúvida de que o seu advogado tinha o dever absoluto de fazer uma investigação razoável dos fatos no seu caso que podiam estabelecer um álibi, mas ele disse que você não lhe deu fatos que ele pudesse verificar. Eu li a transcrição da audiência do seu pedido de *habeas corpus*. O juiz perguntou onde o senhor estava e o senhor evitou responder. Assim, resumindo a história, não vejo como possamos ganhar seu caso em uma apelação porque o Nono Circuito simplesmente vai dizer que o senhor não comprovou adequadamente o que o seu advogado teria feito de errado.

— Ainda quero apelar.

— Talvez eu não tenha sido bastante claro, Senhor Little. Li a transcrição do seu caso. Depois fiz um monte de pesquisa a respeito. Após isso conversei com outros advogados da firma. Ninguém pensa que o senhor possa ganhar. Seria uma perda de tempo insistir com seu apelo.

Little não estava sorrindo agora. — Há quanto tempo o senhor se formou advogado, Senhor Miller?

— Não muito tempo.

— E em quantos casos criminais o senhor trabalhou?

— Bem, na verdade este é o meu primeiro.

Little assentiu. — Foi o que pensei. Diga-me uma coisa, o senhor ainda está novo na profissão o bastante para acreditar na procura da justiça?

— Sim, com certeza.

— E posso supor que o senhor não aprovaria que um homem inocente fosse incriminado por algo que não fez?

— Claro que não.

— E o senhor não ia querer que um homem inocente fosse executado por um crime que não cometeu.

— Ninguém ia querer isso.

— A pessoa que matou Laurie Erickson talvez quisesse.

Brad franziu a testa. — O senhor está dizendo que não matou a Srta. Erickson?

Little manteve os olhos fixos nos de Brad e balançou a cabeça vagarosamente.

— Então o senhor realmente tem um álibi para a hora em que ela desapareceu? — perguntou Brad, muito embora não acreditasse em nenhuma palavra do que seu cliente estava dizendo.

— Sim, tenho.

— Por que o grande segredo? Se o senhor tinha uma prova que levaria a sua absolvição por que não contou ao advogado durante o julgamento ou explicou ao juiz na audiência?

— Isso é um pouco difícil.

— Olha, não quero parecer intolerante, mas você parece estar se evadindo das minhas perguntas a respeito do seu álibi do mesmo modo como evitou responder às perguntas do juiz na sua audiência. Se não for sincero comigo não poderei ajudá-lo.

— O meu problema é o seguinte, Senhor Miller. Havia uma vítima que poderia me libertar completamente, mas meu envolvimento com ela me implicaria em outro crime.

— Senhor Little, o que o senhor tem a perder? O senhor se encontra no corredor da morte não apenas pela morte de Laurie Erickson. O senhor foi condenado à morte por dois outros assassinatos. A Suprema Corte declarou solenemente essas convicções uma semana depois de sua audiência de *habeas corpus*. Mesmo que eu ganhe este caso, ainda assim o senhor será executado.

— Mas não por algo que não fiz. É uma questão de honra, Senhor Miller.

— Muito bem, posso entender que o senhor não admite a ideia de permitir que o incriminem impunemente. O que não entendo é porque não contou seu álibi ao seu advogado se sua convicção a esse respeito é tão forte. Qualquer coisa que tivesse dito a ele teria sido confidencial, mesmo que tivesse confessado outro crime.

— Presumo que o mesmo seria válido para o senhor?

— Seria. Eu sou seu advogado, de modo que tudo o que me disser será confidencial. Se me contar um crime que cometeu estou proibido por lei revelar essa confidência para qualquer pessoa. Tenho certeza de que o advogado que o representou no julgamento lhe disse a mesma coisa. Assim sendo, por que não lhe contou o nome da testemunha?

— Porque ele era um idiota. O tribunal me amarrou a um completo incompetente. Eu não acreditava que saberia proceder apropriadamente se eu confiasse nele. E eu tinha apresentado recursos nos meus outros casos, de modo que não queria me incriminar em outro crime enquanto não soubesse o resultado desses recursos.

Little hesitou. Brad pôde ver que ele estava às voltas com algum conflito interno.

— Tem outra coisa — disse Little. — A fim de provar minha inocência vou ter que me privar de alguns suvenires que prezo muito. Eu simplesmente não podia entregá-los àquele débil mental. Agora parece que não terei oportunidade de vê-los de novo, a menos que seja no tribunal e que sejam apresentados como prova. Assim, nada tenho a perder falando com o senhor a respeito deles.

— O senhor acaba de me conhecer, Senhor Little. Por que pensa que sou mais inteligente que o advogado que o representou antes?

— Porque a empresa onde o senhor trabalha, a Reed, Briggs, Stephens, Stottlemeyer & Compton decidiu contratá-lo, e eles não empregam idiotas.

Brad suspirou. — Agradeço seu voto de confiança, mas pode ser que seja tarde demais para ajudá-lo. Estou trabalhando no seu apelo. Apelos são baseados nos registros do tribunal que julgou o caso. Não podemos apresentar provas novas na instância superior, isto é, no tribunal do Nono Circuito, que vai julgar o apelo.

— E se o senhor pudesse provar que sou inocente? As autoridades ouviriam a um advogado da Reed & Briggs. Se a polícia ficar convencida de que não matei Laurie Erickson, o governador me indultaria, não é mesmo?

— Para ser sincero eu não sei. Sou bom em pesquisa, motivo pelo qual fui designado para o seu caso, mas não sou realmente especializado em direito criminal. Há provavelmente algum modo de ajudá-lo se o senhor puder me fornecer um modo de provar que o senhor não cometeu o assassinato.

Little ficou quieto por um momento. Brad quase podia ouvi-lo pesar prós e contras confiar no seu novo advogado.

— Tudo bem, vou me arriscar. A esta altura, como o senhor habilmente ressaltou, nada tenho a perder — Little adiantou-se um pouco. — Na noite em que Laurie Erickson foi sequestrada e assassinada eu estava com alguém.

— É o que o senhor diz, mas preciso de um nome e um modo para entrar em contato com a testemunha.

— O nome dela é Peggy Farmer.

Brad escreveu o nome dela. — Sabe como posso encontrá-la?

— Sei. Ela está na Floresta Nacional de Deschutes a cerca de oito quilômetros da área de estacionamento da Reynolds Campgound. Na noite em que a polícia insiste em me acusar de sequestrar Laurie Erickson, eu estava estripando Peggy.

O estômago de Brad deu uma volta e ele achou que fosse vomitar. Little notou seu desconforto e sorriu.

— Ela estava acampando com o namorado. Eles estavam metidos bem no fundo da floresta, um casal muito atlético. Eu os segui, eliminei o namorado dela quando dormia e brinquei com Peggy até que me cansei. A confusão aconteceu porque ninguém descobriu os dois corpos. Seus nomes constam como desaparecidos. Houve turmas de voluntários ajudando na pesquisa, mas fiz um trabalho muito bom ao escondê-los.

— Senhor Little — disse Brad, esforçando-se enormemente para manter a voz firme — se a Srta. Farmer está morta, como pode ajudar na sua defesa?

— Já ouviu falar da minha coleção de dedos mínimos?

Brad balançou a cabeça afirmativamente, sem confiar em si mesmo para falar. A bile começava a subir para a sua garganta.

— Se um técnico forense examinasse a minha coleção encontraria um dedo mínimo pertencente a Peggy, mas não encontraria o de Laurie Erickson.

A imagem de um jarro de vidro de boca larga cheio de dedos mindinhos surgiu de repente na cabeça de Brad e ele sentiu-se tonto.

— A companheira de quarto de Peggy lhe dirá que ela e o namorado foram acampar na quarta-feira à tarde e deviam voltar sexta-feira à noite porque tinham um casamento para ir no sábado. Trabalhei quinta e sexta. Dei parte de doente na quarta-feira. Se eu tivesse matado Peggy só poderia ter sido na quarta-feira, e Laurie foi levada na noite de quarta. Eu não poderia estar em dois lugares ao mesmo tempo.

Aquilo era mais do que Brad merecia. Ele devia estar revendo contratos e verificando registros de propriedades e não sentado a poucos centímetros de um lunático que tinha uma coleção de dedos.

— Vejo que isto é demais para o senhor — disse Little bondosamente. — Pode pedir um pouco de água ao guarda.

— Estou bem — insistiu Brad, embora estivesse longe disso.

— O senhor não precisa ser corajoso, Senhor Miller. Todos nós ficamos abalados se enfrentamos uma situação que não podemos aguentar. Acredite em mim, eu vi esse tipo de coisa em primeira mão.

Little fez uma pausa, com uma expressão melancólica no rosto. — Algumas delas choram e imploram. Outras praguejam e ameaçam. Tentam ser fortes. Mas mesmo sendo fortes imploram quando a dor é excessiva.

— Ok — disse Brad, tentando manter a dignidade. — Tenho que ir embora.

— Sinto muito se o perturbei. Mas devo lembrar ao senhor que é meu advogado e que o senhor tem o dever de proporcionar uma defesa vigorosa. Qualquer coisa menos e o senhor pode ser expulso da Ordem

— Olhe, Senhor Little, este caso é da minha empresa. Eu apenas estou trabalhando nele. Vou fazer um relatório sobre os assuntos levantados na sua audiência, mas é só.

— Acho que não. Eu lhe dei uma maneira de provar minha inocência. Se o senhor não aproveitar o que eu disse eu me queixarei na Ordem dos Advogados e falarei com a imprensa. Vou dizer que o senhor não me ajudou porque ficou demasiadamente amedrontado. Como pensa que essa publicidade afetará a sua carreira?

— O senhor não iria a parte alguma com um processo ou uma queixa.

— Talvez. Mas o senhor irá parar nas primeiras páginas, porque sou um homem de primeiras páginas. Ninguém quer um covarde para advogado. Pense bem no que acabo de lhe dizer e depois entre em contato e aí eu lhe direi onde encontrar meus lindos suvenires.

Brad voltou para o carro estonteado e teve problema em se concentrar na estrada durante a viagem de volta para Portland. As visões em sua cabeça variavam entre a coleção de dedinhos mutilados de Clarence Little e o cadáver mutilado de Peggy Farmer. Suas emoções variavam da raiva de Little por tê-lo posto em um dilema, um medo irracional de que o condenado escapasse do corredor da morte e o torturasse até a morte e a curiosidade a respeito da verdade das afirmativas de seu cliente. Quem melhor para ser incriminado por mais só um assassinato de que um assassino em série? Ninguém levaria a sério os protestos de um maníaco homicida.

A meio caminho de Portland, Brad discou o celular.

— Ginny Striker — disse a voz do outro lado.

— Oi, é o Brad, Brad Miller.
— Oi, o que é que há?
— Tem tempo para tomar um café comigo?
— Estou meio atarefada. Paul Rostoff me deu um trabalho para fazer depressa.
— É importante. Estou realmente desesperado por um conselho.

Houve silêncio por um momento e Brad prendeu a respiração. Tinha ligado para Ginny porque ela era muito inteligente e tinha grande discernimento. E também porque não conseguia pensar em outra pessoa na empresa em quem pudesse confiar.

— Acho que posso fazer uma pausa.
— Dá para se encontrar comigo naquele café da esquina de Broadway com Washington?
— Brad, isto aqui é Portland. Posso ver pelo menos um milhão de lugares para tomar café aqui da minha janela. Por que a gente não se encontra mais perto do escritório?
— Não quero correr o risco de esbarrar em quem a gente conheça.
— O que está acontecendo, Brad?
— Eu lhe conto daqui a vinte e cinco minutos.

Ginny estava bebendo devagar um *caffe latte* nos fundos do café quando Brad entrou. Acenou para ela, pediu um café preto e levou para a mesa. Acostumara-se desde sempre a tomar seu café preto e ainda não tinha aprendido a gostar dos *lattes*, *cappuccinos* e outros cafés extravagantes em que o pessoal de Portland parecia viciado.

— Sinto-me como uma verdadeira Mata Hari — disse Ginny quando Brad sentou. — Por que todo esse segredo?

Brad olhou em torno para se assegurar de que não havia ninguém mais do escritório no café.

— Vou lhe falar a respeito de uma comunicação confidencial que recebi de um cliente. Você terá que obedecer às leis da confidencialidade entre advogado e cliente porque nos dois trabalhamos para a mesma firma, certo?

— Certo, pelo menos é assim que entendo.

— Porque você não pode falar sobre isso com ninguém.

Ginny levou os dedos cruzados à boca. — Juro por Deus que não falo e quero cair mortinha se falar.

— Não tem graça nenhuma.

— Desculpe, mas você está muito sério. Pensei em alegrar um pouco as coisas.

— Você não vai rir quando ouvir o que tenho a dizer. Acabo de voltar de um encontro com Clarence Little no presídio estadual.

— Como é ele? — perguntou Ginny, ansiosa.

— Pior que eu imaginava — respondeu Brad. E aí contou o que se passara. Ela não sorria quando ele terminou.

— Acha que ele está dizendo a verdade? — indagou Ginny.

— Não sei. O sujeito é um maluco. Quando me disse que estava estripando aquela pobre garota não demonstrou a menor emoção. Pensei que eu fosse vomitar. Tenho certeza de que ele achou meu desconforto engraçado. Little é doente e é sádico.

— Mas é mentiroso?

— Não sei, mas se tivesse que apostar diria que ele está falando a verdade. Parecia genuinamente ofendido por ter sido condenado devido a algo que diz que não fez e mostrou-se irredutível na ideia de provar sua inocência, mesmo que não lhe traga qualquer benefício, porque vai ser executado de qualquer maneira.

— Por que me chamou aqui? — indagou Ginny.

— Não sei o que fazer. Minha tarefa é pesquisar e entrar com o apelo de Little. E não provar que ele não é culpado. De qualquer forma, legalmente sua culpa ou inocência não querem dizer coisa alguma no Nono Circuito. A corte está interessada apenas em saber se o advogado dele foi incompetente ou não. Mesmo que eu encontre os dedinhos cortados, a corte não consideraria a evidência.

— Então não faça isso. Basta instruir e entrar com o pedido de *habeas corpus*.

— E eu posso? Sou o advogado dele. Eu não seria incompetente se Little me desse uma prova de sua inocência e eu não investigasse? E se eu não investigar e ele procurar a mídia? Qual seria a repercussão na firma?

— Posso fazer uma conjetura baseada na minha experiência — respondeu Ginny. — Os sócios odeiam má publicidade. A má publicidade desencoraja clientes ricos de depositarem dinheiro no cofrinho de Reed & Briggs. Assim, meu palpite é que você seria atirado aos lobos.

— Foi o que pensei. Mas eles ficariam mais felizes se eu fosse o responsável pela absolvição do assassino mais perverso da história recente do Oregon?

— Bem lembrado. Pelo menos poderiam dizer que a firma Reed & Briggs luta por seus clientes por mais desprezíveis que sejam. Isso a tornaria benquista das companhias de tabaco e petróleo.

— Quer dizer que você acha que devo tentar encontrar os dedos?

— Parece muito mais interessante do que tentar entender o significado do capítulo do código tributário que me mandaram estudar. E tem mais uma coisa em que você deve pensar. E se ele for inocente e você puder provar? Você ficaria famoso e poderia atrair tantas relações públicas boas para a firma que encurtaria o caminho para uma sociedade. Aí então seria você quem daria processos de mil páginas às cinco da tarde das sextas-feiras para os associados com planos para o fim de semana. Não seria maravilhoso?

Brad suspirou. — Por favor, leve isso a sério. Essa coisa toda está me dando uma dor de cabeça de rachar.

— Vá em frente, então. Pague para ver o blefe de Little. Peça para ver onde escondeu os dedos que amputou. Se ele o estiver sacaneando, você pode cair fora.

— E se ele não estiver?

— Você desencava os dedos. Posso até ir junto. Serei sua aliada de confiança.

De repente Brad ficou desconfiado. Ginny parecia um tanto ansiosa demais. Olhos semicerrados, ele a estudou.

— O que está acontecendo? Que história é essa de você de repente ficar tão envolvida no meu caso?

Ginny corou, envergonhada. Brad achou que isso a tornou adorável.

— Fiquei interessada no assassinato de Laurie Erickson depois que conversamos — confessou ela. — Conhece Jeff Hastings? — perguntou, referindo-se a outro associado.

— Claro. Jogamos tênis algumas vezes.

— Jeff é daqui de Portland, estudou direito aqui mesmo e seus pais são cheios de dinheiro. São sócios de todos os clubes que importam e são bem relacionados politicamente, de modo que ele ouviu todas as fofocas a respeito de Christopher Farrington quando ele era governador.

— Que fofocas?

Ginny adiantou-se um pouco e abaixou a voz. — Corriam boatos de que ele andou transando com Laurie Erickson.

— O que! Não acredito. Ela era uma menina.

— Você sabe o que é um velho sujo? — perguntou Ginny com um sorriso malicioso.

Brad corou. — Não sou idiota, Ginny, mas você não acha que a mídia já teria explorado isso ao máximo, com Farrington agora se candidatando a presidente?

— Perguntei a mesma coisa a Jeff. Ele disse que Farrington tirou o corpo fora. Havia boatos dando conta da existência de um caso entre eles, mas todo mundo calou a boca depois que a menina foi assassinada. Dizem que a mãe dela levou um bocado de grana. Supostamente, muito dinheiro mudou de mãos.

— Pensei que Farrington fosse pobre. Onde ele ia arranjar dinheiro suficiente para silenciar uma mãe cuja filha acabasse de ser assassinada?

— Ele tem financiadores muito ricos, mas a fonte mais óbvia de dinheiro ali é sua esposa. A família de Claire Farrington é rica. Os Meadows fizeram dinheiro com agricultura na zona leste do Oregon. Depois diversificaram com distribuidoras e daí veio o dinheiro para companhias de alta tecnologia muito bem-sucedidas de carros japoneses. Depois que ficaram noivos, a família da Dra. Farrington financiou a primeira candidatura dele ao governo do estado. E se for necessário salvar a carreira do marido, pode acreditar que Claire comparece com o dinheiro.

— Há alguma prova de que Farrington andou mesmo prevaricando, alguma coisa de concreto?

— Jeff diz que não, mas ele também diz que se Farrington estava transando com a Erickson, não seria a primeira vez que ele satisfaria sua luxúria com carne tenra e jovem.

Brad sorriu. — Você tem lido muitos romances de amor de banca de jornal, né?

— Farrington talvez estivesse querendo viver esses romances, e não ler. Jeff diz que mais ou menos um ano antes de concorrer para o senado estadual, ele resolveu um caso de lesões corporais para uma menina de dezessete anos que se machucou em um acidente com esqui. Consta que levou o cheque da indenização em uma limusine dirigida por um motorista e que entupiu a limusine de champanhe e sabe-se lá mais o quê e celebrou com ela no banco de trás.

— Como essa história veio a ser conhecida?

— O motorista. Jeff diz que ele ficou tão enojado que procurou a polícia. Supostamente, os pais da garota não a deixaram falar com as autoridades, de modo que não foram apresentadas acusações. Todo mundo acha que eles foram subornados por Chuck Hawkins, o capanga de Farrington encarregado dos trabalhos sujos.

Brad tomou um gole de café e ponderou sobre a informação palpitante que Ginny acabara de dar. Quanto mais pensava, mais sua testa se franzia.

— Quer dizer então — disse ele finalmente — que sua teoria é, vejamos, que o presidente dos Estados Unidos matou a babá para que ela não contasse a ninguém a respeito do caso que tinham.

— Hawkins pode ter matado por ele. Jeff encontrou-o algumas vezes. Diz que o sujeito é assustador. Foi de operações especiais quando esteve nas Forças Armadas e ainda usa o cabelo como o de um fuzileiro. Consta que ele e Farrington são muito ligados, e que não haveria nada que ele não fizesse para proteger o presidente e a primeira-dama.

— Ok. Isto ultrapassa em muito as minhas possibilidades. Não vou acusar o presidente de assassinato. Não só ia ser demitido como jamais conseguiria outro emprego enquanto vivesse.

— Quem disse que você teria que acusar o presidente de homicídio? Não prestou atenção às aulas de direito criminal? Quando defendendo alguém acusado de um crime você não tem que provar quem foi o autor. Basta que demonstre que há uma dúvida razoável acerca da culpa do seu cliente. Caberá à polícia a tarefa de prender o assassino de Erickson se você provar que Little não a matou — finalizou Ginny.

Brad não prestara muita atenção às aulas de direito criminal e se esquecera de que sua responsabilidade para com Clarence Little não se estenderia a descobrir o verdadeiro assassino do modo como os advogados fazem na televisão e nos romances de tribunal.

— Tem razão — disse ele, aliviado. Depois ficou sério. — Não conte a ninguém a sua teoria a respeito de Farrington. Poderia lhe causar problemas.

— Não sou louca, Brad. Eu só estava bancando a advogada do diabo. Não tenho ideia de quem matou Laurie Erickson. Mas ainda quero ajudar você a descobrir se é verdadeira a alegação de inocência feita por Little.

— Não sei não.

— Vamos lá, por favor. O trabalho que me mandaram fazer é muito entediante. Quero um caso que me empolgue.

Brad franziu a testa. — Preciso pensar.

— Certamente.

— Mas agradeço seu conselho e a informação que me deu.

— Sem problema.

— Preciso de um ou dois dias para pensar.

— Gaste todo o tempo que quiser. Mas lembre-se de uma coisa. Se Little for inocente e você não fizer nada estará ajudando o verdadeiro assassino a ser considerado inocente.

Parte Três

O Estripador
Washington, D.C.

Capítulo Onze

Keith Evans estava exausto. Como agente encarregado da força-tarefa Estripador do D.C., esperava-se que desse o exemplo aos agentes que chefiava trabalhando mais do que eles. Na noite anterior ele fora dormir depois da meia-noite. Agora eram cinco da manhã e lá estava ele de pé novamente, grogue, olhos vermelhos e sem tempo de tomar um banho antes de seguir para a cena da última atrocidade do estripador, um camburão de lixo em uma viela em Bethesda, em Maryland, atrás de um restaurante chinês. A força-tarefa fora notificada pela polícia local assim que esta percebeu ter em mãos outra vítima do estripador; ele gostaria de ter dormido mais um pouco. Pelo menos o filho da mãe teve a consideração de deixar o corpo a poucos quilômetros apenas da casa de Evans.

Depois de encontrar uma vaga para estacionar a uma quadra da cena do crime, Evans tomou um gole do café que tirou da garrafa térmica e fez uma careta. Na pressa, não tivera tempo de preparar um café novo, e o de véspera, requentado no micro-ondas, era quase intolerável. À medida que Evans avançava pela calçada, o vento soprou uma página de jornal na sua direção. Estava tão exausto que aquela página de esportes o hipnotizou e foi preciso um esforço para desgrudar os olhos dela. Evans sacudiu a cabeça para clareá-la. O caso do Estripador o estava desgastando demais. Quando olhou no espelho, não viu o detetive de Omaha com o rosto jovem que resolvera um caso de assassinato em série que tinha deixado perplexo o FBI. O agente encarregado da força-tarefa do

FBI que vinha caçando aquele assassino havia três anos ficou tão impressionado pelo espetacular trabalho de detetive de Evans que o convencera a se candidatar a ser agente do Bureau.

Quando Evans começou o curso em Quântico, tinha vinte e nove anos, um metro e oitenta e oito de altura e noventa e cinco quilos de puro músculo. Todo seu cabelo era louro claro, a pele firme e os olhos penetrantes. Evans estava com quase quarenta e nove agora e lembrava aquele jovem, só que à distância. Havia cabelos brancos entre os louros e era possível ver olheiras escuras sob seus olhos quando removia os óculos de que necessitava para ler. Levava uma carga extra de cinco quilos em torno da barriga e tinha os ombros ligeiramente inclinados para frente. Além disso, a verdade era que jamais repetira o prodígio de intuição que o levara a resolver o caso em Nebraska. Tinha havido vitórias, caso contrário não estaria chefiando a força-tarefa do Estripador, mas elas aconteceram mais devido ao empenho e à dedicação ao trabalho policial do que por brilhante dedução.

Ao longo de sua trajetória, as longas horas dedicadas ao trabalho por Evans tinham arruinado um casamento decente e o desgastado muito, o que não era o estado de espírito mais aconselhável para lidar com um assassino extremamente inteligente. E não havia como negar que o Estripador fosse inteligente. Conhecia bem a maneira de operar da polícia e era muito bom em cobrir seus rastros e eliminar indícios. Havia as habituais teorias acerca do criminoso ser um tira ou alguém que queria ser tira, algum guarda de segurança ressentido por não ter conseguido se qualificar no exame para a Força Policial e que estivesse escarnecendo da polícia a fim de provar que ela cometera um engano ao rejeitá-lo. Mas qualquer pessoa com metade de um cérebro podia entrar na internet e aprender tudo sobre investigação de cena de crime. A verdade era que a força-tarefa não tinha a menor ideia de quem estava por trás dos assassinatos que começavam a deixar apavorados os bons cidadãos de Washington, D.C., e cercanias.

Uma barreira guarnecida por um policial de Bethesda tinha sido instalada na entrada da viela a fim de impedir o acesso de cidadãos curiosos que, a despeito de ser tão cedo, se esforçavam para ver a atividade em torno da cena do crime. Evans espremeu-se por entre essas pessoas e parou do outro lado do cavalete para assinar a lista que continha os nomes de todo mundo que por ali passava, com os respectivos horários de entrada e saída. A viela fervilhava de técnicos, tiras uniformizados e agentes reconhecíveis pelas suas jaquetas azuis com as letras FBI em amarelo-vivo presas às costas. Evans calçou um par de luvas de látex e enfiou os pés em botas de papel Tyvek, embora soubesse que provavelmente não tinha importância o que trouxesse para a cena do crime agora, quando tudo já fora comprometido pelos policiais, técnicos e agentes que passaram por ali nas últimas horas, para não falar nos civis, presentes desde que o assassino depositara seu pacote macabro no depósito de lixo.

Este ficava a meio caminho da viela, e um saco para transporte de corpos estava estendido ao seu lado. Do outro lado estava estacionada a van que transportaria o corpo para o necrotério onde seria feita a autópsia. Ao lado do saco plástico, Arthur Standish, o legista, tomava um café em um copo da Starbucks. Evans confiava em Standish, que tinha feito um trabalho meticuloso autopsiando a segunda vítima do estripador antes de o FBI envolver-se.

Evans dirigiu-se até o corpo, mas foi interrompido por um policial troncudo com o cabelo grisalho cortado baixo.

— Ron Guthridge, Departamento de Polícia de Bethesda — disse o homem que foi estendendo a mão. — Fui o encarregado da cena até que seu pessoal assumiu.

— Keith Evans. Chefio a força-tarefa do FBI.

— Eu sei — disse Guthridge, sorrindo. — Você é uma celebridade da televisão.

— Obrigado por nos chamar tão prontamente — agradeceu Evans, ignorando a piadinha. Era a face do FBI naquele caso. Seus companheiros viviam reclamando de como se saía tão mal nas entrevistas coletivas, e agora tinha que aguentar as brincadeiras da polícia local.

— Acredite-me, estou satisfeitíssimo por passar este problema às suas mãos.

— Temos uma identidade?

Guthridge fez que sim.

— A vítima é Charlotte Walsh, aluna da American University. Temos também o endereço do apartamento dela.

— E você sabe disso porque encontrou a identidade dela no camburão, debaixo do seu corpo.

Guthridge ergueu as sobrancelhas.

— Isso mesmo. Como foi que soube?

— O estripador sempre deixa a identidade de suas vítimas debaixo do corpo — explicou Evans, arrependendo-se de ter cedido ao ímpeto de exibir-se assim que as palavras saíram de sua boca. A exaustão estava erodindo seu QI. — Mas nós não tornamos público este fato — acrescentou rapidamente.

— Ninguém saberá por meu intermédio — assegurou Guthridge.

— Alguém visitou o apartamento dela? — indagou Evans.

— Não. Assim que percebemos que talvez estivéssemos às voltas com o Estripador, parei com tudo para não atrapalhar vocês.

— Agradeço a cortesia.

— Como eu disse, o problema é seu e seja bem-vindo a ele.

— Bela maneira de começar o dia — disse o Dr. Standish para Evans, quando este e Guthridge chegaram perto do camburão de lixo.

— Adoro o cheiro de lixo e cadáveres de manhã bem cedo.

Standish deu um risinho e Evans indicou com um gesto de cabeça o saco plástico do corpo.

— Por que pensa que temos outra vítima do Estripador?

Standish de repente ficou sério.

— Os olhos dela estão faltando.

As autoridades também não tinham divulgado o fato de o Estripador remover os olhos de suas vítimas. Era sempre bom manter em sigilo certos dados, a fim de eliminar as confissões falsas.

— E o que me diz da substância que foi encontrada na boca das outras vítimas?

— Não vou poder dizer nada enquanto não fizer a autópsia e mandar uma amostra para o laboratório.

Tinham sido descobertos resíduos insignificantes nas bocas de todas as quatro vítimas anteriores do Estripador, mas o laboratório do FBI não conseguira descobrir o que eram e a razão pela qual estavam ali.

— Hillerman — Guthridge gritou para o policial afro-americano alto e magro, encarregado de registrar as evidências encontradas na cena do crime.

Hillerman trouxe uma bolsa plástica que continha, entre outros itens, uma carteira Prada de couro. Evans pescou-a e examinou seu conteúdo. A licença de motorista pertencia a Charlotte Walsh e registrava um endereço situado a poucos quilômetros da American University.

Evans acocorou-se e abriu o zíper do saco onde estava o corpo. Sabia o que esperar, mas ainda assim ficou atônito com o horror que um dito ser humano é capaz de fazer em outro membro da raça humana. O Estripador vestia as vítimas antes de se livrar dos corpos, mas Evans pôde ver ainda os buracos negros onde deveriam brilhar os olhos da pobre garota e sua garganta, que parecia ter sido estraçalhada por um animal selvagem. Não havia dúvida de que a bela garota na foto da licença de motorista e o corpo dilacerado daquela jovem no saco plástico eram a mesma pessoa.

— Alguém já encontrou o carro dela nas proximidades? — Evans perguntou a Guthridge.

— Não, já demos um alerta geral — respondeu o sargento.

Evans levantou-se e copiou o endereço que estava na licença. Depois recolocou a carteira no saco de evidências.

— Eu realmente quero pegar esse filho da mãe — resmungou Evans.

— Vou beber a isso — disse Standish, antes de tomar um gole de café.

O celular de Guthridge tocou. Ele afastou-se e levou o aparelho ao ouvido. Após uma breve conversação, retornou ao grupo.

— Acabaram de encontrar o carro de Walsh em uma parte remota do estacionamento do Dulles Towne Center. O carro não quer pegar porque alguém desconectou a bateria e há sangue no banco da motorista.

— Há muita gente em torno do carro? — perguntou Evans.

— Não. Um segurança notou o carro sozinho no estacionamento antes de o shopping abrir e ficou desconfiado. Quando viu o sangue, chamou a polícia pelo telefone.

— Vou mandar uma equipe de técnicos do laboratório para lá. Rebocamos o carro assim que os técnicos derem seu ok. Minimizem isso.

— Deixa comigo — afirmou Guthridge.

Evans conversou com um dos membros da equipe de técnicos antes de se dirigir ao camburão. Prendeu a respiração quando olhou lá dentro para não sentir o cheiro de comida podre que permeava a área atrás do restaurante.

— Onde ela estava? — perguntou.

Hillerman entregou a Evans um saco plástico com fotos da

cena do crime tiradas antes de o corpo ter sido removido. A de cima mostrava o corpo da pobre moça espalhado sobre diversos sacos pretos de lixo. Folheou as demais que documentavam o local onde o corpo fora encontrado e a condição do depósito de lixo depois da remoção do cadáver. Todas as outras vítimas tinham sido encontradas também em depósitos de lixo. Evans não precisava ser formado em literatura para decifrar o simbolismo que o Estripador buscava.

— Não posso fazer mais nada aqui. Já dá para recolher o corpo, Art.

O Dr. Standish fez um sinal para os dois homens que esperavam ao lado.

— Vou até o apartamento dela.

— Eu ligo assim que tiver qualquer resultado.

— Obrigado — agradeceu Evans, sentindo-se duas vezes mais cansado do que quando chegara.

Charlotte Walsh vivia no quarto andar de um edifício de oito andares, parte de um reluzente e novo complexo que combinava moradia com restaurantes da moda, cadeias de lojas elegantes e butiques excêntricas. Assim que encontrou o endereço, Evans soube que a moça tinha dinheiro. Nenhuma estudante morta de fome pode se dar ao luxo de morar num edifício daqueles, destinado a jovens profissionais liberais com rendimentos superiores a cem mil dólares anuais.

Durante o percurso, Evans ligou para Maggie Sparks, sua parceira, e lhe disse que o esperasse na casa de Walsh. Uma mulher delgada e atlética, com pouco mais de trinta anos, vestindo um terninho preto e camisa branca de homem, andava de um lado para outro na calçada perto da entrada do edifício. O lustroso cabelo negro de Sparks, assim como os ossos proeminentes e a pele morena sugeriam o DNA de um indígena americano. Na verdade, havia um pouco de sangue cherokee em suas veias, mas havia também espanhol, romeno, dinamarquês e outros de origem desconhecida, de modo que ela não tinha certeza sobre o lugar a que pertencia na confusão genética que produziu a raça humana.

— Sinto muito ter tirado você da cama — desculpou-se Evans.

— Não, não sente não — retrucou Sparks com um sorriso. — Desgraça adora companhia.

Evans sorriu também. Gostava de Sparks. Ela trabalhava tão duro quanto qualquer outro membro da força-tarefa, mas era capaz de manter o bom humor. Tinham saído para tomar uns drinques em algumas ocasiões, mas ele nunca tivera coragem de ver se ela aceitava ir além.

O saguão de entrada era de mármore, madeira escura e metal polido, iluminado por luminárias de parede em estilo *art decô*. Nas paredes pintadas em amarelo pastel viam-se quadros abstratos. Evans exibiu sua identidade ao segurança sentado atrás de uma mesa. O homem, que trajava um blazer azul e calça cinza, parecia exercitar-se com pesos. Com o cabelo preto penteado para trás, ele examinou as credenciais de Evans com desconfiança.

— Precisamos do número do apartamento de Charlotte Walsh, por favor — disse Evans.

— Não tenho certeza se posso lhe dar essa informação, senhor — disse o segurança, ao mesmo tempo em que endireitava os ombros e se esforçava ao máximo para dar a impressão de ser perigoso.

Evans leu o nome dele em letras pretas na plaquinha dourada presa no seu blazer.

— A Srta. Walsh foi assassinada esta manhã, Bob. Tenho certeza de que você não deseja impedir uma investigação de homicídio.

Os olhos do agente de segurança se dilataram.

— Sinto muito — disse ele, percorrendo a lista dos moradores, todos os traços de durão desaparecidos. — É o 709.

— Ela mora sozinha?

— Não, ela mora com uma amiga, Bethany Kitces. Entrou duas horas atrás.

— Muito obrigada. Nós vamos subir. Não diga nada à Srta. Kitces. Deixe que nós daremos a má notícia.

— Sim, claro — o porteiro sacudiu a cabeça tristemente. — Que coisa terrível. Ela era uma garota muito legal.

— Você a conhecia? — perguntou Sparks.

— Só de dizer "olá", mas ela era sempre muito amável.

Evans pôs Sparks a par dos acontecimentos durante o percurso do elevador até o sétimo andar e a curta caminhada no hall acarpetado e iluminado por mais luminárias de parede. Evans parou diante de uma porta laqueada em preto com um uma aldraba dourada em forma de cabeça de leão e uma campainha. Ele optou pela campainha e esperou pacientemente até o terceiro toque quando ouviu uma voz sonolenta mandar que parasse com aquela barulheira. Em seguida, pediu a Maggie Sparks para segurar seu cartão de identidade diante do olho mágico.

— Srta. Kitces — disse Sparks pela porta fechada —, eu sou a agente especial Margaret Sparks. Trabalho com o FBI e gostaria de lhe falar.

— A respeito de quê? — perguntou Kitces. Evans reconheceu a desconfiança no seu tom de voz.

— Diz respeito a Charlotte Walsh.

— Aconteceu alguma coisa com ela? — perguntou Kitces, agora preocupada.

— Prefiro lhe falar aí dentro, onde teremos alguma privacidade.

Evans ouviu trincos sendo destrancados e a porta foi aberta por uma jovem descalça que ainda não devia ter vinte anos. Usava calça de pijama e uma camiseta da American University, e não podia ter mais que um metro e meio de altura. O rosto redondo de Bethany Kitces era emoldurado por cabelos louros, compridos, revoltos e encaracolados, e ela não usava nenhuma maquilagem. Era óbvio que tinha acabado de sair da cama, mas a presença dos agentes do FBI agira como uma xícara de café expresso forte, e seus grandes olhos azuis estavam bem abertos.

Evans viu-se em um pequeno vestíbulo, cujo piso de tacos de madeira clara era parcialmente coberto por um tapete persa. Seguia-se uma grande sala de estar desarrumada e mobiliada com peças dispendiosas. Evans reparou num aparelho de som moderníssimo, uma televisão de plasma enorme fixa na parede como arte abstrata, um sofá de couro preto e uma mesa de centro. Calças de ginástica estavam dobradas sobre um braço do sofá e uma tigela com restos de sorvete ao lado de uma lata de Coca-cola aberta tinha ficado largada na mesa de centro. O chão e duas cadeiras reclináveis de couro estavam cheias de outros itens de roupa, revistas de moda e de celebridades, e capas de CD com nomes de grupos pop de que Evans nunca tinha ouvido falar.

— Esse é o agente especial Keith Evans, Srta. Kitces. Ele está trabalhando no caso da Srta. Walsh comigo.

— Que caso? O que aconteceu com Lotte?

— É melhor se sentar — sugeriu Sparks, passando pela jovem desconfiada e dirigindo-se para o sofá. Evans esperou até que a moça que morava com Walsh estivesse sentada. Ela parecia nervosa.

— Nós lhe devemos um pedido de desculpas por tê-la acordado — disse Sparks. — Soubemos que chegou em casa somente há algumas horas.

Kitces balançou a cabeça afirmativamente.

— Esteve fora a noite toda?

— Sim.

— Quando deixou o apartamento ontem à noite?
— Pouco depois das sete.
— A Srta. Walsh ainda estava em casa?
— Não, ela saiu por volta das quatro horas.
— Sabe aonde foi?
— Não. Ela só disse que tinha que fazer uma coisa.
— Aonde a senhorita foi?
— Que negócio é esse? O que foi que aconteceu com a Lotte?
— Vou responder às suas perguntas em um momento — disse Sparks —, mas preciso de suas respostas primeiro.

Sparks notou que os ombros de Kitces tinham se recurvado e que ela retorcia as mãos angustiadamente.

— Eu estava com meu namorado. No apartamento dele. Só voltei lá pelas cinco horas.
— Por que não ficou a noite toda? — quis saber Sparks.

Kitces corou.

— Tivemos uma briga. Fiquei com raiva e saí.
— Pode nos dizer o nome do seu namorado?
— Barry Sachs. Agora, por favor, vocês podem me dizer o que aconteceu com Charlotte?
— Lamento ter más notícias, Bethany — disse Sparks suavemente. — Sua amiga está morta. Foi assassinada ontem à noite.

Kitces ficou atônita.

— Ela está morta?
— Infelizmente, sim.

Kitces ficou com o olhar parado por um instante e debruçou-se mais ainda e começou a chorar. Sparks adiantou-se prontamente e colocou um braço reconfortante sobre seu ombro.

— Está tudo bem — disse ela apaziguadoramente enquanto a jovem chorava. Evans foi até a cozinha e encheu um copo de água. Bethany soluçava silenciosamente quando ele voltou.

Sparks pegou o copo e ajudou Kitces a beber.

— Tenho algumas coisas a lhe perguntar — disse, quando a outra se acalmou o suficiente para responder a uma pergunta.

— Ok — disse ela, falando tão baixo que Evans teve que se esforçar para ouvi-la.

— Tem ideia de alguém que pudesse querer ferir a Srta. Walsh?

— Não, todo mundo gostava dela.

— Ela não tinha inimigos. Ninguém de quem sentisse medo?

— Nós moramos juntas desde que as aulas começaram, e no ano passado ficávamos no dormitório. Nunca a ouvi dizer nada parecido e também nunca ouvi alguém falar mal de Lotte.

— A senhorita notou alguém suspeito nas proximidades do apartamento ou no campus, ou algum comentário de Lotte nesse sentido?

— Não.

— Consegue se lembrar de algo extraordinário que tenha acontecido recentemente?

— Sinceramente, não. Ela só estava mesmo a fim de se divertir. Fazemos parte de uma fraternidade. Lotte era envolvida com a política interna da universidade. Namorava.

— Algum problema com o namorado?

— Não. Ela saía com um garoto da Alpha Sig, mas ambos chegaram à conclusão de que não estava dando certo. Ainda são... eram amigos.

Kitces fez uma pausa.

— Puxa, não consigo me acostumar... — ela não conseguiu falar e só após algum tempo conseguiu dizer um lacrimoso: — Vocês sabem.

Os dois agentes do FBI aguardaram que ela se recompusesse. Quando fez um sinal dizendo que estava pronta, Sparks fez a pergunta seguinte.

— Pode nos dizer algo sobre sua amiga? Com certeza nos ajudará a encontrar a pessoa que a matou.

Kitces enxugou os olhos e tomou outro gole de água.

— Ela é do Kansas — disse, quando pôde falar sem chorar. — O pai é ortodontista e a mãe advogada em uma grande empresa em Kansas City. Lotte é... era, muito inteligente. Tirou notas máximas em todo o primeiro ano. Cursa ciências políticas e sociais. Tencionava fazer faculdade de direito e depois talvez política. Trabalhou na campanha de um deputado ainda no ensino médio e trabalhava para a senadora Gaylord.

Bethany fez uma pausa e franziu a testa.

— Sim — instou Sparks.

— Você perguntou sobre algo estranho. Lotte estava trabalhando no comitê de campanha do presidente Farrington. Até que desistiu e passou a trabalhar para a senadora Gaylord.

— Está dizendo que ela trocou de lado?

— Trocou. E o que torna isso mais estranho é que ela gostava do presidente. E quando começou a trabalhar para a senadora não se mostrou nem um pouco empolgada com a campanha ou com suas posições. E, agora que penso nisso, o que torna tudo mais estranho é o modo como passou a agir depois de voltar de Chicago.

— O que aconteceu em Chicago?

Kitces hesitou.

— Prometi a ela que não contaria.

— Posso entender que você queira ser leal à sua amiga, mas ela foi assassinada, Bethany. Você não vai querer reter informações que poderiam nos ajudar a pegar o criminoso, não é?

Bethany desviou o olhar. Os agentes deixaram que pensasse.

— Ok — disse, quando se virou. — Tinha qualquer coisa a ver com o presidente Farrington. Foi tudo o que ela me disse. Uma tarde, cheguei em casa depois das aulas e a encontrei arrumando uma malinha para passar a noite fora. Nessa época, ela ainda era voluntária no quartel-general da campanha de Farrington. Perguntei o que estava acontecendo. Tipo, eu pensava que talvez fosse se encontrar com algum rapaz e passar a noite com ele, mesmo que não fizesse isso com frequência. Charlotte era um pouco antiquada. Ela só ficava com um cara de quem realmente gostasse e não logo, vocês sabem como é. Tipo, não da primeira vez, nem mesmo da segunda.

Bethany olhou para a agente Sparks para deixar bem claro que a amiga com quem tinha morado não era uma mulher promíscua. Sparks balançou a cabeça, compreensiva.

— Então, eu brinquei e disse que ela ia ver algum sujeito e ela retrucou, dizendo que não era nada disso. Explicou que o presidente ia pronunciar um discurso em Chicago e que fora convidada para assistir e ajudar com o recebimento de doações, só que era tudo absolutamente confidencial e ela não devia contar a ninguém. Foi quando me fez jurar segredo.

— Ela não falou por que sua viagem era tão confidencial?

— Não. Tentei fazer com que contasse, mas Charlotte não cedeu — Kitces baixou a cabeça, olhando para o chão. — Sinto-me mal contando isso para vocês. Ela não queria que eu contasse nada, e eu prometi.

— Você está fazendo a coisa certa.

— Espero que sim.

— Lotte estava entusiasmada com essa tal viagem?

— Estava, sim, só que, na volta, o quadro mudou. Deixou de ser voluntária para a reeleição de Farrington, ficou silênciosa e parecia preocupada. Aí então, uma semana ou duas mais tarde, começou a trabalhar como voluntária para a senadora Gaylord.

— Ela chegou a lhe dizer o motivo da troca?

— Não.

— Você disse que o seu estado de espírito mudou depois de Chicago. Qual era a diferença? — quis saber Sparks.

— Lotte era sempre otimista. Depois de Chicago, deu a impressão de passar a ter altos e baixos, ficava quieta por uns dias e depois empolgada e a seguir vinha outra fase nervosa e quieta de novo.
— E você não tem ideia do que estaria causando isso?
— Não. Perguntei algumas vezes se estava tudo bem, mas nada. Pensei que talvez fosse algum rapaz.
— E tem certeza de que não foi?
— Se ela estivesse vendo alguém, teria me contado.
— Você tem o número do telefone dos pais de Charlotte? — perguntou Sparks.
Bethany Kitces ficou lívida.
— Oh, meu Deus, os pais dela. Não vou ter que contar a eles, vou?
— Não, pode deixar por nossa conta.
— Acho que terei que falar com eles a respeito do funeral. Quero comparecer.
— Parece que você era uma boa amiga dela — comentou Sparks.
— Era fácil — disse Bethany, com um soluço. — Lotte era a melhor.
— Poderia nos mostrar o quarto dela? — perguntou Sparks depois que a jovem parou de chorar.
Bethany enxugou as lágrimas que escorriam pelo rosto enquanto conduzia os dois agentes pelo pequeno corredor. O quarto de Walsh era luxuoso, pelos padrões dos quartos da maioria dos estudantes universitários, e muito mais arrumado que um típico quarto de dormitório de internato. A cama estava feita, não havia roupas pelo chão e tanto a superfície da cômoda quanto da escrivaninha estavam em ordem. Evans suspeitou que Bethany fosse a responsável pela bagunça na sala. Enquanto Sparks examinava a cômoda e o guarda-roupa, ele se dirigiu para a escrivaninha. Havia diversos livros sobre o congresso dos Estados Unidos empilhados cuidadosamente.

— Ela estava trabalhando em uma dissertação sobre o líder da maioria do Senado para um programa de proficiência especial — explicou Bethany.

— Obrigado — agradeceu Evans. Ele encontrou um texto de física e alguns livros sobre política internacional do outro lado da escrivaninha. Evans franziu a testa. Havia algo errado, mas não foi capaz de imaginar o que o estava incomodando. Abriu a gaveta da escrivaninha e remexeu o que encontrou. Folheou um talão de cheque, mas não havia nada que chamasse a atenção. Na gaveta, havia também canetas, papéis para lembrete, alguns clipes de papel e um grampeador. Outra gaveta continha cartas dos pais da menina. Foi quando Evans deu por si. Os pais de Charlotte podiam ser velhos o bastante para usarem o correio comum, mas quem quer que tivesse a idade dela estaria usando *e-mails*. Ele revistou o quarto, mas não encontrou o que procurava.

— Onde está o computador da Srta. Walsh?

Bethany deu uma olhada em torno do quarto antes de responder.

— Se não estiver aqui, ela deve ter levado. Lotte tinha um *notebook* que levava para toda parte. Ela o carregava dentro da mochila.

Evans pegou o celular e ligou para o agente que ficara encarregado das provas recolhidas pela polícia de Bethesda na cena do crime. Perguntou se um *notebook* ou uma mochila tinham sido encontrados no beco e depois repetiu a pergunta para o carro de Walsh. Após alguns minutos, ele desligou.

— Bethany, se a Srta. Walsh não estivesse com o computador, onde ele poderia estar?

Bethany sacudiu a cabeça.

— Em parte alguma. Ela nunca o deixava fora de suas vistas. Continha todas as coisas dela: suas dissertações, coisas particulares. Ou estava na escrivaninha ou na mochila.

— Ela devia fazer *backup* do seu disco rígido — sugeriu Sparks.

— Claro. Todo mundo faz. Lotte mantinha os discos de *backup* em uma caixa plástica dentro da sua escrivaninha.

Evans vasculhou as gavetas da escrivaninha de Walsh, mas não conseguiu encontrar a caixa.

— Bethany — pediu Evans —, não quero alarmar você — deve haver uma explicação simples para ao sumiço do *notebook* e dos discos —, mas seria possível passar uma revista neste quarto e no resto do apartamento para ver se está faltando mais alguma coisa?

Kitces ficou assustada.

— Acha que alguém invadiu o apartamento?

— Não sei qual é a aparência normal do apartamento, portanto não posso dar uma opinião. Você notou alguma coisa de diferente quando chegou em casa, hoje de madrugada?

— Não, mas eu estava muito cansada. Simplesmente fui direto para a cama. Não olhei em torno.

Sparks e Evans ajudaram Bethany a revistar o apartamento, mas não encontraram o *notebook* nem qualquer outra coisa que os ajudasse na investigação, e Bethany não foi capaz de apontar nada que estivesse faltando ou fora do lugar. Quando se asseguraram de que não havia mais nada a ser feito, os dois começaram a se despedir e Sparks perguntou se Bethany queria que chamassem algum amigo, e ela disse que chamaria o namorado. Evans telefonou para a chefia da polícia e pediu que mandassem um policial para tomar as declarações de Bethany referentes ao computador desaparecido e aos discos de *backup*. Assim que ele chegou, os dois agentes do FBI agradeceram mais uma vez a Bethany, deram a ela seus cartões e foram embora.

— Acha que alguém invadiu o apartamento ontem à noite? — perguntou Sparks já no elevador.

— Não sei.

— O que você acha que aconteceu com o *notebook*?

— Se estava com ela, o Estripador pode ter guardado como suvenir ou deixado com o corpo e alguém pegou.

Já tinham caminhado lado a lado por alguns minutos quando Sparks se virou para ele.

— Devíamos providenciar que alguém da agência de Kansas City desse a notícia aos pais dela.

Evans estremeceu. Sempre sentia muita pena dos pais. Não conseguia imaginar como seria saber que um filho tinha morrido e depois saber que havia morrido sofrendo e aterrorizado. Sentiu-se culpado por imaginar que um outro coitado tivesse a responsabilidade de visitar os pais de Charlotte.

— Quando esse filho da mãe vai se ferrar? — resmungou, furioso.

— Ele vai fazer besteira um dia, Keith. Todos sempre fazem.

Evans franziu a testa, preocupado.

— Aquela história das campanhas é estranha. Gostaria de saber o que aconteceu em Chicago.

— Você pode perguntar a alguém da campanha de Farrington. Provavelmente a explicação é bastante simples.

— Acho que não. Não se troca de lado desse jeito. Alguma coisa deve ter acontecido.

Evans pensou por um momento antes de prosseguir:

— Talvez o Estripador trabalhe na campanha de Farrington. Talvez tenha feito qualquer coisa a ela e a assustado tanto que ela caiu fora.

— Isso explicaria por que Walsh teria abandonado a campanha de Farrington, mas não o fato de ter ido trabalhar para a senadora Gaylord, sua rival.

— Verdade. Não me lembro se encontramos conexão de alguma das outras vítimas com qualquer uma das duas campanhas.

— Não que eu me lembre, mas vou mandar alguém verificar. Sou capaz de apostar que o que fez Walsh mudar de camisa e passar a trabalhar na equipe da Gaylord não teve nada a ver com o nosso caso.

Capítulo Doze

Dana ficou perambulando até encontrar o tipo de motel decadente nas cercanias de cidadezinhas que já tivessem visto melhores dias. As acomodações do Repouso dos Viajantes consistiam de cabines rústicas cuja pintura descascada não era retocada desde os tempos da Segunda Guerra Mundial. As únicas indicações de que o motel chegara vivo ao século XXI eram os cartazes anunciando HBO GRÁTIS e ACESSO À INTERNET. Pouco depois das cinco da manhã, Dana pagou por uns poucos dias de hospedagem em dinheiro e colocou a Harley Davidson de Jake atrás da quarta cabine, a contar da gerência, para que não pudesse ser vista da estrada. Praticamente a única vantagem de que dispunha era o fato de que ninguém sabia qual era o meio de transporte que estava usando, e não queria perdê-la.

Dana tinha usado dinheiro em espécie para comprar uma escova de dentes, creme dental e outros itens básicos, mais um suprimento de sanduíches pré-embalados suficiente para alguns dias, alguns chips e garrafas de água na miniloja de conveniência de um posto de gasolina a horas de distância do motel. Também passou em uma loja num supermercado onde comprou umas mudas de roupa e uma bolsa de lona. Depois de tomar um banho rápido e escovar os dentes, atirou-se na cama para umas horas de sono intermitente. Ao acordar, ficou sentada de camiseta e calcinhas, assistindo a CNN enquanto comia a metade de um sanduíche de presunto e queijo e bebia uma garrafa de água.

A história principal era a respeito do Estripador de Washington que reivindicara a autoria de um novo crime. A polícia só daria o nome da vítima depois que a família fosse notificada. Não havia nada a respeito do tiroteio no apartamento, mas ela não esperava mesmo que houvesse. As pessoas que a atacaram não queriam qualquer publicidade. Provavelmente tinham sanitizado o lugar e fizeram com que alguém dotado de autoridade inquestionável silenciasse os tiras. Se conseguisse ficar escondida alguns dias, eles podiam chegar à conclusão de que ela fugira velozmente para algum lugar longe de Washington. O que lhe daria um pouco de tempo para respirar. Sem ter para onde ir e nada para fazer, Dana matou o tempo assistindo filmes velhos e checando as notícias periodicamente.

Passava um rio atrás do motel. Um dia, no passado distante, um dos proprietários montara uma área de piquenique com três mesas em um bosque de álamos nas proximidades da margem. O sol estava quase se pondo quando Dana teve um ataque de claustrofobia e deixou o quarto. O dia fora muito quente e ela saiu de camiseta, que escondia a arma que portava nas costas, enfiada na cintura da calça jeans. Para uma das mesas, Dana levou um sanduíche e um saco de salgadinhos que rebateu com uma garrafa de água. Enquanto comia, avaliou suas opções. Não eram muitas. Não podia fugir eternamente sem ter dinheiro, e as fotografias de Walsh e Farrington eram as únicas coisas de valor que possuía. Como poderia se beneficiar delas, contudo? Não podia ir direto até a Casa Branca e pedir uma entrevista com o presidente.

O sol se pôs e um vento frio afastou para bem longe o calor. Dana decidiu entrar e fazer uma pesquisa sobre Christopher Farrington, na esperança de descobrir um jeito de fazer suas exigências chegarem a ele. Porém, a propaganda feita pelo motel em relação à internet era enganosa: não havia como acessar a internet do quarto de Dana. A um canto do escritório do motel, existia apenas um computador velho que podia ser usado pelos hóspedes. E para tal, era preciso pagar ao hotel pelo uso da senha. Tudo bem para Dana, já que suas pesquisas apareceriam como tendo sido feitas pelo motel, se fosse o caso de ela estar numa lista "quente" de alguma agência do governo.

Quem guarnecia a recepção era a filha adolescente do proprietário. Dana pagou pela senha. A garota pôs a nota na gaveta da caixa registradora e voltou a prestar atenção à televisão que ficava em cima do balcão. Dana entrou na rede e digitou "Christopher Farrington". Um número assombroso de referências apareceu na tela e Dana começou a dar uma olhada, na expectativa de ver se encontrava algo que pudesse usar.

Dana perdera o interesse pelas notícias da atualidade durante sua estada no hospital psiquiátrico, e não o recuperara ao tornar-se uma paciente ambulatorial. Nunca tinha votado na vida, portanto muitas informações para o conhecimento do eleitor comum eram novidade para ela. Leu a história do repentino enriquecimento de Farrington e uma biografia da primeira-dama. Depois de saber que Charles Hawkins acompanhava o presidente desde os primeiros tempos de política no Oregon, leu a biografia dele também. O artigo a respeito de Hawkins continha um parágrafo sobre seu papel como testemunha no julgamento de Clarence Little, acusado de assassinar a babá adolescente dos Farrington, quando o presidente era governador do Oregon. Começava a ler uma narrativa do caso quando ouviu o nome de outra adolescente na televisão.

"Acredita-se que a Srta. Walsh seja a mais recente vítima do Estripador de Washington, que vem aterrorizando as mulheres da área do Distrito de Colúmbia há mais de um ano", dizia o apresentador de um noticiário, enquanto a tela mostrava um beco cheio de policiais.

Dana ficou atordoada demais para continuar trabalhando no computador e, assim que voltou ao seu quarto, começou a andar de um lado para outro no curto espaço entre a cama e a cômoda. Sentia-se nauseada e assolada pela culpa. Walsh ainda estaria viva se tivesse continuado a segui-la? Teria sido capaz de repelir esse ataque do estripador?

Quando estava no hospital, alguns de seus colegas de polícia que a visitaram tinham dito que não eram capazes de imaginar aquilo por que ela passara. Mas Dana não precisava ficar imaginando o sofrimento por que Charlotte Walsh passara, porque ela própria estivera mergulhada no fundo do poço do terror e do desespero. A diferença entre as duas é que Dana sobrevivera.

Outro pensamento lhe ocorreu e fez com que sentisse um calafrio. E se Charlotte Walsh não tivesse sido vítima do Estripador de Washington? Dana tremeu e sentou-se na cama. Pensou em tudo o que acontecera a ela e a Walsh, e concluiu que não havia como aquilo ser uma simples coincidência. Não conseguia acreditar que Walsh tivesse sido uma vítima escolhida *ao acaso* pelo assassino em série. Não quando ela própria acabara de escapar de ser vítima de um assalto-estupro-assassinato. Talvez os homens no seu apartamento fossem agentes federais seguindo ordens de Farrington para se livrar de toda e qualquer pessoa que tivesse conhecimento do caso que ele mantinha com a jovem Walsh. E no seu caso, Dana não apenas sabia que o presidente estivera com ela, como também tinha fotos que podiam comprovar isto.

Dana respirou fundo e tentou se acalmar. O presidente não poderia matá-la enquanto tivesse as fotos, mas os agentes não se deteriam ante nada para pegá-la — ou quem quer que a ajudasse — para que lhes dissesse onde estavam. As fotos eram seu único modo de sair daquela confusão, e ela era capaz de se lembrar de uma única pessoa que poderia negociar sua segurança com o presidente. Dale Perry a metera naquela enrascada, e ia ter que tirá-la.

Capítulo Treze

As instalações do Senado Federal eram impressionantes, embora também fossem muito pequenas, porque apenas cem cidadãos dos Estados Unidos tinham o direito a elas. Maureen Gaylord era um desses cidadãos. Todo mundo que a viu atravessar o plenário na direção da tribuna ficou impressionado com sua postura e atitude de comando. A impressão causada por ela, no entanto, não foi deixada ao acaso. Seu cabeleireiro a penteara em casa de manhã bem cedo e uma maquiadora fora ao seu gabinete. O terninho afrontosamente caro que usava dava-lhe uma aparência prática, mas acessível. Ela sabia disso porque, além das várias versões do discurso que estava prestes a proferir, aquela roupa e diversas outras tinham sido desfiladas no início da semana ante um grupo de focalização, segundo a técnica de pesquisa de mercado qualitativa chamada de "discussões de grupo".

A senadora Gaylord, antiga Miss Ohio, era uma morena de aparência saudável que tinha usado o dinheiro de bolsas de estudos dado por diversos concursos de beleza para financiar um curso de graduação em administração pela Universidade do Estado de Ohio e outro de direito na Universidade de Pensilvânia. Fora criada no meio da pobreza dos acampamentos de trailers, o que lhe dava credibilidade com as pessoas comuns; seus anos como advogada de uma grande corporação a beneficiava entre os conservadores e as credenciais obtidas em algumas das melhores universidades do país repercutia bem entre os intelectuais. Gaylord era astuta o bastante para não se pronunciar como de esquerda ou de direita, mas enganadora o suficiente para fazer com que aqueles de quem se aproximasse acreditassem que estava do seu lado.

O presidente *pro tempore* do senado bateu o martelo exigindo ordem e Maureen encarou as câmeras de televisão. Não havia muita gente nas galerias, mas eram muitos os representantes da mídia presentes e isto era o que interessava.

— Estou diante da mais eminente assembleia deliberativa do mundo graças ao Bureau Federal de Investigações. Seis meses atrás um grupo nacional de muçulmanos radicais autointitulado Exército da Santa Jihad concebeu um plano abominável para atacar os prédios onde funcionam os escritórios administrativos do Senado dos Estados Unidos com explosivos suficientes para causar grande número de baixas. Um dos escritórios que seriam atacados era o meu. Se não fosse pelo trabalho brilhante executado pelo Bureau, esses homens do mal poderiam ter tido êxito. O fato de que maníacos como esses, na defesa de suas ideias ilusórias, estivessem dispostos a executar ato tão atrevido, ressalta a absoluta necessidade de apoiar tanto quanto possível os bravos homens e mulheres que arriscam diariamente sua vida para que possamos viver a nossa desfrutando de liberdade.

"Sinto-me orgulhosa de ser um dos signatários da chamada Lei de Proteção à América que aumentará em muito o arsenal do FBI, da Segurança Nacional, da CIA e de outros grupos que atuam na guerra ao terror. Algumas pessoas têm criticado vários artigos dessa lei. Uma reclamação que considero especialmente irritante é a relativa ao levantamento do perfil, investigação e possível confinamento de árabes ou cidadãos descendentes de árabes que morem ou estejam visitando os Estados Unidos. Aqueles que se queixam desses importantes artigos permitiram que o "politicamente correto" os cegasse para a realidade. Com poucas exceções, no mundo inteiro os autores de atos de atrocidade têm sido árabes, e alguns deles, como no caso do Exército da Santa Jihad, da espécie doméstica. Eles colhem os frutos dos benefícios da democracia e do capitalismo ao mesmo tempo em que cospem na cara daqueles que os educaram, protegeram e lhes deram oportunidades que poucos outros países dão a seus cidadãos.

"Sim, um número reduzido de pessoas talvez possa sofrer injustamente se essa lei for aprovada, mas se o que desejamos é proteger nossos cidadãos, devem ser feitos sacrifícios nesta era de terroristas suicidas que não se submetem às leis da decência comum. Podemos contar que nosso maravilhoso poder judiciário corrija a maior parte dessas injustiças, mas os nossos excelentes sistemas político e judiciário têm que ser protegidos para que possam continuar ajudando os Estados Unidos a permanecerem sendo o maior país da Terra."

A senadora Gaylord falou sobre as várias seções da lei por quarenta minutos e depois concedeu uma entrevista coletiva antes de voltar ao prédio de escritórios do senado denominado Russell, por uma das passagens subterrâneas que ligavam o Capitólio ao seu gabinete. Podia ter ido de metrô, o trenzinho cujos carrinhos abertos lembravam um brinquedo da Disney, mas Gaylord preferiu caminhar para dispor de algum tempo de silêncio. Pessoas pedindo uma coisa e outra ocupavam quase cada minuto do seu dia e o maior presente que podia dar a si própria eram raros momentos de solidão.

Gaylord sabia que a Lei de Proteção à América não tinha chance de ser aprovada, mas a defesa que fizera do projeto solidificaria o apoio dado pelos conservadores do seu partido. Também tinha certeza de que Christopher Farrington ia condenar o projeto de lei, o que lhe daria uma chance de pintá-lo como sendo frouxo no trato com o terrorismo. O presidente era tão indeciso a respeito de tantas questões que o rótulo tinha chance de pegar. Presidentes candidatos à reeleição eram geralmente difíceis de derrotar, mas Farrington não conquistara o cargo. Gaylord não pensava nele sequer como presidente. Ele era um radical que se limitava a guardar o lugar dela na linha de sucessão. Sem a proteção da presidência, Maureen sabia que Farrington não tinha chance contra ela, e estava convencida de que seria capaz de tirar esse manto que ocultava a verdade de cima dos ombros dele e, assim, expor ao mundo sua incompetência. Quando a senadora Maureen Gaylord atravessou a porta do seu gabinete sentia-se justa, autoconfiante e pronta para fazer o que fosse necessário para triturar Christopher Farrington e transformá-lo em ração de cachorro.

— Bom discurso — disse Jack Bedford do seu lugar no sofá. Seu chefe de gabinete era um ex-professor de ciência política formado na Universidade Estadual de Boise e na Escola Kennedy de Harvard.

— Eu sabia que seria bom. Já temos alguma reação da imprensa?

— A Fox amou e a emissora MSNBC acabou com você. Rememoraram tudo aquilo do tempo da Segunda Guerra a respeito do confinamento de japoneses.

— Era esperado.

— Mas não estou aqui para falar com você sobre o discurso.

— Não?

— Aconteceu uma coisa que eu achei que você devia saber.

— E o que é? — perguntou Gaylord desinteressadamente, dando uma rápida olhada no monte de documentos em cima de sua mesa que a assistente colocara na pilha prioritária.

— Uma garota chamada Charlotte Walsh, que trabalhava na nossa campanha, foi assassinada pelo Estripador de Washington.

Gaylord interrompeu o que estava fazendo e levantou a cabeça.

— Que horror! — disse, com genuína emoção. — Enviaremos condolências aos pais e flores ao funeral. Nada barato.

— Já feito.

Gaylord pareceu abalada.

— Espero que o Estripador não pertença aos nossos quadros nem seja um dos voluntários.

— O FBI está interrogando a todos, mas Reggie Styles tem tudo sob controle. Se o Estripador estiver envolvido com a sua campanha, não há provas para demonstrar. Provavelmente trata-se de um demente, raça branca, solitário e mora com a mãe; é o que os especialistas em perfis de criminosos dizem.

Gaylord resmungou qualquer coisa e em seguida ficou quieta, o que era muito raro. Bedford permaneceu sentado pacientemente. Sua chefe sempre ficava assim quando tinha uma ideia.

— Acha que podemos usar a presença de um assassino em série bem-sucedido na área de Washington para pintar Farrington como fraco nas questões de segurança pública?

— Já escrevi algo para você usar quando for entrevistada a respeito da morte de Walsh. "Se Farrington não consegue proteger as pessoas que moram na sua cidade, como pode proteger todo um país?" O que acha?

Gaylord sorriu.

— Eu gosto.

Bedford ficou sério.

— Há algo mais. Walsh pode ter espionado para Farrington.

— O quê!

— Assim que descobrimos que Walsh trabalhava para você, eu mandei alguém dar os pêsames e oferecer nosso apoio à moça que mora com ela. Acontece que Walsh foi uma grande entusiasta por Farrington até uma semana antes de se apresentar como voluntária no nosso quartel-general de campanha. Mencionei este fato a

Reggie. Tem um garoto de Georgetown que trabalha como voluntário para nós. Parece que ele jantou com Walsh na noite em que ela morreu. Esse garoto disse a Reggie que ela ficava muito sozinha no escritório em ocasiões que não estava escalada para ficar, e que se assustou quando ele a encontrou fazendo cópias de um relatório econômico. Poucos minutos depois, ele a surpreendeu na sala de Reggie e ela se assustou de novo. Reggie verificou tudo e viu que não faltava nada, mas ele tinha uma lista de nossos colaboradores secretos em uma gaveta de sua escrivaninha, trancada à chave.

— Se Farrington plantou um espião em nosso escritório, talvez possamos usar isso em nosso benefício.

— Penso exatamente assim, mas temos que agir com cautela, sobretudo agora que ela está morta. Não queremos ser vistos como quem joga lama na vítima de um crime terrível.

— Claro que não — concordou a senadora Maureen Gaylord.

— Por que você não fica de olho mais um tempinho e vê se aparece alguma prova sólida que implique o pessoal de Farrington? Enquanto isso, marque uma coletiva para mim. Talvez possamos trazer os pais de avião. Seria delicado, não acha?

Capítulo Catorze

— Onde diabos você tem andado? — indagou Perry furioso, quando a secretária passou a ligação de Dana.

— Ocupada — foi a resposta dela.

— É melhor ter uma explicação danada de boa para o seu comportamento. Meu cliente diz que você abandonou a missão pela metade, depois de deixar uma mensagem maluca sobre atacar alguém no mato.

— A minha mensagem não era maluca, Dale. Maluca era a missão. E, para ser franca, não penso que suas instruções tenham sido completas. Você deixou de fora a parte a respeito de agentes armados do Serviço Secreto e alguns outros detalhezinhos.

— Que agentes de Serviço Secreto? — retrucou bruscamente Perry. Dana achou que ele parecia genuinamente confuso, mas advogados são treinados para mentir.

— Vamos nos encontrar esta noite e ter uma longa conversa — disse ela.

— Longa conversa é o cacete. O que você vai fazer é trazer imediatamente a este escritório as fotos que tirou e o celular que lhe dei.

— E se eu não for, o que você vai fazer? Me processar? Acho que aquele canal de televisão especializado em tribunais vai adorar exibir um julgamento em que serão discutidas atividades suspeitas passadas no matadouro do presidente.

— De que você está falando?

— O presidente Christopher Farrington mandou dois homens me matar ontem à noite porque tenho fotografias mostrando que ele estava em um quarto com Charlotte Walsh pouco antes de ela supostamente ter sido assassinada pelo Estripador de Washington. Adivinhe o que o paladino dos Valores Familiares estava fazendo em um quarto de dormir com uma garota com idade suficiente para ser sua filha?

— Jesus Cristo, Cutler, pelo telefone não.

— Parece que finalmente tenho a sua atenção.

— Que horas você consegue chegar aqui?

— Você pensa que sou uma idiota completa? Não vou chegar nem perto do seu escritório. Hoje à noite, depois que o sol se puser, você vai dar uma volta de carro. Traga seu celular. Eu lhe direi onde me encontrar assim que tiver certeza de que você não estará sendo seguido. E não pense que estou sozinha — ela mentiu. — Terei gente vigiando você, e você nunca saberá onde meu pessoal estará. Se alguém o seguir, as fotografias irão direto para a imprensa. Entendido?

— Nem pense em dar publicidade a essas fotografias.

— Está completamente sob o seu controle, Dale. Quero dinheiro por elas. Ou o presidente paga, ou a CNN. Para mim, tanto faz. Eu não ia mesmo votar em Farrington.

Para o encontro, Dana escolheu o 911, um bar na região sudoeste do Distrito de Colúmbia que tinha duas saídas além da porta da frente. O proprietário era Charlie Foster, um sargento da polícia aposentado que ela conhecera dos seus tempos na Força. Ele havia aplicado ali as economias de toda a sua vida, e Dana tinha a impressão de que não estava conseguindo grande retorno. O 911 era escuro, cheirava a cerveja e suor e o nível de ruído era alto e ameaçador. O melhor de tudo, para os objetivos de Dana, era o fato de os frequentadores serem pobres e negros, da mesma forma que sua vizinhança. Se Farrington mandasse um branco a qualquer lugar nas proximidades do 911, ele se destacaria.

A realização do encontro em um bairro predominantemente afro-americano trabalhava em favor de Dana por outra razão. Na comunidade legal, a reputação de perversidade de Dale Perry rivalizava com a de Vlad, o Empalador. Histórias das táticas impiedosas de Perry eram contadas nas convenções de advogados da mesma forma que os fãs de beisebol trocavam histórias dos astros do esporte. Dana conhecia essas histórias e precisava de uma vantagem. O 911 lhe proporcionava essa vantagem. Dale Perry não gostava de pobres e tinha medo de negros, os quais ele presumia que só pensassem em roubá-lo e matá-lo. O medo o manteria desequilibrado enquanto negociasse com ela.

Dana vigiou a área em torno do 911 durante duas horas antes de entrar pela cozinha e aparecer misteriosamente na cadeira diante do exausto advogado. Ela não explicara que tipo de estabelecimento escolhera para o encontro, e ele ainda estava usando um terno azul-escuro, camisa de seda e gravata Hermes, o que o tornava tão conspícuo ali quanto se estivesse vestido de Papai Noel.

— Gostando do ambiente, Dale? — perguntou ela, com sorriso debochado.

— Você tem sorte por eu ainda estar aqui — respondeu Perry, tentando parecer durão, o que poderia ter funcionado não fosse a fina camada de suor que recobria sua testa e o modo como os olhos se moviam nervosamente enquanto falava.

— A questão é a seguinte, Dale — disse Dana. — O que você me pagou para seguir Charlotte Walsh foi mais do que justo para uma simples missão de vigilância, mas não chegou nem perto de me recompensar por ter sido caçada por agentes armados do Serviço Secreto ou atacada por dois homens no meu apartamento que disseram que iam me estuprar se eu não lhes desse as fotografias que tirei de Farrington e Charlotte Walsh. Você conhece minha história, sabe como esse tipo de ameaça me afeta.

— Eu não tive nada com isso.

— No que me diz respeito, você é totalmente responsável por ter ferrado a minha vida. Tive que derrubar um agente do Serviço Secreto quando estava fugindo do ninho de amor de Farrington. Depois, tive que atirar em um homem que afirmava ser agente federal para não ser estuprada. Assim sendo, não só tenho que fugir para salvar minha vida, como estou enfrentando sérias acusações. Se eu for presa, não vou proteger quem me contratou, Dale. Aceito qualquer proposta que me ofereçam e implico quem quer que seja preciso a fim de me proteger. Acredite em mim, é no seu melhor interesse, e também no do seu amiguinho, Christopher Farrington, comprar meu silêncio e pôr um ponto final nesta história.

— O que você quer?

— Quero uma garantia de que não serei perseguida e que jamais serei acusada ou presa por qualquer crime decorrente deste fiasco. E quero também um milhão de dólares.

— Você só pode estar brincando.

— Fiz um preço por baixo, Dale. Podia pedir muito mais. Mas imaginei que um milhão é uma quantia que seus amigos podem reunir rapidamente e, embora seja muito dinheiro para mim, é uma ninharia para as pessoas do seu círculo. Também acho justo que eu seja indenizada pelo que passei, por sinal em uma quantia muito menor do que aquela que Farrington terá que pagar a uma firma de relações públicas se eu vender essas fotos.

— Presumindo que eu possa arranjar o dinheiro, como você propõe que eu cancele uma investigação federal?

Dana sacudiu a cabeça, enojada

— Vê se não me chateia, se quer as fotos. Você chama pelo primeiro nome todos os políticos poderosos deste governo, inclusive o ministro da Justiça, e o presidente é o chefe dele.

— Como posso ter certeza de que você não vai pegar o dinheiro e vender as fotos assim mesmo?

— Dale, meu objetivo principal não é conseguir um milhão de dólares e sim viver o suficiente para gastar esse dinheiro. O presidente pode fazer com que me matem a qualquer hora que lhe dê na telha. Quero que Farrington tenha uma razão para se esquecer de mim. Vou guardar como seguro de vida uma coleção de fotos que irão para a mídia se eu morrer em circunstâncias misteriosas, mas tenho todas as razões do mundo para mantê-las como um segredo obscuro e profundo, se todo mundo jogar limpo.

Perry sacudiu a cabeça.

— Você é louca furiosa, Cutler. Não posso acreditar que tenha coragem para chantagear o presidente.

— Não é questão de coragem, Dale. Estou morrendo de medo. As fotos são a única coisa que me mantém viva, e vou usá-las de qualquer maneira para continuar respirando.

Perry abaixou a cabeça, olhando para a mesa. Quando levantou os olhos, parecia aflito.

— Sinto muito você estar nessa confusão e também por tudo que aconteceu no seu apartamento, especialmente pelo que lhe aconteceu quando era policial. Eu realmente não tinha ideia de que você ia se meter em tanta complicação quando pedi que fizesse o trabalho. Pensei que seria um dinheiro fácil para você.

— Não foi.

— Sinto-me responsável por ter metido você nessa encrenca e farei o máximo que puder para tirá-la dela. Vamos sair daqui e verei o que posso fazer.

— Muito obrigada, Dale.

— Ei, eu gosto de você, Cutler. É durona e sempre fez um bom trabalho. Vai sair desta numa boa, confie em mim.

Foi o "confie em mim" que serviu de alerta. Dana quase tinha aceitado a súbita mudança de atitude de Perry até que ele disse isso. Alguma coisa estava acontecendo, e Dana sabia que não era boa coisa. Enquanto sorriu "confiantemente", seus olhos vasculharam o salão. Ninguém parecia deslocado, portanto quem estivesse trabalhando com Perry só poderia estar do lado de fora.

— Por que não me dá um número de telefone para que eu possa entrar em contato quando tiver notícias para você?

— Seria melhor se eu ligasse para você.

— Tudo bem. Conceda-me um dia para trabalhar no problema. Devo ter uma resposta logo.

— Ótimo, e muito obrigada, Dale.

— Eu acompanho você.

— Tenho que passar no banheiro primeiro. Não precisa esperar.

— Ok. Falo com você em breve.

Dana observou Perry sair. Sentia-se furiosa consigo própria por não ter revistado o advogado. Era capaz de apostar como ele carregava um grampo e transmitira toda a conversa a alguém. Nesse caso, provavelmente haveria homens esperando que saísse pela porta próxima ao banheiro, e foi nessa direção que Dana se encaminhou, antes de entrar na cozinha. Sob o olhar pasmo dos dois cozinheiros, tirou a calça jeans e a camiseta e vestiu a muda de roupa que Charlie Foster deixara para ela dentro de um saco plástico de lixo. Enfiou uma rede de cabelos na cabeça, vestiu uma calça balão e diversos suéteres que a fizeram parecer gorda. Um avental, óculos sem grau e uma pistola 45 completavam o traje. Uma vez vestida, Dana encheu um saco de lixo com refugo e outro com suas roupas antes de abrir a porta dos fundos o suficiente para dar uma espiada no beco. Não havia ninguém esperando em frente à porta, mas viu uma sombra em uma das esquinas. Provavelmente havia alguém na outra esquina também.

Gritou o mais alto que podia, em espanhol, que eram uns cachorros por fazer com que levasse o lixo para fora o tempo todo.

— Sou chefe, não tenho obrigação de carregar lixo.

Abriu ruidosamente a tampa da caçamba de lixo e jogou um saco. Em seguida saiu pisando duro, resmungando. Quando o homem saiu das sombras para examiná-la, empunhou a pistola com mais força e o encarou.

— O que você quer, *pendejo*? — indagou, beligerantemente.

— Desculpe — disse o homem, voltando para a sombra.

Dana respirou fundo e saiu andando rapidamente ao longo da rota de escape que palmilhara horas antes. Enquanto caminhava, imaginou um olhar penetrante fixo nas suas costas e esperou o barulho de um tiro a qualquer instante, mas o disfarce funcionou. Poucos momentos transcorridos e estava montada na Harley, afastando-se velozmente do 911.

Capítulo Quinze

Christopher Farrington estava em plena campanha no Iowa quando a polícia identificou Charlotte Walsh como a vítima mais recente do Estripador. Mandou que Charles Hawkins fosse de avião até a próxima parada da sua campanha, saiu do evento destinado a levantar doações e voltou correndo para o hotel, assim que foi avisado de que seu assistente o esperava.

Farrington fervia de raiva quando entrou na sua suíte. Depois de mandar que todos saíssem, defrontou-se com o amigo.

— A CNN está dizendo que Charlotte foi a mais recente vítima do Estripador. Uma coincidência e tanto.

Hawkins deu de ombros.

— Você sempre teve sorte, Chris.

Farrington fulminou Hawkins com o olhar.

— O que há de errado com você? O Estripador de Washington? O que é que você estava pensando? Esse é o caso mais badalado de Washington desde aquele dos atiradores ocultos. Precisávamos ficar abaixo do radar e você nos coloca em rede nacional de televisão.

— Nós estamos fora do alcance do radar. É o Estripador quem está fritando na chapa quente. Quem vai fazer a conexão entre uma estudante universitária e o presidente dos Estados Unidos?

— Aquela filha da puta daquela detetive particular é quem vai fazer a ligação. Alguma notícia dela?

— Não. Ela marcou um encontro com Dale Perry e nós prendemos um grampo nele, mas ela deu no pé.

— Droga, Chuck, como isso foi acontecer? Ela é uma detetive pé de chinelo. Você dispõe do pessoal de Operações Especiais e da tecnologia mais recente. Por que não a seguiu com um satélite?

— Não pensamos que fosse necessário. Pensamos que a tínhamos apanhado numa armadilha, mas ela é cheia de expedientes.

— Por que ela foi se encontrar com Dale?

— Quer vender as fotos por um milhão de dólares e garantias de que a deixaremos em paz.

— Então compre.

— Não é assim tão simples. Ela disse a Dale que vai conservar um conjunto de fotos como seguro de vida para o caso de renegarmos o trato.

— Pois bem, não renegamos.

— Chris, se lhe pagarmos, ela terá todo o interesse em vender outro conjunto para a mídia. Não nos atreveremos a matá-la uma vez que as fotos passem a ser de conhecimento público. Você seria o principal suspeito caso ela morresse, mesmo que fosse de causas naturais. Haveria um verdadeiro tumulto. Gaylord dirá que você mandou a CIA liquidá-la com um veneno exótico capaz de produzir efeitos iguais aos de um ataque do coração. Se controlássemos o Congresso, poderíamos interromper a investigação, mas não controlamos. Mesmo que você acabe inocentado, a investigação duraria todo o período de eleição e a má publicidade o liquidaria.

— O que é que você vai fazer a respeito de Cutler?

— Tentar encontrá-la. Uma vez que a pegarmos, posso lhe assegurar que nos dirá qualquer coisa que quisermos saber.

— Então a encontre logo. Tenho um mau pressentimento no que diz respeito a isso.

— Pois não tenha. Tudo está sob controle.

— Não parece — retrucou Farrington. — Tem mais alguma coisa que eu deva saber?

Hawkins hesitou.

— O que você *não* está me dizendo?

— Pode ser que haja alguns probleminhas que não previ, mas nada com que você deva se preocupar.

— Que probleminhas?

— Um dos nossos infiltrados na equipe de Gaylord diz que ela vai usar os crimes do Estripador na campanha, sugerindo que não se pode confiar que você proteja o país se não consegue proteger o povo da cidade de Washington contra um assassino.

— Ridículo. Não tenho nada a ver com a busca ao Estripador. Isso é coisa da polícia local.

— O FBI tem uma força-tarefa que está dirigindo a investigação — corrigiu Hawkins.

— Certo, mas eu não tenho nada com isso. Diga a Hutchins para resolver — ordenou, referindo-se a Clem Hutchins.

— Estamos trabalhando nisso.

— Ótimo. Você disse "probleminhas" no plural. O que mais saiu errado?

— Minha fonte também me disse que o pessoal de Gaylord suspeita que Walsh fosse nossa espiã.

— Eles podem provar? — perguntou Farrington, preocupado.

— Creio que não. Podem provar que ela foi nossa voluntária antes de mudar de lado, mas não podem provar que ela nos deu cópias da lista secreta de doadores de Gaylord.

— Se algum dia vierem a saber que pedimos a Charlotte que roubasse a lista da campanha da Gaylord, eu estarei arruinado. Seria um novo Watergate.

— Você não tem que se preocupar, Chris. Mesmo que Gaylord pudesse provar que Walsh era nossa espiã, não terá como usar a informação sem tornar pública a existência da lista secreta. Estariam expondo a existência de recursos financeiros desconhecidos de todos.

— Exato — concordou Farrington com um sorriso de alívio. Mas logo ficou pensativo.

— O FBI está perto de pegar o Estripador?

— Minhas fontes no Bureau dizem que eles não têm a menor ideia de quem ele seja.

— Isso é bom. Talvez nunca venham a pegá-lo. Seria a melhor hipótese para nós.

— Concordo. Mas se ele for apanhado, provavelmente será responsabilizado pela morte da Walsh. Se negar, quem irá acreditar nele?

Farrington suspirou.

— Você tem razão. Ok. Concentre-se na detetive particular. Quero que ela seja encontrada e neutralizada. Faça o que for preciso. Uma vez encontrada, ficaremos livres para voltar para casa.

Farrington de repente ficou imerso em seus pensamentos e, quando falou, parecia triste.

— Ela era uma boa garota — disse baixinho.

Hawkins teve vontade de dizer ao amigo que ele devia ter pensado nas consequências de seus atos antes de decidir fazer sexo com a jovem voluntária, mas calou a boca.

Capítulo Dezesseis

Keith Evans não tinha vida social, portanto passar o fim de semana trabalhando não representava sacrifício algum. Seis meses antes, quando a última namorada rompera com ele, dissera ao agente do FBI que acreditava que o único modo pelo qual ela conseguiria vê-lo seria cometendo um crime federal. Evans sem dúvida gostava de futebol americano, mas o campeonato terminara meses atrás e ele não gostava nem de basquete nem de beisebol, assim como jamais se interessara por golfe. Quando começava a sentir pena de si próprio, ele simplesmente mergulhava mais fundo no trabalho. Reprimir seus problemas pessoais tornava-se mais difícil quando a carga de trabalho era pequena, como agora, quando estava dedicado a uma tarefa inútil.

Naquele fim de semana, Evans lera de novo cada pedaço de papel arquivado nos casos do Estripador, na esperança de ter um novo *insight*, e tudo que conseguira foi ficar com os olhos cansados. Por isso chegou na segunda-feira sem conseguir imaginar o que fazer, já que gastara todas as possibilidades no sábado e no domingo. A única esperança era que o Estripador falhasse em algum ponto, o que era improvável.

Sociopatas ou psicopatas ou personalidades antissociais (fosse qual fosse o termo usado) eram capazes de matar com muita facilidade por não sentirem empatia por suas vítimas. Evans julgava que isso acontecesse porque eles nunca tinham sido totalmente socializados como as pessoas normais. Acreditava que todas as crianças eram sociopatas porque pensavam apenas em si próprias e em suas necessidades. Os pais deveriam ensinar os filhos a pensar no efeito de seus atos sobre os outros. Os assassinos seriais não completavam com sucesso esse aprendizado, portanto não chegavam a desenvolver uma consciência. A razão pela qual Evans estava certo de que o estripador cometeria um erro fatal era porque os assassinos em série, em sua maioria, assim como as crianças, viam-se como o centro do universo e acreditavam ser infalíveis. Quando erravam, geralmente punham a culpa nos outros — na vítima, no advogado ou qualquer pessoa ou instituição que fosse conveniente. O grande problema dessa teoria era que os assassinos em série frequentemente tinham uma inteligência acima da média, e o tal erro podia custar muito a se manifestar. Até lá mais mulheres morreriam.

Pouco antes do meio-dia, terminando um sanduíche comprado em uma lanchonete, Evans pegou um relatório do primeiro crime do Estripador e percebeu que o tinha lido uma hora antes. Como não era capaz de imaginar outro modo para ocupar o tempo, levantou-se e se dirigiu para o bule de café. Estava a meio caminho quando o telefone tocou.

— Evans — ele atendeu.

— Doutor Standish na linha dois — disse a recepcionista.

Evans comprimiu o botão da linha dois e foi saudado pela voz jovial de Standish.

— Terminei a autópsia de Charlotte Walsh e acho que devíamos conversar.

Standish insistiu em se encontrar com Evans em um restaurante italiano a poucas quadras das instalações do legista. O agente do FBI o encontrou sentado nos fundos do restaurante, localização que escolhera em consideração aos outros clientes, cujas refeições seriam arruinadas se, inadvertidamente, ouvissem as vívidas descrições anatômicas que frequentemente acompanham a análise do laudo de uma autópsia. Embora Standish estivesse acostumado com o sangue e os ferimentos nos quais se via envolvido todos os dias, era consciente de que a maioria dos seus concidadãos não estava. Esse ponto viera à tona durante o primeiro dos julgamentos em que depusera, quando um vendedor de eletrodomésticos de trinta e dois anos integrante do júri desmaiara durante a descrição que fizera de uma morte por serra elétrica no julgamento de um malévolo traficante de drogas.

— Oi, Art — cumprimentou Evans, acomodando-se no reservado justamente na hora em que o garçom aproximou-se da mesa deles.

— Experimente o escalope de vitela — sugeriu o legista enquanto mergulhava no prato de espaguete à marinara.

— Já comi — disse Evans, que se dirigiu ao garçom. — Basta um café, por favor.

— E então, o que você tem para mim? — perguntou Evans, assim que o garçom se afastou.

— Uma coisa muito estranha — respondeu Standish, quando esvaziou a boca.

— Sim?

O legista pegou um maço de papéis que estavam ao seu lado no banco forrado de vinil e o empurrou para Evans.

— Antes de tudo, a causa da morte. Os olhos estavam faltando e havia muitos ferimentos à faca idênticos aos que encontramos nas outras vítimas do Estripador. O torso e a área genital estavam uma bagunça, e havia um grande número de ferimentos causados por golpes cortantes em todo o contorno do pescoço. Na verdade, todo o pescoço estava bastante cortado.

— Como nos outros crimes.

— Certo, só que as outras vítimas foram mutiladas antes de morrerem. A maioria das lesões de Charlotte Walsh é *post-mortem*. Posso afirmar isso porque não encontrei a quantidade de sangue que se espera encontrar quando uma pessoa é esfaqueada e o coração ainda está batendo.

— Então o que matou Walsh?

— Isso é que é interessante. Quando tirei o cérebro, encontrei um ferimento indicando que um instrumento afiado foi enfiado na nuca entre o crânio e a primeira vértebra cervical. Com isto, a medula espinhal foi seccionada e causou morte instantânea, embora praticamente sem sangramento.

— Quer dizer então que esse ferimento matou Walsh, mas o Estripador continuou golpeando-a como se ela estivesse viva.

— É um modo de se ver as coisas.

— Talvez ele tivesse ficado furioso porque o primeiro ferimento a matou, e infligiu os outros num acesso de raiva.

— É possível, também — concordou Standish, antes de atacar mais uma bocada de carne de vitela. Evans tomou mais um gole de café e pensou enquanto esperava que o legista engolisse.

— Temos também outras anomalias — disse Standish, apontando o garfo para o agente do FBI. — Não encontrei provas de intercurso forçado como na outra vítima que examinei. Os laudos das outras autópsias que você me enviou listavam ferimentos na região genital e outras indicações de estupro, mas não havia indicação disto com Walsh.

Evans levantou as mãos e deu de ombros.

— Pode ser que ele tenha perdido a vontade, com ela morta.

— Verdade.

— E as outras anomalias?

— Sabe a substância que foi encontrada nas bocas das vítimas?

— A que não conseguimos identificar?

— Exato. Foi encontrada nas bocas de todas as vitimas, certo?

Evans assentiu.

— Pois bem, não estava presente na boca de Walsh.

Evans franziu a testa.

— Você está sugerindo que estamos lidando com um imitador?

— Não estou sugerindo nada. Sou apenas o açougueiro local. Você é o detetive.

— Até que ponto os ferimentos dos outros casos são similares aos deste?

— Ah, sim, a maneira de agir é quase idêntica a não ser pelo dano extenso causado ao pescoço.

— É possível que os ferimentos *post-mortem* no pescoço tenham sido infligidos para atrair a atenção para longe da verdadeira causa da morte?

Standish encolheu os ombros.

— Tudo é possível. O que posso dizer é que aquela carnificina foi efetiva. Eu não teria encontrado o ferimento fatal se não tivesse decidido remover o cérebro.

Evans ficou quieto por algum tempo e Standish aproveitou a oportunidade para acabar o almoço.

— Se estamos diante de um imitador capaz de duplicar com tanta perfeição o modo de operar dos outros casos, ele teria que ter visto os outros corpos nas respectivas cenas de crime, ou as fotos das cenas de crime e das autópsias, ou no mínimo ter lido os relatórios — ponderou Evans.

— Eu diria o mesmo — concordou o médico. — A menos que os jornais tenham publicado uma descrição muito detalhada dos ferimentos sofridos pelas vítimas, uma por uma.

— Não, não houve nada disso na imprensa escrita ou na televisão. Diga-me, Art, o Estripador poderia ter matado Charlotte Walsh por acidente? Caso afirmativo, isso daria suporte à ideia de ele tê-la mutilado num acesso de raiva. Você entende, ele todo aceso e ela comete a audácia de morrer. Poderia ter feito com que ele perdesse o embalo.

— Como falei antes, tudo é possível, mas não vejo realmente como o assassinato possa ter sido cometido por acaso. Seria como o estuprador que tenta se desculpar dizendo que tropeçou e seu membro acidentalmente penetrou na vítima. Foi um golpe extremamente preciso que a matou.

Evans franziu as sobrancelhas e sacudiu a cabeça.

— Obrigado por ter arruinado meu dia.

— Ei, não me culpe. Eu só trabalho aqui.

— Como se não tivesse bastante o que fazer, posso ter que encontrar dois assassinos.

— Você resolverá o caso, Keith. Lembre-se, nem a neve, nem a chuva, nem o calor ou as trevas da noite... Oh, espere, isso é dos carteiros. O que é que vocês do FBI fazem quando neva e chove?

— Vamos atrás dos bandidos. Alguns dias, contudo, são mais fáceis que os outros.

Parte Quatro

Corpos Putrefatos e Dedos Decepados
Oregon

Capítulo Dezessete

Na manhã de sábado, Brad Miller pegou o carro e foi a Salem para o segundo encontro com Clarence Little. Ginny Striker ia de carona, e ele sentia-se grato pela sua companhia. Geralmente não tinha companhia num fim de semana. Além disso, gostava de discutir estratégias com a atraente associada. Na verdade, gostava de tudo que dizia respeito a Ginny. A única coisa boa gerada pela missão dada pela Tuchman foi a oportunidade que lhe deu de passar algum tempo com ela. Na companhia de Ginny não sentia nada da ansiedade e da tensão sexual que sempre sentia nos tempos em que namorava Bridget Malloy, sempre disposta a mantê-lo apreensivo. Ginny parecia sinceramente legal, e o único atrito surgido entre os dois apareceu quando Brad se recusou a deixar que ela falasse com Clarence Little.

— Você está louca? — reagiu ele quando Ginny puxou o assunto. — Não quero você a um quilômetro de Little.

— Estarei perfeitamente segura — insistiu Ginny. — Você me disse que ele fica atrás de uma parede de concreto e vidro inquebrável. Como ele poderá me atingir?

— Não se trata disso. Não quero que ele saiba que você existe. E se ele sair, sei lá como?

— Não penso que a liberdade pertença ao futuro do Sr. Little, Brad. Ele tem três condenações à morte.

— Não quero me arriscar.

— Muita gentileza sua — respondeu Ginny com a voz gotejando sarcasmo —, mas é uma atitude cavalheiresca um tanto ultrapassada. Ajudei a conter motoqueiros paranoicos quando trabalhei na sala de emergência. Sei como tratar de mim. Se Clarence conseguir passar pelo vidro, protejo você.

Desesperado, Brad jogou seu trunfo.

— Olha, Ginny, sei que é durona. Provavelmente muito mais que eu. Mas a verdade é que você seria uma distração.

Ginny abriu a boca, mas Brad levantou a mão.

— Escuta só. Esse sujeito gosta de brincar com os outros. É o que está fazendo comigo neste exato momento. Eu não ficaria surpreso se toda essa história da coleção de dedos cortados não passar de uma pegadinha destinada a nos fazer andar de um lado para o outro pelo estado do Oregon em uma tarefa impossível. Deus sabe o que ele vai querer que você faça, caso apareça ao meu lado. A ideia que Little faz de distração é torturar mulheres. Se ele não puder pôr as mãos em você, vai imaginar um jeito de desafiá-la com jogos psicológicos, e isso vai dificultar nosso trabalho de descobrir se ele está nos dizendo a verdade a respeito do seu álibi.

Ginny cruzou os braços e ficou olhando fixamente pelo para-brisa. Seu silêncio era bom sinal. Significava que estava refletindo sobre o que ele dissera. Por mais irracional que parecesse, estava preocupado com o que pudesse acontecer se Clarence Little conhecesse Ginny Striker.

Na segunda visita de Brad à penitenciária havia visitantes diferentes na sala de espera, mas todos tinham o mesmo ar de cansado desespero e falsa alegria das mulheres em cuja companhia ele tinha esperado Clarence Little na primeira visita. Quando seu nome foi chamado, sentiu-se como um veterano ao passar pelo detector de metais, descer a rampa para a área das visitas e chegar à sala reservada para os presos do corredor da morte. Devia estar pensando no encontro enquanto esperava que os guardas trouxessem o seu cliente. Mas foi Ginny quem ocupou seus pensamentos. Ela ainda estava furiosa com ele por não ter deixado que entrasse na prisão, mas acabara concordando, um tanto de má vontade, que colocá-la muito próxima de um homem com estranhas ideias sobre o relacionamento homem-mulher podia interferir com o objetivo deles de descobrir a verdade por trás dos protestos de inocência de Little. Enquanto Brad esperava Little, ela aguardava Brad em um café perto da penitenciária, dedicando-se a cumprir no *laptop* missões dadas pelos sócios.

A porta foi aberta e os guardas acompanharam Little até o espaço apertado do outro lado do vidro. Quando viu Brad, ele sorriu. O sorriso poderia ser simplesmente o modo de um prisioneiro cumprimentar uma visita, mas Brad suspeitava que traduzia a satisfação de Little com sua vitória na batalha de vontades que os dois homens travavam.

Eles pegaram os telefones assim que os guardas desapareceram.

— Muito obrigado por vir me visitar de novo — disse Little. — Você não tem ideia de como é entediante ficar sentado na cela o dia inteiro sem ter o que fazer. Toda quebra de rotina é um presente maravilhoso.

— Fico satisfeito por ter alegrado o seu dia, Sr. Little — respondeu Brad bruscamente. — Mas estou aqui para saber onde o senhor escondeu os dedos para que eu possa tentar inocentar seu nome no caso Laurie Erickson.

O sorriso de Little ampliou-se.

— Eu sabia que estava certo em confiar em você.

— Sim, pois então, onde estão os dedos? — insistiu Brad, ansioso por acabar com aquela reunião tão rapidamente quanto fosse possível.

— Antes que eu lhe diga onde escondi meus suvenires, por que você não me conta um pouco sobre você?

Brad rolou os olhos para o céu.

— Isto aqui não vai ser como *O Silêncio dos Inocentes*, vai? O senhor está esperando que eu troque detalhes íntimos da minha vida pelo paradeiro dos seus dedos?

Little riu.

— Em absoluto. Apenas não tenho a menor pressa de voltar para a cela, e penso que tenho direito a saber um pouco mais das qualificações da pessoa a quem estou confiando minha vida.

— Ok. O que deseja saber?

— Seu sotaque sugere que foi criado na Costa Leste.

— Nova York. Na verdade, em Long Island.

— E fez o terceiro grau em Nova York?

— Universidade de Hofstra, em Long Island.

— Fez especialização em quê?

— Inglês.

— Não é uma especialização muito prática. Por que não quis algo na área das ciências ou engenharia?

— Porque não sou muito bom em matemática ou ciência, e gosto de ler.

— Então foi uma boa escolha. Onde estudou direito?

— Fordham, em Nova York.

— Seus resultados não eram suficientes para garantir sua matrícula em Colúmbia ou na Universidade de Nova York?

— Minhas notas eram excelentes, mas não me saio bem em testes padronizados. Olha só, podemos voltar a falar de dedos?

— Vejo que sua paciência está se esgotando. A impaciência não é uma característica admirável. Eu gastava um bocado de tempo com minhas amigas. Vou lhe dar uma dica, Brad. Nunca as mate rapidamente. Estraga a diversão.

— Ok, para mim chega. Não penso que exista uma coleção de dedos. Acho que está se divertindo às minhas custas.

— Se não há uma coleção, o que foi que aconteceu aos dedos?

— Sabe de uma coisa, Sr. Little, não ligo a mínima. Vou embora. Farei o melhor que puder no seu pedido de *habeas corpus*, mas não vou perder meu tempo e o tempo da minha empresa brincando de jogos psicológicos com o senhor.

Brad levantou-se e Little começou a rir.

— Sente-se. Estou sacaneando você. Gostei de *O Silêncio dos Inocentes*, embora seja totalmente irreal. Todos esses filmes de assassinos em série são ridículos. Não consigo assistir até o fim. De qualquer modo, assisti-los é quase como passar o feriado fazendo a mesma coisa dos dias de trabalho.

Brad olhou fixamente para ele através do vidro, inseguro sobre como reagir.

— Sente-se, por favor. Eu só queria saber por quanto tempo eu conseguiria representar esta farsa com você. Eu inclusive não falo deste jeito. E penteio o cabelo de outro modo quando não me encontro com você. Eu só estava fazendo a minha melhor imitação de Hannibal Lecter.

— Sua melhor... — Brad sacudiu a cabeça, totalmente confuso.

— Achei que você esperava conhecer uma pessoa um tanto estranha, e não quis desapontá-lo. Foi só uma brincadeira inocente. Sinto muito ter feito com que perdesse a paciência.

— Não me agrada ser chutado de um lado para outro como uma bola virtual.

— Já falei que sinto muito. É que na verdade é muito chato ficar sentado o dia inteiro em uma cela do corredor da morte sem ter o que fazer. Isto foi só uma maneira de passar o tempo.

— Quer dizer então que a história dos dedos era papo furado?

Little ficou sério imediatamente.

— Não, não, isso é real. Consiga alguém para verificar as impressões digitais e verá que sou cem por cento inocente de ter matado aquela babá. E estou falando sério a respeito de pegar o filho da mãe que teve a audácia de me incriminar.

Brad sentou-se.

— Chega de bobagens. Onde estão os dedos?

— Vai ser um pouco difícil de achar. Diga-me uma coisa, você gosta de ar livre?

— Não, particularmente. Antes de qualquer coisa, sou uma pessoa urbana.

— Pois eu sou da roça e adoro excursionar no campo, caçar e descer as corredeiras. Há muitas áreas selvagens maravilhosas no Oregon. Você vai me agradecer por lhe apresentar a uma delas.

Que merda, pensou Brad, cuja ideia de aventura rural era um passeio pelo Central Park.

— Você enterrou os dedos no mato?

Little fez que sim.

— Eu ia levar uma nova peça para a coleção quando tropecei em Peggy e no amigo dela — ele interrompeu-se, ar encabulado. — Não tinha planejado matá-la, mas não pude deixar passar a oportunidade.

— Os dedos estão enterrados perto dos corpos?

— Você é decididamente mais rápido no entendimento que o meu advogado do julgamento. Estou certo de que teria ganhado meu caso se tivesse me defendido. Aí não teríamos que passar por todo esse aborrecimento para provar minha inocência.

— Essa caça ao tesouro vai representar uma noite dormida na floresta? — perguntou Brad, começando a se preocupar com ursos e leões da montanha.

— Não, nada disso. Eu lhe disse, a Peggy saiu de Portland na quarta-feira e tinha armado acampamento quando a encontrei.

O início da trilha é a poucas horas de Portland, e eu enterrei meu tesouro perto de uma cachoeira a cerca de oito quilômetros para dentro de uma trilha secundária. Os corpos estão muito próximos. Diga oi a eles por mim, está bem?

— Você sabe que eu posso ter que dar às autoridades a localização dos corpos e entregar os dedos à polícia?

— Autorizo-o a fazer o que for necessário para pegar o filho da mãe que me incriminou.

De repente uma expressão sonhadora inundou o rosto de Little.

— Não seria interessante — prosseguiu ele — se ele terminasse também no corredor da morte, digamos, na cela ao lado da minha? Criaria algumas possibilidades fascinantes.

Capítulo Dezoito

Na manhã de domingo, Brad e Ginny seguiram pela I-5, passaram pela prisão e viraram na rodovia estadual que seguia para leste em busca das montanhas Cascade. Os shoppings, motéis e postos de gasolina que passavam como cenário na interestadual deram lugar, primeiro, a fazendas e, depois, quase que em seguida, a florestas. O ritmo de trabalho na firma tinha sido tão intenso que Brad não tivera uma oportunidade para explorar o Oregon, e ficou surpreso com o rápido desaparecimento de qualquer coisa remotamente parecida com as superpopulosas áreas urbanas e suburbanas em que ele crescera, na Costa Leste. A população das cidadezinhas que atravessavam frequentemente era expressa em três ou quatro dígitos, e a estrada seguia paralela a rios e densas florestas em vez de conjuntos de lojas uma ao lado da outra e conjuntos residenciais. De vez em quando, o curso da estrada de mão dupla dava uma guinada e, sem aviso, surgia o pico nevado de uma montanha imensa sobrepondo-se à vasta extensão dos verdes contrafortes, apenas para desaparecer quando a estrada mudava de direção novamente.

— Isto tem alguma semelhança com o Meio-Oeste? — brincou Brad.

— Você está brincando? Um prédio de cinco andares passa por uma montanha na minha terra. Isto aqui é impressionante.

— Long Island também é plana como uma panqueca. Foi lá que os glaciares pararam. Quando recuaram tinham transformado tudo em uma área de estacionamento. E não me lembro de ter visto tanto verde assim fora do dia de São Patrício.

Ginny sorriu. Depois deu outra olhada nas direções que imprimira da internet. Haviam se passado quase noventa minutos desde que tinham virado na I-5.

— Comece a procurar placas indicando Reynolds Campground. Deve ficar à nossa esquerda.

Ginny vestia camiseta e short, e Brad de vez em quando lançava um olhar disfarçado às suas pernas. Quanto a ele, optara por camiseta, calça jeans e tênis, os únicos itens no seu guarda-roupa apropriados para uma excursão pelo campo. Algo que ele só fizera aos dez anos de idade.

— Lá está — disse ela, indicando uma placa colocada bem na frente de uma estrada de cascalho.

Brad fez a curva. Quinhentos metros depois eles se encontravam em um estacionamento rústico. Uma placa de madeira apontava para uma trilha de terra onde tinha início a Pacific Crest Trail, a trilha panorâmica que segue pela parte mais alta das montanhas paralelas ao oceano Pacífico. Little tinha instruído Brad a segui-la por quinhentos metros antes de virar em outra trilha que os levaria — se é que o cliente de Brad falara a verdade — a dois corpos em decomposição e a uma jarra de boca larga e tampa de rosca cheia de dedos mínimos.

Brad e Ginny tinham comprado ferramentas para fazer a escavação em uma loja especializada em artigos para excursionistas, e as puseram nas mochilas juntamente com latas de refrigerante, umas garrafas de água e alguns sanduíches. Ginny afirmava possuir um excelente senso de orientação, e insistiu em liderar o caminho. Iniciaram a jornada depois que Brad deu a ela as instruções que Little lhe ditara na prisão.

O dia era perfeito para uma excursão no campo. Quando eles saíram de Portland fazia calor e a atmosfera estava inusitadamente úmida, mas agora estavam quase a mil metros acima do nível do mar e a temperatura esfriara. E assim que começaram a andar na floresta, a sombra das copas frondosas das árvores fez baixar ainda mais a temperatura. Mesmo assim, os efeitos da falta de exercício em Brad começaram a se manifestar depois de andarem um quilômetro, e ele começou a suar e tomou uns goles da água.

— Quanto falta? — perguntou Brad pouco depois.

— Você me fez a mesma pergunta dez minutos atrás. Parece que estou presa dentro de uma camionete com um garoto de oito anos de idade: "Já chegamos, mãe"?

— Dá um tempo. Não estou acostumado a desbravar florestas.

— Muito bem, Jane. Eu acho que temos mais trinta minutos até a trilha da cachoeira. Vai conseguir ou tenho que mandar macacos carregar você?

— Engraçadinha — resmungou Brad, avançando penosamente.

A área em torno da cachoeira era idílica. Os raios de sol eram bloqueados pelas árvores da crista do alto paredão de pedra de onde a água começava sua queda, deixando tudo na sombra. Massas verdes de musgo iridescente agarravam-se à face negra e reluzente da pedra e uma neblina se formava onde a água se lançava no laguinho do fundo. Ginny e Brad lancharam sentados sobre um tronco, balançando os pés no espaço vazio, ao mesmo tempo em que contemplavam o torvelinho feito pela correnteza que se afastava dali com um suave rumorejar.

Brad não podia garantir que fosse uma boa ideia comer imediatamente antes de desenterrar um cadáver em decomposição, mas estava faminto e demasiadamente cansado para não comer. Lutaria com a náusea quando chegasse a hora. De qualquer modo, ainda não estava completamente convencido de que encontrariam alguma coisa, e ocasionalmente lhe vinha à cabeça a figura de Clarence Little, sorridente a alegrar os dias de seus companheiros de corredor da morte com sua história hilária do advogado crédulo e do pote enterrado com um monte de dedos fantasmas.

— Já pensou no que vamos fazer se realmente encontrarmos os corpos ou os dedos? — perguntou Ginny.

— Como assim?

— Teremos que contar à polícia onde eles estavam?

— Acho que a decisão vai caber a Susan Tuchman. Teremos que informar a ela o que Little nos disse se encontrarmos alguma coisa que comprove a história dele. Mas eu andei pesquisando, e posso assessorá-la se ela me perguntar o que devemos fazer.

— As opiniões são divididas em relação a nossa decisão de chamar ou não a polícia. Se nos apossarmos dos dedos, provavelmente teremos que comunicar sua existência à polícia, mas deveremos ter um tempo razoável para fazer com que um perito do laboratório forense trabalhe nas impressões digitais. Não estou certo no tocante aos corpos. Saberemos onde se encontram, mas não teremos a posse deles.

— Absolutamente certo — disse Ginny. — Não sou eu que vou carregá-los.

— Eu não tinha planejado arrastar um corpo em decomposição pela trilha abaixo, tampouco. Alguns juristas pensam que sim, que temos de contar à polícia a localização dos corpos, enquanto outros dizem o contrário, que não temos qualquer obrigação de revelá-la.

— E o que você me diz da confidencialidade da relação cliente-advogado? — perguntou Ginny.

— Isso só vale para o que o cliente diz a você, e não para provas físicas. Não podemos ser forçados a contar às autoridades como sabíamos onde encontrar os corpos ou os dedos, mas não podemos fazer de sua existência um segredo.

— Não é preciso ser nenhum gênio para ver que você obteve essa informação de Clarence.

— Verdade. Tudo o que eles têm que fazer é checar a lista de visitantes da prisão para ver quem eu visitei, ou procurar nos anais para ver a lista dos meus casos criminais. Mas não haverá uma batalha em torno disso. Little quer que eu dê os dedos à polícia para provar que é inocente do assassinato da Erickson, e não parece se importar se o condenarem por causa de Peggy Farmer.

Ginny sacudiu a cabeça.

— Os princípios que o seu cliente segue sem dúvida são bastante distorcidos.

— Esta sua frase talvez seja um dos maiores eufemismos de todos os tempos.

Ginny ficou em pé e se espreguiçou. A camiseta subiu e deixou à mostra a barriga lisa. Brad desviou os olhos, envergonhado, e concentrou-se em recolher seu lixo.

— De acordo com as instruções de Little, os corpos devem estar a três quilômetros daqui — disse Ginny.

— Mal posso esperar — comentou Brad, com um arrepio.

Do jeito como as coisas aconteceram, seria melhor se ele tivesse esperado — para sempre. Foi o que Brad disse a si próprio depois de usar o guardanapo que Ginny lhe passou para que limpasse a boca após vomitar em uma moita a poucos passos do cadáver de Peggy Farmer.

— Desculpe — ele murmurou.

— Não foi nada — disse Ginny, colocando o guardanapo manchado dentro do saco para lixo que tinham trazido antes de passar a Brad uma garrafa de água para que ele lavasse a boca. — Eu fiz a mesma coisa da primeira vez em que levaram a vítima de um desastre realmente violento para a Emergência em que eu treinava para enfermeira. O estômago do sujeito estava aberto e seus intestinos...

— Por favor — suplicou Brad num fio de voz, inclinando-se para a frente, olhos cerrados com força, lutando para não vomitar de novo.

— Ops, desculpe — disse Ginny timidamente.

Little dissera a Brad que enterrara Peggy Farmer e seu namorado a poucos metros dentro da floresta, contados a partir de uma árvore caída. A árvore supostamente estaria a uns duzentos metros da trilha que passava ao lado da cachoeira. Ginny usou um passômetro para medir a distância, e encontraram o tronco tombado exatamente onde Little dissera que estaria. Assim também aconteceu com os corpos, embora houvesse muito menos deles do que quando tinham sido enterrados, anos atrás.

Animais necrófagos tinham descoberto a cova rasa e havia muito pouca carne remanescente no esqueleto. Assim mesmo, a visão de um cadáver de verdade desorientou Brad ainda mais que a das fotos da autópsia de Laurie Erickson. Ginny ajudou-o a sentar com as costas apoiadas em uma árvore em uma posição em que não podia ver os cadáveres. Enquanto ele se recuperava, Ginny retornou à árvore tombada e começou a cavar debaixo do tronco onde Little disse ter enterrado sua coleção de dedos mutilados.

— Estão aqui — ela disse a Brad. — Não precisa olhar, se acha que vai passar mal. Posso pôr o jarro na minha mochila.

— Não, eu devo ver do que se trata — retrucou Brad, pondo-se de pé. — Há de chegar uma hora em que não vou poder fugir e, de qualquer maneira, você já me viu fazer papel de bobo.

Brad respirou fundo e obrigou-se a andar na direção da jarra que Ginny colocara em cima do tronco da árvore. Ficou surpreso por não ter, ao ver os dedos, a mesma reação que tivera ao desenterrarem os corpos. Talvez as fotos da autópsia de Laurie Erickson juntamente com os corpos na floresta tivessem esgotado sua capacidade de se horrorizar. Examinou os dedos. Eles o obrigaram a ver seu cliente com uma clareza que não fora possível antes. Clarence Little não era esquisito ou esperto. Clarence Little era o puro mal. O dever de Brad de fazer tudo o que estivesse a seu alcance para inocentá-lo da morte de Laurie Erickson o fez sentir-se pior do que quando descobrira o corpo de Peggy Farmer.

Capítulo Dezenove

— Sente-se, sente-se — disse Susan Tuchman, quando a secretária trouxe Brad Miller para a sua sala, o primeiro compromisso na manhã de segunda-feira. — Como está indo o seu projeto?

— É sobre isso que eu queria lhe falar — respondeu Brad nervosamente. — Houve alguns avanços.

— Ótimo. Fale-me a respeito.

— Fui a Salem, à penitenciária, como a senhora sugeriu.

— Aposto como foi uma experiência e tanto.

— Sim, foi muito... interessante. De qualquer forma, conversei com o Sr. Little a respeito do caso. Ele diz ser inocente.

Tuchman deu um sorriso de conhecedora.

— Jantei com o procurador geral na última vez em que estive em Washington. Ele me disse que se sentia péssimo porque toda pessoa que mandava para a prisão quando era promotor distrital no Arkansas afirmava ser inocente. Disse também que gostaria de ter condenado pelo menos um culpado.

Tuchman soltou uma risada. Brad sorriu respeitosamente.

— Pode ser que Little seja inocente. — disse ele.

Tuchman ficou séria.

— Por que diz isso?

Seu tom de voz não era amável, e Brad adivinhou que deveria estar sentindo que a missão *pro bono* que lhe dera talvez levasse mais tempo do que era esperado, o que significava uma redução de suas horas produtivas para a empresa.

— Bem, eu li a transcrição do julgamento dele e vi que havia apenas uma prova circunstancial que o ligava ao crime.

— É grande o número de assassinos condenados graças a provas circunstanciais, já que as testemunhas oculares geralmente estão mortas quando eles são julgados.

— Ainda assim, avaliando objetivamente o caso, as principais provas contra o Sr. Little diziam respeito a outros assassinatos que, a propósito, ele não nega ter cometido. Se o *modus operandi* desses casos não correspondesse ao do caso de Laurie Erickson, o juiz provavelmente teria anulado o processo quando o advogado de defesa fizesse um pedido formal de absolvição.

— Mas correspondia.

— Sim, correspondia.

— E aqui está você.

— Alguém pode ter matado Laurie Erickson e imitado o *modus operandi* de Little.

Tuchman suspirou. Parecia desapontada, Brad ficou contente ao ver que ela não sabia da participação de Ginny na sua investigação.

— Você é jovem, Brad, e fico satisfeita por ver que ainda é idealista, mas precisa ser também realista. Há assassinos imitadores nos filmes e nos romances de tribunal. Na vida real, um filho da mãe sozinho faz todo o serviço. Acontece também que você está perdendo o foco. Toda esta discussão é irrelevante para a sua tarefa. Você foi encarregado de um caso em que a única coisa que interessa é se o advogado do julgamento de Little foi incompetente. A culpa ou inocência de Clarence Little não é problema seu.

— É um bom argumento, só que encontrei evidências que podem comprovar a declaração de inocência do nosso cliente.

— Evidências?

— Sim. O Sr. Little me disse qual era seu álibi na noite em que Laurie Erickson foi assassinada. Ele diz que estava matando outra vítima, chamada Peggy Farmer, na Floresta Nacional de Deschutes. Afirma que era impossível ter sequestrado Laurie Erickson da mansão do governador porque estava longe demais de Salem quando Erickson desapareceu. Eu verifiquei. Se ele matou Farmer, não pode ter matado Erickson e vice-versa.

— Estou confusa, Brad. Ele confessou a autoria de outro assassinato na floresta?

— Sim, a polícia não tem conhecimento. Era o seu álibi, mas Little não contou ao advogado do julgamento por não confiar nele.

— Como sabemos que chegou a haver um assassinato na floresta?

— Bem... Eu sei porque desenterrei o cadáver.

— Você o quê!!!

— Na verdade havia mais de um. O Sr. Little matou o namorado da garota também. Ele me disse onde encontrar os corpos e também a sua coleção de dedos, que estava enterrada sob um tronco caído, perto dos cadáveres.

— Que dedos?

— O Sr. Little cortava os dedos mínimos das suas vítimas para levar como suvenir. A polícia nunca conseguiu encontrá-los.

Tuchman estava atônita, boquiaberta e de olhos arregalados e fixos em Brad. Ele continuou.

— O Sr. Little diz que o dedo de Farmer está dentro do pote, mas o da Erickson não está. Os dedos estão comigo, ou melhor, eles estão com Paul Baylor, um perito médico-legal independente. Eu não sabia como preservá-los. Não queria que se desintegrassem mais do que já estavam, caso contrário não poderíamos colher as impressões digitais. O Sr. Baylor é um perito respeitado e sabe como preservar, bem, partes do corpo.

— Oh, meu Deus, Sr. Miller, o que foi que o senhor fez? Isso é manusear indevidamente uma evidência e sei lá mais o quê. Como o senhor pôde ir tão longe sem a minha permissão?

— Fui à penitenciária no sábado e desenterrei os corpos no domingo. Não quis perturbar a senhora num fim de semana, sem saber ao certo se o Sr. Little estava me dizendo ou não a verdade. E depois que fiz tudo... Decidi que seria melhor lhe contar quando a senhora estivesse bem descansada.

— Não acredito.

Tuchman respirou fundo e recuperou a compostura.

— Tudo bem, eis o que vamos fazer. Vou chamar Richard Fuentes aqui. Ele foi assistente de promotor antes de ter entrado para nossa empresa. Você vai lhe dizer o que fez, e ele vai verificar se você ou a nossa empresa podem ser criminalmente responsabilizados por suas ações impetuosas. Aí então vamos dar os dedos e a localização dos corpos às autoridades. Quando tudo estiver feito, eu imagino o que fazer a seu respeito.

PARTE CINCO

Imitador
Washington, D.C.

Capítulo Vinte

— Telefonema na linha 2 — a recepcionista disse a Keith Evans.
— Quem quer falar?
— Ele não quer dar o nome. Diz que tem informações sobre o caso de Charlotte Walsh. Pediu para chamar você.

Isso não carregava muito peso, no que dizia respeito a Evans, já que ele estava na tevê sempre que o Bureau sentia necessidade de dar uma entrevista coletiva a respeito do caso. Teve ímpetos de transferir a ligação para outra pessoa, mas a investigação estava paralisada, e nunca se sabe.

— Evans falando. Quem é?
— Não vou dar meu nome pelo telefone. Tudo o que você precisa saber é que sou um tira e sei de algo que talvez o ajude a resolver o assassinato de Walsh.
— Um tira? Olha...
— Olha você. Estou me arriscando, então vamos fazer do meu jeito. Vá até o Mall e pegue a entrada que fica entre o Museu Índio e o Jardim Botânico.

Evans começou a dizer qualquer coisa, mas a linha fora cortada.

O Mall estava cheio de turistas e Evans não chegou a localizar quem o chamara até que um homem vestindo um paletó leve e calça bege apareceu ao seu lado. Era de estatura mediana e corpulento, com o início de uma barriga tipicamente de cerveja. Tinha o rosto comum e com marcas de acne, e compensava a chegada da calvície cultivando um bigode desalinhado.

— Policial...? — começou Evans.

— Não até que eu tenha uma garantia — interrompeu o homem. — Aí então você terá meu nome e o que sei.

— Que tipo de garantia?

— De que nada me acontecerá se eu lhe disser o que sei.

— Por que precisa dessa garantia?

— Não se trata de nada realmente ruim. É só que descumpri as regras para uma pessoa e descobri agora... Olha, o que fiz não foi grande coisa, mas pode me meter em confusão no trabalho e por isso quero proteger minha retaguarda.

— Não posso fazer nenhuma promessa sem saber do que estamos falando.

— Ok. Vou lhe dar uma situação hipotética. Digamos que alguém que não é tira ligasse para um tira e pedisse a ele para rastrear o nome dos proprietários de algumas placas de automóvel. O quanto isso é sério?

— Não muito.

— Então, o que você faria por esse tira hipotético se ele lhe desse uma informação que talvez o ajudasse a solucionar um caso de homicídio?

— Eu prometeria que o Bureau não ia procurar o chefe dele, e o colocaria como informante confidencial fidedigno no meu relatório, para não ter que usar seu nome.

— E se o tal chefe descobrisse o que ele tinha feito?

— Você entende que não tenho influência direta sobre os tiras do Distrito de Colúmbia?

O homem assentiu.

— O melhor que posso lhe prometer é que eu iria quebrar lanças por ele e apelaria ao mais alto escalão do Bureau que pudesse para ajudar.

— Ok, dá para viver com isso.

— Quer me dizer seu nome?
— É Victor Perez.
— Obrigado, Victor. Então me diga o motivo deste contato.
— Conheço um ex-tira chamado Andy Zipay. Ele agora é detetive particular. Nós jogávamos pôquer uma vez por mês. Uma noite, disputávamos uma parada realmente alta, e fiz uma idiotice. Minha mão estava realmente magnífica, e fiz um vale para apostar uma quantia que era incapaz de cobrir. Com isso, fiquei devendo o dinheiro a ele, mas não tinha como pagar.
— O que isto tem a ver com Charlotte Walsh?
— É o que vou lhe dizer. Esse sujeito podia ter exigido o dinheiro de qualquer maneira, mas preferiu fazer um acordo comigo. De vez em quando ele precisa de informações que não pode obter, agora que é detetive particular; nessas horas ele me liga, pede o que quer e eu vou me livrando gradualmente da dívida. Na noite em que Walsh foi morta, recebi um telefonema de Zipay pedindo para conferir três placas de automóvel.

Perez passou uma lista com os números para Evans e esperou que o agente os estudasse.

— Um deles é de um carro emplacado em nome de Charlotte Walsh — disse o policial. — No dia seguinte, deu em tudo quanto é jornal que ela havia sido assassinada. Eu não ia contar nada, no princípio, mas depois comecei a pensar, e se for importante? Foi por isso que liguei.

— Você fez a coisa certa.

Perez assentiu.

— Você disse que Zipay pediu para você verificar três placas — lembrou Evans.

— Sim, um carro era de uma empreiteira de serviços de eletricidade, mas o outro era usado pelo Serviço Secreto.

Evans franziu a testa.

— O que o Serviço Secreto tem a ver com isso?

— Foi o que perguntei. Andy disse que não sabia, fizera a consulta por outra pessoa. Ele me pareceu espantado com essa coisa de Serviço Secreto. Eu era capaz de apostar como não sabia que eu ia dizer que o Serviço Secreto usara um dos carros. Mas acontece que não sou mesmo um bom jogador.

Capítulo Vinte e Um

O escritório de Andy Zipay ficava no terceiro andar de um prédio comercial que já vira melhores dias, mas que ainda era um endereço respeitável. Keith Evans diria que ele estava fazendo tudo certo, mas ainda não conseguira ficar rico. A pequena área de espera era guarnecida por uma senhora cheia de corpo e de aspecto agradável, com uns quarenta e tantos anos, que estava digitando qualquer coisa quando Evans entrou. Ele mostrou a identidade e pediu para falar com o chefe dela.

Dois minutos mais tarde, Evans estava sentado do outro lado da mesa diante de Zipay, um homem esbelto, pouca coisa acima de um metro e oitenta, cujo terno escuro contrastava vivamente com a pele clara que dava a impressão de jamais ter visto a luz do sol. O bigode fino separava o nariz adunco dos lábios finos e havia um toque de branco no seu cabelo negro. O terno austero e o bigode faziam com que Zipay se parecesse um pouco com os detetives particulares nos filmes em preto e branco da década de 1940.

— Como posso ajudá-lo, agente Evans?

— Sou o encarregado do caso do Estripador de Washington e você pode me ajudar dizendo o motivo pelo qual está interessado em um carro pertencente a Charlotte Walsh — sua mais recente vítima — e outro carro que é propriedade do governo dos Estados Unidos.

Zipay juntou os dedos das mãos à frente do queixo e estudou o agente do FBI por um minuto antes de responder.

— Se eu estivesse interessado nessa informação, provavelmente seria para atender a um cliente. Se esse cliente, por sua vez, fosse um advogado agindo em nome de um cliente dele, eu seria um agente desse advogado e estaria impedido pelo relacionamento privilegiado entre advogado e cliente de discutir o assunto.

Evans sorriu.

— Andy, você pode ser agente de um advogado, mas eu verifiquei com alguns amigos da polícia do Distrito de Colúmbia antes de vir para cá e eles dizem que você também é um ex-tira que leva o seu por fora e que teve a sorte de evitar algumas coisas realmente desagradáveis. Esses amigos estariam prontos, dispostos e seriam capazes de estourar suas bolas se descobrissem *como* você veio a saber que o Serviço Secreto e a Srta. Charlotte Walsh eram os proprietários desses carros. Assim, não me venha com legalidades e eu não usarei legalidades contra você.

Zipay ficou ruborizado, mas se conteve.

— Eu não sabia que era procedimento normal do FBI insultar as pessoas cuja cooperação é desejada.

— Não foi insulto. Limitei-me a expor fatos. Agora, não tenho interesse em estilhaçar suas bolas. Tudo o que quero é informação. Se conseguir, muito provavelmente esquecerei a fonte, a menos que você venha a ser uma testemunha essencial nos crimes do Estripador.

Zipay ponderou a proposta do agente. Evans viu que ele estava angustiado, o que o surpreendeu. Finalmente Zipay respirou fundo. Parecia estar se sentindo muito desconfortável.

— Ok, eu ajudo, mas não sei muita coisa, e a pessoa que sabe... Não quero que ela seja molestada. Não seria justo.

— Por quê?

— Ela era tira e passou por um problema realmente terrível. Ficou internada em um hospital psiquiátrico durante um ano.

— O que aconteceu?

— Ninguém com quem falei conhece toda a história. Eu não fazia parte da polícia nesse tempo e por isso não conheço muitos detalhes — e nunca perguntei a ela — mas o que sei é horrível. Ela trabalhava infiltrada e fez amizade com uma turma que trabalhava com metanfetamina. Os caras eram motoqueiros. Gente da pesada, todos muito violentos, mas ela conseguiu se infiltrar. Eles tinham um laboratório secreto que ninguém conseguia descobrir onde era. Ela ia levar os tiras até esse laboratório quando os motoqueiros a pegaram — Zipay parou e olhou para o chão. Sacudiu a cabeça. — Ficaram com ela durante três dias até que o pessoal conseguiu encontrá-la.

Após algum tempo, Zipay levantou a caneca e encarou Evans diretamente.

— Você sabe que saí da polícia porque me meti em encrenca. Quase todo mundo virou as costas para mim, mas ela não. Quando passei a trabalhar como detetive particular, ela me mandava trabalho e me ajudava sempre que podia. Ela recebe uma pensão, mas não é grande coisa. Sempre que posso retribuir, eu a contrato para pequenos serviços. Esse negócio das placas foi um deles.

— Por que ela quis saber quem eram os proprietários dos carros?

— Não quis me dizer. Aconselhou-me a esquecer a conversa. Posso garantir que pareceu espantada quando soube que um dos carros era do Serviço Secreto. Não creio que estivesse esperando ouvir essa informação.

Maggie Sparks bateu de leve na porta do apartamento de Dana Cutler. Vendo que ninguém respondia, tentou de novo, mais alto.

— Srta. Cutler, é o FBI. Gostaríamos de lhe falar.

— E agora? — Maggie perguntou a Evans depois de esperarem tempo suficiente para que acontecesse algo.

Ele já ia responder quando uma fresta foi aberta.

— Vocês são realmente do FBI? — perguntou uma mulher cujo sotaque colocava sua origem em algum ponto do leste da Europa.

— Sim, senhora — respondeu Evans.

— Mostre uma identificação.

Sparks e Evans levantaram as identidades no pequeno espaço onde uma corrente se estendia entre o batente e a porta. Um segundo depois a corrente foi solta e os agentes do FBI se viram diante de uma senhora idosa de vestido bem simples cor-de-rosa.

— Ela não está — disse a mulher. — Não aparece desde o dia do tumulto.

— Que tumulto? — perguntou Evans.

— Algumas noites atrás. Chamei a polícia assim que ouvi o tiro.

— Por que não começa do princípio, Senhora...?

— Senhorita, meu jovem. Srta. Alma Goetz.

— Srta. Goetz, por favor, conte-nos o que aconteceu.

— Essas paredes são finas como papel. Quando ouvi o tiro, abri um pouquinho a minha porta para ver o que estava acontecendo. Não havia ninguém no corredor e o disparo pareceu ter sido de muito perto. Foi quando liguei para 911. Então ouvi o barulho que ela fez batendo a porta que ficou aberta.

— Ela? — indagou Evans.

— Dana Cutler, a mulher que mora lá.

— Como sabe que era ela? — quis saber Evans.

— Eu a vi correndo na direção da escada.

— A polícia veio? — perguntou Sparks.

— Sim, eram dois policiais, mas foram muito rudes.

— É mesmo?

— Oh? — fez Evans.

— Penso que eles deveriam ser polidos, já que arrisquei minha vida ao dar o telefonema. Eu poderia ter sido baleada, sabe?

— Sim, senhorita — disse Sparks. — O que fez foi prova de muita coragem.

— Fico satisfeita por ver que pensa assim, porque o policial foi muito grosso comigo. Mandou que eu entrasse e nem mesmo me fez perguntas.

— Ele não redigiu um relatório? — perguntou Evans, surpreso.

— Quando tentei falar, ele disse que tudo estava sob controle e mandou eu fechar a porta da minha casa. Disse que tudo aquilo era responsabilidade da polícia e que eu podia ser presa por obstrução da justiça, caso continuasse a colocar o rabo no caminho — foram essas suas palavras exatas.

— Quer dizer então que a senhora não viu nem ouviu mais nada? — perguntou Evans.

— Oh, não, eu ouvi muita coisa. Como eu lhe disse, essas paredes são muito finas.

— O que foi que a senhora ouviu? — quis saber Sparks.

— Ouvi gritos antes que a Srta. Cutler saísse correndo. Isso foi depois do tiro.

— Prossiga — instou Evans.

— A polícia entrou no apartamento. Todos tinham empunhado suas armas. Um homem gritou: "Não atire, não atire, somos agentes federais". Aí então os policiais entraram e fecharam a porta.

— Viu mais alguma coisa?

— Claro que sim. Cerca de quinze minutos depois que os policiais chegaram, dois homens deixaram o apartamento. Um deles apoiava o outro. Este parecia estar sentindo muita dor. Dez minutos depois a polícia saiu. Mais quinze minutos e foi a vez daqueles três outros homens entrarem no apartamento.

— Policiais?

— Não sei. Não usavam uniforme.

— Quanto tempo eles ficaram dentro do apartamento?

— Uma hora, mais ou menos. Ao saírem carregavam sacos pretos de lixo.

— A Srta. Cutler chegou a voltar ao apartamento depois que toda essa animação se aquietou? — perguntou Sparks.

— Não ouvi ninguém entrar ou sair de lá, mas acho que ela pode ter voltado quando eu estava dormindo ou quando saí para fazer compras.

— Muito obrigado, Srta. Goetz. A senhora ajudou muito — Evans passou-lhe seu cartão. — Se por acaso se lembrar de mais alguma coisa, por favor, ligue para mim.

— Pode deixar. E vocês são muito mais educados que aqueles policiais.

— Muito obrigado.

— Devem ensinar bons modos a vocês no FBI.

— A senhora pode me dizer onde o zelador mora? Gostaríamos de dar uma olhada no interior do apartamento da Srta. Cutler.

A Srta. Goetz deu o número do apartamento do zelador e Sparks ficou conversando com ela enquanto Evans descia. Ele retornou dez minutos depois com a chave.

O quarto de dormir do apartamento estava tão desarrumado que era difícil dizer se tinha sido examinado ou não, e a salinha de estar dava a mesma impressão, mas alguém tinha escovado cada centímetro quadrado de todas as superfícies do corredor e da cozinha.

— Que é que você acha? — perguntou Evans.

— A se acreditar na Srta. Goetz, Cutler atirou em alguém que pode ser agente federal.

— Não há indício de que alguém tenha sido alvejado aqui.

— Mas está cheio de indícios de que alguém limpou tudo. Basta comparar o corredor e a cozinha com o quarto e a sala. E você disse que seu informante verificou que havia placas pertencentes ao Serviço Secreto. Se estamos falando em gente nesta cidade com poder suficiente para mandar interromper uma investigação policial, o Serviço Secreto estaria no topo da minha lista.

— Não sabemos se a investigação foi encerrada. Pode ser que haja um relatório policial, fitas do 911, registros médicos. Devíamos checar. Isto pode ser uma disputa doméstica. Talvez ela estivesse namorando alguém que trabalha para uma agência federal e fugiu.

— Você não acredita nisso, acredita? — perguntou Sparks.

— Na verdade, não.

— O que nós sabemos? Temos uma detetive particular que anotou três placas de automóvel. Por que teria feito isso?

— Ela está trabalhando em um caso; o assunto é placas de automóveis; deduz-se que seguia alguém — respondeu Evans.

— Charlotte Walsh?

— É o meu palpite. Ela pediu ao meu informante que verificasse a placa do carro de Walsh, e ficou espantada quando ele lhe disse que a outra placa estava registrada em nome do Serviço Secreto. Ela não ficaria surpresa se estivesse seguindo um agente do Serviço Secreto.

— Assim, em algum ponto, o caminho de Walsh cruza com o do Serviço Secreto — disse Sparks.

Evans caminhou até a porta do quarto e deu mais uma olhada.

— Eles estavam revistando o apartamento. Cutler voltou e os surpreendeu.

— Ela atira em um agente federal e foge — disse Sparks. — Ou atirou nele pensando que tivesse surpreendido um intruso ou foi em defesa própria.

— Cutler foi policial. Se encontrasse um ladrão dentro de casa iria segurá-lo para esperar a polícia, quer tivesse atirado nele quer não.

— Ela atirou em uma pessoa que pensou ser um ladrão, descobriu que tinha baleado um federal e fugiu porque ficou apavorada — sugeriu Sparks.

— E se tiver sido em legítima defesa? E se eles estivessem procurando alguma coisa que imaginavam que Cutler tivesse? Ela chega em casa, eles tentam fazer com que lhes diga onde se encontra a tal coisa e de algum modo ela consegue se safar e ainda se sair melhor.

— O que estariam procurando?

— Se os intrusos pertenciam ao Serviço Secreto, tem que ser alguma coisa que ligue Walsh a... Jesus Cristo, Maggie, Walsh trabalhava para a campanha de Farrington e o Serviço Secreto protege o presidente.

— Detetives particulares tiram fotografias das pessoas que seguem — disse Sparks.

Evans ficou em silêncio por um momento.

— Se Cutler escondeu fotografias neste apartamento, elas foram encontradas. É muito pequeno.

— A menos que tenha interrompido a busca antes que fossem achadas.

— Ou Cutler as tenha guardado em outro lugar.

O celular de Evans tocou e ele atendeu. Enquanto falava, Sparks olhou em torno com mais cuidado do que da primeira vez ao entrarem no apartamento. Reparou que todas as cestas de lixo tinham sido esvaziadas e não havia em lugar nenhum pedaços de papel com algo escrito. Abriu as gavetas de uma mesa na sala de estar e observou que estavam vazias. E não viu um computador. Quem quer que houvesse entrado no apartamento antes da polícia fora muito minucioso.

— Mandei que verificassem as ligações feitas dos telefones de Cutler, fixo e celular — disse Evans quando terminou a ligação. — Fredricks foi ver e voltou com algo interessante. O nome Dale Perry lhe diz alguma coisa?

Sparks pensou um momento antes de sacudir a cabeça.

— É um advogado com um monte de contatos políticos, inclusive diversos na Casa Branca.

— Outra vez a conexão com o Serviço Secreto — disse Sparks.

— Cutler telefonou para ele diversas vezes este ano e duas na semana passada, antes de Walsh ser morta. Alguns dos telefonemas foram dados para a linha privada de Perry ou seu celular.

— Por que uma detetive particular de segunda telefonaria para um advogado importante com vínculos com a Casa Branca?

— Vamos perguntar a ele?

— Outra coisa interessante — disse Evans. — Pedi a Fredricks que me conseguisse a ficha de Cutler na polícia.

— E o que ela diz?

— É o que eu gostaria de saber; é secreta.

— Aposto como esta sala é maior que o meu apartamento — comentou Maggie Sparks, enquanto apreciava a área de recepção da Kendall, Barrett & Van Kirk.

— Pois eu aposto como eles pagam mais aluguel que você — disse Evans.

A filosofia dos dois na área de espera da firma de advocacia de Dale Perry terminou subtamente quando surgiu uma loura estonteante de pele bronzeada que envergava um vestido vermelho cor de carro dos bombeiros e exibia um bocado de joias de ouro.

— Agentes Sparks e Evans? — perguntou ela exibindo um sorriso tão radiante que teria iluminado aquela sala em caso de blecaute.

— Sou Keith Evans, ela é Margaret Sparks.

— Eu sou Irene Miles, secretária pessoal do Sr. Perry.

"Claro que é", pensou Maggie Sparks. Em voz alta ela disse:

— É um prazer conhecê-la. Gostaríamos de falar com o Sr. Perry.

— Ele os está esperando. Gostariam de café ou chá? Posso também trazer *caffé latte* ou *cappuccino*.

Os agentes dispensaram as ofertas e seguiram Miles por um corredor acarpetado, no fim do qual encontraram Dale Perry esperando em uma grande sala de esquina decorada com muito bom gosto com peças antigas. Antes de retirar-se, Miles indicou com um gesto que os agentes se sentassem em um sofá colocado sob uma requintada pintura a óleo de uma aldeia francesa no campo, muito semelhante a um quadro de Cézanne que Evans tinha visto na National Gallery. Da janela atrás da mesa de Perry era possível ver a Casa Branca. Evans perguntou-se se Perry e o presidente por acaso não trocariam mensagens cifradas quando o advogado estava fazendo *lobby* para um de seus clientes.

— Obrigado por tomar o seu tempo para nos receber, Sr. Perry. — O advogado sorriu.

— Quando a recepcionista me disse quem estava na sala de espera, eu fiquei curioso. Não é todo dia que recebo uma visita do FBI.

Evans retribuiu o sorriso.

— Permita-me acalmá-lo. Não estamos aqui para prendê-lo. Seu nome apareceu numa investigação, e esperamos que possa nos ajudar.

— Ajudarei se puder.

— Obrigado. Conhece uma mulher chamada Dana Cutler? — perguntou Evans.

O sorriso de Perry permaneceu em seus lábios, mas ele mudou de posição na poltrona.

— Ela é detetive particular.

— Trabalha para sua firma?

— Ela não é empregada de Kendall, Barrett, mas a contratei numa ocasião em que precisava de ajuda em um projeto.

— Ela trabalhou para qualquer dos outros sócios?

— Não sei.

Perry definitivamente parecia constrangido.

— A firma tem investigadores contratados? — quis saber Maggie.

— Nós temos.

— Então por que a necessidade da Srta. Cutler?

Perry não sorria mais.

— Se eu respondesse a essa pergunta estaria violando a confiança de meus clientes. Não seria ético.

— Posso compreender sua preocupação — disse Evans —, mas nós estamos preocupados com a Srta. Cutler. O nome dela surgiu conectado a uma investigação de assassinato. Tentamos falar com ela, mas está desaparecida. Estamos preocupados com a sua segurança.

— Quem foi assassinado?

— Uma jovem chamada Charlotte Walsh. Temos razão para crer que a Srta. Cutler a estivesse seguindo. Estaria ela seguindo a Srta. Walsh orientada por instruções suas?

— Acabei de explicar que não posso discutir os negócios da firma.

— Então ela estava trabalhando para a firma nesse caso?

Perry pareceu aborrecido.

— Não disse isso. Sou proibido pelas regras de conduta que governam minha profissão tanto de confirmar quanto de negar qualquer envolvimento que a Srta. Cutler possa ter tido ou não com essa tal Walsh.

— O senhor estaria disposto a me dizer quando foi a última vez em que falou com a Srta. Cutler?

— Não.

— Não deseja nos ajudar a encontrá-la? Ela pode estar em perigo.

— Ajudarei do modo que puder desde que não envolva discutir os negócios de Kendall, Barrett. Em minha opinião, suas perguntas estão conduzindo justamente a isso.

Evans franziu a testa.

— Como podem os negócios de sua firma serem afetados pelo fato de o senhor me dizer quando foi a última vez em que falou com Dana Cutler?

— O senhor sabe que sou amigo pessoal do procurador geral e do diretor do FBI?

— Não, senhor, não sei.

— Na minha percepção, as suas perguntas estão à beira da importunação. Destinei uma fração do meu tempo para falar com o senhor, mas estou muito ocupado e esta entrevista está terminada.

Evans permaneceu encarando Perry por mais um instante e por fim levantou-se.

— Muito obrigado pelo seu tempo, senhor.

— Sinto muito não ter sido capaz de ajudá-lo mais.

Evans sorriu.

— Não se preocupe, senhor. Acho que esta conversa foi muito esclarecedora.

Perry devia ter apertado um botão debaixo da mesa porque Irene Miles abriu a porta e a segurou de um modo que sugeria que esperava que todos saíssem. Sparks e Evans não trocaram uma palavra até que se viram ante a bancada de elevadores.

— Acho que acabamos de ser postos para fora — disse Maggie.

— É verdade, mas Perry nos disse mais do que pretendia.

— Ele está preocupado com alguma coisa.

— Com toda a certeza, e tem relação com Charlotte Walsh.

Evans estava prestes a prosseguir quando seu celular tocou. Ele deu uma olhada no visor.

— Temos que voltar para o quartel-general — disse, assim que desligou. — Era o Kyle. Imaginaram um modo de encontrar o Estripador.

Capítulo Vinte e Dois

Meia hora depois de deixar o escritório de Dale Perry, Keith Evans entrou na sala de reuniões que fora designada para a força-tarefa do Estripador. A energia naquela sala seria capaz de manter acesas as luzes da cidade durante um ano. Todo mundo se mexia, falava com empolgação ao telefone, andava de um lado para outro com passos resolutos ou digitava animadamente as teclas dos computadores.

— O que é que há, pessoal? — perguntou Evans, e todo mundo começou a falar ao mesmo tempo a respeito do siloxane de polivinil, conhecido também como PVS, a substância encontrada na boca de todas as vítimas do Estripador, com exceção de Charlotte Walsh.

— É o material de molde que o dentista usa quando manda fazer uma coroa ou uma ponte para um paciente — explicou Kyle Hernandez, um antigo astro do time de futebol da UCLA, formado em química. — É macio ao ser colocado sobre os dentes do paciente. Depois que endurece, é removido da boca e outro produto, uma resina especial, é derramada no molde. Depois disso, o PVS, que é muito elástico, é retirado. O modelo feito da tal resina dura é escaneado usando-se um computador, e um robô fabrica a coroa de porcelana ou, então, um técnico faz a ponte ou coroa usando cera. Pensamos ter encontrado traços diminutos de PVS na boca das vítimas porque alguém usou a tal substância para fazer um molde. Na hora da remoção permaneceram resquícios quase insignificantes.

— Como isso nos ajuda a encontrar o Estripador? — perguntou Evans.

— Os dentistas trabalham em íntima ligação com o técnico que vai usar o modelo. Às vezes fazem com que o técnico vá ao consultório enquanto o paciente está lá. Às vezes mandam para o técnico uma fotografia do paciente de rosto inteiro.

— Esses técnicos teriam acesso a informações pessoais do paciente, como endereço ou número do telefone?

Hernandez sorriu, concordando.

— Poderiam ter. Digamos que eles estejam ao lado do dentista enquanto a ficha do paciente está em cima da mesa. Tudo o que o técnico tem a fazer é dar uma olhada. Ou poderia ser algo tão simples quanto o dentista apresentando o paciente ao técnico.

Foi a vez de Evans ficar tão empolgado quanto todo mundo.

— Todas as vítimas tiveram consulta dentária pouco antes de serem mortas?

— Bingo! — exclamou Hernandez, o sorriso agora mais dilatado. — Mas foram a diferentes dentistas...

— ...que usavam o mesmo laboratório — completou Evans, com um floreio.

— Sally Braman está no laboratório agora conversando com o proprietário, e Bob Conaway da Procuradoria Geral está pronto para entrar com o pedido de um mandado de busca assim que entrarmos com uma declaração estabelecendo a causa provável.

Evans sorriu. — Bom trabalho, pessoal. Vamos torcer para que isto seja o fim da linha.

— Ele está a dois quarteirões de distância numa van bege, virando na King Road... agora — disse o agente que seguia a van de Eric Loomis.

Evans, Sparks e dois outros agentes se encontravam do outro lado da rua da casa de Loomis em um carro descaracterizado. Uma equipe da SWAT tinha se escondido atrás da garagem de Loomis, que era separada da residência e o prenderia assim que Evans lhes dissesse que Loomis saltara da van. Ele tentou se acalmar, mas a impressão que tinha era de que tomara uma dose de metanfetamina. Suas mãos tremiam, as palmas estavam úmidas e pelo modo como seu coração batia com toda certeza ia ser reprovado no check-up anual. Fechou os olhos e visualizou no alto da montanha um lago de águas claras, cercado por campinas verdejantes e sob um céu azul cheio de gordas nuvens brancas. A técnica de meditação falhou miseravelmente assim que o agente que seguia Loomis anunciou que o técnico de laboratório tinha virado na rua Humboldt e ia entrar na garagem a qualquer momento.

A casa de Loomis era em estilo colonial holandês construída em um lote de cerca de mil metros quadrados. Tinha dois andares acima do solo e um porão, com acesso por uma entrada de serviço no lado da casa oposto ao da garagem. As portas laterais da garagem e da casa davam para a viela. Isto significava que Loomis poderia estacionar na garagem e carregar suas vítimas para o porão com pouco risco de ser visto.

A van reduziu a marcha ao se aproximar da casa. Loomis usou um controle remoto para abrir a porta da garagem e momentos depois estava lá dentro.

— Agora! — comandou Evans no momento em que Loomis fechou a porta. Quatro agentes da SWAT de uniforme preto correram para o interior da garagem e o carro que seguira a van bloqueou a entrada a fim de impedir uma possível tentativa de fuga.

— FBI, FBI! — Evans ouviu a equipe da SWAT gritar enquanto atravessava correndo a rua. Os homens que tinham entrado pela porta da frente da garagem encurralaram Loomis de encontro à van quando a porta lateral foi aberta. Evans perdeu Loomis de vista quando mais agentes da SWAT o cercaram, e quando entrou na garagem ele já estava imobilizado de encontro à van com as mãos algemadas às costas.

O pessoal da SWAT afastou-se, deixando-o frente a frente com o prisioneiro. Evans mandara que investigassem sua ficha criminal e encontraram duas multas de trânsito — e sua ficha era tão pouco excitante quanto sua aparência. Se fosse o caso de defini-lo com uma única palavra, seria "mole". O técnico de laboratório tinha mais ou menos um metro e oitenta de altura e era balofo. O cabelo parecia limpo. Usava óculos de lentes grossas e armação de plástico preto. Um bigode sem graça enfeitava o lábio superior e um cavanhaque irregular escondia o queixo frágil.

— Eric Loomis? — perguntou Evans.

Loomis parecia atônito. — O que... o que é isso? — gaguejou.

— Você é Eric Loomis? — repetiu Evans.

— Sou, mas...

— Senhor Loomis, tenho um mandado de busca para sua casa. Com sua permissão, um dos meus homens usará a sua chave para abrir a porta.

— De que você está falando?

— Se o senhor não nos ajudar permitindo que usemos sua chave e nos dizendo qual a combinação do alarme, teremos que arrombar e isso poderá danificar a porta.

— Espere um segundo. O que está acontecendo? Por que vocês querem revistar minha casa? — perguntou Loomis, levantando a voz.

— Vai permitir que usemos sua chave?

Loomis suava e parecia em pânico. Virava a cabeça de um lado para o outro. Em toda parte, homens de preto com semblantes ameaçadores.

— Não sei — ele conseguiu dizer.

— Muito bem, Sr. Loomis, já que não está disposto a colaborar, farei com que um dos meus homens arrombe a janela do lado da porta.
— Espere, não, não arrombe nada. O chaveiro está no meu bolso.

Evans aquiesceu e Maggie Sparks adiantou-se. Ao ver que uma mulher atraente ia revistá-lo, Loomis corou e ficou ainda mais ansioso. Quando ela enfiou a mão em seu bolso, ele ficou rígido.

— A combinação, por favor — ordenou Evans.

Sparks abriu a porta e desligou o alarme, enquanto Loomis foi conduzido para a sala de estar e colocado numa poltrona. Mostrava-se dócil, cabeça baixa, olhos no chão. Evans deixou dois agentes com ele e organizou a revista da casa. Assim que as equipes de busca se dispersaram, Evans e Sparks foram para o porão. Ao abrirem a porta sentiram de imediato o fedor de carne podre. Evans pôs uma máscara cirúrgica, botas de Tyvek e luvas de látex. Acendeu a luz no topo da escada e desceu cautelosamente, empunhando a arma. Todo mundo achava que Loomis fosse um homem solitário, mas nunca se sabe.

A primeira coisa que Evans notou foi que o porão era à prova de som. Loomis assegurara-se de que os vizinhos não ouviriam suas vítimas gritarem. Em seguida ele reparou numa prateleira presa à parede. Havia quatro potes de vidro espalhados em cima dela. Em cada pote, um molde de um conjunto de dentes. Evans parou na escada ao ver aquilo e Sparks fez o mesmo. No silêncio, foi possível ouvir a respiração forçada de ambos.

O porão fora arrumado como uma sala de cirurgia. Manchas de sangue cobriam o chão e havia uma mesa com ferramentas cirúrgicas a um lado. Não foram esses implementos, contudo, que atraíram o olhar deles nem tampouco as duas grandes gaiolas para cachorros encostadas a uma das paredes. O que deixou estupefatos Evans e Sparks foi a cadeira de dentista no meio do aposento e a mulher, nua e amordaçada, presa a ela.

Jessica Vasquez estava faminta e desidratada, mas parecia incólume, com exceção de alguns arranhões feitos quando Loomis a sequestrara na área de estacionamento de um shopping alguns dias antes. Evans e Sparks conversaram com ela enquanto aguardavam a ambulância. Ela contou que Loomis a prendera em uma das gaiolas de cachorro, sem água e comida, por dois dias, e jamais lhe dirigiu a palavra durante seu calvário. Certa noite ele a anestesiou e tirou as impressões dos seus dentes antes de devolvê-la à gaiola. Na manhã daquele dia ele a prendera à cadeira e lhe colocara uma máscara de couro dessas de jogos sadomasoquistas e uma mordaça em forma de bola, antes de ir para o laboratório.

— Eu sei que devia estar me sentindo exultante, mas sinto-me apenas enjoado e exausto — disse Evans a Maggie enquanto observavam a ambulância que levava Vasquez virar a esquina.

— Ei, olha só o que aconteceu. Salvamos a vida de Jessica Vasquez e prendemos um homem verdadeiramente perverso. Devia estar se sentindo orgulhoso do que fizemos.

— Mas não me sinto. Só estou triste por causa do que aquelas outras pobres almas sofreram.

Sparks descansou a mão no antebraço dele.

— Você nunca conseguirá salvar todo mundo, Keith. Pense em todas as mulheres que se sentirão em segurança porque Loomis estará atrás das grades.

— Você tem razão, mas ainda me sinto nauseado pelo que vi no porão.

— Pode tomar um bom banho hoje à noite. E eu lhe pagarei uns drinques depois que interrogarmos Loomis.

— Não sei, Maggie...

— Pois eu sei. Você está demasiado sentimental para uma pessoa cuja equipe acaba de resolver o maior dos casos de crimes em série na história do Distrito de Colúmbia.

— Agente Evans.

Evans virou-se e deu de cara com um dos técnicos do laboratório. Ele segurava um jarro como os que tinham sido encontrados no porão. Era outro molde de dentes.

— Encontramos isto. Ted Balske achou que o senhor gostaria de saber.

— Onde estava?

— Escondido na parte de trás da van de Loomis, debaixo de um cobertor.

Evans e Sparks examinaram o molde meticulosamente.

— Quantos iguais a este temos agora?

— Havia quatro no porão. Este perfaz cinco.

— Obrigado.

O perito saiu para relacionar o molde e Evans franziu a testa.

— O que está errado? — indagou Sparks.

— Loomis fez moldes dos dentes das suas vítimas como troféus.

— Certo. Foi aí que entrou a tal resina.

— Deveria haver seis conjuntos de dentes e, no entanto, só há cinco.

— Você tem razão — concordou Sparks, parecendo agora tão perturbada quanto ele.

— O legista não encontrou nenhum traço da resina na boca da Charlotte Walsh — disse Evans. — E se nenhum dos dentes postiços corresponder aos de Walsh?

— Onde você está querendo chegar? — perguntou Sparks, com medo de saber o que ele queria dizer.

— Temos um assassino imitador. A pessoa matou Walsh e depois imitou o *modus operandi* do Estripador. Pense nisso. Acabamos de descobrir qual era a substância na boca das vítimas, portanto o assassino de Walsh não poderia imitar esta parte. E seria impossível plantar um conjunto falso de dentes no porão de

Loomis porque acabamos de descobrir que é ele o Estripador de Washington. Temos que verificar se os trabalhos dentais correspondem a todas as vítimas exceto Walsh.

— O modo de proceder no assassinato de Walsh foi quase idêntico ao que Loomis usou em todas as suas outras vítimas, inclusive com indícios que tínhamos escondido da mídia e do público em geral — disse Sparks. — O que significa que o imitador tinha que ter acesso à investigação.

— Uma agência federal teria acesso — disse Evans —, e algumas agências federais empregam gente que sabe sanitizar uma cena de crime.

— Você está se referindo ao apartamento de Dana Cutler.

Evans assentiu.

— Você está começando a ficar parecido com um desses sites de malucos com mania de conspiração.

— A verdade é que às vezes há mesmo conspirações. Enquanto falo com Eric Loomis, por que você não vê se consegue encontrar um relatório policial detalhando o que aconteceu no apartamento de Dana Cutler?

Capítulo Vinte e Três

Não havia nada de amistoso no ambiente em que Eric Loomis se encontrava. As melancólicas paredes pintadas de marrom eram manchadas, a luz fluorescente piscava de vez em quando, a cadeira em que estava sentado era fria e dura. Keith Evans queria, acima de tudo, dobrar Loomis, mas aguardou pacientemente, observando o prisioneiro durante quarenta e cinco minutos através de um espelho falso antes de entrar na sala de interrogatório. As pernas do técnico de laboratório foram presas a um parafuso fixo no chão, limitando o alcance dos seus movimentos. A princípio, ele ficou quieto, mas depois começou a mudar de posição com mais frequência, sem conseguir chegar a uma posição mais confortável e ficando mais agitado à medida que os segundos passavam.

Quando Evans finalmente entrou na sala, o prisioneiro algemado levantou os olhos. O agente do FBI sentou-se em uma cadeira confortável do outro lado da mesa de madeira cheia de marcas e esforçou-se o mais que pôde para ocultar seu nojo. Loomis usava o macacão laranja distribuído pela prisão e que propositadamente era um pouco menor do que devia, entrando nas pregas de sua gordura, na barriga e nas coxas. O cabelo era oleoso e despenteado, ele tinha espinhas na testa, nas faces e no queixo e exsudava um odor que a Evans lembrava queijo bolorento. O agente perguntou-se se sua reação a Loomis seria a mesma se o estivesse vendo pela primeira vez em circunstâncias diferentes, sem saber o que o técnico de laboratório havia feito no porão da sua casa.

— Boa noite, Sr. Loomis.

Loomis não respondeu.

— Importa-se se eu gravar nossa conversa? — perguntou Evans, ao colocar um gravador na mesa entre eles.

— Não dou a mínima para o que você fizer.

— Pois devia. Você está metido numa encrenca das grandes.

— Veremos — respondeu Loomis com um sorriso enigmático.

— Antes de conversarmos, vou lhe fazer as advertências Miranda. Provavelmente o senhor acha que conhece de tanto ver na televisão ou no cinema, mas devia ouvir atentamente.

Loomis cruzou os braços no peito e olhou para longe enquanto Evans recitava. — "Você tem o direito de permanecer calado..."

— Entende seus direitos, Sr. Loomis? — perguntou Evans quando terminou.

— Tenho cara de burro? Claro que entendi. Tenho formação em química.

— Não quis sugerir que o senhor fosse burro, Sr. Loomis. Tenho a obrigação de perguntar a todas as pessoas se elas compreendem seus direitos. Nem todo mundo tem um QI tão alto quanto o seu.

Loomis levantou a cabeça lentamente até encarar Evans diretamente. Aí então ele forçou um sorriso.

— Qual é o número desta técnica de interrogatório?

— Como?

— Adule o prisioneiro e ganhe sua confiança. Faça com que ele sinta que está ao seu lado — disse Loomis, imitando um instrutor dando aula.

Evans riu.

— Na verdade, foi uma declaração sincera. Você é inteligente e nos deu um bocado de trabalho. Se não tivesse cometido um pequenino erro, talvez nunca tivéssemos conseguido pegá-lo.

Loomis baixou os olhos. Evans sabia que ele estava morrendo de vontade de saber como fora apanhado, mas era esperto o bastante para não engolir a isca.

— Antes de prosseguirmos, preciso saber se o senhor deseja ser representado por um advogado.

Evans queria continuar interrogando Loomis, mas as respostas dele não seriam aceitas no tribunal se ele não abrisse mão do seu direito a um advogado.

— Eu planejo ser meu próprio advogado, agente Evans.

— Tem certeza de que é isso mesmo que quer? Tanto Virgínia quanto Maryland têm pena de morte. O que o senhor fez o qualificará para a pena de morte.

Loomis sorriu.

— Outra técnica de interrogatório engenhosa. Se eu disser qualquer coisa sugerindo que sei que estou sujeito à pena de morte, poderá usar minhas palavras como uma admissão.

— Eu não tinha pensado nisso. Só queria que compreendesse a seriedade de sua situação. O julgamento de casos sujeitos à pena de morte é uma especialidade, e o governo lhe dará um advogado experiente se o senhor não puder pagar um. Mesmo uma pessoa tão inteligente quanto o senhor terá problema em aprender tudo o que precisa, caso decida ser seu próprio advogado.

Loomis deu outro sorriso irônico.

— Eu me arrisco.

— Tem certeza de que não deseja um advogado? — Evans repetiu para que depois não houvesse questionamento por parte de Loomis.

— Ok — disse Evans, quando Loomis não respondeu. — O Sr. Loomis abriu mão do seu direito a um advogado e prefere representar a si próprio no processo. E então, Eric... Posso chamá-lo de Eric?

— Claro, Keith — respondeu Loomis sarcasticamente.

Evans riu.

— Só você mesmo. Não são muitas as pessoas em sua posição que conseguem manter o senso de humor. O que não sou capaz de imaginar é por que uma pessoa graduada em química e com um bom emprego iria sequestrar e matar aquelas mulheres.

Loomis sorriu de novo e sacudiu a cabeça.

— Você não é bom nesse negócio, Keith. Pelo que está me dizendo, entendo que espera que eu acredite que o agente do FBI encarregado do maior caso de assassinatos em série ocorrido na área de Washington não foi instruído pelos peritos em Quântico sobre o programa destinado a identificar e prender criminosos violentos, o VICAP, quanto ao perfil psicológico do assassino em série que está perseguindo. Tente outra.

— Está bem, Eric. Por que você fez?

— Fiz o quê?

Evans encolheu os ombros.

— Vamos começar com Jéssica Vasquez. Por que você a sequestrou?

— Não sequestrei.

Evans ficou perplexo.

— Você está querendo dizer que ela, de um jeito ou de outro, descobriu um modo de entrar no seu porão e lá decidiu tirar a roupa, pôr uma máscara de sadomasoquismo e amarrar-se a uma cadeira de dentista? Seria um comportamento muito estranho.

— Não tenho ideia de como aquela mulher foi terminar no meu porão. Mas suspeito que o FBI possa ter algo a ver com a presença dela lá, juntamente com a outra suposta evidência que você diz ter encontrado.

Foi a vez de Evans sorrir.

— Quer dizer então que você é vítima de uma conspiração orquestrada pelo governo?

— A única explicação possível.
Evans fez a pergunta que estivera esperando introduzir na conversa.

— Você pensa que nós do FBI estávamos tão ansiosos para efetuar uma prisão que matamos Charlotte Walsh e a largamos num camburão de lixo ou foi o verdadeiro Estripador de Washington que fez isso?

Loomis endireitou o corpo bruscamente, forçando a corrente que prendia suas pernas ao chão.

— Não matei aquela puta. Aquilo é totalmente falso. Uma completa maquinação.

— Difícil de acreditar, considerando-se como o modo de operar no caso de Charlotte Walsh é idêntico ao dos outros assassinatos do Estripador.

— Não se o FBI cometeu o crime para me incriminar. Vocês do FBI saberiam como duplicar o modo de proceder do Estripador. Você pensa que é inteligente, mas sou muito mais que você e eu...

Loomis deteve-se, parecendo perceber que perdera o controle. A ira continuou a transparecer em seu rosto por mais um momento. Em seguida ele arriou na cadeira e fixou os olhos no tampo da mesa. Evans tentou continuar a conversa, mas Loomis recusou-se a falar deste ponto em diante.

Maggie Sparks encontrou-se com o policial do D.C. Peter Brassos e seu parceiro, Jermaine Collins, sentada à mesa de uma cafeteria, onde dissera ao supervisor deles que fossem encontrá-la. Brassos era grande e musculoso, e Sparks rotulou-o como maníaco de academia, e Collins era um afro-americano magro e de pele clara. Não havia copos de café em cima da mesa e nenhum dos dois homens pareceu satisfeito por vê-la.

— Obrigada por virem se encontrar comigo — disse Sparks após mostrar suas credenciais. — Posso oferecer-lhes um café?

— De que isto se trata? — indagou Brassos laconicamente, ignorando a oferta dela.

— Eu trabalho na força-tarefa do Estripador de Washington.

— Soube que vocês o pegaram — disse Collins.

— Pensamos que sim, mas há umas pontas soltas a serem atadas.

Brassos pareceu confuso.

— Não tivemos nada a ver com os assassinatos do Estripador.

Sparks concordou, balançando a cabeça.

— Isto provavelmente é uma tentativa infrutífera, e eu sei que estão ansiosos por voltar ao trabalho. Algumas noites atrás vocês atenderam a um chamado do 911 a respeito de um tiroteio em um edifício de apartamentos na avenida Wisconsin.

Os dois homens ficaram tensos ao ouvir o endereço.

— Qual é a questão? — perguntou Brassos, mantendo neutro o tom de voz.

Maggie puxou uma cópia do relatório que Brassos escrevera depois do incidente. Fingiu que verificava alguma coisa.

— Você conversou com uma tal Alma Goetz?

Brassos forçou uma risada.

— A vizinha maluca. Claro, falei com ela.

— Você acha que ela é maluca? — quis saber Maggie.

— Não é demente, mas uma bisbilhoteira, uma abelhuda. Mora sozinha, quer atenção, esse tipo. Esbarramos em gente assim de vez em quando.

— Ela disse que ouviu um tiro no apartamento de Dana Cutler, a vizinha da frente.

Collins franziu a testa.

— Desculpe, agente Sparks, mas o que é que isto tem a ver com o caso do Estripador?

Sparks exibiu o brilho de um sorriso amistoso.

— O nome da Cutler surgiu durante a investigação. E aí, o que me diz do tiro?

— Não houve tiro. Nós fomos até o tal apartamento. A porta estava destrancada. Nós batemos. Ninguém atendeu, então nós entramos a fim de ver se havia alguém ferido lá dentro. Não havia.

— Vocês examinaram o apartamento?

— Claro, esquadrinhamos tudo.

— Viram alguma coisa que tenham achado estranha?

— Não, era só um apartamento bastante normal.

— Em sua opinião, por que a Sra. Goetz estava tão certa de ter ouvido um tiro?

— Foi a porta — respondeu Brassos. — Ela me disse que estava dentro do apartamento e ouviu o suposto tiro através das paredes. Eu lhe disse que a porta do apartamento da vizinha estava aberta. Acho que a velha ouviu a porta bater. Ela é muito velha. Provavelmente sua audição não é grande coisa.

Maggie aquiesceu.

— Essa é uma explicação possível. Conversei com ela e ela me contou que ouviu alguém dentro do apartamento dizer para não atirar porque ele era um agente federal.

Brassos jogou a caneca para trás e riu. Maggie achou a risada um tanto forçada.

— Eu lhe disse, o apartamento estava vazio. A Goetz é biruta.

— Sim, ela parece não ser confiável, mas o que me diz do homem ferido? De onde foi que ele veio?

— De que é que você está falando?

— A Srta. Goetz viu um homem saindo do apartamento ajudado por um segundo homem.

— Eu disse a você, não havia ninguém no apartamento — insistiu Brassos.

— Havia uma outra pessoa ferida no edifício?

— Sabe de uma coisa, estou falando com você por pura cortesia — retrucou Brassos. — Isto está me parecendo mais um interrogatório — ele se levantou. — Se tem alguma queixa por causa do relatório, apresente por escrito. Tenho que trabalhar. Vamos, Jerry.

Collins se levantou também. Sparks nada fez para detê-los. Caso se tornasse necessário, ela sempre poderia intimá-los judicialmente.

— Sinto muito se o irritei — desculpou-se ao se levantar.

— Acho que você não sente — contestou Brassos e saiu, seguido por Jerry.

Durante o interrogatório, Evans estava tão focado em extrair alguma coisa de Eric Loomis que se esqueceu de que estava exausto. Mas assim que deu por encerrado o interrogatório, o cansaço o invadiu. Ao ligar de novo o celular e checar as mensagens, encontrou uma de Maggie Sparks pedindo que ele ligasse assim que estivesse disponível. Evans marcou um encontro em um bar perto do Dupont Circle e estava engolindo a mordida que dera no cheeseburger quando Maggie entrou. Ela examinou o bar e sorriu quando viu a mão erguida de Keith.

— Como foi o interrogatório? — perguntou ela, ajeitando-se no banco do reservado em frente ao de Evans.

— Não foi bom, mas não precisamos de uma confissão com todas as provas de que dispomos. A propósito, ele vai ser seu próprio advogado. Está pensando que vai nos passar a perna.

— Um verdadeiro megalomaníaco.

— Caso clássico.

— Com isso vai acabar facilitando as coisas para a promotoria. Ele ofereceu alguma explicação para a presença de uma mulher nua no seu porão e para todos aqueles dentes falsos?

— Claro. Fomos nós que pusemos tudo isso lá para incriminá-lo.

— Oh, sim, eu me esqueci.

Sparks fez um sinal para o garçom e pediu que trouxesse uma cerveja e um sanduíche.

— O que foi que ele disse quando você falou na Charlotte Walsh? — perguntou ela quando o garçom se afastou.

— Interessante. Ele se mostrou muito calmo, muito superior durante o interrogatório, como se eu o divertisse. Assim que dei início, começou com seus joguinhos psicológicos. Mas foi às nuvens quando toquei em Walsh.

— Qual foi a sua impressão?

— Não penso que ele a tenha matado.

— Quer tenha sido ele quer não, alguma coisa está acontecendo. Requisitei os relatórios policiais do incidente de Dana Cutler. Só há um. Foi o agente policial Peter Brassos quem o redigiu. Ele afirma que, juntamente com seu parceiro Jermaine Collins, foi ao apartamento em resposta a uma denúncia efetuada ao 911 de disparo de tiros. No relatório, ele descreve a conversa que teve com a Srta. Goetz que concorda com a versão dela do que aconteceu, mas Brassos, segundo seu relato, não encontrou qualquer prova de tiro no apartamento e não há menção de um homem ferido saindo de lá apoiado. O que fazemos agora, chefe?

— Eu gostaria de dormir, mas pensei em Dale Perry a tarde toda. Aquele anão filho da puta me encheu o saco com aquela história de chutar o nome de conhecidos importantes.

— Provavelmente ele não estava chutando. Aposto como toma chá com bolinhos na companhia do ministro da Justiça e do nosso chefe todos os dias às quatro da tarde. Gente assim transita em círculos com que não somos sequer capazes de sonhar.

— Mas essas pessoas também são pessoas comuns, que vestem as calças uma perna de cada vez, como todo mundo. Ainda acredito que estamos num país onde um panaca como Perry pode ser submetido a mandados judiciais e pode ser preso se houver causa provável bastante. Assim, estou pensando em lhe fazer uma visita e ver se conseguimos sacudi-lo um pouco. O que você me diz?

Computando-se exclusivamente a distância em quilômetros, a mansão de Dale Perry em McLean, Virgínia, não era tão longe assim do apartamento de Keith Evans em Bethesda, Maryland. No mundo real, contudo, as duas comunidades eram distanciadas anos-luz. Tanto quanto Evans soubesse, ministros do Supremo, membros da família Kennedy ou antigos secretários de Defesa não moravam no seu quarteirão, da mesma forma que nenhuma das casas no bairro de Evans era cercada por um muro de pedra e ficava no meio de um terreno enorme com vista para o rio Potomac.

— O velho Dale está se dando bem — comentou Maggie.

— Não penso que iremos encontrá-lo pedindo doações em um futuro próximo.

— A menos que sejam na casa de bilhão de dólares e com rumo certo para a Boeing ou a Halliburton.

— Verdade.

A viagem que começara na Ponte Suspensa terminou no portão de ferro trabalhado com hastes em forma de lanças que bloqueava a entrada de carros da casa de Perry.

— Avise pelo interfone — disse Evans. — Não creio que ele goste de mim, e você é jovem e sexy.

— Assim são dois cartões amarelos. Se me pedir para trazer café, mostro um cartão vermelho e processo você por assédio sexual.

Evans sorriu e Sparks inclinou-se para fora da janela e falou em uma caixa de metal presa no muro. Esperaram, mas não houve resposta. Então, ela notou uma brecha estreita entre as duas folhas do portão. Curiosa, saltou do carro e empurrou. O portão cedeu. Sparks empurrou com mais força e o portão abriu-se o suficiente para Evans entrar com o carro.

— O que acha que está acontecendo? — perguntou Sparks, depois de retornar ao carro.

— Não sei, mas o portão não devia abrir daquele jeito e alguém devia ter atendido ao interfone.

Evans sentiu um arrepio quando a casa de Perry ficou visível. A maior parte das janelas da mansão colonial de três andares estava às escuras.

— Isso não está legal — comentou Sparks.

A entrada para carros fazia uma curva em frente a um pórtico apoiado em colunas brancas que contrastavam agradavelmente com as paredes de tijolos vermelhos. Quando Evans saiu do carro, o silêncio era tanto que deu para ouvir o barulho do rio atrás da propriedade e o vento a farfalhar as árvores frondosas.

Evans passou por baixo do pórtico e apertou o botão da campainha. Os dois agentes puderam ouvir o eco da campainha ressoando pela casa, mas ninguém apareceu. Evans adiantou-se e experimentou a maçaneta. A porta abriu. Ele olhou para Sparks e os dois agentes do FBI sacaram suas armas.

Mesmo com a pouca luz, a entrada da casa de Perry era impressionante. De pronto chamava a atenção o lustre de cristal instalado sobre um piso de mármore preto e branco em desenho xadrez. Um corrimão de carvalho polido seguia a curva da escadaria de mármore. Evans imaginou a elegância do saguão de entrada quando fosse bombardeado pela luz despejada pelo enorme lustre.

— Sr. Perry — chamou Evans em voz alta. Ninguém atendeu.

— Ali — disse Sparks apontando a arma para um corredor que seguia à direita da escadaria. Evans percebeu do que se tratava, e os dois se deslocaram cuidadosamente pelo corredor estreito na direção de uma luz vinda de um aposento no fundo. Evans indicou com a pistola um lado da porta para Sparks. Quando a porta estava quase aberta, ele deslizou para dentro do cômodo, mas soube na mesma hora que a arma não era necessária. Dale Perry, o único ocupante do aposento, estava sentado à sua mesa, a cabeça jogada para trás e os olhos sem visão voltados para o teto. O braço direito pendia para baixo e os dedos da mão quase roçavam o lado liso de uma 38 especial. Uma feia mancha de sangue na sua têmpora era um anúncio para a causa da morte. Evans procurou sentir o pulso de Perry, levantou-se e guardou a arma no coldre.

— Ligue para 911 — ele suspirou. — Diga que descobrimos um suposto suicídio.

Capítulo Vinte e Quatro

Foi o terceiro tópico do noticiário das onze horas, depois da história principal da prisão do Estripador e uma discussão acerca da gravidez de Claire Farrington. Dana Cutler ouviu sentada na cama do seu quarto de motel, recostada na cabeceira e comendo outro sanduíche de presunto e queijo. Perdeu o apetite quando a apresentadora deu a notícia do suicídio do eminente advogado de Washington, Dale Perry.

De acordo com o noticiário, Perry trabalhou até as seis horas da tarde e foi para casa. O mordomo disse que era raro o patrão voltar para casa antes das oito, e o *chef* explicou não ter preparado o jantar porque lhe disseram que Perry ia jantar com um cliente e chegaria tarde. Perry dera a noite de folga para seu pessoal, sem explicações. Embora não houvesse uma palavra oficial sobre a causa da morte enquanto a autópsia não terminasse, uma fonte não identificada dissera à repórter que a morte parecia ter sido por suicídio.

Umas poucas coisas ocorreram a Dana enquanto ela pensava nas implicações da morte de Perry. Segundo as histórias a respeito da morte de Charlotte Walsh, fontes não identificadas haviam dito à imprensa que a universitária fora sequestrada de seu carro no estacionamento do shopping Dulles Towne Center. Se Walsh tinha sido vítima do Estripador era uma coisa, mas, em caso contrário, Dana gostaria de saber como o assassino sabia que ela estacionara ali e em que local exato tinha parado o carro. O misterioso cliente de Dale Perry sabia. Dana fizera um telefonema para ele com a informação. Agora, com Perry morto, seria impossível conhecer a identidade do tal cliente.

Dana tinha certeza de que Dale Perry não era suicida e que ela morreria assim que fosse encontrada pelos homens que mataram Perry. Até agora ela contava vender suas fotos ao presidente em troca de dinheiro e uma garantia de segurança, mas, com o presidente executando uma política de terra arrasada, tudo indicava que esta alternativa não existia mais. O que fazer? Apenas uma outra opção lhe ocorria.

A sede do *Exposed*, o tabloide de supermercado de maior circulação na área de Washington, D.C., ocupava dois andares de um depósito com vista da cúpula do Capitólio, em uma parte da cidade que oscilava entre a decadência e o enobrecimento. Os preços inflacionados pagos por jovens profissionais liberais em ascensão pelas casas geminadas reabilitadas tinham feito o preço dos aluguéis disparar e o comércio antigo do bairro desaparecer. Como resultado, viam-se novos e modernos restaurantes e butiques entremeados com lotes cheios de equipamento de construção, assim como lojas térreas com vitrinas abandonadas.

Patrick Gorman, proprietário e editor do *Exposed*, era um homem obeso com uma papada enorme, uma barriga assombrosa e a vermelhidão permanente da pele de um alcoólico. Tinha comprado o prédio do depósito a preço de banana quando seus únicos vizinhos eram drogados e sem-teto. Se vendesse, podia ganhar uma fortuna, mas ele se divertia muito mais disseminando notícias falsas para pessoas que precisavam acreditar em milagres, na existência de criaturas legendárias e na ideia de que os ricos e famosos vivem vidas mais infelizes e tumultuadas que as suas próprias. As notícias verdadeiras tratam de morte e destruição. *Exposed* contava histórias de um mundo cheio de milagres.

Gorman estava extremamente bem-humorado quando deixou o prédio do jornal um pouco depois das oito da noite. Manchetes com Elvis sempre vendiam bem, mas a história principal no número daquela semana tinha Elvis a bordo de um óvni, um golpe que sempre garantia aumento de circulação. Havia uma pequena área de estacionamento nos fundos do prédio. O segurança abriu a porta para Gorman e ficou olhando enquanto ele bamboleou até o carro. Embora a maior parte dos moradores de má reputação das redondezas tivesse desaparecido, ainda restavam alguns vagabundos por demais preguiçosos para tomarem outro rumo, portanto nunca era demais ser cuidadoso. Gorman lutou para entrar no banco da frente do seu Cadillac. Assim que trancou a porta acenou para o segurança, que retribuiu antes de retornar à sua mesa no saguão para ver a saída de Gorman num dos monitores. Gorman pensava no lucro que antecipava para as vendas do número da semana seguinte quando sentiu a boca do cano de uma arma na têmpora direita.

— Não se assuste, Sr. Gorman — disse uma voz vinda do banco de trás.

— Não me machuque — implorou Gorman.

— Não se preocupe — disse Dana, removendo o cobertor que a tinha escondido. — Meu nome é Dana Cutler e estou aqui para ajudá-lo a ganhar um prêmio Pulitzer.

— Só faltava essa! Pensou Gorman. Estou sob a mira de uma lunática. — Em voz alta, ele disse: — Ganhar o prêmio Pulitzer sempre foi um dos meus mais caros desejos.

— Ótimo. Agora saia do estacionamento antes que o segurança fique desconfiado, e pare na primeira rua secundária para que possamos conversar.

— A respeito de que você quer falar? — disse Gorman, ao mesmo tempo em que fazia caretas na esperança de que o segurança percebesse que havia algo errado.

— Posso ver o que você está fazendo pelo espelho retrovisor. Pare com isso e sai logo. Já falei que não estou aqui para machucá-lo. Vim lhe propor um negócio. Aceite minha proposta e ficará famoso.

Gorman se convenceu de que sua captora delirava, e decidiu que não podia correr o risco de irritá-la. Saiu do estacionamento e entrou na primeira rua, que representava um dos lados de um terreno onde seria construído mais um edifico de luxo. Dana lhe disse para estacionar na sombra entre dois postes.

— Tudo bem, Srta. Cutler, o que deseja?

— O senhor tem acompanhado o caso do Estripador?

— Claro. Publicamos uma história a esse respeito em cada número desde que ele foi identificado como assassino em série.

Gorman quase acrescentou: "Foi bom enquanto durou", mas achou melhor ficar quieto.

— A polícia pensa que o Estripador fez seis vítimas — disse Dana.

— Certo.

— Pois eu penso que foram cinco. Charlotte Walsh foi morta por um criminoso que imitou o Estripador.

— Aí está uma história interessante.

— É mais que uma teoria. Eu posso provar.

— E você quer me vender a prova? — ele tentou adivinhar.

— Exatamente. Quero que me diga quanto pensa que valeria ter em suas mãos uma prova de que o presidente dos Estados Unidos estava tendo um caso com Charlotte Walsh e que era seu acompanhante na noite em que foi assassinada.

O presidente! Ela era definitivamente maluca, pensou Gorman.

— Muito dinheiro — respondeu Gorman, querendo agradar Dana.

— Esta vendo só, nós concordamos em algo. Quanto é "muito dinheiro"?

— Hum, eu não sei, cinquenta mil dólares.

— Eu diria que está mais para cento e cinquenta mil dólares que para cinquenta.

— Parece justo. Por que não deixo você em algum lugar e começo logo a contar o dinheiro?

Dana riu.

— Sei que você pensa que sou maluca, mas é insultante pensar que também sou burra.

— Eu não...

— Tudo bem. Sei como pareço maluca mesmo. Sendo assim, está na hora de lhe mostrar a prova.

Dana passou às mãos de Gorman um envelope com os melhores instantâneos que fizera da fazenda e algumas outras fotos de Charlotte Walsh.

— Sou detetive particular — explicou Dana. — Poucos dias antes de Charlotte Walsh ser assassinada, recebi a missão de segui-la e relatar a um cliente tudo o que fazia. E não me pergunte a identidade do cliente porque eu não sei.

"Na noite de sua morte, segui Walsh até o shopping Dulles Towne. Um carro chegou e ela entrou. Segui-a até a zona rural da Virgínia, uma casa de fazenda. Havia guardas armados patrulhando o terreno e um carro do Serviço Secreto estacionado do lado de fora. Tenho fotos da placa desse carro. Aconselho você a verificar o que estou dizendo. Algumas dessas fotos também mostram as armas que os guardas portavam. Verifique as armas do Serviço Secreto e verá que são do mesmo tipo.

"Walsh subiu a escada. Encontrou-se com um homem. A luz do quarto se apagou tempo suficiente para eles fazerem sexo. Quando a luz acendeu de novo, Walsh estava furiosa. Saiu bufando da casa e gritou com alguém do lado de dentro. Tenho uma foto nítida do homem com quem ela gritou. É Christopher Farrington.

Durante a narração de Dana, Gorman examinou as fotos do envelope. Ficou imóvel ao ver a fotografia do presidente de olho no carro que levava Walsh de volta ao shopping. Dana viu sua reação e sorriu. Soube que o havia fisgado."

— Essas fotos têm data e hora. Walsh saiu de lá antes da meia-noite do dia em que seu corpo foi encontrado no camburão de lixo. É possível que o Estripador a tenha matado, acho, mas pense nisso. Farrington encontra-se em plena campanha eleitoral, sua mulher está grávida e sua amante — uma adolescente — está furiosa com ele. Aí a única pessoa que poderia destruir as chances de ele ser eleito é, por acaso, a vítima aleatória de um assassino em série. Uma coisa dessas seria o máximo da boa sorte, não seria?

Gorman fixou os olhos na data e hora estampados nas fotos.

— Então, Pat, está pronto para fechar o negócio?

— *Por que eu?* O *Washington Post* pode pagar muito mais, e eles publicariam sua prova imediatamente. Eu edito um jornal semanal.

— Você podia tirar uma edição especial, se fechássemos negócio. É uma das minhas condições.

— Ok, mas você ainda não explicou por que escolheu o *Exposed*. Nossa credibilidade não é das melhores. Você não tem medo de que a Casa Branca se limite a dizer que é uma fraude?

— Você sabe quem é Dale Perry?

— O advogado que se suicidou.

— Só que eu acho que ele não se matou. Foi Dale quem me contratou para seguir Walsh para um cliente dele. Fui descoberta quando estava tirando esses retratos. Poucas horas depois que atiraram em mim, dois homens me atacaram em meu apartamento e exigiram as fotos. Baleei um deles e fugi.

— Você está brincando?

— Quisera eu. Diversas noites mais tarde, encontrei-me com Dale em um bar a fim de combinar a venda das fotos para o presidente. Diversos homens me esperavam na saída, mas consegui escapar deles. O fato de Dale estar morto me diz que o presidente não está comprando. Preciso de dinheiro com urgência a fim de continuar fugindo. Você *é* o proprietário do *Exposed*. Se eu falar com o *Washington Post* vai levar tempo para conseguir o dinheiro. Tendo em vista a quantia que eu quero, um repórter teria que falar com o editor e este, por sua vez, ia precisar da autorização da diretoria. Aí o pagamento só seria efetuado depois que tivessem investigado o que digo. Preciso que essas fotos sejam publicadas rapidamente. Quanto mais eu esperar, maiores as chances de os homens de Farrington me encontrarem. Uma vez que elas saírem na primeira página de um jornal, o presidente não terá mais motivo — a não ser a vingança — para querer minha morte.

— Como posso saber se essas fotos são mesmo reais? É fácil adulterar fotos digitais.

— Você publica matérias sobre o Pé Grande e abduções por extraterrestres, Gorman. Por que se incomodar agora com isso?

— Porque esta história não é sobre o Pé Grande. Ninguém chama o presidente dos Estados Unidos de assassino sem provas irrefutáveis.

— Tem razão, Pat. Verifique a roupa.

Gorman ficou intrigado.

— As fotos da Walsh mostram a roupa que ela estava usando quando foi à casa da fazenda. As vítimas do Estripador foram todas encontradas vestidas. Veja se as roupas do cadáver são as mesmas das minhas fotos.

Gorman ficou quieto por um momento. Depois se virou no banco e ficou de frente para Dana.

— Não vou publicar estas fotos se isso for uma fraude, mas se elas forem verdadeiras irei atrás dessa história com tudo o que tenho.

Parte Seis

Exposed
Oregon/Washington, D.C.

Capítulo Vinte e Cinco

Claire tinha acabado de ler o capítulo de *Peter Pan* daquela noite para Patrick quando o presidente entrou no quarto do filho.

— Você acha que sou capaz de voar, papai? — perguntou Patrick.

Chris viu o livro que eles estavam lendo.

— Com certeza — respondeu —, desde que você tenha sido salpicado com pó de pirlimpimpim.

— Você pode arranjar um pouco desse pó para mim? — perguntou Patrick, cheio de esperança.

Chris aproximou-se da cama e passou a mão na cabeça do filho.

— Vou mandar o Departamento de Defesa providenciar. Agora vê se dorme. Preciso falar uma coisa com a sua mãe.

Claire ajeitou as cobertas do filho e seguiu o marido para uma saleta de estar que ficava ao lado do quarto de Patrick. O presidente fechou a porta. Pela primeira vez, Claire notou que o marido segurava um jornal enrolado.

— Temos um problema e eu queria informá-la pessoalmente.

Ele abriu o jornal. A manchete do *Exposed* em vermelho vivo dizia: ENCONTRO AMOROSO DE PRESIDENTE COM ADOLESCENTE ASSASSINADA DESMASCARADO.

Debaixo da manchete via-se a fotografia de Charlotte Walsh gritando com alguém cujo vulto era exposto pela metade no portal de uma casa, e uma segunda fotografia do presidente de pé na porta dessa mesma casa.

Claire contemplou abismada a manchete e as fotos.

— Não compreendo — disse ela.

Christopher olhou para o chão, incapaz de enfrentar o olhar confuso da mulher.

— Fiz cagada, Claire. Sei que prometi que nunca mais faria isso de novo e me sinto péssimo por ter traído você, mas...

— Alguém fotografou você? — perguntou Claire incrédula, fitando-o com os olhos arregalados. — Não bastava me trair? Ainda tinha que fazer com que o mundo todo soubesse?

O presidente continuou a olhar para os sapatos.

— Eu... Eu não sei o que dizer...

— Não há nada o que dizer, seu filho da puta burro.

Claire leu a história embaixo das fotos e jogou o jornal na mesa de cabeceira com tanta força que ela balançou.

— Você me fez fazer um papel ridículo. Você desgraçou a mim e ao seu filho. Eu sou adulta. Posso sobreviver a isso — Deus sabe que sobrevivi a seus outros casos —, mas Patrick é uma criança.

Chris foi esperto o bastante para conter qualquer ímpeto de responder. Claire andou de um lado para o outro, os olhos fuzilando. Pegou o jornal e jogou na cara do marido. Ele não fez um único gesto para se defender, e o tabloide caiu no chão.

Claire parou com o corpo quase colado no dele.

— Você vai dar um jeito nisso, está ouvindo? Mande consertar tudo. Se perder a eleição, eu o deixo. Está me entendendo? Vai voltar a ser advogado de porta de xadrez em Portland, e Patrick e eu não estaremos ao seu lado.

Claire girou nos calcanhares e saiu. Mas, antes de bater a porta, Christopher Farrington ouviu-a dizer:

— Espero que tenha valido a pena.

Capítulo Vinte e Seis

Brad sorriu assim que Ginny entrou no bar do Shanghai Clipper. Os dois tinham começado a se encontrar no restaurante depois do trabalho, e essas reuniões informais passaram a ser a melhor coisa do dia dele. A pior parte era a da jornada de trabalho, que ficara muito pior depois do encontro desastroso da semana anterior com Susan Tuchman. Brad achava que teria ficado sem emprego se Richard Fuentes não tivesse dito à Dragoa que Brad fizera a coisa certa ao investigar a alegação de inocência do seu cliente e entregado os dedos amputados a Paul Baylor, o perito em medicina legal, em vez de à polícia. Fuentes, contudo, não estava mais feliz que a Tuchman pelo fato de Brad ter desenterrado os cadáveres e mexido nos dedos antes de pedir a orientação do sócio que o supervisionava.

— Desculpe pelo atraso — Ginny sentou na cadeira em frente a Brad e pegou um pedaço de *California roll*.

— Sem problema — disse Brad, que estava na segunda cerveja. Ginny notou.

— Outro dia ruim?

— Juro que a Tuchman mandou que todo mundo duplicasse minha carga de trabalho para que eu me demita.

— Pois não faça isso. Você é a única pessoa na firma que mantém minha sanidade mental.

— Nós dois devíamos dar o fora.

— Sairei porta afora no momento em que você achar para mim um velhote rico que pague meus empréstimos estudantis.

Brad suspirou.

— Eu às vezes me sinto como um servo forçado a cumprir um contrato leonino.

— Alguma notícia a respeito dos dedos? Paul Baylor extraiu as impressões deles?

— Não sei. A Tuchman me tirou do caso e designou para outro associado. Não quis me dizer quem era e falou que serei demitido se fizer qualquer coisa ligada ao caso Little, inclusive telefonar para o laboratório de Baylor.

— Puxa vida, a mulher é uma megera.

Brad deu de ombros.

— Não importa mais o que ela é. No futuro próximo, eu provavelmente não vou estar trabalhando nem para ela nem para nenhuma outra pessoa daquele escritório. Imagino que estarei oficialmente liquidado quando os sócios tiverem a próxima reunião para avaliação de desempenho.

— Espera — disse Ginny, com a atenção subitamente desviada para o aparelho de televisão acima do bar.

— Psiu — ela ordenou, reforçando o pedido de silêncio com a mão levantada.

Brad virou-se para a tevê onde um apresentador falava sobre uma matéria publicada em uma edição especial do *Exposed*.

— "... As fotografias publicadas no tabloide de supermercado mostram a Srta. Walsh discutindo com o presidente Farrington pouco antes da hora em que o médico-legista avalia que ela foi morta. A estudante da American University está usando nessas fotos a mesma roupa que tinha no corpo quando foi descoberto na caçamba de lixo de um restaurante em um subúrbio de Maryland.

"Acreditava-se inicialmente que a jovem fora vítima do Estripador de Washington, o assassino em série que vinha aterrorizando todo o Distrito de Colúmbia e área adjacente havia diversos meses.

Um suspeito no caso do Estripador foi preso, mas fontes confidenciais informaram a este canal que há razões para acreditar que Charlotte Walsh foi vítima de um assassino que imitou o Estripador.

"*Exposed* afirma que o encontro de Walsh com o presidente Farrington teve lugar em uma fazenda na zona rural de Virgínia que a CIA usa como casa segura. O presidente nada comentou sobre o artigo, deixando o público no escuro acerca das razões pelas quais teria se encontrado com uma universitária adolescente em uma casa segura da CIA e por que ele e a Srta. Walsh discutiam pouco antes de ela ser assassinada."

— Que merda! — exclamou Ginny.

— O quê?

Ginny aproximou-se mais de Brad e baixou a voz.

— Não está vendo?

— Vendo o quê?

— Charlotte Walsh, uma adolescente, tem um relacionamento com o presidente Farrington e é assassinada. Laurie Erickson, outra adolescente que o presidente conheceu quando governou Oregon, também é assassinada. Em ambos os casos o assassino copia o *modus operandi* de um notório assassino em série. Trata-se de uma coincidência exageradamente grande, meu amigo.

— Espera um minuto, Ginny. Sei que você gosta de brincar de detetive, mas não sabemos se tudo isso que acabamos de ouvir é verdade. O locutor da televisão disse que *Exposed* é um tabloide de supermercado. Pasquins desse tipo costumam ter fotografias *verdadeiras* de óvnis e do Pé Grande. Eles provavelmente fraudaram a coisa toda.

— Pé Grande é uma coisa. Acusar o presidente de assassinato é outra, completamente diferente.

— Sim, um modo de vender uma montanha de jornais e eles não acusam Farrington de nada. Só dizem que ele discutiu com a estudante na noite em que ela foi morta. Você está saltando a conclusões de que o Estripador não a matou. A polícia nada disse a respeito. Além disso, o que iríamos fazer se houver algo de verdadeiro na história? O assassinato aconteceu a mais de quatro mil quilômetros de distância.

— Mas os dois casos podem ser relacionados. Lembra-se do que falei a respeito dos boatos de que Farrington andava transando com Erickson?

— É, mas não passa disso mesmo, boatos.

— Vamos supor que as histórias fossem verdadeiras e ele estivesse dormindo com ela. Ela ameaça abrir a boca e Farrington decide fazer com que se cale. A última pessoa a ver Erickson viva foi Charles Hawkins, braço direito of Farrington e ex-soldado. Esses caras são verdadeiras máquinas de matar.

— A única razão pela qual Little foi condenado pela morte de Erickson foi a evidência do mesmo *modus operandi*. O governador ia querer que o mantivessem informado a respeito de um caso de assassinatos em série que era a notícia mais badalada no Oregon. Aposto como Hawkins teve acesso aos relatórios policiais, o que significa que ele sabia como duplicar a maneira de agir de Little.

— Isto é uma especulação total, Ginny, e como poderíamos provar que é verdade? Você vai pegar um avião para Washington e submeter Hawkins a um interrogatório detalhado e difícil? Você nem ia conseguir entrar na Casa Branca. Além do mais, se eu começar a investigar este caso de novo, serei despedido. Resolver assassinatos é trabalho da polícia.

— A polícia está convencida de que Clarence Little matou Laurie Erickson. Ficaria mal se acabasse sendo descoberto que o assassino foi outro, portanto eles não vão nos ajudar nem mesmo dizendo que horas são. E você consegue imaginar a reação se marcharmos pelos portões da Chefia de Polícia e exigirmos que um detetive investigue o presidente dos Estados Unidos por assassinato? Ninguém vai nos ouvir se não tivermos provas realmente sólidas.

— Exatamente o que eu vinha dizendo.

— Então vamos ter que arranjar qualquer coisa — disse Ginny.

— Ei, ouvi dizer que tem uma liquidação de provas sólidas como rocha no Wal-Mart. Vamos para lá.

Os olhos de Ginny se entrecerraram e ela ficou furiosa.

— Observações sarcásticas não são seu forte, Brad.

— Estou apenas sendo realista. Sei que você está empolgada com a possibilidade de provar que Little não matou Laurie Erickson, mas nós nos tornaríamos motivo de risadas se disséssemos a alguém que suspeitamos que Christopher Farrington seja um assassino em série.

A expressão sarcástica de Ginny desapareceu.

— Você está certo. Mas tem que haver alguma coisa que possamos fazer.

Os dois ficaram em silêncio. Ginny meteu outro pedaço de sushi na boca e Brad tomou mais um gole da sua cerveja, pensativamente.

— Podemos tentar descobrir a mãe de Laurie Erickson e perguntar se ela foi subornada por Farrington — disse Brad após um instante.

O rosto de Ginny iluminou-se.

— Você é um gênio.

Brad relaxou, satisfeito porque Ginny não estava mais zangada com ele.

— É exatamente o que faremos — disse ela. — Se a Sra. Erickson confirmar os boatos de que Farrington estava dormindo com sua filha, já será meio caminho andado. E podemos tentar encontrar a adolescente que supostamente fez sexo com ele no tempo em que Farrington advogava. Se pudermos provar que ele tinha uma queda por adolescentes, aumentaremos a nossa credibilidade.

A empolgação de Ginny era contagiosa, e Brad sentiu que sua depressão desaparecia. Aí então ele se lembrou de algo e sentiu-se esvaziado.

— Não posso deixar você trabalhar nisso comigo, Ginny. Terei que me encontrar com a Sra. Erickson sozinho.

— De que você está falando?

— Tuchman não sabe que você me ajudou a encontrar os corpos e os dedos. Pensa que sou o único envolvido no caso Little.

Ginny estendeu a mão por cima da mesa e colocou sobre a de Brad.

— Delicadeza sua, mas estou envolvida. Se estivermos certos, o que a Tuchman vai fazer? Seremos heróis. Seremos famosos. Lembra do que aconteceu a Woodward e Bernstein quando derrubaram Nixon.

— Não estou tão certo assim quanto ao modo como as pessoas reagirão, Ginny. Você já esteve na sala da Tuchman? Lá tem uma parede decorada com fotos dela com Farrington e outros figurões da política. Se derrubarmos Farrington também estaremos derrubando o partido dele e entregando a presidência a Maureen Gaylord. Isso não conquistará nenhum amigo para nós na firma. E não tenho certeza de que quero ser amigo das pessoas que dirigem o partido de Gaylord.

Ginny franziu a testa.

— Nisso você está certo.

— Eu sigo em frente. Não tenho nada a perder. Pelo modo como a Tuchman se sente a meu respeito, jamais serei feito sócio da empresa mesmo que eu não seja posto para fora imediatamente.

A mão de Ginny continuou em cima da dele. Ela o fitou nos olhos. Brad sentiu o rosto ficar quente, mas não desviou o olhar.

— Como você pensa que eu me sentiria se você fosse despedido e eu mantivesse meu emprego? Estamos nisto juntos, parceiro.

Como em *Titanic*. Eu sou Kate Winslet e você é o Leonardo DiCaprio. Se afundarmos, vamos afundar juntos.

— Ei, não acho que você tenha escolhido o filme certo. Ela sobreviveu e ele morreu afogado.

— Puxa vida, nunca fui boa em trivialidades cinematográficas.

— Tudo bem. Eu entendi o que você queria dizer.

Ginny inclinou a cabeça de lado e examinou Brad. Ela ainda não havia tirado a mão, e ele esperava que não tirasse nunca.

— Acho que é sua vez de pagar a conta — disse ela. — Depois acho que devíamos ir para o meu apartamento e conversar mais um pouco sobre isto... ou não.

Brad gostaria de pensar em alguma resposta inteligente que demonstrasse como ele era calmo numa situação daquelas, mas Ginny tinha razão quando dissera que observações engenhosas não eram o ponto forte dele. Além disso, estava excitado demais para pensar direito. Só pediu ao garçom para trazer a conta.

Capítulo Vinte e Sete

O *Exposed* estava sitiado. Atrás das barreiras levantadas pela polícia do D.C. havia representantes de todos os ramos da mídia, estrangeira ou nacional, gritando perguntas a quem quer que fosse afortunado o bastante para entrar ou sair do prédio. Quando Keith Evans passou em seu carro vagarosamente para escapar dos correspondentes mais ambiciosos, teve a visão de um cerco medieval em que catapultas lançavam repórteres fanáticos em febril perseguição a um furo através das janelas e paredes do *Exposed*.

Uma barricada guarnecida por policiais estendia-se diante da entrada para o estacionamento do jornal. Evans exibiu suas credenciais ao agente visivelmente cansado que o abordou pela janela do carro. Ele tinha sido instruído para esperar por Evans e levantou a cancela e acenou para que entrasse momentos antes que um grupo de jornalistas se lançasse para a frente como um cardume de piranhas atraídas pelo cheiro de sangue.

— Queria ter um pedaço de carne crua para dar a eles — disse Maggie, quando saltou do carro.

Gorman e outro homem estavam esperando na sala dele, no segundo andar do depósito convertido. As paredes da sala eram decoradas com as mais escandalosas manchetes do tabloide. Gorman permaneceu sentado quando os dois agentes do FBI foram ali introduzidos, mas seu companheiro se levantou, aproximou-se e os cumprimentou com um aperto de mãos. Era um cavalheiro distinto, de cabelos brancos, com cerca de sessenta e cinco anos. Se seu terno preto Ermenegildo Zegna e o Patek Phillipe de ouro podiam ser tomados como indicações, tratava-se de uma pessoa muito bem-sucedida.

— Sou Harvey Lang, advogado do Sr. Gorman.

— Keith Evans e Margaret Sparks. Prazer em conhecê-lo, Sr. Lang. — Ele indicou com a cabeça o dono do jornal. — Sr. Gorman, muito obrigado por ceder um pouco do seu tempo para nos ver.

— Eu tinha uma alternativa?

— Na verdade, sim. Podia ter se recusado. Mas aí teríamos que ir à sua casa no meio da noite e desaparecer com o senhor em uma de nossas prisões secretas.

Gorman arregalou os olhos e Evans deu uma risada.

— Pequena amostra do humor do FBI. Na verdade, minha parceira e eu deixamos no carro os cassetetes de borracha e aguilhões de tocar gado. Esta conversa toda é em caráter não oficial. Você já tem gente demais o importunando. Só quero um minuto do seu tempo. Em seguida damos o fora daqui.

— O que é exatamente que você quer? — perguntou Lang, o advogado.

— O nome da pessoa que lhe deu as fotografias que você publicou na sua matéria sobre Charlotte Walsh e o presidente Farrington — disse Evans, dirigindo sua resposta ao dono do *Exposed*.

— Sinto muito, aquelas fotos foram fornecidas por uma fonte confidencial — disse Lang. — Tenho certeza de que você tem conhecimento de que essa informação é protegida pela cláusula relativa à Liberdade de Imprensa da Primeira Emenda.

— O que tenho conhecimento é dos repórteres que foram condenados à prisão por desrespeito à justiça ao preferirem assumir essa posição, mas não acho que tenhamos que recorrer a uma luta que será mortal para ambos a fim de obter o que desejamos.

Tenho quase certeza de que sei quem tirou essas fotos, e penso que ela está correndo grande perigo.

Por uma fração de segundo a expressão de Gorman foi e voltou da inexpressividade à preocupação.

— Nenhum de nós quer ver essa pessoa ferida — continuou Evans —, portanto eu tenho um plano que dará a todos o que cada um deseja.

— Vamos ouvir — disse Lang.

Evans concentrou-se em Patrick Gorman.

— Vou lhe dizer o nome da pessoa que eu acho que tirou aquelas fotografias. Só quero que você confirme, se eu estiver certo. Preciso saber também seu paradeiro. Eu não estava brincando quando falei que ela está em perigo. Imagino que alguém já deve ter tentado matá-la por causa das fotos.

— O que o Sr. Gorman ganha se ajudar? — perguntou Lang.

— Paz e tranquilidade. Nada de mandados judiciais, grande júri, nenhum tempo passado e uma cela úmida enquanto você utiliza uma montanha de horas faturáveis debatendo a Primeira Emenda com um procurador de justiça. O que me diz?

— Tenho que aconselhar meu cliente a se reusar a cooperar a fim de proteger sua fonte.

Evans sorriu para Gorman.

— Por que complicar as coisas? Tenho certeza de que foi Dana Cutler quem lhe deu as fotos — Gorman desviou os olhos. — Ela estava seguindo Charlotte Walsh para Dale Perry, um advogado que supostamente cometeu suicídio alguns dias atrás. Pensamos que alguém atacou Cutler no apartamento onde ela mora na noite em que tirou as fotos. As pessoas que estão atrás dela não são de brincadeira. Se você sabe alguma coisa que nos ajude a encontrá-la, diga-me. Você não há de querer o peso da morte dela em sua consciência.

— Nós nos encontramos duas vezes.

— Pat — começou Lang, mas Gorman o interrompeu levantando a mão.

— Eles já sabem, Harvey, e eu não quero que ela seja ferida.

— Amém a isto — disse Evans.

— Na primeira vez ela me mostrou algumas fotos. Quando me dei conta de como a história era importante, concordei em pagar seu preço.

— Na ocasião seguinte em que nos encontramos, eu paguei pela história e pelas fotos. Ela me disse que achava que o presidente Farrington estava tentando matá-la para recuperar as fotos. Tinha esperança de que ele parasse quando eu as publicasse.

— Por que ela pensava que o presidente estava por trás da tentativa contra sua vida?

— Havia dois homens escondidos em seu apartamento na noite em que tirou as fotos. Eles a atacaram e exigiram as fotos. Ela atirou num deles e escapou. Só o presidente, Dale Perry e o cliente de Perry sabiam a respeito das fotos, e ela não podia imaginar nenhuma razão pela qual Perry ou o seu cliente tentassem matá-la quando esperavam pelas fotos.

"Quando a Srta. Cutler soube que Charlotte Walsh havia sido assassinada, ela se encontrou com Perry. Queria que ele negociasse uma venda das fotos para o presidente. Queria dinheiro e garantias de que não a matariam. Quando saiu do encontro com Perry, havia homens à sua espera, mas ela conseguiu se safar."

— Ela lhe disse o nome do tal cliente de Dale Perry?

— Não, e Cutler me falou que tampouco conseguiu descobrir.

— Onde está Dana Cutler, Sr. Gorman?

— Não sei. Ela não tinha razão para me dizer aonde estava indo, e eu não tinha razão para perguntar.

— Conseguimos alguma coisa? — perguntou Sparks quando Evans e ela estavam novamente no carro.

— Estamos preenchendo espaços em branco. Gorman confirmou que Cutler tirou as fotos de Walsh com Farrington e disse a Gorman que as pessoas que a esperavam em seu apartamento queriam as fotos. As únicas pessoas que teriam conhecimento da existência das fotografias eram Perry e seu cliente, que esperavam que ela as entregasse a Perry, e o próprio presidente. É uma evidência fortíssima de que foi Farrington quem mandou as pessoas que atacaram Cutler.

— Dana Cutler é a chave de tudo. Temos que encontrá-la.

Capítulo Vinte e Oito

Quando Charles Hawkins passou pelo portão leste da Casa Branca, Travis "Rompe-grades" Holliday estava debaixo de um cobertor, deitado no chão do banco de trás do carro de Hawkins. O que não era fácil. O advogado texano tinha mais de um metro e noventa de altura e pesava, agora, mais quinze quilos que os 177 do tempo em que jogava na defesa dos Longhorns.

Seu apelido fora dado por um colunista do *Dallas Morning News*, que publicara uma matéria dizendo que contratar Holliday era a mesma coisa que tirar uma carta de "Saia da Cadeia de Graça" no jogo de Monopólio. O colunista estava furioso porque o advogado conseguira a absolvição de um rico fazendeiro acusado de ter matado a mulher após tê-la marcado como gado. Constava que o argumento final de Holliday fora tão confuso que uma equipe do Instituto de Estudos Avançados de Princeton ainda estava tentando compreendê-lo.

No início da noite fora em seu jato privado para a Base Aérea de Andrews em Maryland, onde ficava estacionado o avião do presidente, o Air Force One. Hawkins o esperara em um Chevrolet verde-oliva, uma marca não usada pelo pessoal que trabalhava na Casa Branca ou no Serviço Secreto, e por isso mesmo menos provável de ser observado. Os guardas do portão leste tinham sido avisados a respeito do método heterodoxo que Hawkins ia usar para levar o criminalista à presença do presidente, portanto passar por eles foi fácil. Eram os repórteres acampados diante do portão oeste que preocupavam Hawkins. Em alguns círculos, contratar

Travis "Rompe-grades" Holliday era o equivalente a uma confissão de culpa. A notícia que ele tinha entrado na Casa Branca iria gerar mais má publicidade que uma acusação formal.

Depois que os guardas do portão leste acenaram para que ele entrasse, Hawkins seguiu pela entrada de carros em formato de ferradura até que o Jardim das Rosas e o Gabinete Oval surgiram. Ele estacionou nos fundos da mansão e ajudou Holliday a saltar do carro. Em seguida conduziu o advogado por uma porta que ficava entre o Gabinete Oval e a Sala de Jantar destinada às recepções oficiais e por um lance de escadas que dava em um escritório da residência particular, onde Christopher Farrington aguardava.

Holliday não viera com a indumentária considerada sua marca registrada: gravata fina, chapéu de vaqueiro e botas de pele de cobra. Preferira um terno comum para não atrair mais atenção que sua altura e volume geralmente já atraíam.

— Senhor presidente — disse Holliday —, é uma honra.

Hawkins notou que "Rompe-grades" perdera quase todo o sotaque texano que dominava seu discurso nos tribunais.

— Obrigado por ter vindo — disse Farrington atravessando o cômodo. — Peço desculpas pelo espalhafato.

— Tudo bem — respondeu Holliday, com um largo sorriso. — Fez com que eu me sentisse como se estivesse em um filme do James Bond.

— Bem, fico satisfeito em saber que pude acrescentar um pouco de empolgação à sua vida. A minha certamente tem sido uma aventura nos últimos dias. Para o caso de você não ter tomado conhecimento das notícias, o senador Preston, que vem a ser um dos aduladores de Maureen Gaylord, está exigindo a nomeação de um promotor independente para examinar minha ligação com o assassinato da pobre mocinha. Claro que Maureen está fingindo manter-se acima da confusão, dizendo que ninguém deve antecipar o julgamento. Mas o tom de voz dela dá a entender que sou um novo Ted Bundy, o mais temível assassino em série que já houve neste país, e, em cada palavra que pronuncia, há insinuações suficientes para encher uma edição daquele pasquim, o *Exposed*.

— Sinto muito que o senhor tenha de passar por isso. Principalmente agora que está no meio de uma eleição e com tudo mais que tem para resolver.

— Muito obrigado. Chuck tratou do lado comercial de nosso relacionamento?

— Sim, senhor. O sinal foi muito generoso, por isso eu e o senhor vamos esquecer de tudo mais, exceto saber como vou ajudá-lo a sair da desventurada situação em que se encontra. E antes de começarmos a conversar, vou pedir ao Sr. Hawkins para nos deixar a sós.

Ele se virou para o secretário do presidente.

— Qualquer coisa que o presidente me disser como cliente será confidencial, mas ele pode vir a perder o privilégio do relacionamento advogado-cliente se houver uma terceira pessoa ouvindo nossa conversa.

— Tudo bem — disse Hawkins. Ele começou a sair, mas Farrington o interrompeu.

— Estou sendo um mau anfitrião — disse ele para Holliday. — Você deve estar morrendo de fome. Posso oferecer-lhe algo para comer?

— Um filé ao ponto, uma porção de fritas e um Johnny Walker selo preto com gelo, seria ótimo.

— Chuck, veja na cozinha o que eles podem fazer — disse Farrington.

— Pode me dizer o que estou enfrentando? — perguntou Farrington assim que seu amigo fechou a porta.

— Bem, senhor. Fiz uma pesquisa sobre essa coisa de advogado independente. Parece que até 1978 seus predecessores designaram promotores especiais para examinar escândalos de suas administrações. Começa com Grant, em 1875, quando Grant determinou ao general John B. Henderson que investigasse o escândalo que foi chamado de Whiskey Ring. Depois vêm Garfield, Teddy Roosevelt, Truman e Nixon designando promotores especiais. O problema era que se o presidente podia nomear o promotor, podia também demiti-lo, como Nixon fez com Archibald Cox no Massacre da Noite de Sábado. Assim, em 1978 o Congresso passou a chamada Lei da Ética no Governo e deixou a seleção do advogado independente a cargo da Divisão Especial do Tribunal Federal de Apelações para o Distrito de Colúmbia, um painel de três juízes criado especialmente para cuidar de matérias relativas a advogados independentes. Este advogado é encarregado de investigar e acusar certos funcionários do executivo do alto escalão, inclusive o presidente.

"A Lei é acionada quando o procurador geral recebe informação de possível conduta criminosa por uma pessoa altamente credenciada. O procurador geral conduz uma investigação preliminar. Se for encontrada evidência de conduta criminosa digna de crédito ou se for determinado que o procurador geral tem conflito de interesse, a solução é entrar com um pedido na corte para que seja designado um advogado independente."

— Contratei você para cuidar deste problema. Acha que será capaz de fazê-lo?

— Geralmente sou, senhor presidente. Geralmente sou.

— Que droga, Chuck, a situação está ficando fora de controle — queixou-se o presidente duas horas mais tarde quando Hawkins entrou no estúdio do terceiro andar após assegurar-se de que Travis Holliday seria devolvido à Base Aérea de Andrews sem ser visto.

— Você não se entendeu bem com Holliday?

— Não, não, Holliday é legal. Não é isso que me preocupa.

As últimas pesquisas mostram que estou afundando como uma pedra. Holliday diz que a investigação pelo advogado independente pode se arrastar durante anos. Isso significa que o caso ainda estará nas primeiras páginas dos jornais sem uma clara resolução um longo tempo depois da eleição. Temos que conseguir que o FBI me inocente da morte de Walsh ou contratar alguém para fazer isso.

— Ainda tem o Estripador.

— Ele foi preso, todos os canais mostraram. Fez questão de afirmar que alguém estava tentando incriminá-lo pelo assassinato de Charlotte Walsh.

— E Dana Cutler?

— O que tem ela?

— Você leu sua ficha. É uma ex-paciente mental. Estava seguindo Walsh. Sabia onde ela estava estacionada.

— E que motivo poderia ter para matar Charlotte?

Hawkins deu de ombros.

— Isso fica por conta do FBI e do advogado independente descobrirem. Não se esqueça, Cutler está foragida. Fugir é o que as pessoas culpadas fazem.

— Não, não, Chuck. Não podemos mandar uma pessoa inocente para a prisão.

— Já fizemos isso antes.

— Clarence Little é um assassino em massa.

Hawkins adiantou-se e encarou o amigo diretamente nos olhos.

— Seu filho e o outro que ainda não nasceu precisam de você. Claire precisa de você. Este país precisa de você. Se Cutler tiver de ser sacrificada, será um preço pequeno a ser pago.

— Não sei, Chuck.

— Eu sei. Você lidera uma campanha forte e conduz este país à grandeza. Deixe isto por minha conta.

O presidente encontrou a primeira-dama na sala de estar adjacente ao quarto do casal, tomando chá e lendo um romance. Quando ele entrou, ela colocou o livro ao lado do serviço de chá, em uma mesinha de nogueira junto do seu cotovelo.

— Como foi tudo? — perguntou Claire. Ela estava calma, sem evidenciar a fúria com que recebera a confissão de infidelidade do marido.

Christopher sentou-se na poltrona do outro lado da mesinha de centro.

— Ficaremos bem — disse, servindo-se de chá. — Holliday é inteligente e sabe o que está fazendo. Tem todo o tipo de ideias.

— Ótimo. Maureen está por trás disso. Os eleitores verão que ela está tentando prejudicá-lo, e o plano dela sairá pela culatra.

— Eu certamente espero que sim. Meu Deus, a imprensa está chamando a investigação de *MurderGate*. Toda vez que quero falar sobre minha plataforma de governo só o que consigo são perguntas a respeito de Charlotte Walsh.

— Você e Clem estão trabalhando no seu discurso?

— Estamos, e parece que está ficando muito bom. Se Deus quiser, vou expor Maureen na entrevista coletiva e poderemos, assim, deixar para trás essa Inquisição.

Claire estendeu o braço por cima da mesa e Chris segurou sua mão.

— Eu o amo — disse ela. — Tenho absoluta fé em você. Você esmagará Maureen Gaylord. No dia seguinte ao da eleição você ainda será o presidente dos Estados Unidos, e nosso filho nascerá na Casa Branca.

— Espero que você esteja certa — disse Christopher num tom de voz que carecia de convicção.

Claire apertou a mão dele com força.

— Eu sei que estou certa — afirmou.

Capítulo Vinte e Nove

— Jake Teeny? — perguntou Keith Evans ao homem bronzeado de camiseta e jeans que atendeu à porta da casa suburbana de um andar só.

— Sim? — disse Teeny, lançando um olhar desconfiado ao agente. O fotojornalista tinha um metro e sessenta e cinco, cabelo castanho ondulado e olhos castanhos firmes. Evans julgou que estivesse com cerca de trinta e cinco anos, mas ainda apresentava o tórax largo e a cintura estreita de quem se mantém no topo da forma e a pele curtida denunciava os maus-tratos recebidos por muitos dias de sol ardente e fortes ventos.

Evans exibiu a credencial.

— Trabalho no FBI, Sr. Teeny, e gostaria de ter sua ajuda na investigação que estou conduzindo.

Teeny ficou aturdido. Evans sorriu.

— Não se preocupe. O senhor não está envolvido, tanto quanto eu saiba, mas o seu nome apareceu e — como falei — agradeceria a sua ajuda. Posso entrar?

— Claro — respondeu Teeny afastando-se a fim de abrir caminho para o agente. — Desculpe a bagunça. Estava fora do país a serviço e acabo de entrar vinte minutos atrás.

Equipamentos fotográficos e malas estavam espalhados pela entrada. Evans contornou-as e seguiu Teeny até a sala de estar.

— E então, o que é que você está investigando? — perguntou Teeny quando os dois se sentaram.

— Ouviu falar do Estripador de Washington?
— Claro.
— E você conhece Dana Cutler?
— Dana? O que ela tem com o Estripador de Washington?
— Chegamos ao nome dela em conexão com uma das vítimas do Estripador. Tentamos encontrá-la, mas não tivemos êxito. Nos registros dos telefonemas dados por ela encontramos numerosos dirigidos ao seu número.
— Dana e eu somos bons amigos. Nós nos falamos frequentemente.
— E ela dorme aqui?
— Dorme, de vez em quando. Como soube disso?
— O carro dela está estacionado duas casas abaixo. Pensei que ela pudesse estar aqui.
— Talvez esteja, mas como acabo de entrar não posso afirmar nem uma coisa nem outra.
— Você poderia dar uma olhada para ver se ela estava hospedada aqui?
— Olha, Dana é uma boa amiga. O que acha que ela fez? Não vou ajudar você se for para metê-la em encrenca.
— Você leu o artigo publicado pelo *Exposed*?
Teeny sorriu.
— Não vendem o *Exposed* no Afeganistão.
— É de onde você está chegando?
Teeny fez que sim.
— Ok. Bem, eu ponho você a par de tudo. Uma jovem chamada Charlotte Walsh foi assassinada pelo Estripador de Washington. A Srta. Cutler trabalha como detetive particular de vez e quando, não trabalha?
Gesto de aprovação.
— Pensamos que ela talvez estivesse seguindo a Srta. Walsh por

volta da hora em que ela foi morta. Sabemos que tirou fotos dela com o presidente Farrington pouco antes de Charlotte Walsh morrer.

— O presidente?

— A história está nas primeiras páginas. Queremos saber o que ela viu, mas não conseguimos encontrá-la. Pode fazer o favor de ver se dormiu aqui?

Teeny levou Evans primeiro ao quarto.

— Ela devia ficar tomando conta da casa para mim em minha ausência e parece que fez isso — disse ele, apontando para roupas íntimas femininas e roupas espalhadas pelo quarto. Teeny sorriu.

— Dana não é a pessoa mais arrumada do mundo. Sempre vou andando atrás dela para pôr as coisas no lugar.

No banheiro, Teeny apontou artigos de toucador de Dana.

— Ela deve voltar, porque suas escovas de dentes e de cabelo estão aqui.

— A Srta. Cutler tem mais de um meio de transporte?

— Você quer dizer além do carro dela?

— Exato.

Teeny de repente lembrou-se de uma coisa.

— Eu tenho uma Harley. Emprestei-a a ela quando viajei.

— Quer dizer então que ela pode estar pilotando a Harley.

— Seria o meu palpite, se o carro dela estiver aí fora.

— Pode me dar a placa da sua moto e verificar se ela está aí?

Teeny disparou o número enquanto levava Evans até a garagem. A moto não estava. Teeny acabara de descrever a moto quando o celular de Evans tocou.

— Vou ter que atender — ele desculpou-se; Evans abriu o telefone e saiu para que Teeny não o ouvisse. Era Roman Hipple, seu supervisor.

— Em quanto tempo você volta para cá? — indagou Hipple.

— Meia hora, talvez menos.

— Pois bem, volte logo. O juiz aposentado da Corte Suprema, Roy Kineer, foi designado como promotor independente neste caso de Charlotte Walsh, e ele quer que você o ajude, por saber tudo a respeito do caso do Estripador.

Evans voltou à garagem, agradeceu a Teeny pela cooperação e prometeu ao preocupado fotógrafo recém-chegado do Afeganistão fazer tudo para encontrar sua amiga. Assim que entrou no carro, Evans lançou um alerta geral para a Harley.

Roy Kineer parecia mais o quinto irmão Marx do que um dos mais importantes gênios do direito ou um dos homens mais poderosos dos Estados Unidos, o que tinha sido quando presidira o Supremo Tribunal. Era parcialmente calvo com uma franja de cabelo preto, comprido e misturado com fios grisalhos, que sempre parecia despenteada. Seus óculos de lentes de fundo de garrafa e a dentuça lhe davam uma aparência de pateta, e ele estava sempre rindo, como se achasse graça de uma piada que ninguém mais entendia. Resumindo, Kineer não parecia com alguém que devesse ser levado a sério, a menos que a pessoa conhecesse sua biografia.

O juiz nascera em Cleveland, de pais da classe trabalhadora que demoraram muito a reconhecer a genialidade do filho. Na verdade, suspeitavam que ele não fosse muito inteligente porque tinha problemas de coordenação motora e não conseguiu falar senão quando já estava com três anos. Uma vez que começou a falar, não havia como negar que se tratava de uma criança especial. Roy fora o primeiro da sua classe no ensino médio e no MIT, onde se formou com especialidade em física. Após um ano em Oxford, preferiu direito em vez de uma carreira científica, e concluiu o curso com um previsível primeiro lugar em Harvard, onde foi editor da *Law Review*. Após um estágio na Suprema Corte Federal, surpreendeu todo mundo indo trabalhar para uma organização que lidava com casos de pena de morte no chamado Sul Profundo. Ele apresentou com sucesso três apelos seguidos perante a corte em que estagiara antes de se matricular na Faculdade de Direito de Yale.

Kineer, que nunca foi do tipo de ficar esperando que as coisas acontecessem, tornou-se ativamente envolvido na política como assessor legal de Randall Spaulding, o senador pelo Connecticut que depois veio a ser o ministro da Justiça. Assim que foi designado, Spaulding pediu a Kineer para ser seu procurador geral a fim de defender a posição da União Federal diante da Corte Suprema. Quando o ministro para quem Kineer trabalhara aposentou-se, o presidente nomeou Kineer, a melhor mente legal do país, a tomar seu lugar.

As credenciais do ex-ministro do Supremo eram perfeitas e sua vida pessoal imaculada. Quatro netos, dois filhos e casado há trinta e cinco anos. Nenhum escândalo jamais o tocara. Em outras palavras, era a pessoa perfeita para investigar um presidente dos Estados Unidos suspeito de ser um assassino.

— Entre. Sente-se — disse Kineer entusiasticamente quando Keith Evans entrou na pequena sala de reuniões sem janelas na sede do FBI que ele escolhera para aquele encontro.

— Senhor presidente — respondeu Evans nervosamente ao apertar a mão da lenda viva.

— O nome é Roy. Vamos arquivar os títulos honoríficos enquanto durar nosso trabalho.

— Sim, senhor.

Kineer deu uma risada.

— Nada de "senhor" também. Por favor, sente-se.

Evans tinha esperado uma reunião com um monte de gente, mas ele e o juiz estava sozinhos na sala e não havia nenhum pedaço de papel em cima da mesa. O que não surpreendeu Evans, que conhecia a fama de Kineer de possuir uma memória fotográfica.

— Sabe por que estou me encontrando com você antes de qualquer outra pessoa, Keith? Não se incomoda se eu chamá-lo de Keith, em vez de agente Evans, se incomoda?

— Acho que posso abolir o título, se você pode.

Kineer sorriu.

— Ótimo. E então, sabe por que você foi a primeira pessoa que escolhi para este projeto?

— Não.

— Disseram-me que você sabe mais a respeito da investigação do Estripador do que qualquer outra pessoa em Washington.

— Provavelmente é verdade.

Kineer assentiu. Depois se recostou e fixou os olhos no agente do FBI.

— Christopher Farrington é um assassino?

Evans pensou por um momento antes de responder.

— Se o presidente Farrington fosse um encanador ou um médico, ninguém estranharia nem um pouco se o considerássemos um suspeito. Ele e Walsh discutiram pouco antes de ela ter sido assassinada. Se estivessem dormindo juntos, teríamos aí a razão de todos os motivos. Já viu as pesquisas de opinião?

Kineer assentiu.

— Uma amante adolescente furiosa e uma esposa grávida popular são o pior pesadelo de um político. Claro, não penso que Farrington tenha cometido o crime pessoalmente. Mas não tenho dúvida de que ele pôde encontrar alguém para agir por ele.

Evans fez uma pausa para organizar seus pensamentos e Kineer aguardou com paciência.

— O que acabei de dizer é o que qualquer pessoa que tenha lido o *Exposed* saberia, mas estive examinando o envolvimento do presidente com Charlotte Walsh antes de o *Exposed* publicar a história.

As sobrancelhas se ergueram e ele olhou para Evans com respeito renovado, respeito este que aumentou quando Evans lhe falou sobre o indício que o levou a Andy Zipay, o encobrimento do tiroteio no apartamento de Dana Cutler e sua crença de que Eric Loomis — o homem que prendera pelos crimes do Estripador — não tinha assassinado Charlotte Walsh. Por fim, falou com Kineer a respeito da conexão entre Dale Perry e Dana Cutler.

— Interessante — comentou Kineer quando Evans terminou. — O que acha que devemos fazer a seguir?

— Eu gostaria de falar com os agentes do Serviço Secreto que estavam com o presidente Farrington quando Walsh visitou a casa segura, para que possamos eliminar o envolvimento direto do presidente com o assassinato. Quero também eliminar Eric Loomis como assassino da Walsh, se for possível. Lancei um alerta geral para ver se capturamos a motocicleta que Dana Cutler deve estar pilotando. Pode ser que ela seja o elemento chave nesta história. Ela disse a Patrick Gorman que houve dois atentados contra sua vida desde que fotografou Farrington com Walsh. Quero saber o que ela viu que a tornou tão perigosa.

— Você disse que a agente Sparks está trabalhando com você?

— Disse.

— Ela é boa investigadora?

— Penso que sim.

— Então eu a designarei para o meu gabinete. Escreva tudo o que me disse e marque as entrevistas com os agentes do Serviço Secreto. Se precisar de um mandado ou qualquer outra coisa, me procure.

— Tem uma coisa. Tentei ter acesso à ficha de Dana Cutler na polícia de Washington, mas é secreta, e estão colocando toda a forma de empecilho.

— Vou ver se posso apressar o processo.

— Obrigado.
— Este será um projeto empolgante, Keith. Se concluirmos que o presidente esteve envolvido no assassinato de Charlotte Walsh, vamos fazer parte da história e as pessoas lerão a respeito de nossa proeza muito tempo depois de termos morrido.

Capítulo Trinta

Brad Miller não teve chance de continuar sua investigação clandestina do caso Little porque Susan Tuchman o mantivera afogado em um mar de processos. Ele sabia que ela estava querendo forçá-lo a se demitir, mas tinha decidido não lhe dar essa satisfação. Estava igualmente determinado a não lhe dar uma desculpa para demiti-lo. A insana carga de trabalho significava que permanecia no escritório muito tempo depois que todo mundo fora para casa, inclusive Ginny. Se havia uma coisa que talvez quebrasse sua determinação seria o fato de o trabalho o estar separando dela.

Na noite em que tinham ido para a casa dela depois do Shanghai Clipper, caíram nos braços um do outro antes mesmo que a porta se fechasse. Brad sentia-se nervoso quando finalmente foram para a cama, mas Ginny fora tão gentil e paciente que o sexo terminara sendo maravilhoso. Ou talvez o bom mesmo fosse estar na companhia dela.

Brad decidiu que era cedo demais para comparar o sexo com Ginny ao com Bridget, pois só dormira com Ginny uma vez. Lembrava que o sexo também fora maravilhoso na primeira vez que ele e Bridget fizeram amor. Na verdade — por algum tempo — o sexo com Bridget tinha sido um alucinante furacão de descobertas. Foi um tempo em que ele estava enlouquecido e ela — Brad concluiu mais tarde — interessada o bastante para entrar de cabeça na relação. À medida que o interesse de Bridget esfriou, contudo, a frequência e a natureza experimental do seu intercurso foram reduzidas. Tinham se acomodado em rápidas incursões ao melhor estilo papai e mamãe quando Bridget rompeu com ele pela primeira vez.

Quando fizeram amor de novo após a segunda edição do relacionamento, Brad considerou o sexo ainda bastante bom. Até que Bridget começou a apresentar desculpas para evitar a cama dele. Finalmente, às vésperas do segundo rompimento, ela confessou que estava dormindo com um pintor que morava em Chelsea. Afirmou que traía por medo de assumir compromisso.

Na terceira vez em que começaram a se ver, o sexo passou a ser obrigação.

Estar com Ginny ajudou Brad a ver que vinha se enganando a respeito dos seus sentimentos por Bridget durante a maior parte do relacionamento com ela, e finalmente foi capaz de aceitar o fato de ter sido obcecado por uma Bridget que nunca existira de verdade. Tivera sorte de ela ter cancelado o casamento, que seria o início de uma vida comum fadada ao fracasso.

Embora estivesse nos intervalos da avaliação de um esquema destinado a evitar impostos que um sócio imaginara para um cliente rico, Brad decidiu que Bridget era uma pessoa egoísta enquanto Ginny era genuinamente boa. Chegou a esta conclusão às duas e treze da tarde, e estava prestes a voltar à questão dos impostos quando um toque sinalizou a chegada de *e-mail* no seu computador. Brad foi ler e sorriu ao ver que era de Ginny. Dizia: CAFÉ AGORA! NOSSO LOCAL FAVORITO.

Brad encontrou Ginny nos fundos do café, na esquina de Broadway com Washington, onde tinham ido após o primeiro encontro com Clarence Little. Ela bebericava um *caffè latte* e Brad acenou ao se dirigir para o balcão a fim de fazer o pedido. Ginny sorriu e apontou para a xícara de café preto que tinha comprado para ele. Brad tentou se lembrar se Bridget algum dia fizera algo tão trivial, porém tão atencioso, durante o tempo em que tinham estado juntos e não lembrou de nada.

— Eu estava começando a pensar que nunca a veria de novo de tanto que ando trabalhando — disse Brad quando chegou na mesa.

— Isso passará. A Tuchman encontrará outro associado para torturar e perderá o interesse em você. Basta que você se segure até lá.

— Não sei se vale a pena. Se não tivesse uma carga de trabalho tão grande, começaria a procurar outro emprego. E então, tem alguma razão para este encontro secreto ou apenas sentiu falta de mim?

— Sinto falta sua, mas não é a única razão pela qual o arrastei para cá. Adivinha o que descobri?

— Não tem nada a ver com Clarence Little, tem? — indagou Brad, alarmado.

— Tem, mas não se preocupe. Consegui quase tudo pela internet. E não usei o computador do escritório.

— Descobriu o quê?

— O que aconteceu àquela cliente adolescente de Farrington com quem diziam que ele transava. Você conhece o *Portland Clarion*, não conhece?

— O jornal alternativo?

Ginny assentiu.

— Quando Farrington concorreu ao cargo de governador, o *Clarion* publicou um artigo sobre boatos de conduta sexual imprópria. O nome da cliente era Rhonda Pulaski, e se machucou em um acidente de esqui em Mount Hood. Farrington processou o responsável pela operação, alegando que ela marcara incorretamente uma trilha que Pulaski não tinha perícia suficiente para descer. O caso foi resolvido em uma corte por uma soma alta de seis dígitos.

— O dia em que recebeu o cheque do acordo, Farrington alugou uma limusine e foi pegar a Pulaski perto da sua escola. No caminho, exibiu o cheque para o motorista, Tim Houston, e gabou-se do acordo. Houston contou ao jornal que ele tinha bebido e levou uma garrafa de champanhe para a escola de Pulaski. Coisa que Houston considerou realmente inadequada.

— Em vez de levar a menina direto para casa, Farrington mandou o motorista circular. Havia um vidro fosco entre o banco de trás e o do motorista, de modo que Houston, o motorista, não pôde ver o que aconteceu entre os dois, mas afirma que, pelo que ouviu, eles fizeram sexo.

— O que foi que Pulaski disse?

— Seus pais não deixaram que a polícia ou o jornal falassem com ela e não foram feitas acusações. Farrington ameaçou processar o jornal. O *Clarion* financeiramente vive na corda bamba, e se defender num processo o levaria à falência, e por isso publicaram uma retratação. Liguei para lá. O repórter que escreveu a matéria não mais trabalha lá, mas Frieda Bancroft, a editora, continua no seu posto. Quis falar com Houston, o motorista, mas ela me disse que ele desapareceu. Ninguém sabe do seu paradeiro.

— E Rhonda Pulaski?

Ginny abaixou a voz e inclinou-se para frente.

— Está preparado para isto? Ela morreu. Vítima de um atropelador que fugiu sem prestar atendimento e nunca foi encontrado. Porém, o carro foi. Tinha sido roubado. Os tiras pensam que o ladrão pegou o carro só para se divertir. No entanto, o carro foi cuidadosamente limpo e não encontraram nada, digitais, cabelos, fibras. Nada que servisse para rastrear o dono. Assim, Pulaski morreu e a única outra testemunha desapareceu, talvez permanentemente.

— Estou ficando menos e menos interessado a cada minuto que passa.

— Não seja covarde.

— Você está confundindo covardia com prudência. Se estivermos certos, Farrington será o responsável pelas mortes de três adolescentes e um motorista. Não quero adicionar dois associados de uma empresa de advocacia ao seu total de assassinatos.

— Farrington nem sabe que existimos.

— Por ora. Se continuarmos a nos meter, acabaremos aparecendo na tela do seu radar.

— Brad, isto é importante demais para ser posto de lado. Você realmente quer um assassino presidindo o país? Se ele for responsável por todas essas mortes, precisamos fazer algo. Uma vez que procurarmos as autoridades, Farrington não terá mais qualquer razão para vir atrás de nós. Daremos tudo o que tivermos à polícia. Não somos testemunhas. Matar-nos não ajudaria sua defesa.

— Você se esquece de que a vingança sempre foi um motivo muito forte para matar.

— Farrington é ocupado demais para se incomodar conosco. Somos menores, peixes miúdos. Ele já está se preocupando com a investigação do assassinato da Charlotte Walsh pelo promotor independente, e se tiver que se preocupar também com os casos Erickson e Pulaski não terá tempo para pensar em nós.

— Provavelmente você tem razão, mas aceita assumir o risco sabendo que as consequências poderão ser fatais?

— No meu modo de ver, a única coisa que vamos tentar fazer é encontrar a mãe de Laurie Erickson. Se ela não quiser falar conosco, acabou. Se implicar Farrington com o que nos disser, iremos à polícia ou ao FBI e eles prosseguem daí.

— *Nós* não vamos fazer nada. Já falei que *eu* própria falaria com a Sra. Erickson para que você não se encrencasse com a Tuchman.

— Então você vai fazer?

Brad assentiu.

— Você está certa a respeito da importância disso. Mas falar com a Erickson é tudo quanto vamos fazer, certo? Depois esquecemos o caso Clarence Little, certo?

Brad estendeu a mão e Ginny a apertou. Brad segurou-a e a fitou diretamente nos olhos. Ginny correspondeu, sem piscar. Ainda assim, Brad achou que estivesse mentindo.

Capítulo Trinta e Um

Ao contrário de um procurador geral de carreira, que começa seu mandato instalando-se em um escritório que já existe, com auxiliares e equipamento, o promotor independente começa com nada, exceto o pedaço de papel que o designou. No primeiro dia do promotor independente ele não tem computadores, telefones ou tampouco escrivaninhas sobre as quais colocá-los. É preciso localizar e alugar um escritório e depois enchê-lo com mobiliário, equipamento, investigadores, livros e advogados. Isto explicava por que Keith Evans estava usando um quarto de um motel barato nas cercanias de Washington para conduzir o interrogatório de Irving Lasker, o chefe da equipe do Serviço Secreto que protegia o presidente Farrington na casa de fazenda na Virgínia.

Lasker era um homem magro de meia-idade, de aspecto ríspido, pele esticada, faces encovadas e olhos azuis que Evans quase acreditava serem capazes de dardejar raios da morte. Pelo cabelo curtinho e o pelo porte, imaginava que o agente tinha sido militar.

Lasker sentou ereto em uma cadeira com rodízios dourados, forrada com um material que imitava couro vermelho. Evans também estava sentado em uma cadeira semelhante. Os dois estavam separados por uma mesa redonda de madeira sobre a qual pendia uma luminária barata de latão. Carros passavam velozmente na rodovia visível pela janela à esquerda de Keith. À direita dele havia uma cama tamanho grande e um armário contendo um aparelho de televisão que mostrava filmes em circuito fechado. O quarto era escuro e deprimente, além de cheirar a fluido de limpeza.

— Desculpe pelas acomodações — disse Evans, usando o pedido de desculpas como quebra-gelo. — O juiz Kineer está procurando uma casa neste instante e não temos um orçamento grande o suficiente para alugar acomodações no Willard.

— Entendido — respondeu Lasker tensamente. Keith torceu para que a entrevista não fosse ser tão difícil quanto o comportamento de Lasker sugeria.

— Obrigado por ter trazido o registro — disse Evans.

— Ele constava do mandado.

— É, mas você poderia ter nos criado dificuldades.

— Criar dificuldades não faz parte das minhas atribuições, agente Evans. Faça suas perguntas e responderei corretamente, desde que não digam respeito a procedimentos de proteção ou normas de segurança.

Evans deu uma olhada no registro onde constavam hora e identidade das pessoas que tinham entrado e saído da casa.

— Diz aqui que você levou o presidente para a casa às oito da noite.

— Exato. Ele estava no carro comigo.

— Ninguém mais entrou até que Charlotte Walsh apareceu? Lasker balançou a cabeça afirmativamente.

— Então Walsh chega às nove e sai às nove e trinta e seis.

— Parece certo.

— Quem a transportava?

— Sam Harcourt.

— O agente Harcourt está aqui?

— Está esperando no saguão.

— Depois que a Srta. Walsh saltou do carro você ouviu alguma coisa que o presidente disse para ela ou ela para ele?

— Não quando ela chegou. Eu estava do lado de fora. Quando ela saiu, eu a ouvi gritar com o presidente Farrington.

— O que ela falou?

— Ameaças. Que ele pensava que podia usá-la e depois jogar fora. Que ele se arrependeria. Coisas desse tipo. Não me lembro das palavras exatas.

— O que foi que o presidente disse, se é que ele disse algo?

— Ele não se mostrou emocional. Acho que pediu que ela se acalmasse. Mais uma vez não consigo me lembrar das palavras exatas.

— Ok, depois disso Walsh foi levada embora?

— Pelo agente Harcourt. Ele a pegou no shopping Dulles Towne Center e levou-a até o seu carro.

— O presidente disse alguma coisa depois que Charlotte Walsh deixou a fazenda?

— Não a respeito dela ou, pelo menos, não para mim.

— Fale-me a respeito da mulher escondida na vegetação.

— Ok. Bem na hora em que a Srta. Walsh saiu, Bruno Culbertson localizou uma mulher escondida no mato fotografando. Ele a perseguiu, ela se escondeu e o atingiu por trás. Richard Sanborne e eu a perseguimos, e Sanborne escreveu o que acreditou ser a placa do carro dela.

— Você descobriu a quem pertencia o carro?

— Se o agente Sanborne escreveu corretamente o número, o carro que se afastou da fazenda é registrado em nome de uma pessoa chamada Dana Cutler.

— Você ou alguém do seu conhecimento verificou a possibilidade de a própria Srta. Cutler ter sido a pessoa que tirou as fotos?

— O Sr. Hawkins nos disse que faria essa verificação.

— Refere-se a Charles Hawkins, o assistente do presidente?

— Sim.

— O Serviço Secreto normalmente não investigaria qualquer pessoa que representasse uma ameaça potencial ao presidente?

— Sim, mas o presidente Farrington nos instruiu para deixar por conta do seu assistente.

— O presidente Farrington lhe disse isto pessoalmente?

Lasker balançou a cabeça afirmativamente. Evans achou que aquilo parecia ser muito pouco usual e que talvez fosse um indício chave da investigação.

— Foi expedido um mandado de prisão para Dana Cutler por ter agredido um agente federal?

— O Serviço Secreto não requereu um mandado.

— Por que não?

— Não sabemos ao certo se Cutler atacou Bruno. Ele não conseguiu dar uma boa olhadela na mulher a quem perseguia e não viu quem o atingiu. Rich Sanborne não tem certeza quanto ao número da placa. Então o Sr. Hawkins nos disse para deixar de lado.

— Cutler não é uma fugitiva?

— Não que eu saiba.

— O registro diz que o Sr. Hawkins chegou à fazenda às onze e quinze da noite.

— Parece certo — disse Lasker.

— Ele dirigia o próprio carro ou vinha com alguém?

— Estava sozinho.

— Você ouviu parte da conversa dele com o presidente?

— Não. O presidente Farrington estava na biblioteca. O Sr. Hawkins foi juntar-se a ele lá. Eu estava do lado de fora da casa.

— O registro diz que o Sr. Hawkins deixou a fazenda às onze e cinquenta.

— Parece certo.

— Quando você deixou a fazenda para levar o presidente de volta à Casa Branca?

— Pouco depois da meia-noite.

— Quando chegou?

— Em torno da uma da manhã.

— O presidente Farrington esteve em sua presença desde a hora em que chegou na fazenda até quando retornou à Casa Branca?

— Se está perguntando se ele poderia ter matado Charlotte Walsh entre oito horas da noite e uma da manhã, a resposta é não.

O agente Sam Harcourt tinha quarenta e dois anos. Havia fios de cabelo branco misturados ao seu cabelo negro como petróleo, rugas no rosto, mas os olhos eram tão alertas quanto os dos demais agentes do Serviço Secreto com quem Evans entrara em contato. A impressão que tinha era de que aqueles homens e mulheres estavam em alerta para qualquer tipo de problema, não importa em qual situação se encontrassem. Era interessante pensar se algum dia eles relaxavam.

— Você foi o agente escalado para pegar Charlotte Walsh no Dulles Towne Center e levá-la de volta para lá?

— Sim.

Evans teve a nítida impressão de que havia alguma coisa aborrecendo Harcourt.

— Você parece... Não sei, aborrecido — comentou Evans.

Harcourt ficou tenso.

— Claro que estou aborrecido. Ela era uma boa garota e foi torturada até a morte.

— Quer dizer que você gostava dela?

— Na verdade não tive uma chance para conhecê-la. Acho que eu devia ter dito que ela parecia ser uma boa garota. Estivemos juntos apenas durante os percursos de ida e volta para o shopping e ela não falou muito, especialmente no percurso de volta.

— Seu estado de espírito foi diferente na ida para a fazenda e na volta?

— Definitivamente. Ela estava empolgada na ida. Não que falasse muito, mas eu podia ver pelo retrovisor.

— Quando falou, o que ela disse?

— Nada de importante. Aonde íamos, quanto faltava, esse tipo de coisa. Fui instruído para não falar com ela, portanto não puxei conversa.

— Quem lhe disse para não falar com Charlotte Walsh?

— O agente Lasker. Ele disse que o presidente não queria que eu conversasse com ela, e por isso fiquei quieto.

Mais uma vez Evans sentiu que Harcourt estava furioso com alguma coisa.

— O estado de espírito da Srta. Walsh lhe pareceu muito diferente na viagem de volta?

— Com certeza. Ela estava furiosa. Pude ver que chorou boa parte do tempo.

— Ela explicou a razão?

— Não, nem perguntei, por causa das ordens que recebi.

— Conversou alguma coisa com ela?

— Eu me lembro de ter perguntado se estava bem e se queria água, mas ela disse que estava bem e não aceitou a água.

— Agente Harcourt, você ouviu ou viu alguma coisa que o fizesse crer que a Srta. Walsh tivesse se engajado em uma relação sexual com o presidente?

Harcourt hesitou.

— Se sabe alguma coisa terá que nos dizer. O promotor independente está encarregado de determinar se o presidente teve qualquer envolvimento com a morte da Srta. Walsh. Se eles eram íntimos e ela estava furiosa com ele, o presidente teria um motivo.

Harcourt respirou fundo.

— Quando ela saiu da casa estava furiosa. Ouvi o que disse porque ela estava perto da minha porta. Ela gritou com o presidente. Disse: "Você não pode transar comigo e depois me jogar fora como um lenço de papel usado". Desculpem-me, mas estou repetindo as palavras dela.

Evans estudou o agente, cujo rosto estava congestionado.

— Você parece estar mais aborrecido do que eu esperava. Na verdade, parece estar furioso. Há mais alguma coisa que seja do seu conhecimento e que o torne mais crítico do presidente Farrington no que diz respeito à Srta. Walsh?

Harcourt fez que sim e olhou diretamente para Evans.

— Eu fazia parte da segurança presidencial quando ele foi a Chicago num jantar de levantamento de fundos para a campanha. Não me lembro da data exata, mas não foi há muito tempo. Vi Charles Hawkins fazer Walsh entrar às escondidas na suíte do presidente. Ela ficou lá dentro cerca de uma hora, quando Hawkins apareceu de novo para pegá-la. Eles subiram e desceram pelo elevador que atendia à cozinha.

— Sabe se fizeram sexo?

— Não. Não entrei na suíte enquanto ela estava lá dentro.

— Há alguma coisa mais?

Harcourt sacudiu a cabeça.

— É só que não é certo. Sou cristão e não concordo com o comportamento dele. O presidente Farrington é um homem casado e a Srta. Walsh era muito jovem.

— Eu compreendo por que você está zangado. Diga-me, quando a deixou junto do carro dela, viu alguma coisa de suspeito?

— Não, e já pensei muito nisso. Fiquei preocupado e com medo de ter deixado de fazer alguma coisa que pudesse salvá-la.

— E o que pensa agora?

— Sinceramente, não posso dizer que tenha visto alguma coisa que possa ajudar sua investigação. Eu a deixei, esperei que entrasse no carro e fui embora.

— Então não viu ninguém de tocaia por perto?

— Não, mas havia carros estacionados na vizinhança do carro dela. Alguém poderia estar escondido dentro ou atrás de um deles e eu não veria.

— Viu a Srta. Walsh sair?

Harcourt franziu a testa.

— Não, e agora que penso nisso, também não vi os faróis do seu carro se deslocando.

— Se ela estava furiosa, pode ter permanecido sentada tentando se acalmar antes de sair.

— Talvez. Não sei. Tudo que sei é que é uma lástima uma menina daquelas estar morta.

Evans pressionou para ver se obtinha mais evidências a respeito das infidelidades do presidente, mas Harcourt não dispunha de mais nenhuma informação útil.

Após interrogar o último agente do Serviço Secreto, Evans checou as mensagens no celular. Havia uma de Maggie Sparks pedindo que ligasse para ela.

— Ei, Maggie, o que é que há? — perguntou Evans quando ela atendeu.

— Você emitiu um alerta para uma Harley?

— Emiti.

— Um policial acaba de ligar de Webster's Corner, West Virginia. A moto foi localizada em um motel chamado Traveler's Rest.

Capítulo Trinta e Dois

Quando Keith Evans e Maggie Sparks seguiram o tira de Webster's Corner contornando o motel, Dana Cutler estava sentada a uma mesa de piquenique terminando a refeição noturna. Até aquela hora, ela estivera em paz. O sol começava a se pôr e uma brisa suave encrespava a superfície do rio que corria atrás do motel. Ouviam-se cantos dos passarinhos e, a uns quinhentos metros a leste, uma lancha cortava as águas azul-esverdeadas.

Dana amaldiçoou-se por não ter sentido que havia algo de errado algumas horas antes quando vira o mesmo policial parar na gerência do motel, depois de passar duas vezes em frente. Deixara a Harley a uns vinte e cinco metros de distância e o cinturão com o dinheiro que Gorman lhe pagara estava preso na cintura. Ela se levantou para que pudesse correr até a Harley, se lhe dessem uma chance.

— Srta. Cutler? — perguntou Evans amavelmente.

— Quem quer saber? — contrapôs Dana. Seus instintos lhe diziam para sacar a arma, mas a mão do tira estava levantada pouco acima do coldre e ela calculou que as chances não a favoreciam. Podia tentar fugir abrindo o caminho à bala, de qualquer maneira, mas Evans e Sparks não a assustavam do modo como os homens no seu apartamento e na viela atrás do 911 a tinham assustado. Concluiu que o casal não ia matá-la tendo o policial uniformizado como testemunha.

— Meu nome é Keith Evans e eu trabalho no FBI — Evans passou seu cartão às mãos de Dana. — Esta é Margaret Sparks, minha parceira. Gostaríamos de conversar com você.

— A respeito de quê?

Evans sorriu. — Quebrar a cabeça de um agente do Serviço Secreto, para começar.

— Não sei de que você está falando.

— Tudo bem. Não estamos aqui para prendê-la. Ninguém apresentou queixa. Fui designado como assistente do promotor independente que investiga o possível envolvimento do presidente no assassinato de Charlotte Walsh. Estamos aqui para lhe oferecer proteção. Pelo que sei, já houve duas tentativas contra sua vida. Até aqui tem tido sorte, mas os homens que tentaram matá-la a encontrarão, se nós encontramos.

— Continuo sem saber de que está falando, e você está interrompendo meu jantar.

— Olha como fala! — exclamou o guarda. — Aquela moto não está registrada como sendo de propriedade de uma mulher. Se me derem ordens, você está na cadeia até que consigamos descobrir se está pilotando ou não uma moto roubada.

— Muito obrigado pela ajuda, policial Boudreaux — disse Evans —, mas não precisa jogar duro com a Srta. Cutler. Só queremos falar com ela. Na verdade, nós assumimos a partir deste ponto.

— Só não gosto da atitude dela — insistiu o policial, mal-humorado.

Enquanto Evans falava com o policial uniformizado, os olhos de Dana foram atraídos pelos dois homens que se encontravam na lancha. Um deles pilotava a embarcação e o outro vasculhava as margens com um binóculo. O binóculo virou-se na direção dela e parou por um instante. Aí o homem falou em algum aparelho que podia ser um celular ou um walkie-talkie.

A lancha aproximou-se o suficiente para Dana ouvir seu motor ao mesmo tempo em que o ronco de outros motores desviaram a atenção dela para a rodovia. O policial Boudreaux estava refazendo o caminho de volta quando duas motocicletas dobraram a esquina. Dana chegou a três conclusões simultaneamente: o homem da lancha com o binóculo se parecia muito com o louro de cabelos compridos que a ameaçara em seu apartamento; o que a pilotava parecia com o que atirara nela em seu apartamento, e os homens das motos estavam armados.

— Deitem! — gritou Dana quando o pistoleiro da moto da frente atirou entre os olhos do policial Boudreaux.

Evans e Sparks foram vagarosos para reagir porque estavam de costas para as motos, mas Dana atirou-se no chão, sacou a arma que carregava nas costas e baleou o segundo motoqueiro justamente quando ele ia fazia a mira em Evans. A moto dele virou o ar, rodas girando, e deslizou de lado na grama. Dana apontou para o outro motoqueiro, que passou acelerando. O tiro de Dana se perdeu. Ela começou a rolar para dar um segundo tiro quando um canto da mesa explodiu. Um estilhaço de madeira pegou no rosto de Sparks e ela caiu no chão.

— A lancha! — gritou Evans ao mesmo tempo em que arrastava a parceira para trás da mesa. Dana deu uma olhada no rio e viu o louro apontar um rifle de alta potência. Evans caiu de cócoras, pegou a beirada da mesa e a virou para o tampo servir de escudo. Uma segunda bala atravessou a madeira, por pouco não acertando nele, mas Dana não deu atenção porque o motoqueiro que restara ia passar de novo junto deles. Ele vinha encolhido sobre o guidão a fim de oferecer o menor alvo possível quando apontasse sua arma. Dana atirou até esvaziar o carregador. Uma das balas atingiu a roda de trás e a moto voou para a frente, lançando ao ar o atirador. Ele estatelou-se no chão e tentou se sentar.

Dana pegou a arma que levava no tornozelo e atirou nele sem parar. Duas balas o acertaram no rosto. Ele caiu de costas exatamente quando uma bala do rifle passou junto à orelha de Dana. Ela se atirou no chão e rolou para trás da mesa ao lado de Evans. Sparks se contorcia no chão junto deles, dentes cerrados, a mão comprimindo o lado direito do rosto, que estava coberto de sangue. A lancha estava bem perto agora. Evans apontou cuidadosamente e atirou no piloto. A bala errou, mas despedaçou a vidraça. O piloto se atirou no chão e a lancha balançou para trás e para frente. O louro perdeu o equilíbrio e quase deixou cair o rifle. O piloto fez uma curva e voltou rio acima, na direção em que viera. Evans arriou o corpo de costas e sugou o ar.

— Ligue pedindo reforços e peça uma ambulância para sua parceira — ordenou Dana, ao mesmo tempo em que corria na direção do policial Boudreaux.

— O guarda está morto — ela gritou para Evans, que já estava falando ao celular.

— Os motoqueiros também — disse Dana, depois de checar os dois corpos. — Como está sua parceira?

— Eu estou bem — disse Sparks, por entre os dentes. — Mas isto aqui dói como o diabo.

— A ambulância já vem — informou Evans.

— Ótimo — disse Dana. — Vou dar o fora daqui.

— Espere — disse Evans, apontando a arma para ela.

— Você vai ter que atirar em mim porque não vou esperar que outros assassinos de Farrington me matem.

Evans abaixou a arma.

— Poremos você no programa de proteção de testemunhas.

— Que é administrado pelo Ministério da Justiça, que faz parte do executivo, cujo chefe é Christopher Farrington? Não, obrigada.

Dana correu para a Harley que empurrou na direção do seu quarto para poder apanhar suas coisas.

— Vai deixar que ela se vá? — indagou Sparks.

— A alternativa era atirar nela, e ela salvou nossas vidas.

— Você salvou a minha — disse Sparks.

Evans corou.

— Que nada, eu estava tentando usar você como escudo humano, mas não pude levantá-la a tempo.

Sparks tentou sorrir, mas um espasmo de dor fez com que cerrasse os dentes. Keith ouviu sirenes à distância.

— Aí vem a cavalaria — disse ele.

Capítulo Trinta e Três

Certa vez, no ensino médio, Brad apagou um arquivo com o trabalho do semestre. Daí em diante passou a ser fanático por fazer cópia de arquivos importantes e levar o disco aonde quer que fosse, para o caso de um incêndio, roubo, furacão, terremoto ou qualquer outro desastre privá-lo de seu disco rígido. Susan Tuchman mandou que ele entregasse o arquivo *Little* juntamente com o arquivo que continua suas anotações, mas nunca perguntou se ele tinha uma cópia. Brad tinha certeza de que o disco da cópia tinha o endereço recente de Marsha Erickson, a mãe de Laurie, que ele localizara no arquivo do advogado que trabalhara no julgamento. Ele estava certo, mas não havia um número de telefone. Quando tentou obter o número com o Auxílio às Listas, informaram que não constava da lista. Por esse motivo estava usando seu precioso tempo de domingo dirigindo ao longo de uma estrada de terra estreita localizada entre Portland e a costa, em vez de estar trabalhando, ou, melhor ainda, assistindo a um belo jogo de beisebol.

Os carvalhos do Oregon criaram uma cobertura vegetal sobre a estrada de terra, lançando-a na sombra. Por entre as árvores, Brad podia ver elevações baixas e um claro céu azul. Abaixo das colinas, os campos cultivados eram divididos em quadrados escurecidos, onde a vegetação fora incendiada para enriquecer o solo e outros quadrados de trigo amarelo e verde jade. Brad preferia poder compartilhar aquele cenário maravilhoso com

Ginny, mas sabia que tinha de realizar a entrevista sozinho para defender o emprego dela.

Uma casa térrea bastante comum esperava por Brad ao fim da estrada. O gramado não parecia ter sido cortado recentemente e a pintura estava descascando. Brad parou na entrada para carros de cascalho e tocou a campainha, que ouviu soar no interior da casa. Quando não houve resposta, tornou a tocar. Momentos mais tarde, viu um vulto deslocando-se na sua direção através do vidro fosco de um lado da porta.

— Quem é você? — perguntou uma mulher. Era apenas uma hora da tarde, mas as palavras saíram pastosas.

— Sou Brad Miller, senhora. Trabalho como associado na firma Reed & Briggs de Portland.

A filha dela havia trabalhado como secretária legal para Christopher Farrington, e por isso Brad esperou que o nome da firma a impressionasse. Um momento depois de ter dito as palavras mágicas, a porta da frente abriu-se. Em uma foto de Marsha Erickson tirada logo após a morte da filha, ela parecia um pouco gorda, mas nem de longe lembrava a imensa mulher obesa metida numa bata havaiana estampada de flores amarelas, vermelhas e azuis que estava diante dele. Anéis de gordura envolviam seu pescoço, o queixo era duplo e os olhos, quase escondidos pelas dobras de gordura, congestionados.

— O que a Reed & Briggs quer de mim? — perguntou ela, beligerantemente. Seu hálito não deixava a menor dúvida quanto ao motivo pelo qual ela andava oscilando e sua fala estava tão arrastada.

— Reed & Briggs é uma firma de direito muito bem-sucedida, mas não queremos que o público nos veja simplesmente como uma máquina de fazer dinheiro — respondeu Brad, lembrando-se do discurso estimulante que Susan Tuchman usara com ele antes de largar o caso Little sobre os seus ombros. — A fim de devolver ao povo do Oregon uma parte do que ele nos dá, nós nos dedicamos a projetos *pro bono*, e eu fui designado para um deles.

— Não dá para ir direto ao ponto? — exclamou Erickson, impaciente.

— Sim, bem, podemos entrar? Está um pouquinho quente aqui fora.

— Não, não podemos. Não vou deixar você entrar enquanto não me disser por que está aqui.

— É o caso de Clarence Little, senhora. Fui designado para trabalhar na apelação que ele fez ao Nono Circuito de uma negativa de *habeas corpus*.

O sangue desapareceu do rosto de Erickson.

— Temos razão para acreditar que o Sr. Little pode não ter sido responsável pela morte da sua filha — desembuchou Brad, com medo de que ela fosse bater com a porta na sua cara.

— Quem mandou você? — perguntou Erickson, a voz trêmula.

— Reed & Briggs — disse Brad, entregando seu cartão. — Só quero lhe fazer algumas perguntas sobre o relacionamento de sua filha com o presidente Farrington.

Erickson sacudiu a cabeça à menção do nome do presidente.

— Não, não. Você tem de ir embora.

— Mas...

— Saia ou eu chamo a polícia.

— Sra. Erickson, Christopher Farrington assediou sexualmente a sua filha?

Marsha Erickson olhou fixamente para Brad. Parecia aterrorizada.

— Você tem que ir — disse, recuando para dentro de casa.

— Mas Sra. Erickson...

— Você tem que ir.

Erickson bateu a porta e deixou Brad sozinho.

Ginny e Brad sentaram-se lado a lado em cadeiras de jardim de segunda mão na sacada minúscula ao lado da janela da sala de Ginny. Três andares abaixo as pessoas caminhavam ao longo das calçadas do elegante bairro chamado Pearl, onde astutos empreendedores tinham convertido armazéns em condomínios e apartamentos caros, luxuosos locais para comer, galerias de arte e butiques chiques. Ginny justificava o aluguel elevado que pagava pelo seu quarto e sala com o dinheiro que economizava em gasolina, por caminhar ou usar o trólebus para o trabalho.

— Parece que você acabou não descobrindo muita coisa — disse ela, quando Brad acabou de descrever a visita a Marsha Erickson.

— Descobri que Marsha Erickson morre de medo de Christopher Farrington — respondeu Brad. — Aposto como ele pagou para que sumisse, e ela é esperta o bastante para saber que não se deve trair o presidente dos Estados Unidos.

— Aposto como você teria descoberto muito mais se eu estivesse junto. Ela teria se relacionado melhor com uma mulher.

— Acho que não. Não estou brincando quando digo que ela morria de medo. Assim que mencionei o nome de Farrington, entrou em pânico.

— Que droga.

— Eu tentei.

Ginny segurou a mão dele.

— Sei que tentou, e provavelmente está certo a respeito de não querer que ela falasse comigo.

Ela suspirou antes de finalizar.

— O caso é que sem a mãe da Erickson nada temos.

— Nós nos esforçamos ao máximo. Agora tudo o que nos resta fazer é esperar que Paul Baylor prove que o dedinho de Laurie Erickson não está no jarro de Little e quem quer que Tuchman pôs para trabalhar no caso procure a polícia.

— Não há muita chance disso com a Dragoa supervisionando. Você mesmo disse que ela é amigona de Farrington.

— Se eu lhe disser uma coisa, você promete não ficar furiosa comigo? — perguntou Brad.

— Vai depender do que for — respondeu Ginny.

— Senti-me aliviado porque a Sra Erickson não quis falar comigo e porque não temos mais indícios. Não gosto de Clarence Little nem um pouco. Ele é um canalha doente que merece estar no corredor da morte. Este caso provavelmente vai custar meu emprego, e é bem possível que ponha em perigo sua posição na firma se a Tuchman descobrir que você andou me ajudando. Por isso, estou feliz que tenha acabado para nós. Pronto, fiz meu discurso. Se quiser me odiar, vá em frente.

Ginny apertou carinhosamente a mão de Brad.

— Não o odeio e sinto muito que o caso tenha lhe provocado tantos problemas. É só que... Droga, eu acredito no nosso sistema de justiça. E se esse sistema vale mesmo alguma coisa, tem que valer tanto para Little quanto para pessoas decentes que se metem em encrencas. Mas você tem razão, chega. Não vou mais insistir com você em relação ao caso. Vou inclusive tirar de seus ombros um pouco da sua carga de trabalho para que você possa recuperar o tempo perdido.

— Você não tem que fazer isso.

— Eu sei, mas dois dos sócios para quem trabalho estão de férias, portanto tenho um pouco de tempo livre. E quero que você também tenha, porque estou excitada.

— Agora?

— Agora.

— Puxa, eu estava com esperança de assistir o resto do jogo dos Yankees.

Ginny levantou-se com as mãos nas cadeiras.

— Com quem você prefere dormir? Comigo ou com belo jogador George Steinbrenner?

— Quanto tempo tenho para me decidir? — perguntou Brad com um sorriso.

Ginny agarrou Brad pela orelha e puxou-o para que se levantasse.

— Vá para o quarto, Bradford Miller, antes que eu fique realmente furiosa.

Capítulo Trinta e Quatro

Dana Cutler dirigiu sem rumo para dar tempo de baixar o nível da adrenalina no seu sistema. Então encheu o tanque e tocou para a Pensilvânia. Passou a noite dormindo em uma lavoura e depois atravessou o Ohio percorrendo estradas secundárias, passando a noite em um armazém abandonado na periferia de Columbus. Estava no meio de uma refeição em Des Moines, Iowa, quando decidiu que não podia continuar fugindo. Tinha bastante dinheiro, mas ele acabaria, e as forças que a caçavam eram muito melhores em encontrar gente do que ela em escapar à detecção. Não tinha a menor dúvida a esse respeito depois do que acontecera no motel à margem do rio. Se quisesse sobreviver, tinha que lutar contra eles, mas como?

Abandonou a moto de Jake nos fundos do restaurante. Sentiu-se péssima por livrar-se da Harley, mas não podia se arriscar mais. Jurou que compraria uma nova para Jake se aquela não lhe fosse devolvida e se ela não terminasse morta ou na prisão.

Depois de tingir o cabelo castanho claro de negro, no banheiro de um posto, pôs os óculos que salvara da fuga do 911 e pôs um vestido simples e folgado que fazia com que parecesse mais simples. Em seguida, caminhou quase dois quilômetros até uma biblioteca na Grand Avenue, decidida a descobrir tudo quanto pudesse a respeito de Christopher Farrington, na esperança de que a chave de sua sobrevivência estivesse em algum ponto do passado dele.

Qualquer presidente tem acesso a um grande número de assassinos treinados. Afinal de contas, ele é o comandante em chefe das Forças Armadas dos Estados Unidos. Mas há uma diferença entre mandar um exército combater os inimigos da nação e assassinar uma estudante universitária. Dana não tinha dúvida de que Christopher Farrington tinha acesso a pessoas que obedeceriam à ordem de um presidente para matar um civil indefeso, mas onde ele encontraria essa pessoa assim de uma hora para outra? A menos que Farrington tivesse planejado matar Charlotte Walsh antes de convidá-la a ir à casa da fazenda, a decisão tinha que ter sido tomada depois que ela saíra e antes de retornar ao seu carro no estacionamento do shopping. O que sugeria que o assassino era alguém bem próximo do presidente.

Dana entrou atrás de um casal jovem e perambulou pela biblioteca até localizar um computador aberto. Usou a senha do motel para se conectar e iniciou sua pesquisa no Google com "Christopher Farrington", mas interrompeu-a no meio. No motel, estava lendo qualquer coisa quando uma notícia sobre a morte de Charlotte Walsh na televisão a interrompera. O que era? Dana fechou os olhos e tentou se lembrar. Um assassinato! Era isso. Charles Hawkins tinha sido testemunha em um caso de assassinato ocorrido no Oregon, algo que tinha a ver com uma babá adolescente.

Os dedos de Dana voaram sobre o teclado e em poucos momentos tinha o nome do caso. Segundos mais tarde, tinha inúmeras possibilidades a mais usando o nome "Clarence Little". Quanto mais descobria sobre o caso de Laurie Erickson, mais certeza tinha de que Charles Hawkins e o presidente tinham copiado o modo de operar de Little no Oregon e de Eric Loomis em Washington a fim de encobrir os assassinatos de duas adolescentes que haviam se transformado em ameaças para Farrington. Um jornal informou-a de que Clarence Little estava contestando sua condenação pela morte de Erickson. Eric Loomis também negava ter sido o culpado pela morte de Charlotte Walsh. Dana identificou a formação de um novo padrão. Mais tarde, naquela noite, ela tomou um ônibus que se dirigia para Portland, Oregon, onde Brad Miller, o advogado de Clarence Little, trabalhava.

Capítulo Trinta e Cinco

Keith Evans ficou no hospital com Maggie Sparks enquanto o médico dava pontos em seu rosto. Embora feio, o prejuízo do ferimento era puramente cosmético. Maggie brincou dizendo que a cicatriz ia lhe dar um aspecto de durona. Evans levou-a para casa depois que foi dispensada e ofereceu-se para permanecer com ela, mas Maggie disse que estava bem. Quando ele foi finalmente dormir eram três horas da madrugada, e ele não se levantou senão às oito.

No escritório, Evans foi bombardeado com um sem-número de perguntas assim que saltou do elevador. Assegurou a todos que ele e Maggie estavam bem. Já tinha quase chegado na sua sala quando a secretária do juiz Kineer o pegou e levou para lhe fazer um relatório detalhado e particular do tiroteio no motel.

Evans por fim chegou à sua sala às dez e meia. A primeira coisa que viu foi uma grossa pasta no centro da mesa. Ele sentou-se e leu a etiqueta. Era o arquivo reservado de Dana Cutler. Pestanejou ao abri-lo. Viu-se diante de uma foto que documentava uma cena tão repulsiva que seu cérebro levou algum tempo para processar.

Três homens estavam espalhados no chão em partes diferentes de uma sala de recreação. Havia uma mesa de sinuca no meio da cena e um taco junto do braço direito de uma das vítimas, um homem barbado e corpulento de jeans e camiseta preta. Ao olhar mais de perto, Evans deu-se conta de que a mão direita do homem não estava conectada ao braço. Notou também diversos cortes profundos no rosto dele, pescoço, peito e pernas. O corpo estava encharcado de sangue.

Evans folheou a pilha de fotografias. Os outros homens tinham sido cortados em pedaços. Evans tentou se lembrar se já teria visto semelhante carnificina, e o mais próximo que conseguiu chegar foi uma vingança da máfia russa que liquidou uma família inteira. Mas tinham sido assassinatos cometidos friamente e de maneira organizada, porque os carrascos estavam interessados em enviar uma mensagem. Aqueles ali das fotos sugeriam pura selvageria.

Um segundo conjunto de fotos mostrava uma quarta vítima que tinha sido descoberta no porão. Uma corrente que terminava em uma algema aberta estava perto do corpo. Uma foto aproximada do rosto da vítima mostrava um caco de vidro projetando-se do olho esquerdo do homem e diversos buracos de bala no seu rosto.

Havia uma fita com o depoimento de Dana Cutler no arquivo e a transcrição de suas palavras. Antes de ouvir, Evans leu os relatórios da polícia. Uma esquadra de detetives de narcóticos de Washington tinha atendido a um chamado de Dana que os dirigiu para uma casa em uma área rural perto da costa de Maryland. Eles tinham perdido o contato com ela três dias antes, quando os traficantes com quem viajava conseguiram se evadir. O policial encarregado do contato com ela notou que Dana falava de um modo esquisito, em tom invariável, e mal conseguia se fazer ouvir. Recusou-se a comentar o que tinha acontecido quando ele perguntou e restringiu-se a dar as indicações que permitiriam a polícia chegar aonde se encontrava.

Quando chegou, a polícia encontrou Dana sentada na sala de recreação perto do telefone com o olhar perdido no espaço. Estava nua e coberta de sangue. Um machado ensanguentado podia ser visto a seus pés, ao lado de duas pistolas Magnum 357. Todos os mortos tinham extensas fichas policiais, com múltiplas agressões, estupros e assassinatos. Um relatório escrito depois do depoimento do médico que tratou dela no hospital informou a Evans que ela havia sofrido diversos espancamentos selvagens que não pouparam nenhuma parte do seu corpo, e que fora estuprada repetidamente. Assim que seus problemas físicos foram tratados, ela foi transferida para um hospital psiquiátrico.

Evans pôs a fita no gravador e apertou o botão do *Play*. Teve que aumentar o volume porque a voz de Dana era escassamente audível e engolia as palavras, dando a impressão de que estava sedada ou exausta. A inquirição foi conduzida pela detetive Aubrey Carmichael, que perguntou a Dana o que tinha acontecido depois que ela chegara ao laboratório de metanfetamina.

— Eles bateram em mim — respondeu Dana.

— Bateram em você como? — perguntou Aubrey.

— Na cabeça. Não me lembro direito. Quando acordei estava acorrentada pela perna à parede do porão.

— O que aconteceu depois que você acordou?

— Eles me espancaram e me estupraram. Eu estava nua. Me mantiveram nua.

Evans ouviu soluços. Aubrey ofereceu água a Dana. A fita rodou em silêncio por algum tempo. Aí a conversa foi retomada.

— Como foi que você fugiu?

— Brady ficou bebendo cerveja enquanto esperava sua vez para me estuprar.

— Brady é o cara que prepara a droga?

— É. Ele largou a garrafa no chão. Vazia. Esqueceu de levar. Desceu mais tarde para me estuprar de novo. Estava sozinho. Ele... Estava dentro de mim. Tinha os olhos fechados. Quando abriu eu...

— Tudo bem. Podemos acrescentar os detalhes mais tarde, quando você estiver melhor.

— Eu não vou melhorar. Nunca.

Evans ficou totalmente absorto na descrição feita por Dana Cutler de quando galgou a escada do porão com a Magnum de Brady em uma das mãos e um machado na outra. Pegou os outros homens de surpresa enquanto jogavam sinuca e baleou a todos nas pernas e nos ombros, a fim de incapacitá-los. Depois levou o machado para junto de cada um. Sua descrição era meio esquemática porque não se lembrava de muita coisa que fizera.

Os relatórios do hospital psiquiátrico a caracterizaram como vítima de estresse pós-traumático e depressão em grau extremo. Tinha pesadelos recorrentes e visões rápidas do ocorrido. Passou a ser paciente ambulatorial quase um ano depois de ter sido admitida.

— Jesus Cristo! — exclamou Evans ao terminar o arquivo. Não era capaz de imaginar o que Dana sentira durante aquela provação, e sentiu uma esmagadora necessidade de encontrá-la e protegê-la.

Capítulo Trinta e Seis

— Temos problemas — disse Charles Hawkins ao presidente Farrington.

— Não quero saber de problemas agora, Chuck. Tenho que aparecer na televisão em dez minutos e tentar salvar minha campanha.

— Você precisa ouvir isto. Cutler escapou de novo.

Farrington virou-se boquiaberto para o amigo

— O que há de errado com você? Ela é uma mulher.

— É muito determinada.

— Você tem que acabar com ela. Senão pode detonar a história que vou contar ao povo americano e reduzi-la a pedaços. Preciso de Cutler morta.

— Calma. Nós a pegaremos.

Farrington cozinhou silenciosamente sua raiva por um momento. Depois notou que Hawkins parecia ter algo mais a dizer.

— Desembucha. O que mais aconteceu?

— Dois dos nossos homens foram mortos, um tira foi morto também e uma agente do FBI ferida.

— O tiroteio que aconteceu em West Virginia?

Hawkins confirmou.

— É a matéria principal em todos os noticiários. Com um policial morto e uma agente do FBI ferida, a investigação será maciça.

— Não se preocupe. Estou no controle.

— É melhor que esteja — Farrington sacudiu a cabeça. —

Um tira morto e um agente do FBI ferido. Como é que pôde acontecer uma coisa dessas?

— Olha, é uma pena o que houve com o tira e a agente, mas eles representam danos colaterais. O importante é que não haja nada apontando na direção da Casa Branca e que não venha a haver. Nossos homens não podem ser rastreados. Eles não carregam identidade nas missões e suas digitais foram apagadas do sistema.

— Mais alguma má notícia?

— Há outro probleminha. Marsha Erickson foi instruída para telefonar para Dale Perry em caso de surgir algum problema. Sem saber que Perry estava morto, ela ligou para ele e foi Mort Rickstein quem atendeu. Ela lhe contou então que Brad Miller, um advogado do escritório Reed & Briggs sediado em Oregon, tentou extrair dela informações a seu respeito e Laurie Erickson.

— O que foi que ela disse? — indagou Farrington, apavorado.

— Nada. Recusou-se a falar com ele justamente como dissemos que fizesse se alguém um dia lhe perguntasse qualquer coisa a respeito de sua filha. E não temos que nos preocupar com esse tal advogado. Mort é amigo de Susan Tuchman, e ela é que o supervisiona. Prometeu passar-lhe uma enorme espinafrada.

Farrington sorriu.

— Pobre sujeito. Se a Sue é sua supervisora, não temos com que nos preocupar.

— É verdade, mas estou preocupado com Erickson. Ela é uma beberrona. Não será capaz de lidar com a pressão se o caso da filha for reaberto.

Uma gota de suor manchou a maquiagem de Farrington, que tinha sido cuidadosamente aplicada segundos antes de Hawkins chegar e expulsar o maquiador.

— Meu Deus! Se alguém ligar a morte de Laurie à de Charlotte...

— Não acontecerá. Cuidarei disso como sempre faço. Assim, não se preocupe. Concentre-se no discurso. Enquanto você estiver conquistando a opinião pública, estarei amarrando as pontas soltas.

Hawkins gastou mais alguns minutos acalmando o amigo. Por fim, deixou-o e usou uma linha segura da Casa Branca para dar um telefonema.

— Ei — disse para o homem que atendeu. — Lembra daquele problema em potencial que discutimos? Por que não o resolve de uma vez? E não vá estragar tudo desta vez.

* * *

Quando Christopher Farrington concentrou o olhar na lente da câmera da televisão, tinha certeza de que parecia contrito e humilde porque seu secretário de imprensa, Clem Hutchins, tinha importado secretamente um dos melhores diretores de interpretação de Nova York com a finalidade de treiná-lo a parecer humilde e contrito, quando fosse preciso. De pé junto ao ombro de Farrington estava Claire Meadows Farrington, obviamente com o filho e representando o modelo verdadeiro da esposa amorosa e incentivadora.

— Meus irmãos americanos, diversos dias atrás, em Washington, um jornal publicou uma história que sugeria que eu tinha uma relação extraconjugal com uma jovem chamada Charlotte Walsh. O que tornou essa história muito triste foi que a vida da Srta. Walsh foi tirada por um criminoso degenerado que, por sorte, foi capturado graças ao brilhante trabalho de uma força-tarefa do FBI.

"Eu podia guardar silêncio no tocante às acusações do jornal, mas isso seria o mesmo que guardar silêncio para vocês, o povo dos Estados Unidos, o povo a quem peço que confie em mim como pastor da nossa pátria durante os quatro próximos anos. Como posso pedir-lhes que confiem em mim com o seu voto se não estiver disposto a discutir essas acusações com vocês, aberta e honestamente?

Farrington inclinou a cabeça, como tinha sido instruído a fazer. Depois respirou fundo, como se estivesse se recompondo, e mais uma vez dirigiu-se à audiência.

— Conheci a Srta. Walsh rapidamente no QG de minha campanha, onde ela era voluntária. Sem meu conhecimento, ela disse a meu assistente, Charles Hawkins, que queria ajudar nossa campanha fazendo-se passar por partidária da senadora Maureen Gaylord e infiltrando-se no QG dela. O Sr. Hawkins lhe disse que não seria ético espionar a senadora Gaylord, e rejeitou a oferta. Lamentavelmente, ela foi se apresentar como voluntária no QG da senadora Gaylord, a despeito da severa advertência do Sr. Hawkins para que não o fizesse.

"A história foi publicada no *Exposed*, um tabloide semanal vendido em supermercados que não é conhecido pela honestidade de suas reportagens. Os chamados fatos por trás da história foram creditados a uma fonte anônima e nenhum esforço foi feito para verificar a verdade das alegações antes que a matéria fosse impressa.

"A história publicada pelo *Exposed* foi acompanhada por fotografias que mostravam a mim e a Srta. Walsh juntos. Na noite em que as fotos foram tiradas, a Srta. Walsh telefonou para o Sr. Hawkins e disse a ele — sem revelar como os obtivera — que tinha cópias de documentos comprovando que a senadora Gaylord dispunha de um fundo secreto que claramente violava as leis que regulam o financiamento das campanhas. Ela ofereceu-se para levar esses tais documentos a ele. O Sr. Hawkins deveria me acompanhar até uma fazenda onde eu tomaria parte de uma reunião envolvendo questões de segurança de Estado, cujos detalhes não posso revelar agora. Ele providenciou para que a Srta. Walsh fosse levada até a fazenda onde as fotos foram feitas.

"Eventos inesperados conspiraram para criar a situação na qual me encontro. Primeiro, pedi à minha mulher para me representar em uma reunião destinada a levantamento de fundos para a minha campanha. Pouco antes de eu sair para a minha reunião, Claire me contou que estava grávida. Fiquei entusiasmado, mas também preocupado por saber que ia falar em público na sua condição delicada."

Farrington sorriu calorosamente.

— Aqueles de vocês que conhecem a primeira-dama sabem que ela é dura na queda. No entanto, não poderia ter pertencido à seleção nacional de vôlei e ser médica se não fosse capaz de resistir às pressões que surgem de vez em quando em nossas vidas. Claire assegurou-me de que estaria bem, mas eu insisti que o Sr. Hawkins a acompanhasse. Chuck é um dos nossos mais antigos e queridos amigos e eu queria ter certeza de que ele estaria com Claire caso algo saísse errado.

Nesse momento estratégico, Claire, seguindo as instruções recebidas, dirigiu um olhar amoroso ao marido e segurou sua mão. O presidente retribuiu o olhar amoroso e depois retornou a atenção à audiência.

— Quando cheguei à fazenda, soube que a pessoa com quem deveria me encontrar tinha sido forçada a cancelar a reunião no último minuto. Foi quando a Srta. Walsh chegou. O Sr. Hawkins tinha me posto a par da conversa que tivera com ela, mas eu me esquecera por completo por causa da empolgação com a gravidez de Claire e meus preparativos para o encontro fracassado.

"A Srta. Walsh e eu subimos para discutir os documentos que ela trouxera. Assim que nos vimos a sós, ela me entregou o que afirmou ser uma lista de contribuidores secretos da campanha da senadora Gaylord. Ela me contou que tinha passado como voluntária a fim de se infiltrar no QG da campanha da senadora e roubara a lista da mesa de Reginald Styles, o gerente da campanha da senadora Gaylord. Assim que eu soube o que ela havia feito, eu lhe disse que não podia aceitar a lista por ser propriedade roubada. Nesse ponto, a Srta. Walsh começou a tentar me abordar sexualmente.

"Presidentes também são seres humanos, e a Srta. Walsh era muito atraente. Admito que me senti tentado, mas, por outro lado, juro que lutei contra a tentação de trair minha mulher. Disse para que parasse o que estava fazendo. Expliquei que acabara de saber que Claire estava esperando nosso segundo filho e que a amava muito e jamais a trairia. Disse à Srta. Walsh que seu comportamento era muito inadequado e reiterei que o roubo de documentos da senadora Gaylord era ilegal. Finalmente pedi que se retirasse.

"Neste ponto a Srta. Walsh começou a gritar comigo. Deixei o quarto e ela continuou falando alterada enquanto descia a escada. Dava a entender que acabara de deitar comigo e saiu correndo da casa, aos gritos. Foi extremamente embaraçoso, mas à luz do que descobrimos desde o incidente, acredito ser capaz de oferecer uma explicação para o seu comportamento. Acredito que a Srta. Walsh planejava ajudar a campanha da minha oponente o tempo todo.

"Quando a Srta. Walsh deixou o quarto do segundo andar, deixou também o tal documento dos contribuintes secretos. Ao analisá-lo, concluímos que a lista era falsa. Tivéssemos tornada pública, teria sido extremamente embaraçoso para minha campanha. Não sei se a senadora Gaylord ou alguém que trabalhe para ela tivesse usado a Srta. Walsh para criar um escândalo que ajudaria a senadora a conquistar a presidência ou se o plano era puramente da autoria da Srta. Walsh. O que sei é que muito poucas pessoas sabiam onde a Srta. Walsh deveria encontrar o Sr. Hawkins, e, no entanto, um fotógrafo apareceu convenientemente na fazenda e fez as fotos que dão a impressão de que a Srta. Walsh e eu estávamos tendo uma briga de amantes. Em seguida essas fotos apareceram convenientemente no *Exposed*."

O presidente apertou a mão de Claire e encarou diretamente a câmera.

— Um erro que aqueles por trás desse esquema cometeram foi acreditar que eu seria capaz de me apoiar numa fraude para ganhar uma eleição. Erraram também quando decidiram que eu violaria meus votos matrimoniais. Finalmente, calcularam mal quando concluíram que vocês, o povo americano, acreditaria nessa calúnia.

"Claire Farrington é a pessoa mais importante na minha vida; ela é a minha vida. Eu jamais a lançaria em desgraça, ou a Patrick, meu filho, ou a criança que ela está esperando, agindo da maneira infame sugerida pela história publicada pelo *Exposed*. Isto é o que juro para vocês, meus queridos compatriotas, que sei que saberão acreditar na minha sinceridade assim como serão capazes de enxergar através do véu de mentiras tecido por alguém. Muito obrigado."

Farrington balançou a cabeça para a câmera e retirou-se, segurando a mão de Claire. Assim que não mais se encontravam ao alcance da câmera, Claire virou-se para o marido.

— Você esteve magnífico.

— Foram Clem e Chuck que escreveram o discurso — disse Chris, ruborizado.

— Mas foi você quem o pronunciou. Mal posso esperar para ver o resultado das próximas pesquisas.

Charles Hawkins permaneceu ouvindo os repórteres tempo suficiente para formar uma impressão do resultado do discurso. Havia muito ceticismo, mas havia também um número significativo de membros da imprensa que pareciam ter acreditado nas palavras de Farrington, assim também como outros que não tinham certeza de onde estaria a verdade. Hawkins acreditava que o público americano era muito mais crédulo que a imprensa, que, por definição, compõe-se, em sua maioria, de céticos profissionais. Eram boas as chances que a história teria sucesso com os eleitores, se uma porção substancial do corpo da imprensa a aceitasse. O único problema era Dana Cutler, que vira as luzes se apagarem no quarto da fazenda e sabia por quanto tempo tinham ficado apagados, o que era algo que não se podia definir com base nas fotos que o *Exposed* publicara. Outro problema que Cutler representava é que ela podia testemunhar ter sido contratada por Dale Perry e não por alguém que trabalhasse para a senadora Gaylord.

Hawkins deixou a sala de imprensa e começou a dirigir-se para a sua quando um homem enorme de cabelos claros intrometeu-se no seu caminho.

— Senhor Hawkins — disse Keith Evans depois de exibir suas credenciais —, posso dispor de alguns minutos do seu tempo?

— Estou realmente muito ocupado. De que se trata?

— Meu nome é Keith Evans e sou o agente do FBI encarregado da força-tarefa do Estripador.

— Oh sim, vocês têm feito um bom trabalho.

— Obrigado. Espero que tenhamos feito mesmo um bom trabalho mantendo a Casa Branca em dia com o caso do Estripador. Tentei assegurar-me de que vocês tivessem um conjunto completo de nossos relatórios investigativos.

— O presidente é muito grato pelo excelente trabalho que vem sendo feito por vocês. Assim, por que deseja falar comigo? Há algum modo pelo qual eu possa ajudar com o Estripador?

— Não estou aqui para falar sobre Eric Loomis. Estou em missão temporária para o juiz Kineer, o promotor independente.

O sorriso amistoso de Hawkins desapareceu.

— Você se refere ao grande inquisidor? O que o faz pensar que eu iria cooperar com o caçador de bruxas de Maureen Gaylord?

Evans riu.

— Gostamos de ver nossa investigação como uma inquirição oficial autorizada por um Ato do Congresso. E tenho apenas algumas poucas perguntas gerais a lhe fazer.
— Como por exemplo?
— Em seu discurso, o presidente disse que o senhor convidou Charlotte Walsh para a casa segura.
— Foi o que o presidente disse.
— Depois o presidente Farrington pediu para que o senhor acompanhasse sua mulher ao evento de levantamento de fundos.
— Tudo isso está no discurso.
— Certo. O que ainda não sei é o que o senhor e o presidente conversaram quando chegaram à fazenda.
Hawkins exibiu um sorriso glacial.
— Tenho certeza de que você há de convir que não posso discutir conversas que tive com o presidente dos Estados Unidos.
— O senhor não é sacerdote ou advogado, é?
— Não.
— Então não desfruta de qualquer privilégio que torne suas conversas confidenciais.
— Qual a sua próxima pergunta?
— Posso providenciar um mandado judicial.
— Faça o que tiver que fazer, agente Evans.
Evans viu que Hawkins não cederia, e decidiu seguir em frente.
— Para onde o senhor foi depois que deixou a casa da fazenda?
— Sabe de uma coisa? Você deveria estar investigando a senadora Gaylord e sua equipe.
— Por qual motivo?
— Não sou idiota, agente Evans. O pequeno diálogo que travamos antes de você me dizer que trabalhava para Kineer revelou que eu conhecia o *modus operandi* do Estripador e que seria capaz de imitá-lo, da forma sugerida na matéria do *Exposed*. Imagi-

no que o pessoal de Gaylord tivesse a mesma informação e um excelente motivo para livrar-se da Walsh e, assim, impedi-la de testemunhar que a senadora Gaylord foi quem a mandou encenar toda aquela palhaçada na fazenda.

— Interessante. Não tinha pensado nisso. Muito obrigado.
— Agora, se há mais alguma coisa...
— Na verdade, eu tenho outra pergunta a fazer.
— O que é?
— Chicago.
— O que tem Chicago? — perguntou Hawkins cautelosamente.
— O senhor levou Charlotte Walsh para ver o presidente em Chicago ou foi outro membro da equipe?

Toda emoção desapareceu das feições de Hawkins. Um momento Evans estava falando com um ser humano e no momento seguinte via-se diante de uma máquina.

— Foi interessante falar com você — disse Hawkins. — Diga aos membros da força-tarefa do Estripador que estão fazendo um grande trabalho que o presidente valoriza muito.

Hawkins virou as costas para o agente do FBI e foi embora. Evans observou-o desaparecer e depois saiu caminhando ao lado dos membros da imprensa retardatários. Pouco antes ele tinha localizado Harold Whitehead. Whitehead trabalhava para o *Washington Post* e eles tinham se encontrado diversas vezes depois que Evans se mudara para Washington. O jornalista tinha sessenta e poucos anos e trabalhava no ramo desde antes de as grandes corporações e os canais de notícias vinte e quatro horas terem convertido as notícias de informação em entretenimento, como ele constantemente relembrava a seus leitores. No início da carreira enviara muitas reportagens de zonas de guerra e visitara cenas de desastres. Mas um problema no quadril e um sério ataque do coração terminaram com seus dias de *globe-trotter* e o conduziram para os furos políticos.

— Soube que você está trabalhando com Kineer desde que ele foi investido da função de promotor independente — disse Harry.

— Sua informação é correta — respondeu Evans, apertando a mão do jornalista.

— Quer dizer então que Farrington pôs a garotinha para correr?

— Assim que eu descobrir, você será o primeiro a saber. Está a fim de uma cerveja?

— Sempre — respondeu Whitehead, desconfiado. Jornalistas procuravam agentes federais chefes de forças-tarefas que perseguiam assassinos em série e o braço direito de promotores independentes, e não o contrário.

— Você conhece The Schooner em Adams Morgan? — perguntou Evans.

— Claro.

— Vejo você lá.

Durante o trajeto da Casa Branca até o bar, Evans pensou em Maggie Sparks. Enquanto esperava a ambulância ao seu lado, percebeu o quanto significava para ele. Pensou em todas as razões que dera a si próprio para tentar não conhecê-la melhor e concluiu que nenhuma fazia sentido. Prometeu que descobriria como se sentia a respeito dela quando tivesse algum tempo para respirar.

A área de Washington conhecida como Adams Morgan estava na moda e era repleta de clubes de jazz, pizzarias, restaurantes etíopes e bares. Enquanto muitos dos bares locais atendiam a jovens profissionais liberais ou universitários, a clientela do Schooner era composta de trabalhadores, bombeiros, tiras e cavalheiros que se encontravam entre um emprego e outro. Evans chegou ao bar às duas e dez. Harold o antecedera por doze minutos e o agente o encontrou tomando uma cerveja em um reservado dos fundos.

— Ok, Keith, de que se trata? — perguntou o jornalista indo direto ao ponto.

— Será que um cara não pode pagar uma cerveja para outro sem uma intenção oculta?

— Você é funcionário público que ganha pouco, Evans, e tem que pagar pensão alimentícia. Não ganha o suficiente para ficar me sustentando com uma cerveja.

— Triste, mas verdadeiro.

— E então?

— Conversamos confidencialmente ou você não ganha sua cerveja.

— Sacana.

— E então?

— Está certo, confidencialmente — respondeu Whitehead de má vontade.

— É Charles Hawkins. Quero saber tudo o que você possa me contar sobre ele.

— Qual é o seu interesse no cão de ataque de Farrington?

— Estamos tentando imaginar o que aconteceu na noite em que Charlotte Walsh foi morta. Perguntei a Hawkins e não consegui nada. Sabemos que ele estava na fazenda depois que Walsh saiu, mas ele não quer me contar nada. Quero saber com quem estou lidando.

— Um sujeito muito perigoso, segundo os boatos. Um antigo soldado com experiência de combate.

— Você o chamou de "cão de ataque" dos Farrington.

Whitehead assentiu.

— Hawkins é completamente dedicado aos Farrington. Não há nada que não faça por eles. É como um daqueles cavaleiros da távola redonda, totalmente devotado ao rei e à rainha. Hawkins poderia ter usado seu relacionamento com o presidente para se beneficiar, mas nunca ouvi falar que jamais tivesse se aproveitado de um centavo. Penso que consideraria desonroso.

— Agora que você tocou nisso, ele não exibe a aparência de quem persegue o sucesso, como algumas das outras pessoas influentes que conheci.

— Seu relacionamento com os Farrington o torna um dos homens mais influentes em Washington, mas você jamais advinharia o poder que tem só de olhar para ele. Compra ternos prontos, não usa um Rolex, como tanta gente aqui em Washington, e seu carro ainda é o Volvo que ele comprou antes de Farrington tornar-se o governador de Oregon.

— Como Hawkins e o presidente se conheceram?

— Os dois estudaram na Oregon State. O presidente era o astro do time de basquete que disputou as oitavas de final do campeonato acadêmico daquele ano. Hawkins também jogava, mas a maior parte do tempo permanecia no banco. Os dois tinham resultados escolares destacados, mas, pelo que ouvi, Hawkins era um sujeito esforçado, enquanto que os destaques acadêmicos vinham naturalmente às mãos de Farrington. A maior diferença entre os dois era a autoconfiança, que Farrington tinha aos montes e de que Hawkins carecia. Pessoas que os conheceram na universidade me disseram que Farrington possuía uma clara visão de seu futuro, enquanto que Hawkins, por não ter ideia do que queria fazer com sua vida, alistou-se no Exército.

— Lembro-me de ter lido em algum lugar que Claire Farrington estudou também na Oregon State.

— Hawkins a conheceu lá. Ela era uma das estrelas do time de voleibol. Os dois começaram a namorar no último ano. Claire conheceu o presidente em um encontro do qual Chuck também participou. Ela e Farrington perderam o contato e só foram se ver de novo quando Farrington estava no segundo ano da faculdade de direito e esbarrou em Claire em uma festa dada por um interno da faculdade onde ela estudava. Quando Hawkins deu baixa do Exército, Claire e Christopher já tinham se estabelecido como um casal romântico.

— Ele ficou furioso quando soube que Farrington terminou com sua garota?

— Hawkins tinha problemas maiores quando deixou o Exército. Fora ferido em ação e retornara a Portland deprimido e viciado em analgésicos. As únicas pessoas que se importaram com ele foram Claire e Christopher. Claire fez com que entrasse num instituto de reabilitação e ajudou-o a se recuperar. Christopher foi seu advogado sem nada cobrar quando ele teve problemas legais com a Legião de Veteranos. Quando Hawkins conseguiu alta da reabilitação, Farrington convidou-o para trabalhar em sua campanha para o senado estadual e para ser seu padrinho de casamento. Pelo que eu soube, Hawkins não ficou nem um pouco amargurado pelo fato de Farrington haver ficado com sua garota.

— Hawkins chegou a se casar?

— Não. Ele é visto com mulheres de vez em quando em eventos destinados a levantamento de fundos ou festas, mas os boatos são de que Claire foi o amor de sua vida.

— Um pouco triste, não acha?

— Não perca seu tempo sentindo pena de Hawkins. Ele não tem moral no que diz respeito aos interesses dos Farrington. E se quiser saber, para mim aquele cara tem um parafuso frouxo.

Capítulo Trinta e Sete

— Bom dia, Brad — disse Susan Tuchman.

— Bom dia — respondeu Brad nervosamente ao se sentar diante de sua inimiga. A Dragoa estava vestida com um terninho preto e uma camisa de gola rulê igualmente preta, e sua aparência era de uma supervilã de história em quadrinhos, caso sua identidade secreta fosse de sócia sênior em firma de direito realmente grande.

— Tenho recebido relatórios muito favoráveis a respeito do seu trabalho — disse Tuchman com um sorriso destinado a induzir em Brad uma falsa sensação de segurança. — Soube que está estudando até altas horas e produzindo pesquisa de alta qualidade.

— Muito obrigado — respondeu Brad, aguardando o próximo passo.

Tuchman inclinou-se para a frente e sorriu calorosamente.

— Espero que não ache que o estejamos sobrecarregando de trabalho.

— Não, eu sabia que ia trabalhar duro quando entrei aqui — Brad forçou um sorriso. — É isso que os associados devem fazer, não é mesmo?

— Com certeza. É por isso que vocês ganham bem ao saírem da faculdade, quando ainda não sabem coisa alguma da prática do direito. Mas parece que você está fazendo jus ao que ganha. Eu soube que tem trabalhado tanto que conseguiu ficar em dia com todo o seu serviço.

— Eu não diria que consegui terminar com tudo o que estava atrasado — contestou Brad, com medo de que Tuchman lhe designasse outro grande projeto. — Só consegui dar conta de um pedaço.

— O bastante para lhe garantir passar o domingo no campo — disse Tuchman calmamente. — Minha memória já não é mais o que era, Brad. Lembre-me: eu não lhe determinei especificamente que não se envolvesse mais no caso Clarence Little?

— Sim.

Tuchman recostou-se na cadeira e examinou Brad como um colecionador de insetos tentando descobrir o melhor lugar para enfiar o próximo alfinete em um espécime verdadeiramente patético.

— Você já ouviu falar em Kendall, Barrett & Van Kirk?

— É uma empresa grande em Washington, não é?

— É, sim. Recebi um telefonema perturbador de Morton Rickstein, sócio sênior da firma e um grande amigo. Defendemos um processo antitruste alguns anos atrás e viemos a nos conhecer muito bem. De qualquer forma, Mort me telefonou hoje de manhã. Parece que uma cliente deles ligou para se queixar. Uma tal Marsha Erickson. Sabe quem é?

— Sim — respondeu Brad, com o coração na mão.

— Corrija-me se eu estiver errada, mas ela não é a mãe da jovem por cuja morte Clarence Little foi condenado?

— Sim.

— Ela foi uma testemunha no caso, não foi?

Brad já estava cansado de ser a vítima naquele jogo de gato e rato e limitou-se a balançar a cabeça afirmativamente.

— Segundo Mort, a Sra. Erickson ficou zangada, Brad. Não, para ser mais precisa, Mort disse que ela ficou furiosa, *muito* furiosa. Parece que um associado desta firma foi à sua casa e a importunou no domingo.

— Eu não a importunei. Só fiz umas poucas perguntas. Não sabia que ela havia ficado tão irritada.

Tuchman pareceu confusa.

— Deixe-me assegurar de que entendo sua posição. Você achou que falar sobre uma criança assassinada em uma manhã de domingo — depois de aparecer sem aviso e lembrar à Sra. Erickson que sua linda filha foi horrivelmente torturada até a morte — não iria enfurecê-la?

— Bem, eu sabia que era possível, mas...

Tuchman levantou a mão. Não estava sorrindo agora.

— Você então admite ser o associado que causou à Sra. Erickson tanta dor que ela se queixou ao seu advogado em Washington?

— Eu fui lá, mas...

— Chega. Não preciso saber de mais nada. Você tinha recebido ordens específicas minhas para desistir de qualquer envolvimento no caso Little. Por sua própria admissão, você interrogou uma testemunha do caso no domingo. Estou muito desapontada com você, Brad, e, por mais que isso me doa, serei forçada a discutir este assunto na próxima reunião dos sócios.

— Sra. Tuchman, a senhora pode me demitir se quiser, mas precisa saber por que continuei trabalhando no caso Little mesmo depois que me disse que parasse. Se vai se queixar de mim aos sócios, deve ter conhecimento de todos os fatos.

Tuchman recostou-se e juntou a ponta dos dedos diante do rosto.

— Por que você não me esclarece?

— Ok, bem, isso vai parecer maluquice — não, maluquice não, mas difícil de acreditar. Mas estou convencido de que há algo nisso tudo.

— Prefiro que chegue logo ao ponto, Sr. Miller. Tenho uma reunião em cinco minutos.

— Tudo bem. É o seguinte: não penso que Clarence Little tenha matado Laurie Erickson. Acho que o assassino dela usou o modo de operar de Little para fazer com que todo mundo pensasse ter sido ele. Penso também que a mesma pessoa procedeu de modo idêntico em Washington. Houve um assassinato lá recentemente. A senhora provavelmente tomou conhecimento. Está em todos os jornais. Charlotte Walsh estava tendo um caso com o presidente Farrington e a polícia pensa que o Estripador de Washington assassinou-a logo depois que a Srta. Walsh fez sexo com...

— Nem mais uma palavra — disse Tuchman, furiosa. — Você está repetindo boatos infundados disseminados por um pasquim escandaloso distribuído em supermercados a respeito de um homem que é um amigo íntimo e pessoal.

Brad imaginou que não tinha nada a perder e se lançou de cabeça na discussão.

— Sei que o presidente Farrington é seu amigo, mas ele pode estar envolvido em dois homicídios. Acho que ele estava fazendo sexo com Laurie Erickson e a mãe dela foi paga para guardar silêncio a respeito. Acho que alguém trabalhando para o presidente Farrington assassinou as duas garotas, copiando o modo de agir de dois assassinos seriais que atuavam na área em que elas moravam, a fim de desviar a polícia do rastro certo.

Tuchman não mais parecia furiosa. Agora estava embasbacada.

— Sei que o senhor é insubordinado, Sr. Miller, mas nunca suspeitei que fosse também... Bem, o senhor me deixou sem fala. Realmente não sei como caracterizar seu comportamento bizarro.

— E o que me diz do promotor independente? O Congresso pensa que o presidente pode estar envolvido na morte de Walsh.

— Retificando, Sr. Miller, um dos dois partidos no Congresso está acusando o nosso presidente de conduta imoral, e esse partido não acredita que Chris seja culpado de nada. Ele acredita, isto sim, que esta caçada a bruxas ajudará Maureen Gaylord a ganhar a presidência.

O rosto de Tuchman parecia que acabara de enfrentar uma tempestade. Se vira algo de engraçado nas teorias de Brad um minuto atrás perdera por completo o senso de humor.

— Agora preste bem atenção — disse ela, inclinando-se para a frente e brandindo um dedo na direção de Brad. — Seu tempo com esta firma provavelmente terminou, mas você não vai gastar o que resta desse tempo espalhando fofocas sobre um grande homem. Esta firma não irá ser cúmplice do crime representado por essa trama desavergonhada de Maureen Gaylord. Está me ouvindo?

— Eu...

— Já desperdicei muito tempo. Tenho que trabalhar. Nossa reunião está encerrada. Entrarei em contato com você no que diz respeito ao seu futuro em Reed & Briggs.

— O que é que você vai fazer? — perguntou Ginny.

Brad deu de ombros. Tinha ido para a sala de Ginny tão logo saíra da de Tuchman e agora os dois conversavam sentados com a porta fechada.

— Fiz alguns amigos em outras firmas. Dois deles me ajudaram a marcar entrevistas, mas não sei se alguém vai me contratar depois de ler as cartas assinadas por Reed & Briggs que Tuchman escreverá.

— O seu desempenho no trabalho é excelente. Seu problema é Susan Tuchman. Ela é briguenta e intolerante.

— Mas é também uma das advogadas mais respeitadas de Portland. Pode ser que eu tenha que pensar seriamente em seguir outra profissão, como, por exemplo, engraxar sapatos ou gerenciar as caixas de um supermercado.

— Você vai ficar bem. Qualquer um que o entreviste compreenderá que foi demitido por representar um cliente com zelo.

— Por acusar o presidente dos Estados Unidos de assassinato. Pode apostar como Tuchman vai passar essa informação com qualquer possível empregador que peça referências.

— Sabe de uma coisa, ser despedido de Reed & Briggs pode não ser totalmente ruim. Você realmente não combina com o ambiente daqui. É educado demais. E é inteligente o bastante para obter outro emprego. Fiz alguns amigos também. Vou dar um telefonema para eles.

— Obrigado — Brad levantou-se. — Vou voltar para minha sala e tentar limpar a mesa para poder ir embora.

— Você pode ficar comigo esta noite. Não quero que fique sozinho.

— Deixa eu pensar a respeito. Ligo para você quando estiver pronto para sair.

Brad arrastou-se pelo corredor até sua sala com os ombros caídos e a cabeça baixa, como se estivesse esperando um golpe. Os boatos circulavam com rapidez na Reed & Briggs e ele imaginou que todo mundo por quem passava esperava para cochichar às suas costas assim que ele estivesse a uma distância segura.

— Brad — disse sua secretária assim que o viu.

— Sim, Sally?

— Uma mulher telefonou. Diz que quer falar com você, mas não deixa nem o nome nem o número do telefone.

— Ela disse do que se tratava?

— Não, só disse que telefonaria de novo.

— Não quero falar com ninguém. Na verdade, quero que bloqueie todas as minhas ligações.

Brad fechou a porta da sua sala, arriou na cadeira e contemplou o monte de trabalho em cima de sua mesa. Sabia que era sua imaginação, mas a pilha lhe pareceu mais alta do que quando fora falar com Susan Tuchman. Será que arquivos de documentos podiam se reproduzir como coelhos? Certamente era o que parecia. Sabia que aquilo não tinha fim. O trabalho legal era cuspido das entranhas de Reed & Briggs como frutas podres de uma cornucópia do mal. A única coisa boa em sua situação era que tudo indicava que não estaria trabalhando naquela safra por muito tempo. Talvez Ginny estivesse certa. Talvez a mudança não fosse uma coisa ruim. Ele suspirou. Boa ou ruim, a mudança estava definitivamente em seu futuro. Por ora tinha que voltar à luta, se quisesse continuar a receber os cheques de que precisava para morar e comer.

Brad foi para casa caminhando porque era o único modo de fazer algum exercício. A decisão de fazer ginástica diversas vezes por semana fora esquecida, enterrada sob o Everest de papel que Susan Tuchman atirava em cima dele. Gostaria de estar indo para a casa de Ginny, mas deixara para outro dia. Estava tão cansado que quando dava por terminado o serviço no escritório não tinha energia para outra coisa senão dormir.

Ele abriu a porta do seu apartamento, acendeu a luz, arrastou-se até a cozinha a fim de preparar um lanche. Parou por um instante em frente à geladeira, a fim de observar um navio cisterna descendo o rio Willamette na direção da ilha do Cisne. Brad amava aquela vista, de dia ou de noite. Quando o pôr do sol fazia o monte Hood e o Willamette desaparecerem, o clarão do lado leste da cidade e as luzes do lento tráfego do rio traziam a Brad uma sensação de paz. Sensação que de repente transformou-se em inquietude. Alguma coisa estava errada. Brad examinou a sala de estar às escuras e percebeu que parte da vista era obscurecida pela silhueta de uma cabeça. Ele deu um pulo para trás e agarrou uma faca do suporte de madeira que ficava em cima da bancada da cozinha.

Um vulto negro levantou-se do sofá. — Por favor, largue a faca, Senhor Miller. Minha arma é maior do que a sua.

O vulto era de uma mulher empunhando uma arma. O coração de Brad bateu mais depressa e ele teve dificuldade de respirar. A mulher era alta e atlética. Vestia uma calça jeans justa e uma camiseta preta e vermelha *TRAILBLAZER* debaixo de uma jaqueta de cetim preto da mesma marca. Seus olhos verdes penetrantes e o queixo agressivo deram a Brad a impressão de que não era aconselhável se meter com ela.

— Pode relaxar. Meu nome é Dana Cutler e eu só quero conversar com você, não matá-lo.

— De que se trata?

— A faca — disse Dana, fazendo um gesto com o revolver para a mão de Brad. Ele baixou os olhos, surpreso ao ver que ainda estava segurando o cabo da faca.

— Vamos continuar a conversa na sala — disse Dana acendendo as luzes e indicando a poltrona para Brad. Mandou que ficasse com as mãos, palmas para baixo, nos braços da poltrona e sentou-se no sofá de frente para ele.

— Nada de gestos bruscos. Eu odiaria ter que atirar em você.

Brad olhou para a arma de Dana nervosamente. — Como foi que você entrou aqui?

— Facilmente. Você não tem alarme e a fechadura é brincadeira de criança.

— Se veio me roubar, não tenho nada que valha a pena. Se quer um advogado, não trato de casos criminais.

— Está tratando de um, Clarence Little.

Brad escondeu sua surpresa. — Na verdade, não estou — retrucou. — Fui tirado do caso. Se quer falar com alguém sobre o caso, escolheu o cara errado.

— Quando você foi tirado do caso?

— Há alguns dias.

— Por quê?

— Minha supervisora achou que eu estava me envolvendo demasiado.

— Envolvendo como?

— Não posso discutir isso. Teria que revelar confidências do relacionamento advogado-cliente.

— Estamos no tribunal, Brad? Acha que essas regras se aplicam quando a pessoa que o está interrogando aponta uma arma carregada para as suas bolas?

— Bom argumento — respondeu Brad nervosamente.

— Fico satisfeita por ver que concorda. Agora me diga o que estava fazendo quando foi demitido.

— Concluí que Clarence Little podia não ter assassinado Laurie Erickson e estava colhendo provas de sua inocência.

— Por que você acha que Little não é culpado? — perguntou Dana, intrigada com a direção que a conversa estava tomando.

— Antes de mais nada, Little diz que não foi ele.

— O homem está no corredor da morte. O que esperava que ele dissesse.

— É, mas ele tinha prova.

Brad explicou a questão dos corpos enterrados no mato e a coleção de dedos amputados, com todo o cuidado para deixar de fora da narrativa o nome de Ginny.

— O perito já tirou as digitais?

— Não sei. Estou sob ordens estritas de me manter afastado do caso. Provavelmente vou ser demitido por causa disso.

— O que foi que eu não entendi? Como podem demiti-lo por tentar provar que seu cliente é inocente.

— Tem um pouco mais.

Dana Cutler ouviu atentamente Brad explicar sua teoria de que Christopher Farrington tinha mandado que Charles Hawkins usasse o *modus operandi* de Clarence Little com a finalidade de inculpá-lo pelo assassinato de Laurie Erickson e sua crença de que Hawkins tinha feito a mesma coisa copiando a maneira de agir do Estripador quando matou Charlotte Walsh.

— Fascinante — disse Dana quando Brad terminou. — Cheguei à mesma conclusão.

— É mesmo?

— Ataquei o problema a partir de uma direção diferente, mas penso que seja significativo que ambos tenhamos chegado à mesma conclusão.

A curiosidade substituiu o medo como emoção dominante de Brad. — Por que o melodrama? — perguntou ele. — Invadir a casa e me apontar uma arma?

— Houve diversas tentativas à minha vida, de modo que um encontro em lugar público durante o dia estava fora de cogitação. O modo que usei parecia ser a melhor aposta pela privacidade.

— Quem é você?

— Você tem acompanhado o MurderGate? — perguntou Dana, usando o nome com que a imprensa batizara o escândalo.

Brad assentiu.

— Eu sou a fotógrafa que tirou as fotos de Farrington e Walsh que o *Exposed* publicou e tenho certeza de que Charles Hawkins matou tanto Erickson quanto Walsh segundo ordens do presidente.

— Hawkins é o suspeito lógico.

— Tem que ser ele — insistiu Dana. — Farrington não podia ter matado nenhuma das duas jovens. Ele se encontrava no evento da biblioteca de Salem quando Erickson desapareceu e na fazenda ou com o Serviço Secreto ou ainda com a própria esposa quando Walsh foi assassinada.

— Não creio que o Serviço Secreto fosse mentir para encobrir um assassinato, mas a mulher de Farrington mentiria.

— A cronometragem disponível não dá certo. Testemunhas de confiança garantem por Farrington até a hora em que ele sobe para o seu quarto na Casa Branca. Se Claire Farrington mentiu quando disse que o marido estava na cama com ela, ele ainda teria que ter saído da Casa Branca sem ser visto. Depois seriam quarenta e cinco minutos para chegar ao shopping. Desta forma, é ultrapassada a hora em que Walsh foi morta. Não, acho que podemos deixar de fora o presidente como a pessoa que matou a menina.

— Então você acha que foi Hawkins? — perguntou Brad.

— Hawkins voltou à mansão do governador a fim de colher a informação para o discurso de Farrington. Estava sozinho com Erickson. Entrou pela porta dos fundos, que é do lado da porta do porão e é no porão que cai a roupa lançada para lavar. Ele pega o papel para o discurso, mata Erickson e a joga pelo tubo da roupa suja. Aí encosta o carro na porta do porão e a coloca na mala.

— E quanto a Walsh? — perguntou Brad. — Hawkins foi do hotel para a fazenda se encontrar com o presidente. Presumindo que Farrington tenha mandado que matasse Walsh, ele teve tempo suficiente para executar a ordem?

— O carro dela estava enguiçado. Ela não conseguiu dar a partida.

— Mas Walsh teve que ser morta logo depois de retornar ao shopping. Segundo o noticiário ela era associada do Triple A, mas não pediu socorro nem a eles nem a nenhuma outra pessoa.

— Hawkins podia ter chamado alguém da fazenda e mandar que liquidasse Walsh — disse Cutler. — Na noite em que ela foi morta dois homens tentaram me matar por causa das fotos que tirei e já houve outros atentados à minha vida. Dessa forma nós sabemos que o presidente e Hawkins tiveram acesso aos assassinos, e é esse o argumento decisivo.

Brad pareceu confuso. — Não entendo.

— Hawkins e o presidente têm acesso à CIA, Forças Especiais e órgãos de inteligência da Defesa, mas não tinha acesso a essa gente quando Erickson foi morta. Naquele tempo Farrington era apenas o governador do Oregon.

— Hawkins foi Ranger no Exército. Ele pode ter amigos desse tempo que o ajudem.

— Verdade, mas ninguém senão Hawkins foi visto entrando na mansão do governador. É ele mesmo quem afirma ter sido a última pessoa a ver Erickson viva. A menina era muito pequena. Não teria sido capaz de resistir a um homem como Hawkins. Sozinho com ela, ele não precisaria de ajuda. Se Farrington quis que Erickson fosse morta na noite do evento da biblioteca, minha aposta é que ficou por conta de Hawkins.

— Você sabe que pode ter havido um terceiro homicídio?

— O quê?

Brad pôs Dana a par da história do atropelamento de Rhonda Pulaski seguido da fuga e do desaparecimento de Tim Houston, o motorista.

— Lamentavelmente. Tudo isso é especulação — disse ele. — Não temos nenhuma prova concreta de que Hawkins matou alguém. Não temos sequer provas de que Farrington e Erickson fizeram sexo. A única pessoa que poderia ser capaz de nos ajudar é a mãe de Erickson, Marsha, e ela se recusou a falar comigo.

— Conte-me como foi isso.

Assim que Brad terminou de contar sua visita a Marsha Erickson, Dana levantou-se.

— Pegue seu paletó — disse ela.

— Onde estamos indo?

— Visitar a Senhora Erickson.

— É tarde demais para ir lá agora de noite. Ela mora no campo. Provavelmente estará dormindo.

— Ela acordará rapidamente quando vir isso — disse Dana, levantando a arma. — Pode ter se recusado a falar com você, mas lhe asseguro que falará comigo.

Brad virou na estrada da casa de Marsha Erickson pouco antes das onze e meia. Dana mandou que ele apagasse as luzes e eles seguiram ao luar até que a casa surgiu.

— Pare aqui — ordenou Dana, pouco antes de eles alcançarem o lugar onde a estrada se transformava na entrada de carros.

— Você viu aquele carro quando esteve aqui antes? – apontando para um utilitário esportivo preto estacionado na frente da garagem, virado na direção da estrada.

— Não, mas ele poderia estar na garagem.

— Então por que não está na garagem agora e por que está virado para fugir? Pare no meio daquelas árvores.

Quando estavam escondidos, Dana tirou a arma do coldre de tornozelo e passou para Brad.

— Para que é isso? — perguntou ele, sem fazer um gesto para pegar a arma.

— Você sabe atirar?

— Não. Nunca empunhei uma arma.

— Se tiver que usar esta, mire no peito e atire sem parar.

— Não vou atirar em ninguém — respondeu Brad, alarmado.

— Brad, espero em Deus que esse carro preto pertença à Marsha Erickson, porque as pessoas que estão atrás de mim não hesitarão em matar você. Assim, é melhor perder bem depressa essa atitude liberal a respeito do controle de armas.

Brad olhou para a arma por um momento antes de empunhá-la com o mesmo entusiasmo que teria demonstrado se Dana lhe tivesse passado o corpo de um animal morto. Ela saltou do carro de Brad.

— Se ouvir tiros, ligue para 911, denuncie um assalto e dê o fora daqui. Não vá atrás de mim em nenhuma circunstância. Está entendendo?

— Sim, mas...

— Nada de mas. Se ouvir tiros, se mande daqui depressa.

Dana fechou a porta e correu na direção dos fundos da casa de Marsha Erickson. Ao virar a esquina ouviu um grito agudo. Havia uma porta de correr na sala de estar que dava para o pátio dos fundos. A tranca tinha sido arrombada com um pé de cabra e a porta estava aberta o suficiente para permitir sua passagem. A sala estava escura, exceto pela luz que vinha do pequeno corredor.

— Traga-a para a sala — Dana ouviu um homem dizer. A voz lhe pareceu familiar, mas não teve tempo para pensar onde a teria ouvido. Correu para trás de uma poltrona grande e agachou-se. Segundos depois um homem corpulento arrastou Marsha Erickson para a sala. A velha senhora tinha as mãos e os tornozelos presos por algemas plásticas, mas ela lutava e o homem tinha que se esforçar para deslocá-la ao longo do carpete. O louro do seu apartamento que atirara em Dana da lancha seguiu Erickson até a sala.

— Ajude-me com esta vaca. Ela pesa uma tonelada — lamentou-se o torturador de Erickson.

O louro golpeou Erickson no estômago e ela parou de lutar, sem conseguir respirar direito. O louro segurou-a pelas pernas e ajudou o parceiro a derrubar a vítima em cima do tapete da sala. Em seguida ajoelhou perto da cabeça dela e falou no tom calmo que se usa com uma criança recalcitrante.

— Você se comporta, Gorda, e vai ser sem dor. Enche o nosso saco e levará longo tempo para morrer.

Erickson conseguira recuperar o fôlego e grasnou um sim.

— Ótimo — disse o louro. E bateu com a mão enluvada no nariz de Erickson. Dana ouviu a cartilagem quebrar e o sangue jorrar.

O louro virou-se para seu companheiro. — Quebre algumas coisas. Faça parecer um roubo.

O homem corpulento encaminhou-se para a televisão. Dana levantou-se e atirou nele, que estava caindo quando o louro mergulhou atrás do sofá. O segundo tiro dela saiu desviado e despedaçou um vaso. O louro retribuiu o tiro e Dana sentiu como se tivesse levado uma martelada no ombro esquerdo. Ela caiu de costas e a arma voou de sua mão.

— Você — disse o louro, encaminhando-se para ela.

— Eu devia ter matado você quanto tive a chance — disse Dana, fazendo uma careta de dor.

— Teria, deveria, poderia — o homem riu. — Não adianta lamentar agora. Eu me arrependo não ter comido você quando tive a oportunidade. Agora que a chance se apresenta de novo você está toda ensanguentada, o que, pode acreditar em mim, é um grande mata-tesão. Assim, acho que só me resta matá-la.

Por cima do ombro do louro, Dana viu Brad atravessando o pátio. Encolheu as pernas e adotou a posição fetal.

— Por favor, não me mate — ela implorou ao mesmo tempo em que deslizava a mão para o tornozelo.

— Nada disso, Baby... Aquele truque da arma no tornozelo foi ótimo da primeira vez, mas não vai funcionar de novo. Assim, levante muito devagar a perna da calça e jogue a arma para cá.

— Não tenho a arma.

— Desculpe se não acredito em você.

Dana levantou a perna da calça vagarosamente. — Onde ela está? — indagou o homem.

— Levante as mãos — disse Brad, a voz tremendo tanto que ele mal conseguiu pronunciar as palavras.

— Não fale! Mate-o — gritou Dana para Brad, que segurava a arma com ambas as mãos, tentando firmá-la.

O louro girou e atirou. A bala zuniu junto da orelha de Brad e o vidro da porta de correr explodiu. Brad fechou os olhos e apertou o gatilho ininterruptamente até que o percussor chegou a uma câmara vazia. Quando abriu os olhos não havia mais ninguém à sua frente. Quando viu o homem no chão, de bruços e gemendo, seus joelhos tremeram.

— Oh, meu Deus! Eu acertei nele! — disse Brad. Ele largou a arma no chão e apoiou-se na parede para não cair.

— Não se exalte demais — disse Dana, por entre os dentes cerrados. — Você errou todos os tiros que deu, o que é espantoso para quando se atira a menos de três metros. Você foi uma ótima maneira de desviar a atenção dele. Enquanto se preocupava com você eu recuperei minha arma.

Brad pareceu desapontado. Dana rolou os olhos para cima. — Quer pegar a arma desse idiota e ligar para 911, como eu disse para fazer? E arranje uma ambulância para mim e para a Senhora Erickson.

Dana arrastou-se até conseguir ficar sentada e encostou-se no sofá para ficar de olho no louro enquanto Brad arrastava-se cuidadosamente na direção dele.

— Atirei nele seis vezes, pelo amor de Deus — disse Dana. — É só pegar a arma.

— Desculpe, mas nunca estive num tiroteio. Estou um pouco abalado.

— O que você é, é um franguinho. Eu não lhe disse para dar o fora daqui se ouvisse tiros?

— Eu sou um franguinho — disse Brad apanhando a arma do ferido — mas funcionou direito, não foi?

Dana suspirou. — É verdade, devo-lhe uma. Agora chame a ambulância.

Brad discou 911 no seu celular. Sentia-se meio tonto e um pouco nauseado, mas foi capaz de se controlar enquanto falava com o despachante da emergência. Assim que terminou, ajoelhou-se para abrir as algemas plásticas que prendiam a Senhora Erickson.

— A senhora está bem? — perguntou.

O rosto de Marsha Erickson era uma massa de sangue e ela teve problema em focalizar a vista. Brad sentiu-se péssimo. Tinha certeza de que fora sua primeira visita que desencadeara aquela série de eventos que culminara no espancamento. Quando ela o reconheceu, seus olhos se arregalaram.

— Você! O que foi que você fez comigo?

— Não fiz nada. Christopher Farrington mandou esses homens para matar a senhora. Estaria morta se não tivéssemos aparecido.

— Ninguém teria vindo aqui se você não tivesse vindo em primeiro lugar.

— Mentira — disse Dana. — Você é uma questão não resolvida que Christopher Farrington precisava acertar. Ele teria tentado matá-la mesmo que Miller jamais a tivesse visitado. E se quiser permanecer viva é melhor começar a pensar em contar o que sabe sobre sua filha e o presidente.

A dor estava fazendo Dana sentir-se estonteada e com dificuldade de manter a pistola apontada para o louro. Sabia que era capaz de desmaiar, o que significava que Brad Miller teria que controlar a situação. Não tinha muita fé na capacidade dele para tal. Se o ferido estivesse em condições de lutar, comeria Brad no almoço.

E havia também o problema com a polícia: não acreditaria de jeito nenhum que o presidente tivesse mandado os homens em que ela atirara. Ia considerar aquilo um arrombamento seguido de roubo que não dera certo. Se a Senhora Erickson a entregasse e a Brad era bem possível que a polícia prendesse os dois. Dana decidiu arriscar. Pegou sua carteira e atirou para Brad.

— Tem um cartão aí com o número de Keith Evans, um agente do FBI que está trabalhando para o promotor independente. Ligue para ele e me passe o telefone de volta. Se eu desmaiar, diga a ele que temos o homem que atirou nele de dentro da lancha. Diga para ele mandar alguém aqui depressa se quiser testemunhas que possam ligar o presidente à morte de Charlotte Walsh.

Brad discou o número. Evans respondeu após três toques. Brad passou o fone para Dana, que deixou a arma do seu lado para pegá-lo.

— Agente Evans, aqui é Dana Cutler. Brad Miller, um associado de uma firma de direito de Portland, está comigo. Acabo de atirar nos dois homens que estavam tentando matar Marsha Erickson, uma testemunha que pode provar que o presidente esteve envolvido em um assassinato em Oregon no tempo em que ele era governador.

— Mentira! — gritou Marsha Erickson.

Dana cobriu o bocal do celular. — Um grito mais e mando meu amigo tapar sua boca.

Dana descobriu o bocal do celular. — Quero que você mande alguns agentes aqui porque a polícia local está a caminho. Brad lhe dirá para qual hospital vão levar a mim e a Marsha Erickson. Arranje guardas para nossos quartos e para onde levarem o sobrevivente. Ele é o cara que atirou em nós de dentro da lancha.

— Onde você está?

Dana deu o endereço e como chegar. Depois fez Brad ler o telefone da casa e repetiu para Evans.

— Estou pronta para cooperar — disse Dana. — Quero proteção para mim e para a testemunha.

— Você está bem? — perguntou Evans. — Está falando engraçado.

— Não, estou perdendo sangue de um ferimento no ombro e posso desmaiar. Mas ouço sirenes e penso que ficarei bem. Agora pare de falar e arranje uns agentes depressa. Certifique-se de que tem confiança neles, porque, na melhor das hipóteses, o presidente vai tentar assumir o controle. Na pior, vai tentar matar nós todos.

Capítulo Trinta e Oito

Brad andava de um lado para o outro no corredor do quinto andar do Centro Médico San Francisco, esperando para saber notícias da cirurgia de Dana Cutler, quando as portas do elevador se abriram e Susan Tuchman avançou, pisando duro. Seus olhos fulminaram Brad e ele quase pôde ver o ponto vermelho marcando o lugar no seu coração onde ia lançar seu raio da morte.

— O que eu lhe disse que aconteceria se eu o pegasse interferindo no caso Little? — disse Tuchman, aproximando-se ameaçadoramente.

Brad encarou a investida com toda a calma. Até aquele momento os encontros dele com Susan Tuchman ou o tinham amedrontado ou deprimido. Mas os projéteis verbais da furiosa advogada não tinham o poder de assustar alguém que acabara de sobreviver a um tiroteio de munição real.

— Ouviu minha pergunta, Sr. Miller? — perguntou Tuchman quando parou a alguns centímetros dele.

— Por que a senhora está aqui?

— Em vez de se preocupar com o motivo pelo qual estou aqui, você devia estar se preocupando sobre onde vai trabalhar amanhã. Assim, deixe-me acalmá-lo. Não precisa mais se preocupar com o seu emprego na Reed & Briggs. A partir deste momento você não é mais nosso empregado. Está despedido.

— Ótimo — disse Brad friamente. — Não acho que ser escravizado na sua empresa seja assim tão bom.

Tuchman pestanejou. Aquela não era a reação que esperava.

— Ainda quero uma resposta para a minha pergunta — insistiu Brad. — Por que apareceu de repente aqui no hospital no meio da noite?

— Não é da sua conta, Sr. Miller.

— Seu amiguinho da Kendall, Barrett lhe disse para calar a boca de Marsha Erickson?

— Esta conversa está encerrada — disse Tuchman, passando por ele.

— A Sra. Erickson estaria morta se eu tivesse cumprido sua ordem antiética de ignorar a possível inocência de um cliente da Reed & Briggs — Brad gritou depois que ela passou, mas Tuchman não lhe deu atenção e seguiu na direção do posto de enfermagem.

Brad gostaria de ter o poder de fazer Tuchman responder, mas não tinha. Seu trabalho se fora juntamente com seu salário e qualquer prestígio que ser associado da Reed & Briggs podia ter lhe conferido. Fora despedido, o que podia ter um impacto no seu futuro como advogado. Brad não se importava. Tinha dignidade e integridade, e, para ser sincero, sentia-se aliviado por não ter mais que mourejar catorze horas por dia, resolvendo problemas para egomaníacos ingratos.

As portas do elevador se abriram de novo para revelar um homem enorme com cabelo louro claro que já ia escasseando e que combinava com a descrição de Keith Evans que Dana Cutler fizera. Uma mulher muito atraente exibindo uma cicatriz desagradável na face direita o acompanhava.

— Agente Evans? — perguntou Brad.

O homem parou. — Brad Miller?

— Eu mesmo.

— Prazer em conhecê-lo. Esta é minha parceira, Margaret Sparks. Viemos o mais rápido que pudemos. Como Dana Cutler está passando?

— Esta sendo operada. Foi baleada no ombro. O médico disse que perdeu muito sangue, mas vai se recuperar. Ele só não sabe a gravidade com que o ombro foi atingido.

— Você pode me pôr a par dos acontecimentos?

— Isso pode esperar até que nos livremos de Susan Tuchman. Ela é uma advogada muito poderosa que trabalha para Reed & Briggs, a maior empresa de advocacia do estado. Tenho certeza de que ela está se dirigindo ao quarto de Marsha Erickson para tentar fazer com que ela não diga nada.

Evans sorriu.

— Pode ser que ela tenha um problema.

Quando chegaram ao quarto de Marsha Erickson, uma irada Susan Tuchman recriminava aos gritos um rapaz muito forte parado na porta da paciente.

— Eu entendo que a senhora é advogada, senhora, mas minhas ordens são para não admitir ninguém exceto pessoal médico — disse o guarda de Erickson.

— Dê-me o nome do seu superior — exigiu Tuchman.

— Oi. Eu sou Keith Evans, e fui eu que coloquei guarda na porta do quarto da Sra. Erickson. Qual é o problema?

— Eu sou Susan Tuchman, advogada da Sra. Erickson, e tenho o direito de falar com ela.

— Poderia ser, se ela estivesse presa, mas ela é uma vítima, portanto não precisa de advogado.

— Eu decido quanto a isso — disse Tuchman.

Evans sorriu pacientemente.

— Não neste caso, Sra. Tuchman. Um juiz terá que decidir se a senhora pode ou não ver a Sra. Erickson. Mas eu sou curioso. A senhora representou a Sra. Erickson no passado?

— Não.

— Então por que imagina ser advogada dela?

— Lamento, mas este é um assunto privilegiado.

Evans balançou a cabeça.

— Respeito isso. Mas ainda estou confuso. Estive em contato com a polícia, os agentes que mandei à casa da Sra. Erickson e o hospital. De acordo com a informação que recebi, a Sra. Erickson não telefonou para ninguém hoje à noite. Se a senhora nunca a representou e se ela não lhe telefonou pedindo que viesse, por que eu deveria permitir que a visse?

Tuchman pareceu insegura pela primeira vez desde que Brad a conhecera. Parecia não saber o que dizer. Evans sorriu de novo.

— Lamento que tenha perdido seu sono, Sra. Tuchman, mas não há muita coisa que possa fazer aqui.

— Fui contatada por Morton Rickstein, de Kendal & Barrett, de Washington. Talvez já tenha ouvido falar dela.

— Certamente que sim — confirmou Evans.

— Eles representam a Sra. Erickson, e o Sr. Rickstein me pediu para agir em seu lugar até que ele chegue. Espero que isso o satisfaça, agente Evans. Agora, por favor, me deixe falar com a minha cliente.

— Ainda temos um problema. Se a Sra. Erickson não telefonou pedindo ajuda, não pôde tampouco pedir ao Sr. Rickstein para representá-la. Assim, voltamos ao marco zero. Agora, se a senhora me desculpa, tenho o que fazer.

Tuchman pareceu furiosa, mas era esperta o bastante para saber quando tinha perdido.

— Entrarei em contato com seus superiores, agente Evans. Boa noite.

— Parece que desta vez as coisas não saíram ao seu modo — disse Brad.

Tuchman fulminou-o com um olhar e saiu pisando duro sem mais nada dizer. Evans virou-se para Brad.

— Antes que eu fale com a Sra. Erickson, acho que seria uma boa ideia se você me contasse por que pensa que o presidente Farrington estava envolvido com o assassinato da sua filha.

Marsha Erickson estava detonada. O nariz quebrado tinha uma bandagem, a face direita fora suturada e os olhos congestionados e contundidos acompanharam os agentes desconfiadamente quando Evans e Sparks entraram no quarto.
— Boa noite, Sra. Erickson — disse Evans. — Como se sente?
— Quem é você?
Evans ouviu o tremor na voz dela e sorriu para acalmá-la. Tinha certeza de que ela estivera chorando.
— A senhora não tem que nos temer. Sou Keith Evans, um agente do FBI designado para trabalhar com o promotor independente. Esta é minha parceira, Margaret Sparks. Determinei que agentes fiquem postados do lado de fora de sua porta enquanto a senhora estiver no hospital, e estou aqui para lhe oferecer proteção quando tiver alta.
— Porque tenho que ser protegida? — perguntou Erickson, suas suspeitas sobrepondo-se ao medo.
— Sra. Erickson, o Congresso encarregou o nosso escritório da tarefa de determinar o envolvimento do presidente Farrington — se houver — no assassinato de uma jovem chamada Charlotte Walsh. Presumo que a senhora tenha conhecimento disso, já que tem sido assunto de primeira página dos jornais.
Erickson assentiu cautelosamente.
— Já ouviu falar do Estripador de Washington, o assassino em série?
Outra vez ela assentiu.
— A princípio pensamos que a Srta. Walsh tivesse sido vítima do Estripador. Agora acreditamos que a pessoa que a ma-

tou imitou o modo de agir do Estripador a fim de nos desviar do rumo certo. Temos também provas que sugerem que o presidente Farrington possa ter tido um caso amoroso com a Srta. Walsh.

— O que tudo isso tem a ver comigo?

— Um assassino em série chamado Clarence Little foi condenado por sequestrar e assassinar sua filha quando ela estava trabalhando de babá para Christopher Farrington, no tempo em que ele era o governador de Oregon. Temos indícios que sugerem que alguém matou Laurie e copiou a maneira de agir do Sr. Little, do mesmo modo que alguém pode ter copiado o Estripador no caso Walsh.

"Sei que a senhora tem passado por um verdadeiro inferno. Teve que lidar com a morte de uma filha e este ataque violento. Não quero lhe causar mais dor, mas preciso perguntar. A senhora tem algum motivo para acreditar que o presidente Farrington era íntimo com a sua filha?"

— Não posso falar a esse respeito.

— Receio que a senhora terá que falar, por diversas razões, a mais importante é que precisa nos dizer a verdade para se manter viva. Sei o que aconteceu com a sua casa. A senhora estaria morta se Dana Cutler e Brad Miller não a tivessem salvado. Se continuar a proteger Christopher Farrington e ele estiver por trás desse ataque, isso não ajudará a manter-se viva. Ele sempre estará melhor com a senhora morta. Aí nunca poderá contar o que sabe.

"Por outro lado, não conseguirá guardar seu segredo, de qualquer modo. O promotor independente tem poderes de conseguir mandados. Sempre posso levá-la ao grande júri. Se não responder às perguntas lá, poderá ser mandada para a cadeia por desacato. Eu realmente não quero apelar para essa opção porque sinto muita pena por tudo que a senhora passou. Seria muito cruel puni-la desse modo. Mas estou preparado para fazer o que for preciso para descobrir o que preciso saber.

"Se a senhora pensar um pouco, verá que seus interesses e os nossos são os mesmos. Tanto a senhora quanto eu a desejamos viva. E aqui está outra coisa para que a senhora pense. Uma vez que saibamos o que a senhora sabe, o presidente não terá qualquer razão para matá-la. Assim, o que me diz?"

Erickson baixou os olhos para o cobertor e Evans deixou que pensasse. Quando ela levantou a cabeça, seus olhos estavam cheios de lágrimas.

— Não sei o que fazer. Ele foi tão bom para mim e disse que não fez nenhuma daquelas coisas. Disse que estava me dando o dinheiro porque eu sempre fora uma boa secretária e porque ele sentia muito o fato de Laurie ter sido sequestrada de sua casa.

— Mas a senhora tinha razão para não acreditar nele, não tinha? — perguntou Evans delicadamente.

Erickson mordeu o lábio e depois assentiu.

— Por que não acreditou que Farrington estivesse dizendo a verdade?

Erickson tentou falar, mas estava muito nervosa. Havia um copo de água na sua mesinha de cabeceira. Sparks passou-lhe a água. Ela tomou um gole. Depois esfregou os olhos e chorou.

— Ela era tudo o que eu tinha e era muito boa filha. Quando me disse... — Erickson sacudiu a cabeça. — Sinto-me tão culpada. Não quis acreditar nela. Disse que ela era uma mentirosa e prometi que a puniria se ela repetisse aquilo outra vez. Mas minha pequena nunca tinha mentido para mim. Não a respeito de algo tão importante. Eu deveria ter acreditado nela.

— O que foi que ela lhe contou, Sra. Erickson? — perguntou Evans.

— Ela me disse... Ela disse que Chris — o governador — tinha assediado ela.

— Quando foi isso?

— Meses antes — eu não lembro exatamente quando —, mas meses antes de ela ser...

— Não tenha pressa.

Erickson bebeu um pouco mais de água.

— A senhora pode nos dizer exatamente o que a sua filha lhe contou? Ela descreveu como o governador Farrington a incomodou?

Erickson assentiu.

— Ela disse que ele a apalpava em diversos lugares, nos seios. Às vezes passava o braço pelo seu ombro e a puxava para junto de si. Disse que tentou beijá-la uma vez.

— Ela disse que resistiu?

— Sim, ela me disse que não gostava.

— Como foi que ela reagiu quando a senhora lhe disse que achava que estivesse mentindo?

— Ficou muito brava. Chorou e... e me xingou.

— A senhora tocou nesse assunto de novo?

— Não.

— Ela tocou?

— Não — Erickson sacudiu a cabeça e bebeu mais água. As lágrimas brilhavam em seus olhos. — Eu devia ter acreditado nela, mas fiquei com medo. E, a princípio, não acreditei nela. Chris tinha sido tão bom para mim — para nós. Quando meu marido me deixou, ele se assegurou de que eu ficaria bem financeiramente. Providenciou o divórcio de graça. Foi bom para Laurie também. Comprava belos presentes no seu aniversário e...

Erickson parou. Parecia exausta.

— A senhora notou modificações na sua filha entre a ocasião em que ela fez a queixa e a época em que morreu?

— Sim. Ela ficou distante, fria. Começou a usar maquiagem e a se vestir diferente, mais adulta.

— Como assim?
— Provocadoramente.
— Sexy? — indagou Sparks.
— Sim. E parecia, não sei, mais adulta. Fiquei transtornada com o seu novo comportamento. Falei com ela a respeito, mas sempre acabava em discussões.
— Ela falou no governador de novo? Queixou-se dele?
Erickson sacudiu a cabeça.
— Sra. Erickson — disse Evans —, ouvi boatos sobre outra garota que o Sr. Farrington pode ter molestado, uma chamada Rhonda Pulaski. Sabe algo a respeito?
Erickson não encarou Evans.
— Ouvi algumas coisas quando era sua secretária na firma de advocacia, e o caso passou por lá. Houve falatório, mas também não acreditei.
— Não se lamente — disse Evans. — É sempre difícil acreditar no pior em relação a pessoas que se conhece bem.
Erickson não respondeu.
— Sra. Erickson, a senhora disse que o Sr. Farrington lhe deu dinheiro depois que sua filha morreu.
— Sim.
— Havia condições impostas para o recebimento do dinheiro?
— Precisei prometer que eu jamais contaria que ele estava me dando dinheiro e que nunca discutiria nada a respeito de Laurie e do governador com ninguém. Se eu fizesse, os pagamentos cessariam. Foi por isso que fiquei apavorada quando o advogado apareceu.
— Brad Miller?
— Ele mesmo. Aquele dinheiro é tudo o que tenho. E a casa. O proprietário da casa é o presidente Farrington. Eu perderia a casa também.

— Quem lhe enviava o dinheiro?

— Dale Perry. Um advogado da firma Kendall & Barrett de Washington. Disseram que ele morreu.

— É verdade.

— Ele era do Oregon. Conheceu Chris na escola. Disse-me que o governador estava fazendo aquilo de coração, que não tinha obrigação. Era para me ajudar.

— A senhora assinou algum documento quando recebeu o dinheiro?

— Assinei.

— Existe um papel com a sua assinatura e detalhando o que houve?

— Existe.

— A senhora tem uma cópia?

— O Sr. Perry disse que ia mandar, mas nunca o fez.

— A senhora pediu?

— Com o funeral e tudo mais, acabei esquecendo. Depois o dinheiro passou a chegar todos os meses, e eu achei que não precisava do papel.

Evans ocultou sua empolgação. Exigiria o documento sob mandato judicial a fim de provar que Farrington comprara o silêncio de Erickson e faria o mesmo com os depósitos bancários para documentar os pagamentos. Já ia continuar a interrogar a Sra. Erickson quando a porta se abriu e o agente de pescoço largo enfiou a cabeça no quarto.

— Temos um problema. O "João-ninguém" está com advogado.

— Como foi que conseguiu fazer isso? — indagou Evans. — Deixei instruções estritas para ele não ser autorizado a telefonar.

— Ele não telefonou. Ele ainda está desmaiado. O cara acaba de aparecer. Diz que o nome dele é Joseph Aiello e afirma que seus serviços foram contratados.

— Isso é como aquele número de circo — disse Sparks. — Só que em vez de palhaços saindo sem parar de dentro do carrinho, são advogados.

Evans franziu a testa. Sparks estava certa. Eram advogados demais aparecendo muito depressa. Como Rickstein, a quatro mil e seiscentos quilômetros de distância, soubera a respeito de um tiroteio ocorrido na região rural do Oregon? Por que alguém lhe contaria isso no início da madrugada? A pessoa que mandara o "João-ninguém" matar Marsha Erickson saberia que algo tinha acontecido quando ele não fizera seu relatório e poderia ter sabido que "João-ninguém" tinha sido baleado e estava no hospital se estivesse monitorando as faixas de rádio da polícia. O que significava...

Evans virou-se para o agente.

— Se você está aqui, quem está guardando "João-ninguém"?

O agente ficou sem graça.

— Eu disse que ele não podia entrar.

— Merda. Maggie, você fica aqui que vou tratar disso.

Evans seguiu o agente pelo corredor.

— Lá está ele — disse o agente, apontando um homem careca e corpulento, usando terno e colete caros e óculos de aros de metal, que se afastava mancando do quarto do bandido. Assim que o agente falou, Aiello virou na direção deles e disparou. Evans mergulhou atrás de um carrinho com pilhas de toalhas e sacou da arma. Não chegou a ouvir o tiro, mas o agente arriou e o sangue escorria de um buraco entre seus olhos.

Um silenciador, pensou Evans. Aquilo significava que estava tratando com um profissional e também que o "João-ninguém" provavelmente estava morto.

Evans deu uma espiada pelo lado do carrinho e viu Aiello contornar mancando uma esquina. Correu atrás dele. Assim que terminou a curva, Aiello colidiu com uma freira. Ela caiu para trás e ele tentou abrir uma porta de saída. Evans disparou. Seus tiros ecoaram no corredor segundos antes de a enfermeira gritar e Aiello cair no chão. Evans chegou perto dele segundos antes de Maggie Sparks virar correndo a esquina.

Capítulo Trinta e Nove

Na cena do crime, tanto quanto era capaz de se lembrar, Brad contou sua história a representantes da polícia estadual e dois policiais, um detetive, além de um subpromotor do condado onde ocorreu o tiroteio. No hospital, além do agente Evans e de Sparks, ele se lembrava de ter sido interrogado por um procurador assistente da União, mas tinha certeza de ter esquecido alguém.

Quando Brad terminou de contar ao último representante de uma agência de manutenção da ordem pública o que acontecera na casa de Marsha Erickson, sua cabeça estava pegando fogo.

Nos intervalos, Brad ligou para Ginny para lhe contar muito a respeito de tudo que acontecera, a fim de preocupá-la. Assegurou-lhe que estava bem e prometeu aparecer assim que pudesse, que foi quando Evans lhe disse que podia ir para casa.

Muito embora fossem 3h30 da madrugada, ela abriu a porta antes que Brad acabasse de bater. Pendurou-se no pescoço dele e os dois ficaram grudados.

— Ei, estou bem. Nem um só arranhão — ele assegurou.

— Nunca pensei que pudesse estar encaminhando você para um risco de vida tão grande quando insisti que examinássemos a afirmativa de Little. Estou tão feliz que tenha acabado.

— Acabou sim, e em mais de um sentido. Tive um desentendimento com a Susan Tuchman lá no hospital.

— O que ela estava fazendo lá?

— Rickstein, o advogado da firma de Washington, mandou-a para representar Marsha Erickson, mas o FBI não deixou que a visse. Estava realmente furiosa quando saiu.

— Imagino.

— Fui a primeira pessoa que ela viu quando saltou do elevador. Tuchman pode ser um monte de coisas, mas burra é uma coisa que ela não é. Viu logo que eu tinha desobedecido à sua ordem de me manter afastado do caso Little e aí me passou uma descompostura.

— Oh, Brad, sinto muito.

— Não sinta. Eu não senti nada. Era inevitável. Na verdade, sinto-me feliz por estar fora da Reed & Briggs. Nunca me adaptei lá. Só me preocupo que a Tuchman venha a falar mal de mim e jamais eu consiga arranjar outro emprego como advogado. De qualquer forma, sempre vou poder pendurar uma tabuleta.

— Não se preocupe com um emprego. Pelo que me disse no telefone, você salvou a vida de Marsha Erickson. Você é um herói. As pessoas vão admirá-lo pelo que fez. Você provou que é capaz de ir longe por um cliente.

Brad exibiu um sorriso pesaroso.

— Espero não ter que duelar com o advogado adversário para conseguir um emprego. Um tiroteio basta na vida.

Ginny acariciou seu rosto.

— Você vai chegar lá em cima. Vai ver só.

— Vou me preocupar com o emprego amanhã. Por ora estou faminto.

— Isso eu posso resolver. Vamos para a cozinha.

Brad observou-a afastar-se dele, e sorriu. Ginny era sexy e bonita e possuía tudo o que um homem poderia desejar numa mulher. Decidiu que aquela era uma hora perfeita para lhe dizer isso.

— Sabe, houve um momento lá em que eu pensei que fosse morrer. Fiquei muito triste porque significaria não vê-la de novo, e eu quero ver muito você no futuro.

— Isto não é uma expressão de duplo sentido, é?

Brad riu.

— Eu já lhe disse que você é uma pervertida? Aqui estou eu tentando ser romântico, e você fazendo piadas lúbricas.

— Desculpe — disse Ginny com um sorriso malicioso. — Prometo que nunca mais puxo o assunto de sexo de novo.

— Não precisa exagerar, mas espero não insultá-la se disser que meus interesses agora se restrigem exclusivamente à área da alimentação e do sono.

— Vou preparar uma comidinha, mas você não vai dormir enquanto não me contar tudo o que aconteceu hoje.

O sol começava a nascer e o nível de energia de Keith Evans estava baixíssimo. A mudança de fusos horários ao cruzar o país no jato do FBI o deixara exausto, além de ter se sustentado à base de sonhos, um sanduíche de atum infame e um café de quinta categoria. Ele insistira que Maggie fosse para o seu hotel para o repouso tão necessário. Ele a invejava. Era capaz de trocar tudo o que tinha por uma refeição decente, um banho de chuveiro e oito horas de sono. Lamentavelmente, havia trabalho a ser feito.

No cômputo geral, se descontasse seu bem-estar pessoal, as coisas haviam corrido bem. Tinham perdido "João-ninguém", mas estavam com o homem que o matara, uma troca que Evans esperava que funcionasse em favor deles.

— Qual é a condição do Aiello? — Evans perguntou ao agente que estava guardando a porta do assassino.

— O último médico com quem falei, disse que ele acordaria da anestesia em pouco tempo. Isso foi meia hora atrás. O doutor disse que ele deu sorte. Nenhuma bala atingiu um órgão importante.

Sorte nossa, pensou Evans. Se eu fosse um atirador de primeira, não teríamos uma testemunha.

Evans abriu a porta. Aiello observou-o com um par de olhos azuis embaçados enquanto ele cruzava o quarto e parava ao lado da cama. Dava para adivinhar que era um sujeito durão. Até que ponto, era algo que se veria depois.

— Meu nome é Keith Evans e trabalho com o promotor independente. Como está se sentindo?

O homem não respondeu.

— Tenho uma boa notícia e uma má notícia, Joe — Evans fez uma pausa. — Você não se importa que eu o chame de Joe ou de Aiello, importa? Tenho certeza de que não são seus nomes verdadeiros, mas é o melhor que eu posso fazer antes de conseguir levantar suas impressões digitais.

O prisioneiro permaneceu calado.

— Ok. Que seja então do seu jeito. Assim, o que prefere ouvir primeiro, a boa ou a má notícia?

Evans esperou uma fração de segundo.

—Já que você não se decide, vou lhe dar a boa notícia. Os médicos dizem que você vai se safar. Só que isso também é uma má notícia, porque vai ter que enfrentar uma corte federal por ter assassinado um agente do FBI e a nossa testemunha no Oregon. O que significa que você é um candidato à pena de morte. Mas há uma outra notícia boa. Você agora é testemunha. Se for esperto, pode escapar da morte.

— Você pensa que é engraçado, não é? — o homem conseguiu falar. As palavras saíram indistintas por causa do efeito residual do anestésico.

— Tem razão. Às vezes eu sou gaiato. Mas vou cortar o humor e falar sério. Assim, falando sério, Joe, eu adoraria ver você morrer por ter liquidado um rapaz decente cujos sapatos você não merecia engraxar, mas tenho que ignorar meus desejos pessoais e cumprir meu dever. Profissionalmente, estou muito mais interessado nas pessoas que mandaram você silenciar nossa testemunha do que em levá-lo à pena de morte. Conte-me tudo o que você sabe e faremos um trato. Cale-se e você morre.

— Veremos — disse o bandido. Seus lábios secos abriram-se em um sorriso que dizia que ele considerava o agente Evans um homem extraordinariamente ingênuo.

— Você pensa que seus amigos o protegerão, mas pode esquecer — disse Evans. — Defrontar-se com uma sentença de morte é uma grande motivação para falar, portanto você passou a ser um problema. Pense no modo como seu chefe vem resolvendo problemas. Dana Cutler era uma testemunha que poderia prejudicá-lo. O que foi que ele fez? Mandou você e o homem a quem você acaba de matar para liquidar Cutler.

Os olhos de Aiello mudaram de foco e Evans notou.

— É, Joe, nós mostramos a Dana Cutler a sua foto e ela afirma definitivamente que você é o sujeito em quem ela atirou no seu apartamento e um dos que a atacaram na West Virginia, de dentro de uma lancha. Os médicos dizem que você tem uma cicatriz recente na coxa que é consistente com um ferimento de bala. Por coincidência, é exatamente onde ela diz que atirou em você.

Aiello permaneceu quieto.

— Você pode ficar em silêncio, mas aproveite para pensar. Pense no que aconteceu quando o seu amigo foi preso. Você foi mandado para matá-lo porque seu chefe não pode tolerar que fiquem testemunhas vivas. Agora você é a testemunha, o que significa que passou a ser uma enorme desvantagem. Assim que ele souber que você está vivo, mandará mais homens para silenciá-lo. Sem dúvida nenhuma. Ele não pode se dar ao luxo de deixar que você fale.

O assassino manteve o sorriso nos lábios, mas o fez encolher quando o sentido das palavras de Evans foi inteiramente compreendido.

— Há apenas dois caminhos à sua disposição, pedir um advogado ou cooperar. Se escolher o primeiro, você morre. Se não for morto enquanto estiver esperando o julgamento, eles vão pegá-lo na prisão após a condenação ou você será assassinado aqui fora, caso seja inocentado. Coopere e nós tentaremos afastar os homens que querem vê-lo morto, e daremos duro para mantê-lo vivo. O que é que você diz?

— Vá se danar.

— Ei, Joe, estou cansado demais agora. O que vou fazer é tomar um banho, descansar um pouco e comer um belo café da manhã. Depois volto para a gente conversar mais um pouco. Enquanto me afasto, sugiro que pense no que falei.

Capítulo Quarenta

Uma semana depois do tiroteio no hospital e na casa de Marsha Erickson, Dana Cutler e Marsha estavam escondidas em casas de segurança separadas, perto de Washington, enquanto Keith Evans voltara à vida da capital, com seu tempo quente e úmido. Às nove horas da manhã de sexta-feira, fortificado por um café da manhã de bacon, ovos, torradas, aveia e café preto, Evans sentou-se diante de Charles Hawkins e seu advogado, Gary Bischoff, na sala de reuniões do promotor independente. Com Evans, estava uma repórter do tribunal, Maggie Sparks e Gordon Buss, um procurador assistente federal.

Bischoff era um homem magro com cabelo crespo e grisalho. Tinha o *hobby* de correr maratonas, suas faces eram encovadas e as órbitas oculares tão fundas como as da vítima de uma fome africana. Vestia um terno caro feito sob medida que se ajustava muito bem ao seu corpo, mas Hawkins, seguindo seu estilo, trajava um conjunto barato de jaqueta e calça esporte. Evans achou que o assessor presidencial parecia menos confiante do que quando tinham conversado, depois da entrevista coletiva do seu chefe.

— Gostaria de nos dizer por que convocou meu cliente a esta reunião? — perguntou Bischoff quando as apresentações foram feitas.

— Claro — replicou Evans. — Nós acreditamos que ele seja responsável por vários homicídios e tentativas de homicídio em Virgínia, Maryland, no Distrito de Colúmbia, West Virginia e no Oregon.

Evans parou e contou nos dedos. Quando ficou satisfeito, balançou a cabeça.

— Sim, essas são as jurisdições para as quais ele pode esperar ser extraditado. Acho que não esqueci nenhuma. Se esqueci, virão atrás dele e assim vocês descobrirão quais são.

"Agora, há também algumas agressões e um arrombamento ou dois e tenho certeza de que esqueci mais algumas acusações. O Sr. Buss é o criminalista. Ele pode relacionar todos os possíveis crimes de que o Sr. Hawkins será acusado, ou o senhor pode falar com o assistente do promotor que está preparando os indiciamentos."

Bischoff vinha praticando direito criminal no mais alto nível havia trinta anos, e tinha uma enorme experiência. Evans o divertiu e ele deu uma risada.

— O senhor obviamente não consultou a agenda do Sr. Hawkins. Não creio que ele tenha tempo sequer para escovar os dentes, muito menos para andar aí pelo país a matar gente.

— Eu não disse que ele cometeu todos esses crimes pessoalmente — Evans desviou o olhar para Hawkins. — Teve ajuda. Por exemplo. Mandou um sujeito que se fez passar por advogado e usou o nome de "Joseph Aiello" no Centro Médico San Francisco de Portland, Oregon, com a missão de matar um de seus assassinos de aluguel, que nós tínhamos tido a sorte de capturar. "Aiello" matou nossa testemunha, mas não conseguiu escapar. Agora está revelando tudo que sabe, e tem muita coisa interessante a dizer sobre o Sr. Hawkins.

— O homem que enfrenta a pena de morte dirá muitas coisas — sugeriu Bischoff.

— É verdade, mas eis aqui algo para seu cliente pensar a respeito. O nome real de Aiello é Oscar Tierney. Suas impressões digitais não estão nos arquivos. Se Aiello não tivesse nos dado seu nome verdadeiro, nós não poderíamos saber disso, portanto vocês sabem que ele está falando conosco. Ele diz também que tanto ele quanto o sujeito a quem matou no hospital fazem parte de uma esquadra operacional secreta que opera à margem da CIA. Uma de suas missões era matar Dana Cutler, que ele fora dado a acreditar que era uma espiã para os chineses. Afirma que seu cliente lhe disse que Cutler ia usar as fotos de Farrington e Walsh para chantagear o presidente, obrigando-o a tomar decisões que diferiam do interesse da segurança nacional. Eu lhe darei a declaração de Tierney daqui a pouco, e você poderá ver como seu cliente é capaz de cometer assassinato em massa enquanto ajuda a dirigir o país.

Bischoff sorriu pacientemente.

— Isso parece o tipo de história que alguém inventaria se fosse preso no ato e não tivesse defesa.

— É, e seria ilógica se Dana Cutler, a primeira pessoa que Tierney foi contratado para matar, não nos tivesse contado que Tieney queria que ela lhe entregasse as fotos que havia tirado do presidente em flagrante delito. Isso foi menos de três horas depois que Cutler tirou as fotografias, lá pelas duas da madrugada. As únicas pessoas que sabiam a respeito das fotos eram a própria Cutler, que as tirou, o presidente, os agentes do Serviço Secreto que guardavam o presidente e o seu cliente. Cutler não tem inclinações suicidas, portanto não foi ela quem mandou Tierney para o seu próprio apartamento. Isso meio que restringe o número de suspeitos, não acha?

— Espero que o senhor não esteja fazendo essas perguntas na esperança de que ele confesse essas acusações ridículas.

— Isso me pouparia muito tempo e esforço. Podia também ajudá-lo a escapar da pena de morte, o que certamente acontecerá se ele, além de confessar, esclarecer o papel do presidente Farrington em suas empresas criminosas.

— O senhor dispõe de mais evidências que o levem a crer que o Sr. Hawkins é um Al Capone moderno?

— Pode apostar que sim, e eu lhe darei uma prévia do caso para que ele possa tomar uma decisão ponderada a respeito de cooperar ou não. É claro que a investigação está em andamento, portanto em breve teremos mais evidências. Eis aqui, no entanto, um pouco do que temos até agora.

— Somos todos ouvidos.

Evans dirigiu suas palavras a Hawkins, que ouviu com a fisionomia inexpressiva.

— Quando o Sr. Hawkins saiu do Exército, o presidente Farrington advogava e tinha um relacionamento sexual com uma garota do ensino médio chamada Rhonda Pulaski. Pulaski não só era menor de idade como também era uma cliente sua. Se qualquer uma dessas coisas viesse ao conhecimento do público, dá para imaginar o que aconteceria ao nosso comandante em chefe. Enfrentaria prisão e teria a licença de advogado cassada, para não falar num vultoso processo cível. E essas possibilidades surgiram ameaçadoramente no horizonte porque Farrington transou com a Srta. Pulaski na parte de trás de uma limusine dirigida por Tim Houston, um homem que ficou tão horrorizado com o comportamento do presidente que procurou a polícia.

"O Sr. Hawkins tinha uma dívida enorme com os Farrington e era extremamente leal a eles. Pensamos que ele 'desapareceu' com o problema comprando a família Pulaski e matando Rhonda Pulaski e Tim Houston."

— Pode provar alguma coisa a respeito disso? — perguntou Bischoff.

— Estamos trabalhando para tal.

O advogado retornou o sorriso.

— Por que não nos conta algo que possa provar?

Evans ignorou a provocação.

— Quando Farrington trabalhava como advogado tinha uma secretária chamada Marsha Erickson, que tinha uma filha chamada Laurie. Farrington levou Marsha consigo para a mansão do governador do Oregon quando foi eleito. Laurie cursava o ensino médio e era mais ou menos da mesma idade de Rhonda Pulaski. Farrington começou a observá-la, e não de um modo bom. Em pouco tempo estava dando em cima dela. Está começando a enxergar um padrão, Gary?

— Continue — respondeu Bischoff delicadamente.

— O prazer é todo meu. Com o tempo, Farrington conseguiu fazer sexo com Laurie. Foi aí que ela se transformou em uma ameaça para o futuro político dele. Uma noite, o governador tinha que comparecer a uma festa para levantamento de fundos na Biblioteca de Salem. Laurie ficou tomando conta do filho do governador. Seu cliente retornou à mansão com o pretexto de pegar algumas anotações para o discurso do governador e assassinou Laurie Erickson.

"Naquele tempo, um assassino em série chamado Clarence Little estava matando mulheres na área de Salem. Seu cliente tinha acesso aos relatórios policiais que detalhavam o *modus operandi* de Little, e fez com que o crime parecesse trabalho daquele assassino. Little foi condenado pelo assassinato de Laurie e sentenciado à morte. Temos agora provas laboratoriais e outras evidências que sugerem fortemente que Little não matou Laurie Erickson.

"O Sr. Hawkins depôs no julgamento de Little, afirmando ter estado com Laurie mais ou menos na hora em que ela desapareceu. Por sua própria admissão, foi a última pessoa que a viu viva. Ninguém mais foi visto entrando no terreno da mansão depois que ele saiu."

— Esse tal de Little ainda se encontra no corredor da morte por causa do caso Erickson? — perguntou Bischoff.

— Ainda.

— Então você não tem prova de que meu cliente matou Pulaski, e um júri considerou Little culpado da morte de Erickson — resumiu o advogado.

— Isso mesmo.

— Sabe de uma coisa, isso daria um grande filme — *Missão Impossível XII*, digamos —, mas estou mais interessado em ouvir o tipo de evidência que seja admissível no tribunal.

— Ok. Falarei então sobre um caso que eu tenho certeza de que lhe é familiar. É o motivo da nomeação de um promotor independente. Charlotte Walsh era uma estudante muito atraente na American University e mais ou menos da mesma idade de Rhonda Pulaski e Laurie Erickson, na época em que Farrington envolveu-se com elas. Walsh estava se graduando com especialização em ciências políticas e foi trabalhar na campanha de Farrington. Nós acreditamos que Farrington tenha feito seu cliente trazer Walsh para Chicago a fim de convencê-la a tornar-se uma espiã na campanha da senadora Maureen Gaylord. Acreditamos também que o presidente tenha feito sexo com Walsh em Chicago, mas sabemos que ela deixou a campanha de Farrington quando voltou para Washington e imediatamente apresentou-se como voluntária no QG de Maureen Gaylord.

"Na noite em que foi assassinada, Walsh roubou documentos da campanha de Gaylord e tomou providências para entregá-los ao presidente em uma fazenda na Virgínia que a CIA usa como casa segura. Walsh foi instruída a estacionar no shopping chamado Dulles Towne Center. Um agente do Serviço Secreto pegou-a lá e levou-a para a fazenda.

"Farrington deveria aparecer num evento para levantamento de fundos de campanha no Theodore Roosevelt Hotel, mas ele convenceu a mulher a ir em seu lugar. Pouco antes de sair da Casa Branca, a primeira-dama disse ao marido que estava grávida. Farrington, então, disse ao Sr. Hawkins que a acompanhasse no seu lugar."

Evans olhou diretamente para Hawkins, que o encarou sem pestanejar.

— Conhece Dale Perry, não conhece, Sr. Hawkins?

Bischoff levantou uma das mãos e dirigiu-se a seu cliente.

— Não responda, Chuck.

— Sr. Evans, eu o instruo a desistir de interrogar Charles Hawkins, meu cliente. Não lhe faça qualquer pergunta — disse o advogado, assegurando-se de que a estenógrafa registrava a proibição. — Se quiser que ele responda alguma pergunta, por favor, dirija-a a mim, primeiro, e eu o aconselharei se deve ou não responder.

— Está ótimo para mim — respondeu Evans —, mas não importa o que o seu cliente diga a respeito do seu relacionamento com Perry. Eles estudaram na mesma classe da Oregon State University. Tenho diversas testemunhas que confirmarão que Perry, Christopher Farrington e o seu cliente eram amigos. Depois de completar o terceiro grau, o Sr. Hawkins foi para o Exército e o presidente Farrington foi estudar direito na faculdade de Oregon. O Sr. Perry foi para a faculdade de direito da Universidade de Chicago. Uma vez formado, foi trabalhar para a firma Kendall & Barrett.

"Um cliente contratou Dale Perry para que providenciasse alguém para seguir a Srta. Walsh. Ao contratar um advogado, esse cliente podia usar o privilégio advogado-cliente para ocultar sua identidade. Perry contratou Dana Cutler, que é investigadora particular, para seguir Charlotte Walsh, mas não lhe disse para quem ela estava trabalhando. O cliente queria fotografias de todo mundo com quem Walsh se encontrasse e queria também um relato de quando ela fosse a algum lugar ou fizesse algo. Para facilitar os relatos, Perry comprou dois celulares. Deu um para seu cliente e outro para Cutler. Esta recebeu ordens para deixar mensagens de voz quando tivesse algo a informar.

"Na noite em que Walsh foi assassinada, Cutler seguiu-a até o estacionamento do Dulles Towne Center e relatou a posição do carro da menina no estacionamento. Isso significa que o cliente era uma pessoa de um pequeno grupo que sabia a exata localização em que Walsh estaria depois que saísse da fazenda. Cutler seguiu o agente do Serviço Secreto e Walsh até a fazenda onde ela se encontrou com Farrington. Cutler informou ao cliente quando Walsh deixou a fazenda para retornar ao shopping, mas um guarda localizou Cutler e ela não pôde continuar seguindo Walsh.

"Quando uma pessoa quer recuperar mensagens de voz do correio que foram deixadas no seu celular, ela digita um número com essa finalidade. O sistema pedirá uma senha e, depois que a senha for digitada, ele libera as mensagens. O provedor do celular foi capaz de nos dar o número para recuperar as mensagens do cliente misterioso, mas não tinha um registro dos telefonemas dados ao sistema de correio de voz do cliente entre a hora em que Cutler deixou a mensagem explicando onde o carro de Walsh estava estacionado e a hora em que foi morta. A causa era a má recepção naquela noite, algo comum e que pode ser intermitente. Neste caso, o cliente não podia usar seu celular para recuperar suas mensagens, sendo forçado a usar um telefone fixo.

"Assim que suspeitamos que o Sr. Hawkins era o cliente misterioso, tentamos descobrir onde ele estava quando Cutler deixou a mensagem com a localização do carro de Walsh. Descobrimos que estava no Theodore Roosevelt Hotel. Um dos agentes do Serviço Secreto se lembra de ter recebido uma ligação no seu celular por volta das nove e quarenta. Lembra-se também de o Sr. Hawkins ter se queixado da recepção fraca no seu celular e saído para tentar obter um sinal mais forte.

"O hotel confirmou que o Sr. Hawkins reservou uma suíte para a Dra. Farrington, a fim de que a primeira-dama pudesse repousar caso sua condição de grávida a deixasse fatigada. Ele também reservou uma suíte adjacente para fins de segurança. Diversos agentes do Serviço Secreto se lembram do Sr. Hawkins saindo de uma das duas suítes logo depois de se queixar da recepção deficiente no celular.

"Fomos até a companhia telefônica e pedimos uma listagem de todas as ligações para o sistema de correio de voz de celular na área de Washington, no dia e hora em questão. Havia milhares de chamados, porque todo mundo daquele provedor usava o mesmo número para recuperar seus recados no correio de voz, mas só uns poucos tinham sido feitos do Theodore Roosevelt Hotel. Uma vez que confirmamos que as ligações tinham sido feitas do hotel, conseguimos os registros deles para ver de que quartos tinham saído. Um quarto ficava na suíte ao lado da reservada para a Dra. Farrington."

Evans parou de falar. Bischoff esperou até que se tornou óbvio que o agente terminara de apresentar o que estava disposto a revelar do seu caso.

— É só? — perguntou o advogado.

— Acho que dei ao Sr. Hawkins bastante matéria para pensar, por enquanto.

— Você vai indiciar Chuck baseado na palavra de um homem condenado a múltiplas sentenças de morte e num telefonema de celular?

— Temos outra evidência que não estou preparado para revelar agora — blefou Evans.

O advogado levantou-se.

— Foi tudo muito interessante, mas o Sr. Hawkins e eu temos agendas apertadas.

— Eu compreendo, mas, por sua vez, o senhor deve também compreender o seguinte: Eu realmente quero o Sr. Hawkins.

A única razão pela qual eu pensaria em fazer um acordo com ele é minha crença de que o presidente deve estar envolvido. Se estiver, o único modo do seu cliente sair disso vivo é cooperando, e eu não vou esperar muito tempo pelo seu telefonema.

— Eu lhe comunicarei a posição do Sr. Hawkins assim que tivermos uma chance de conversar — disse Bischoff, orientando a saída do seu cliente.

— O que é que vocês pensam? — Evans perguntou a Maggie Sparks e Gordon Buss assim que a porta se fechou.

— Eu não esperaria perto do telefone — Buss respondeu. — Você tem tanta chance de fazer um acordo com Hawkins do que eu com Osama Bin Laden.

— Você concorda, Maggie? — perguntou Evans.

— Acho que da próxima vez que você falar com Hawkins, ele estará sentado no compartimento de testemunhas de uma corte federal.

Evans suspirou.

— Você provavelmente está certa. Eu sabia que era um tiro no escuro, mas tinha que tentar.

Roy Kineer não estava, e por isso Evans não pôde relatar o encontro com Hawkins e Bischoff logo. Resolveu ir para sua sala e ler um relatório que recebera naquela manhã do Oregon. A coleção de dedinhos amputados de Little fora analisada. O dedo de Laurie Erickson não fazia parte dela, mas o de Peggy Farmer sim. O relatório concluía que era altamente improvável que Little tivesse sido capaz de matar Farmer e seu namorado na região central do Oregon e retornar a Salem a tempo de matar Laurie Erickson. O relatório animou Evans, que achava que a entrevista com Hawkins tinha sido um completo fracasso.

Pouco antes do meio-dia, a secretária de disse a Evans que o juiz tinha voltado e queria saber o que acontecera na reunião. Evans passou uma hora com o juiz antes que ele saísse para almoçar com diversos membros do Comitê Judiciário da Câmara. Evans mandou sua secretária providenciar um sanduíche, que ele comeu ali mesmo sentado à sua mesa. Já estava na metade quando a recepcionista tocou o interfone para avisar que Gary Bischoff estava na linha. Evans ficou surpreso.

— O que é que há, Gary?

— Você está ocupado? — perguntou Bischoff. Evans achou que ele parecia preocupado.

— Não, por quê?

— Precisamos falar. Pode vir ao meu escritório?

— Quando?

— Agora. Hawkins quer fazer um acordo.

Evans ficou atônito.

— Ok — disse, tentando parecer natural.

— Venha sozinho. Isso é entre nós três.

— Estarei aí.

Bischoff desligou sem se despedir. Evans olhou pela janela, mas não viu nada. Precisava acreditar que Hawkins estava pensando em se confessar culpado contra o conselho do seu advogado, mas não fazia a menor ideia do que dissera que podia ter assustado um homem tão poderoso quanto Hawkins de modo a fazê-lo querer fazer um acordo confessando-se culpado.

Capítulo Quarenta e Um

O escritório de Gary Bischoff ocupava parte do primeiro andar de uma elegante casa de tijolos vermelhos estilo federalista em uma rua calma e arborizada de Georgetown. A casa senhorial fora construída em 1826 por um rico comerciante, mas Keith Evans estava preocupado demais para prestar atenção nas antiguidades, pinturas a óleo e mobília clássica que Bischoff levou para decorar a casa.

A secretária de Bischoff levou o agente numa sala nos fundos cujas janelas davam para um jardim cuidadosamente mantido, onde uma mulher muito atraente tomava banho de sol num biquíni verde-claro. Evans lembrou-se de ter lido alguns anos atrás que Bischoff e sua primeira mulher tinham se envolvido num divórcio feroz. Aquela mulher no jardim devia ser o troféu que ele conquistara na briga e que hoje lhe servia de símbolo de *status*, o que explicaria a rigorosa rotina de exercícios seguida por Bischoff. Ela era pelo menos quinze anos mais jovem que o advogado, que, por sinal, parecia ter envelhecido desde o encontro da manhã.

— Quero que você entenda que aconselhei o Sr. Hawkins a não seguir essa linha de ação — disse Bischoff, esforçando-se para manter um comportamento profissional —, mas ele é o cliente, e lhe pertence a última decisão a respeito de como procederá.

— Ok, Gary, eu entendo.

Evans estudou Hawkins, que estava sentado em uma poltrona de espaldar alto, perna cruzada, parecendo tão proporcionalmente calmo quanto seu advogado estava agitado.

— Posso falar diretamente com o Sr. Hawkins?

Bischoff fez um gesto, sinalizando que não queria ter nada a ver com o que ia acontecer.

— Sr. Hawkins, posso gravar esta conversa? — perguntou Evans, tirando do bolso um gravador cassete.

Hawkins assentiu. Evans registrou a data, hora e local onde a entrevista estava sendo conduzida e os nomes dos presentes. Depois informou a Hawkins as advertências determinadas pela lei Miranda.

— Sr. Hawkins, por que estamos aqui? — perguntou Evans assim que Hawkins afirmou ter entendido as advertências.

— Quero me declarar culpado das acusações.

— Todas elas? — perguntou Evans, incapaz de ocultar sua surpresa.

— Tenho que ver os indiciamentos antes de responder à sua pergunta. Mas estou preparado para aceitar a responsabilidade pelos crimes que cometi.

— O senhor entende que a condenação por alguns desses crimes pode significar uma pena de morte?

— Sim.

— Gary diz que avisou ao senhor que esta reunião não atende ao melhor dos seus interesses. É verdade?

— Ele me disse que o senhor não tem um caso bem calçado. Na sua opinião, será muito difícil o promotor conseguir uma condenação.

— Então por que deseja confessar?

— Eu sou católico. Tenho uma consciência. Fiz coisas terríveis e quero expiar minhas culpas.

Evans não acreditou na desculpa religiosa, mas não seria ele quem ia interromper Hawkins se o homem queria confessar.

— Não quero pôr palavras na sua boca — disse Evans. — Por que não me diz quais são os crimes que acredita ter cometido?

— Chuck, não faça isso — suplicou Bischoff. — Pelo menos me deixe tentar negociar algumas concessões do governo.

— Aprecio sua preocupação, Gary, mas eu sei o que estou fazendo. Se as autoridades quiserem me mostrar misericórdia, elas o farão. Estou agora nas mãos de Deus e totalmente preparado para aceitar o que quer que Ele decida.

Evans teve a impressão de que o advogado e seu cliente tinham debatido a posição de Hawkins muitas vezes antes de sua chegada, com Bischoff perdendo a discussão todas as vezes.

— Você estava certo a respeito de tudo — Hawkins disse a Evans. — Eu matei Rhonda Pulaski, Tim Houston...

— É o motorista que viu o presidente Farrington fazendo sexo com a Pulaski?

As feições de Hawkins endureceram. Quando ele falou, seu tom de voz era frio como seu olhar.

— Vamos acertar uma coisa. Sou culpado de muitas coisas, mas deslealdade ao presidente Farrington não é uma delas. Ele não é responsável pelas minhas ações e eu não discutirei a pessoa dele aqui. Se você insistir em fazer perguntas sobre o presidente dos Estados Unidos, esta reunião termina na hora.

— Ok. Aceito isso. Vá em frente.

— Eu matei o Sr. Houston. Também matei Laurie Erickson e Charlotte Walsh.

— Por que matou Erickson?

— Ela ia fazer falsas acusações contra o presidente. Exigia dinheiro. Muito embora as acusações fossem falsas, a carreira dele estaria arruinada.

— Como foi que você a matou?

— Deixei os papéis do discurso de Chris na mansão, de propósito, para ter uma desculpa para voltar. Ela era muito magrinha. Eu a derrubei, embrulhei-a em cobertas e a lancei pelo túnel da lavanderia. Amarrei-a e amordacei-a no porão, saí com ela pela porta do porão, coloquei-a na mala do meu carro e retornei à festa. Eu lera os relatórios da polícia dos crimes de Clarence Little. Mais tarde, naquela noite mesmo, reproduzi o *modus operandi* dele.

— Laurie Erickson estava viva durante a festa?

Hawkins fez que sim e a imagem da garota aterrorizada, amarrada e amordaçada na escuridão sufocante deixou Evans abalado.

— E Charlotte Walsh?

— Cutler me mandou um correio de voz dizendo onde ela estacionara. Criei uma pane no seu carro e esperei até que ela chegasse. Então providenciei para que perdesse os sentidos, amarrei-a e amordacei-a, coloquei-a na mala do meu carro e dirigi até a fazenda onde eu ia me encontrar com o presidente.

— Walsh estava na mala do seu carro enquanto você esteve na fazenda?

Hawkins assentiu.

— Ela estava viva?

Hawkins assentiu de novo.

— Assim que eu pude me afastar eu a matei, reproduzindo a maneira de agir do Estripador. Depois a larguei no camburão de lixo.

— Por que mandou Dale Perry contratar Cutler?

— Eu não confiava em Walsh. Sabia o que tinha acontecido com Pulaski e Erickson. Aquelas garotas eram uma ameaça à carreira do presidente. Ele é um grande homem. O país precisa dele. Eu não podia deixar aquelas putas prejudicarem um homem tão importante e justo.

Pela primeira vez a voz de Hawkins tremeu de emoção. Evans podia ter dúvidas acerca do depoimento dele, mas não questionava a profundidade da sua dedicação ao presidente.

— Se você sentia que Walsh era uma ameaça, por que precisou tê-la seguido?

— Não penso que você precise saber disso.

Evans podia ver que havia problemas com a história de Hawkins, mas decidiu que não ia pressioná-lo naquele momento. Deixaria que falasse tudo o que quisesse, o meteria atrás das grades e atacaria de novo depois que ele tivesse tido uma bela prova da cadeia.

— Dale Perry cometeu suicídio? Você o matou, ou mandou que Oscar Tierney ou outra pessoa fosse atrás de Cutler?

— Não quero discutir a morte de Dale Perry.

— Nós vamos fazer um acordo com ele, de modo que não o prejudicará.

— Pode ser que eu não me tenha feito claro, agente Evans. Vou lhe contar o que fiz, mas não implicarei ninguém mais em um crime. Estou preparado para morrer pelo que fiz, mas não vou levar ninguém comigo. E não desperdice seu tempo tentando me persuadir a mudar de ideia. Vou ser executado, portanto não há nada que possa usar para me ameaçar.

Evans não viu nada que o convencesse de que o auxiliar do presidente podia mudar de ideia.

— Sr. Hawkins, baseado no que me disse, vou prendê-lo por ter sequestrado Charlotte Walsh entre estados da federação. Definiremos todas as demais acusações e as disputas jurisdicionais mais tarde. Pode fazer o favor de se levantar e pôr as mãos para trás?

Hawkins fez o que lhe foi dito e Evans aplicou-lhe as algemas.

— Maggie — disse Evans ao celular. — Estou no escritório de Gary Bischoff. Preciso de você e do Gordon aqui. Charles Hawkins confessou diversos crimes.

Evans fez uma pausa enquanto Sparks disse alguma coisa.

—Trato disso depois. Precisamos legalizar a situação de Hawkins e eu tenho que dar esclarecimentos ao juiz Kineer. Você consegue trazê-lo de volta para o nosso quartel-general para uma reunião?

Evans desligou e desviou sua atenção de volta ao auxiliar do presidente.

— Aprecio sua honestidade, Sr. Hawkins, mas penso que sua lealdade para com o presidente é mal empregada. Sua lealdade não deveria ser para o homem, mas sim para a função que ele desempenha e para o país que ele jurou servir. Se o presidente conspirou com você para cometer os crimes que confessou, ele traiu seu juramento e traiu todo o povo americano.

O juiz Kineer abandonou seus companheiros de almoço no meio da refeição depois de dizer a Maggie Sparks para reunir um conselho de guerra até a hora em que ele voltasse ao escritório. Quando Keith Evans, Gordon Buss e Maggie Sparks retornaram, após a entrega de Hawkins à cadeia, encontraram a sala de reuniões cheia de advogados e investigadores esperando para ouvir o que tinha acontecido.

— Dê-me o seu melhor palpite sobre o que está acontecendo aqui — pediu Kineer a Evans, quando o agente terminou o sumário do seu encontro com Bischoff e Hawkins.

— É bastante óbvio, não é? Hawkins está cometendo suicídio para proteger o presidente.

— Condenar Hawkins é uma vitória vazia se Farrington estiver envolvido na morte dessas garotas e ele se safar. Podemos fazer alguma coisa para impedir que isso aconteça? — perguntou Kineer.

— Hawkins é a chave — disse Evans. — Não posso pensar em ninguém que seja capaz de pegar Farrington se Hawkins calar a boca, e, acredite-me, não penso em outra coisa desde que ele me disse que não falaria nada a respeito de Farrington.

Kineer olhou em torno na sala de reuniões.

— Senhoras e senhores, sugiro que todos nós dediquemos toda a nossa atenção a isto, porque a nossa missão é determinar que envolvimento, se é que há algum, o presidente Farrington tem com esses crimes. Se ele for inocente, tudo bem. Se for culpado, teremos que provar. Precisamos decidir se podemos cumprir nossa missão sem a cooperação de Hawkins. Alguém tem alguma ideia brilhante?

Após quarenta e cinco minutos de discussão improdutiva, Kineer pôs todo mundo para fora, exceto Evans.

— Notei que você não teve muito com que contribuir para a discussão — disse o juiz.

— Não pude imaginar nada para dizer.

— Farrington é culpado, Evans?

A empolgação que Keith sentira quando Hawkins confessara desaparecera, e o agente pareceu deprimido.

— Meu palpite diz que sim, mas não creio que possamos tocar nele se Hawkins não falar.

— Ele pode ser obrigado a falar?

— Vai ser difícil. Hawkins é fanaticamente leal. Idolatra Farrington desde o tempo de escola e sente que lhe deve a vida. Ele não tem família. Tem conhecidos, mas não amigos, exceto os Farrington. Tudo em sua vida gira em torno do presidente, e assim tem sido há longo tempo. Acho que ele vai dizer que cometeu todos esses crimes por conta própria. Todo mundo vai acreditar nele porque ele parecerá um assassino enlouquecido que se convenceu de que os assassinatos eram necessários. Mas digamos que ele mude sua história e incrimine Farrington. O advogado do presidente crucificará Hawkins lendo as declarações em que ele inocenta Farrington. Acho que ele nos pegou, juiz.

Parte Sete

A Rainha de Copas
Washington, D.C.

Capítulo Quarenta e Dois

Brad voltou para seu apartamento pouco antes das três, depois de gastar a manhã e o início da tarde em um escritório de advocacia fazendo entrevista para emprego. Assim que verificou as mensagens telefônicas e os *e-mails*, vestiu a roupa de ginástica. Agora que tinha tempo livre, era finalmente capaz de cumprir sua decisão de se exercitar.

O que, na verdade, depois do tiroteio, não tinha sido nada fácil. Toda vez que deixava o apartamento tinha que enfrentar um corredor polonês de repórteres que queriam saber o que tinha acontecido na casa de Marsha Erickson. Vans da televisão entupiam o estacionamento do seu edifício e os repórteres ocupavam suas linhas telefônicas a todas as horas. Brad queria dizer a todo mundo o que sabia acerca do caso Clarence Little, mas Keith Evans explicou que a investigação do promotor independente podia ser comprometida se ele falasse com a imprensa, então ele era obrigado a ficar repetindo: "Sem comentários".

Logo depois que o último repórter ligou para ele com as perguntas de sempre, um repórter do *Portland Clarion*, o jornal alternativo da cidade, telefonou para pedir a Brad que comentasse o relatório de Paul Baylor, que tinha concluído que o dedo de Peggy Farmer estava com os outros, mas que o de Laurie Erickson não fora encontrado em parte alguma. Brad tinha conhecimento do relatório porque Ginny usara seus ardis femininos para obter informações do associado a quem Susan Tuchman encarregou do apelo de Little, mas ele não tinha ideia de como o repórter viera a saber dos dedos. Quando o repórter disse que tinha tido uma fonte confidencial, Brad suspeitou imediatamente que o vazamento tivesse se originado em Ginny. Suas suspeitas se agravaram quando o repórter lhe disse que ele fora demitido por trabalhar no caso Little de modo exageradamente vigoroso por causa dos laços que uniam Susan Tuchman ao presidente Farrington.

Poucos dias depois, um editorial cáustico do *Clarion* condenou Tuchman por demitir um associado que fora acima e além do cumprimento do dever para provar que um cliente tinha sido injustamente condenado por homicídio. O editorial destacava que Brad pusera seus princípios acima da opinião pública ao arriscar a vida a fim de ver a justiça ser feita, muito embora seu cliente fosse detestável.

Brad tomou banho depois que terminou a corrida. Em seguida, telefonou para Ginny a fim de discutir os planos para a noite.

— Reed, Briggs, Stephens, Stottlemeyer & Compton.

— Ginny Striker, por favor.

— Quem deseja falar com ela?

— Jeremy Reid da Penzler Electronics.

— Um momento, por favor.

Brad esperou que Ginny atendesse.

— Ei — disse ele.

— Graças a Deus que você foi esperto o bastante para usar um nome falso. Você não tem ideia de como é *persona non grata* por aqui desde que o *Clarion* publicou aquele editorial.

— Tuchman merece tudo isso e mais alguma coisa.

— Concordo integralmente, mas perderei o emprego se alguém descobrir que a gente está namorando.

— A gente está namorando? Pensei que eu estivesse permutando comida por sexo.

— Seu porco. Então, como foi a entrevista?

— Boa. Eu lhe conto hoje à noite. Você vai querer ir ao cinema direto depois do trabalho ou terá tempo suficiente para ir em casa, trocar de roupa e voltar para o centro?

— Não sei ao certo se terei tempo para cinema e jantar. Telefono quando tiver avançado no meu trabalho. Você vai estar em casa?

— É onde estou agora. Vou ficar aqui pelo resto da noite.

— Ok. Quero tentar limpar minha mesa. Vejo você logo.

Brad sentiu-se um pouco culpado porque Ginny tinha que trabalhar enquanto ele passava os dias como bem queria. Além de correr, ele fazia excursões nas montanhas e na costa, e ocasionalmente ia ao cinema. Depois vinham as tardes agradáveis sentado no deque lendo um livro e bebericando algo gelado. A vida de lazer certamente era muito melhor que labutar nas profundezas da Reed & Briggs, mas Brad sabia que esses dias estavam contados. Teria que arranjar um emprego logo, se quisesse comer e ter um telhado por cima da sua cabeça.

Ginny juntava-se a ele nos fins de semana quando o trabalho permitia, e ele passava as noites na casa dela quando não estava muito cansada. Brad cozinhava bem. Em duas ocasiões ele passara uma tarde preparando um menu elaborado para o jantar. Ginny retribuíra com o melhor sexo que ele poderia sonhar e todas as fofocas do escritório que ela conseguira desencavar.

Outro modo de Brad passar o tempo quando não estava excursionando, cozinhando ou procurando trabalho era se manter em dia com a investigação do promotor independente. Absorvia cada detalhe de informação publicada no *Exposed*, no *New York Times* e em outros jornais. Sabia mais sobre o caso que a maioria. Enquanto se dirigiam para a casa de Marsha Erickson, Dana Cutler lhe contara o que tinha acontecido depois que Dale Perry a contratara para seguir Charlotte Walsh. A maior parte da informação tinha saído no

Exposed, mas Brad veio a tomar conhecimento do tiroteio no motel, que acontecera depois que ela dera a história a Patrick Gorman.

Keith Evans entrava em contato com ele de vez em quando porque Brad era uma testemunha. Quando conversavam, Brad tentava arrancar notícias do agente, mas Evans mantinha a boca fechada, e Brad raramente conseguia qualquer informação que a mídia já não tivesse divulgado.

Para matar o tempo até Ginny ligar, Brad leu todas as evidências contra Charles Hawkins que o *New York Times* descobrira. Um fotógrafo tinha feito um instantâneo na sala de reuniões do Theodore Roosevelt Hotel. A foto mostrava Hawkins a um lado atendendo o celular enquanto a primeira-dama terminava de posar com o último contribuinte em frente ao relógio do presidente Roosevelt. O relógio mostrava 9:37, que era mais ou menos a hora em que Dana Cutler dissera que tinha telefonado para o seu cliente misterioso com a notícia de que Charlotte Walsh estava retornando ao estacionamento do Dulles Towne Center vinda da fazenda.

Alguma coisa naquela foto incomodava Brad, mas ele não podia definir o que era. Deu uma volta na cozinha, serviu-se de uma xícara de café e carregou-a para o deque. Enquanto observava o movimento de embarcações no rio, bebia o café aos poucos e pensava no problema, mas nada lhe veio à mente. Continuava perplexo quando Ginny telefonou.

Brad estava perdido em um pântano, lutando contra a lama que sugava seus sapatos e plantas trepadeiras tão grossas que ele mal podia ver aonde estava indo. O calor era insuportável — um cobertor grosso que o envolvia, dificultando mover-se ou respirar. De algum ponto do pântano, duas mulheres imploravam socorro e ele se desesperava por não ter tempo de salvar nenhuma nem outra. Queria desistir, mas não podia.

No sonho, Ginny estava ao seu lado. Em vez de encorajá-lo, ela calmamente o informava: "Não pode ser feito. Não há tempo para ir a um lugar e depois ao outro".

Brad levantou-se de um salto da cama, o coração disparado. Sabia o que o incomodara na véspera. Ao falar com Ginny depois da corrida, Brad lhe perguntara se ela teria tempo suficiente para ir em casa e trocar de roupa antes de vir para o centro, ou se preferia ir direto do trabalho para o cinema. Ginny lhe dissera que talvez não tivesse tempo nem para uma coisa nem para outra.

Brad acendeu a luz da mesinha de cabeceira. Estava banhado em suor e respirava com dificuldade. Girou as pernas por cima da beirada da cama e tentou se acalmar. O importante era não esquecer o sonho. Nele, Brad sentia-se apavorado porque não havia tempo suficiente para estar em dois lugares ao mesmo tempo. Seu subconsciente estava tentando lhe mostrar que, na noite da morte de Charlotte Walsh, Charles Hawkins enfrentara o mesmo apuro. Será que todo mundo que investigava o caso tinha tomado o caminho errado?

O relógio na mesinha de Brad dizia que eram 5:58. Ele sabia que não seria capaz de voltar a dormir, por isso foi para o banheiro preparar-se para enfrentar mais um dia. Enquanto escovava os dentes, elaborou um plano de ação. Tomaria café e depois leria de novo tudo que dissesse respeito ao elemento tempo. Assim que mergulhou debaixo da água morna do chuveiro, contudo, um pensamento súbito o distraiu. Ele fez uma pausa, o sabonete numa das mãos e a água caindo em cascatas sobre o rosto e o tronco. Havia algo no laudo da necropsia que não lhe despertara a atenção quando lera. Agora a lembrança desencadeou uma ideia realmente assustadora.

Depois de terminar o banho, Brad preparou o café e tostou uma baguete. Assim que terminou de comer, começou a rever o arquivo do caso Clarence Little e os artigos sobre a morte de Erickson e Walsh que colecionara. Eram quase oito horas quando terminou de ler o item que propositadamente deixara para o fim, o laudo da autópsia de Laurie Erickson. Brad recostou-se e ficou olhando para a parede em frente ao sofá. Tinha pendurado sobre a lareira uma estampa colorida que comprara de um artista de rua em Greenwich Village, mas não a viu. Seus pensamentos estavam em outra parte.

Enquanto lidava com o problema, Brad foi até o quarto e pegou sua agenda. Poucas semanas atrás um dos sócios mandara que ele ligasse para um médico quando a corte entrara em recesso à noite em um caso de imperícia médica. Ele escrevera o número na agenda. A testemunha era o único médico que ele conhecia em Portland. Quando ele atendeu, Brad fez uma pergunta. Quando o doutor respondeu, Brad sentiu-se nauseado. Desligou e ficou sentado quieto por alguns momentos. Aí então encontrou o cartão de Keith Evans e discou o número do celular dele. O agente respondeu após alguns toques.

— Aqui é Brad Miller. Estou falando de Portland.

— O que é que há, Brad?

— Tive uma ideia.

— Sim — insistiu Evans quando Brad titubeou.

— É meio maluca.

— Vamos ouvir.

— Você pode responder uma pergunta sobre o laudo da necropsia de Charlotte Walsh?

— Vou responder, se puder.

— Há alguma evidência de que Walsh tenha recebido uma punhalada no tronco cerebral?

Evans ficou em silêncio por um momento enquanto tentava se lembrar dos detalhes do laudo.

— Sim, penso que havia qualquer coisa a respeito no laudo — respondeu ele. — Por quê?

— Você não vai gostar do que tenho a dizer, mas acredito que você tenha um problema.

Capítulo Quarenta e Três

Os eventos que se seguiram ao telefonema que Brad deu a Evans teriam sido muito empolgantes se Brad não estivesse morto de medo. Primeiro, foi o carro preto cheio de agentes do FBI muito sérios que sumiram com ele do seu apartamento menos de uma hora depois de Evans desligar o telefone. Depois, foi o voo direto em um jato do FBI até uma base aérea em algum lugar nas proximidades de Washington, seguido pelo trajeto de carro até a casa segura onde Dana Cutler estava vivendo, e a advertência para não sair e manter-se afastado das vidraças para que os atiradores emboscados não tivessem chance de fazer uma boa pontaria. Por fim, veio a parte mais terrível de todas para alguém que era um bom advogado, mas não tão bom assim — de explicar sua teoria para o ministro aposentado do Supremo Tribunal, Roy Kineer, uma das maiores cabeças na história da jurisprudência americana.

Brad adivinhou que o juiz Kineer tivesse muita prática em tratar com advogados neófitos apavorados, porque ele fez tudo o que podia para acalmar Brad quando Keith Evans entrou com ele e Dana Cutler na sala de reuniões do promotor independente.

— Sr. Miller, muito obrigado por ter vindo — disse o juiz estendendo a mão com um enorme sorriso. — O agente Evans foi efusivo ao elogiar as suas capacidades dedutivas, e eu estou muito ansioso por ouvir sua teoria.

Brad não conseguiu imaginar nada para dizer, e limitou-se a exibir um sorriso.

— Posso lhe arranjar alguma coisa para beber? — perguntou Kineer. — Temos café, chá e refrigerantes, e talvez possamos conseguir um *latte* ou o que for popular na sua região. Creio que o Starbucks não fica longe daqui.

— Na verdade, Nova York é que é minha terra. Acabo de me mudar para Portland. Assim, café preto seria ótimo, se não fosse incômodo.

O sorriso de Kineer desviou-se para Dana.

— Sinto-me também muito satisfeito de finalmente conhecê-la, Srta. Cutler. Posso servir-lhe alguma coisa?

— Não, obrigada. Estou bem.

Kineer foi para a cabeceira da mesa. Evans sentou-se do outro lado com Cutler ao seu lado. Um homem de meia-idade e uma mulher com seus trinta e poucos anos sentaram-se diante de Brad. O homem tinha um bloco à sua frente. A mulher tinha uma expressão intensa. Kineer apresentou-os como advogados do quadro de funcionários.

— Então, o que é que você tem para nós? — perguntou ele a Brad, que de repente duvidou de todas as deduções inteligentes que tinha feito. Uma coisa era especular sobre o caso no seu apartamento, outra, explicar suas ideias a Roy Kineer.

— Pode ser que eu esteja errado — resguardou-se Brad.

— Sr. Miller, eu respeito as pessoas que pensam fora dos limites. O senhor pode ser o primeiro da turma na faculdade de direito se tiver uma boa memória, mas não pode ter êxito num caso real sem exercer um pouco de criatividade. Vamos lá então. A pior coisa que pode acontecer é o senhor estar errado — Kineer sorriu.

— Se estiver, prometo que não será registrado na sua ficha. E se estiver certo — e o agente Evans pensa que o senhor talvez esteja — nos terá poupado a todos o vexame de passar por idiotas.

— Ok. Sabemos que o presidente Farrington não pode ter matado pessoalmente Charlotte Walsh.

— Concordo — disse Kineer.

— Bem, o Sr. Hawkins tampouco. São precisos cerca de quarenta e cinco minutos para ir do Theodore Roosevelt Hotel ao shopping Dulles Towne Center e mais ou menos uma hora para ir do hotel à casa segura da CIA. A foto publicada pelo *New York Times* prova que Hawkins ainda estava no hotel às nove e trinta e sete.

— Sabemos que Charlotte Walsh foi largada no shopping por volta das onze, e o Serviço Secreto anotou a chegada de Hawkins na fazenda às onze e quinze. Se ele foi do hotel para a fazenda e chegou às onze e quinze, não há como possa ter matado Charlotte Walsh depois que ela retornou ao seu carro.

— Já estudamos isso detalhadamente — disse o juiz —, mas é encorajador ver que você sabe o bastante do caso para chegar à mesma conclusão.

— Ok, bem, vamos lá: Hawkins tem homens dispostos a cometer assassinatos por ele. Ele os mandou ao apartamento de Dana, à casa de Marsha Erickson, ao hospital e ao motel na West Virginia. Assim, ele podia ainda ser culpado da morte de Walsh como cúmplice e instigador. Mas há um problema com essa teoria. O mais cedo que Hawkins pode ter sabido da localização do carro de Walsh no shopping era oito horas, quando Cutler fez seu relatório, mas não há registro de ninguém telefonando para recuperar mensagens de correio de voz de qualquer ponto do Theodore Roosevelt Hotel que ligue a Hawkins, até o chamado que foi feito da suíte ao lado daquela em que estava a primeira-dama, por volta das nove e quarenta e cinco. Se Hawkins não sabia a localização do carro de Charlotte Walsh até então, ele teria que convocar Tierney e organizar o esquadrão de ataque rápido o bastante para fazer com que ele chegasse ao shopping antes das onze. Talvez seja possível, mas seria muito difícil.

"Por outro lado, Tierney nega que ele ou qualquer elemento do seu grupo tenha matado Walsh. Pode estar mentindo, mas, sabendo-se que ele já admitiu diversos homicídios, não faz sentido negar a morte de Walsh."

— Nós o estamos acompanhando, Brad — disse Kineer.

— Uma vez que percebi que o presidente Farrington e Hawkins não podiam ter matado Walsh pessoalmente e que era improvável que os homens que trabalhavam para Hawkins ou o presidente tivessem cometido esses crimes, comecei a perguntar se todos nós não estaríamos abordando o caso da direção errada. Estávamos presumindo que Rhonda Pulaski, Laurie Erickson e Charlotte Walsh tivessem sido mortas por serem uma ameaça à carreira política de Christopher Farrington, mas todas elas tinham outra coisa em comum. Farrington traiu a mulher com cada uma das três, o que deu a Claire Farrington um dos mais antigos motivos que há para matá-las. Quando isso me ocorreu, lembrei-me de algo que li no laudo da autópsia de Laurie Erickson.

"De acordo com o legista, Erickson estava quase decapitada quando Clarence Little golpeou todo o perímetro do seu pescoço com um objeto agudo, rasgando a pele em fitas. O laudo dizia também que Little cortara diversas partes do corpo *depois* que Erickson estava morta. O único ponto acerca do qual o legista teve alguma dúvida foi a descoberta de uma hemorragia subdural no tronco cerebral, cuja causa ele não conseguiu descobrir.

"Perguntei a um médico de Portland o que ele podia me dizer da hemorragia subdural. Ele disse que enfiando um objeto pontiagudo e cortante na base da nunca entre o crânio e a primeira vértebra cervical, a espinha dorsal é cortada e a pessoa morre sem perder muito sangue. Se o legista não tivesse removido o crânio, a única evidência da causa da morte seria uma hemorragia subdural.

"O legista de Oregon foi relaxado e mandou seu assistente remover o crânio. Foi por isso que ele não procurou um ferimento na posição natural. Ele não pôde ver o ferimento de entrada do objeto pontiagudo porque o pescoço tinha sido cortado em pedaços, e não encontrou a fonte da hemorragia subdural porque estava tão certo que Little matara Laurie Erickson que não prestou atenção ao ferimento da espinha vertebral.

"Perguntei ao agente Evans a respeito do laudo da necropsia de Charlotte Walsh. Ele me disse que havia um grande número de cortes em torno do pescoço, coisa parecida com o que fora feito no pescoço de Laurie Erickson. Ele também me falou sobre uma diferença entre o modo que Walsh foi assaltada e os assaltos das outras vítimas do Estripador. As outras foram mutiladas *antes* de morrerem, mas os ferimentos de Walsh foram causados, na maioria, depois de sua morte.

"Agora, aqui está a peça crucial de informação da autópsia de Charlotte Walsh: ela morreu porque um instrumento pontiagudo foi enfiado na base do seu pescoço, entre o crânio e a primeira vértebra cervical, exatamente como no caso de Laurie Erickson. Isto seccionou a espinha vertebral de Walsh e causou morte instantânea, mas praticamente sem perda de sangue. O médico que conduziu a autópsia de Walsh encontrou o ferimento quando retirou o cérebro.

"Perguntei ao médico de Portland se um bisturi poderia ter sido usado para matar Laurie Erickson. Ele disse que sim. Claire Farrington é médica. Tem o bisturi e saberia como usá-lo para matar alguém do jeito como Erickson e Walsh morreram. A Dra. Claire Farrington tinha os meios e o motivo para matar ambas as mulheres."

— O Sr. Hawkins não viu Erickson viva quando a Dra. Claire Farrington estava na festa da biblioteca? — indagou Kineer.

— Temos apenas a palavra dele de que Erickson estava viva quando ele a viu. E se a Dra. Farrington tivesse sedado o filho para que ele dormisse a noite toda e matou Laurie pouco antes de sair para a biblioteca? Aí ela a embrulharia em roupas de cama e a soltaria pelo túnel da lavanderia. Durante a festa ela conta a

Hawkins o que fez. Hawkins volta correndo à mansão do governador sob o pretexto de apanhar umas anotações, se livra do corpo e faz o crime parecer obra de Clarence Little.

— Por que Hawkins faria uma coisa dessas? — indagou Kineer.

— Três razões. Uma, ele é apaixonado pela Dra. Farrington desde os tempos de estudante; duas, ele é fanaticamente leal aos Farrington e, terceira — Brad fez uma pausa —, ele já tinha feito aquilo antes.

"Juiz, eu não tenho evidência para provar isso — absolutamente nada que sirva de prova —, mas a polícia jamais descobriu quem matou Rhonda Pulaski. E se Claire Farrington acabou com ela e contou a Charles Hawkins? E se ele providenciou o atropelamento com fuga a fim de proteger Claire e depois se livrou do motorista?

— É uma ideia interessante, mas, como você disse, não há uma prova que sustente sua teoria. Hawkins está assumindo completa responsabilidade pela morte de Rhonda Pulaski e Houston.

— É verdade, mas o presidente Farrington não teria o dinheiro para pagar a família Pulaski naquela ocasião para impedir que procurassem as autoridades depois que souberam que ele estava envolvido sexualmente com a filha deles. Ele teria que pedir à esposa, que é de família rica. E se o fez, pode apostar como a Dra. Farrington sabia o que estava acontecendo.

— Não se pode obter uma condenação com palpites, por que então não passamos a estudar o caso de Charlotte Walsh? Presumindo que você esteja certo sobre a Dra. Farrington ter matado Laurie Erickson, como foi que ela matou Charlotte Walsh se estava dormindo em sua suíte no Theodore Roosevelt?

— O agente Evans me disse que Claire Farrington entrou na sua suíte por volta das dez horas e saiu um pouco depois da uma hora. Ninguém verificou sua presença ali durante esse tempo. A Dra. Farrington pediu a Hawkins para reservar duas suítes adjacentes. E se ela suspeitava de que seu marido estava tendo um caso com Charlotte Walsh? Pode ser que alguém os tenha visto juntos em Chicago. Ela pode ter sido a pessoa que pediu a Dale Perry para contratar alguém que seguisse Walsh e se reportasse a ela.

— Você está dizendo que Claire Farrington era a cliente misteriosa de Dale Perry?

— Estou. Nós sabemos que o presidente Farrington ligou para Hawkins da fazenda assim que Charlotte Walsh saiu furiosa. Acho que esse foi o telefonema que ele recebeu às nove e trinta e sete, quando a Dra. Claire Farrington estava posando com os colaboradores da campanha em frente ao relógio. A recepção do celular de Hawkins estava ruim. O Serviço Secreto mais tarde o viu sair da suíte ao lado da suíte da Dra. Farrington. Acho que ele acabou usando a linha fixa para receber o telefonema do presidente.

"Presumo que Claire Farrington tenha tentado ouvir suas mensagens de voz no celular assim que se viu sozinha na suíte, e descobriu que não era possível por causa da má recepção. Pode ter usado o telefone da suíte ao lado de forma que os telefonemas não pareceriam ter sido dados do seu quarto e descobriu onde Walsh deixara o carro. Ela podia ter arranjado com alguém que estivesse a par da história das duas suítes, como Dale Perry, para deixar lá uma troca de roupas e um automóvel estacionado nas cercanias. Ela pode ter passado para a suíte ao lado, saído pela sua porta e descido a escada. Teria tido tempo de chegar ao shopping pouco antes de Walsh chegar, assim como preparar uma pane no seu carro; matou-a com o bisturi e telefonou para Hawkins de novo para que ele se livrasse do corpo. Nessa hora pode ter dito também a Hawkins que Dale Perry sabia demais, e Hawkins pode ter arranjado para que ele fosse morto de um modo que parecesse suicídio."

— Muitos "se" — comentou Kineer.

Brad ficara mais confiante à medida que falava, mais certo de que tinha razão.

— Quais são as chances de duas mulheres que vivem a milhares de quilômetros de distância e têm conexões com Christopher Farrington serem golpeadas com um bisturi no espaço entre o crânio e a primeira vértebra cervical antes de terem seus pescoços mutilados para ocultar a entrada do bisturi? — Brad perguntou ao juiz. — Quais são as chances de diferentes assassinos que vivem a milhares de quilômetros de distância fazerem com que o assassinato dessas duas mulheres pareçam a obra de um assassino em série em plena atividade?

"Além disso, se os assassinos queriam que a polícia pensasse que Little e Loomis tinham matado Erickson e Walsh, por que usar um método para matá-las totalmente diferente do modo como eles agiam? Por outro lado, faz todo sentido se as vítimas foram intencionalmente liquidadas com o golpe do bisturi e a decisão de imitar os assassinos seriais tenha sido tomada depois que estavam mortas."

— Argumento aceito, mas ainda estamos às voltas com muita especulação. O que é que você pensa, Keith?

— Penso que tudo que Brad disse seja muito pertinente. Checamos os registros telefônicos do Theodore Roosevelt Hotel. Duas ligações foram feitas da suíte ao lado daquela onde Claire Farrington tirou sua soneca. Foram dadas lá pelas dez da noite, mas com uma diferença de cinco minutos entre uma e outra. Lamentavelmente não podemos precisar a hora em que os agentes do Serviço Secreto viram Hawkins deixar a suíte ao lado, portanto não podemos provar que ele fez os dois telefonemas, mas o intervalo de tempo sugere duas pessoas diferentes.

— E também temos isto aqui — disse Evans passando duas fotos preto e branco extremamente granuladas. Em uma delas aparecia uma pessoa de jeans e usando luvas e um suéter com capuz, subindo um lance de escadas. Na outra, a mesma pessoa descia.

"Foram tiradas pela câmara de vigilância da escada que dá no saguão do hotel pouco antes das dez horas. Pedi a um agente para fazer a experiência para mim. Uma pessoa saindo a essa hora e dirigindo à noite, com o tráfego mínimo, chegaria no ponto do estacionamento do shopping onde Walsh parou com tempo suficiente para produzir uma pane no carro dela e esconder-se."

— Há algum modo de determinar se essa pessoa das fotos é homem ou mulher? — perguntou Kineer. — Não consigo distinguir.

Evans sacudiu a cabeça. — Não podemos determinar o sexo.

Kineer olhou em torno da sala.

— Alguma sugestão sobre o que fazer a seguir?

Quando ninguém respondeu, Kineer sorriu.

— Algum voluntário que queira acusar uma primeira-dama grávida de ser uma assassina em série?

Capítulo Quarenta e Quatro

Keith Evans sobrevivera a tiroteios e brigas com os mais obstinados psicopatas, mas se sentia inseguro enquanto seguia o agente do Serviço Secreto, subindo a escada que dava na parte da Casa Branca destinada à morada do presidente e sua família. O agente tentou convencê-lo de que seria como um interrogatório de qualquer outra testemunha, mas falhou miseravelmente. Ele e o juiz Kineer não iam interrogar severamente um traficante de drogas barato qualquer. Eles iriam interrogar a primeira-dama dos Estados Unidos, uma senhora grávida, casada com o homem mais poderoso da Terra. Evans sabia que sua carreira podia ser destruída, se ele fizesse besteira.

O agente do Serviço Secreto abriu a porta para Kineer e Evans, e eles entraram numa aprazível sala de estar. A mobília estofada exibia um tecido floral vivo combinando com as cortinas que protegiam diversas janelas que iam do chão ao teto. Ao longo das paredes havia uma escrivaninha de cerejeira e altas cristaleiras exibindo canecas de estanho e louça dos tempos coloniais. Pinturas campestres em molduras douradas acrescentavam a sensação de que os visitantes iam conduzir a entrevista em uma casa de campo da América do século XVIII.

Um homem de estatura mediana, de terno azul-escuro, barba grisalha e óculos de aros de metal esperava à porta.

— Boa tarde, Mort — disse Roy Kineer a Morton Rickstein.

— Boa tarde, juiz — respondeu Rickstein. O elegante advo-

gado e o antigo ministro do Supremo Federal não eram amigos, mas tinham se encontrado tantas vezes em funções sociais e legais que podiam se considerar conhecidos.
— Você conhece a Dra. Farrington? — perguntou Rickstein.
— Nós nos encontramos em algumas ocasiões — respondeu Kineer, virando-se para a mulher sentada diante de uma janela alta por onde passava o sol. As costas da poltrona eram grandes, e um sorriso de leve divertimento brincava em seus lábios enquanto ela estudava os visitantes como uma rainha teria olhado para um suplicante vindo de uma parte distante do seu reino.
Kineer tinha se esquecido de como Claire Farrington era grande e forte. Os primeiros sinais de maternidade em nada diminuíam a sensação de que teria sido fácil para ela sobrepor-se a garotas como Charlotte Walsh e Laurie Erickson.
— Este é Keith Evans, Dra. Farrington — disse Kineer. — Ele é do FBI, mas o designei para me secundar por ser o principal investigador do caso do Estripador de Washington.
— É um prazer conhecê-lo, agente Evans — disse Farrington.
— Você fez um belo trabalho prendendo Eric Loomis.
— Obrigado — agradeceu Evans, notando que ela não o havia elogiado por prender Charles Hawkins.
Kineer e Evans acomodaram-se num sofá que ficava diagonalmente oposto à poltrona de espaldar alto de Claire Farrington. Evans colocou sua pasta de executivo no chão perto da mesa de centro de madeira escura polida.
— Por que você sente que é necessário entrevistar a Dra. Farrington? — perguntou Rickstein quando Evans e o juiz se instalaram confortavelmente.
— Ela é amiga pessoal de Charles Hawkins — respondeu o juiz Roy Kineer.
— Você não tenciona chamá-la como testemunha, tenciona?

— Não posso garantir. A Dra. Farrington estava com o Sr. Hawkins na noite da morte de Charlotte Walsh e pode ter evidências relevantes para o caso.

— No meu entendimento, o Sr. Hawkins confessou e planeja confessar-se culpado. Se não vai haver julgamento, por que você precisaria do depoimento dela?

— Não basta obter uma confissão — disse Kineer ao advogado antes de mudar o foco de Rickstein para a primeira-dama.

— Precisamos ter certeza de que ele cometeu os crimes que está confessando. Às vezes as pessoas confessam um crime que não cometeram por serem mentalmente insanas ou por desejarem publicidade ou, ainda, porque desejam proteger o verdadeiro criminoso.

A expressão e a atitude de Claire Farrington não se alteraram.

— Você tem algum motivo para duvidar da confissão do Sr. Hawkins?

— Há partes dela que nos estão causando alguma preocupação, portanto, lamentavelmente, teremos que continuar com a nossa investigação.

— Que partes? — perguntou Rickstein.

Kineer sorriu.

— Receio que não possa ir além disto, por ora. Confidencialidade e tudo mais. Você entende, Mort.

— Claro. Por que não seguimos logo com isso? Você faz suas perguntas e a Dra. Farrington responderá, a menos que eu lhe diga que não responda ou que ela não deseje.

— Excelente — disse Kineer. Ele virou-se para Evans. — Evans sabe mais a respeito dos casos, e por isso é ele quem fará as perguntas. Keith?

— Muito obrigado por dedicar parte do seu tempo para falar conosco. Sei que a senhora é realmente ocupada — disse Evans.

— Chuck é um amigo querido. Não posso acreditar que isso esteja ocorrendo com ele.

Evans balançou a cabeça simpaticamente.

— Onde vocês dois se conheceram?

— Nós todos cursávamos a mesma série da OSU.

— Oregon State University?

— Sim. E éramos todos atletas. Ele e Chris jogavam basquete e eu jogava vôlei.

— Soube que a senhora era excelente jogadora.

— Era mesmo — respondeu Claire, sem hesitação.

— O Sr. Hawkins também era muito bom?

— Não, particularmente. Ele não começava jogando como Chris. Em um ou outro jogo ele atuava bem, mas a maior parte do tempo esquentava o banco.

— Estou sabendo que a senhora e o Sr. Hawkins namoraram na faculdade.

— É verdade.

— A senhora saiu com o presidente na universidade?

— Saíamos os quatro. Chuck e eu e Chris e sua namorada, na época.

— Quer dizer então que o presidente e o Sr. Hawkins eram íntimos?

— Eram.

— O presidente tinha uma namorada firme na escola?

Uma expressão de desgosto modificou a expressão da primeira-dama por um segundo, e desapareceu.

Claire respondeu tensamente.

— Chris era muito popular no campus e tinha facilidade em atrair as mulheres.

— Quando a senhora começou a sair com o presidente?

— Isso não está indo longe demais? — interveio Rickstein.

— A Dra. Farrington tem uma agenda apertada e foi bastante gentil em reservar este tempo para vocês, mas desse jeito vamos ficar aqui a vida inteira obtendo informações que estão prontamente disponíveis em toda revista que esteja cobrindo a campanha.

— Bom argumento — disse Evans. — Dra. Farrington, a senhora diria que o Sr. Hawkins é intensamente leal à senhora e ao presidente?

— Nós o ajudamos em algumas dificuldades que ele teve depois que saiu das Forças Armadas, e ele sempre se mostrou grato.

— Então ele seria capaz de fazer qualquer coisa pela senhora e pelo Sr. Farrington?

— Não posso falar por Chuck.

— Ele não hesitaria em ajudá-los se estivessem com problemas?

— Mais uma vez, não posso falar pelo Sr. Hawkins.

— Ele ajudou a senhora ou ao presidente com problemas pessoais?

— Como assim?

— O Sr. Hawkins confessou ter matado Rhonda Pulaski e Tim Houston.

A primeira-dama ficou tensa.

— O que é que isso tem a ver comigo?

— Os Pulaski foram pagos para ficarem quietos a respeito do relacionamento sexual do seu marido com a filha adolescente deles...

— Meu marido representou a Srta. Pulaski em um processo, um processo bem-sucedido. Ela ficou gananciosa e tentou chantageá-lo com uma acusação ridícula. Ninguém foi pago.

— Os Pulaski disseram que foram pagos para calar a boca.

— Então eles estão mentindo.

— Agente Evans — interrompeu Rickstein —, o Sr. Hawkins confessou os assassinatos. Não vejo o que a primeira-dama tenha a ver com isso.

— Dra. Farrington, a senhora deu algum dinheiro a seu marido para pagar aos Pulaski? — indagou Evans.

— Não vou mais responder perguntas sobre essa gente.

— Acho que podemos seguir em frente, Keith — disse Kineer amavelmente.

— A senhora notou algo de insólito no comportamento do Sr. Hawkins na noite da festa para levantamento de fundos no Theodore Roosevelt Hotel?

— Não, mas eu estava preocupada com meu discurso e não me sentia bem. Tive um grave surto de enjoo.

— Eu entendo. Na verdade, a senhora reservou uma suíte no hotel justamente para essa contingência, não foi?

— Exatamente.

— No dia do evento.

— Sim.

— Duas suítes, na verdade? Adjacentes?

— Correto. Precisávamos ter certeza de que não haveria ninguém no quarto ao lado, por razões de segurança.

— Segundo o meu entendimento, foi o Sr. Hawkins que tomou as providências.

— Sim.

— O Serviço Secreto nos disse que a senhora parou para usar o toalete no caminho da sessão das fotografias porque não estava se sentindo bem.

— Correto.

— Por acaso, checou as mensagens do seu celular quando esteve lá dentro?

A primeira-dama hesitou e dirigiu a Evans um olhar desconfiado antes de responder com um tenso "Não".

Evans puxou duas fotos em preto e branco de sua pasta e estendeu-as para que a Dra. Farrington e Mort Rickstein pudessem vê-las.

Em uma delas, uma pessoa de jeans e usando luvas e um capuz subia um lance de escadas. Na outra, a mesma pessoa descia.

— Tem ideia de quem seja essa pessoa? — perguntou o agente.

A Dra. Farrington adiantou-se e estudou a fotografia por uns poucos segundos. Depois sacudiu a cabeça.

— Lamento, mas não reconheço esse homem.

— Não temos cem por cento de certeza de que se trata de um homem — disse Evans. — Pode ser uma mulher alta.

— O que isso tem a ver com o Sr. Hawkins? — perguntou Mort Rickstein.

— Não temos certeza se tem alguma coisa a ver com ele.

— Então por que está me mostrando as fotos? — indagou a Dra. Farrington.

— As fotos foram tiradas por uma câmera de segurança no poço da escada do hotel, pouco depois das dez na noite do evento para levantamento de fundos a que a senhora esteve presente. Há uma porta que dá para a escada em frente à suíte ao lado daquela em que a senhora estava descansando. Dale Perry afastou o agente do Serviço Secreto que cuidava da saída da escada em duas ocasiões naquela noite. Se alguém quisesse entrar ou sair despercebidamente do hotel usando a escada, teria tido uma oportunidade quando o guarda não estivesse tomando conta da porta de saída para a escada.

— Por que isso haveria de me interessar? Dormi das dez até quase uma hora.

— A senhora entrou na suíte ao lado para usar o telefone?

— Não, e por que entraria? Havia um telefone na mesinha de cabeceira da suíte onde eu estava cochilando. Eu teria usado esse telefone se quisesse fazer uma ligação.

Rickstein ficou desconfiado.

— O que está acontecendo aqui?

— Dois telefonemas foram dados da suíte ao lado daquela onde a Dra. Farrington dormia. O Sr. Hawkins fez um de seus chamados por volta das dez horas. Estamos tentando descobrir se ele fez ambos os telefonemas — explicou Keith.

Rickstein franziu a testa.

— Pensei que esta entrevista fosse a respeito de Chuck Hawkins, mas estou começando a suspeitar de que você tem outras intenções, Roy.

— Surgiram certos fatos que nos levaram a acreditar que a Dra. Farrington possa estar envolvida com os casos Rhonda Pulaski, Laurie Erickson e Charlotte Walsh.

Rickstein ficou atônito.

— Envolvida como?

— Lamento, mas não posso ser mais específico — respondeu Kineer.

— Receio então que eu precise terminar com esse encontro.

Evans ficou observando Claire Farrington cuidadosamente durante o diálogo. Ela nada disse, mas cravou os olhos em Roy Kineer com uma expressão que ele interpretou como puro ódio.

— Boa tarde, Dra. Farrington — disse o juiz Kineer. — Muito obrigado pelo tempo que gastou conosco.

Farrington não respondeu. Um momento depois o agente do FBI e o juiz saíram da sala, a porta abriu-se e Mort Rickstein foi atrás deles.

— Espera aí, Roy! — exclamou ele.

Kineer e Evans viraram-se.

— O que está havendo? — perguntou Rickstein quando emparelhou com eles.

— Exatamente o que falei.

— Você não suspeita realmente que Claire tenha algum tipo de envolvimento direto com esses crimes, não é?

— Temos algumas evidências que apontam nesse caminho.

Por um momento Rickstein pareceu assombrado. Depois recuperou o controle.

— Há um velho ditado que diz que não se deve errar a mira quando se aponta para um rei. Isso vale para uma rainha também. Se eu fosse você, não deixaria escapar uma única de suas suspeitas a menos que tivesse cem por cento de prova confirmando sua teoria.

— Não se preocupe, Mort. Eu levo meu trabalho muito a sério. Não vou mirar na sua cliente enquanto não tiver certeza de que não errarei.

Rickstein olhou duro para o jurista. Depois sacudiu a cabeça e voltou para a sala de estar.

— O que é que você pensa? — perguntou Kineer quando o advogado estava fora do alcance de sua voz.

— Acho que o placar está primeira-dama cem, promotor independente, zero.

— Concordo. Mas também penso que ela está mergulhada nisso até o pescoço, mas pode ser que não consigamos provar.

— Pelo menos nós sabemos por que Hawkins reagiu tão depressa — disse Evans. — Eram os telefonemas. Ele não queria que nós pensássemos na possibilidade de ela ter usado o telefone na suíte ao lado a fim de recuperar as mensagens de voz de Cutler.

— Hawkins é a única pessoa que pode inculpar Claire Farrington — disse Kineer. — Acha que podemos forçar a mão com ele?

— O cara é um samurai, Juiz. Vai morrer pelo seu imperador e sua imperatriz.

— Então, o que fazemos?

Evans sacudiu a cabeça. — Não tenho a menor ideia.

O presidente teve um encontro com a Junta de Chefes de Estado-Maior, mas assim que acabou apressou-se a ir para sua residência a fim de descobrir como tinha sido o encontro do juiz Kineer com sua mulher naquela tarde. Claire o esperava no quarto do casal.

— O que aconteceu? — perguntou ele, ansioso.

— Acho que eles sabem — disse Claire calmamente.

Farrington arriou o corpo numa poltrona. Parecia aterrorizado. Claire sorriu.

— Eles sabem, mas não podem provar nada, Chris. Não precisa se preocupar. Estamos bem.

Farrington levantou os olhos. — E se eles...

— Eles não irão. Seja forte. Olhe onde estamos — disse ela, indicando o aposento. — Eu sabia que chegaríamos aqui um dia. Ninguém vai nos tirar nada.

As feições de Claire se fecharam como uma porta de aço selando o conteúdo de um cofre. Quando ela ficava assim, metia medo nele.

— Ninguém — repetiu ela em uma voz tão fria que não deixava dúvida aonde seria capaz de ir para mantê-lo na Casa Branca e impedir qualquer mulher de interferir em seu casamento.

Capítulo Quarenta e Cinco

Dana Cutler e Brad Miller estavam assistindo à cobertura da CNN da confissão de Charles Hawkins quando Keith Evans entrou na sala de estar da casa segura. Hawkins insistira em confessar imediatamente no tribunal estadual de Maryland o assassinato de Charlotte Walsh. Gay Bischoff recusara-se a representá-lo, portanto ele contratara um novo advogado cujo sorriso quando se voltava para as câmeras de televisão sugeria que ele não estava nem um pouco preocupado em encaminhar a confissão de um cliente que poderia ser inocente de um crime capital.

— Por que você não está no tribunal? — perguntou Brad.

— Não pude, é muito deprimente. Hawkins está se queimando pelos Farrington, e provavelmente vai passar o resto de seus dias na prisão ou ser executado por crimes que não cometeu.

— Não é como se ele fosse completamente inocente, Keith — disse Brad. — Ele provavelmente matou Houston, o motorista, e mandou seus homens para matar Dana. No mínimo ele encobriu Claire Farrington quando ela matou Rhonda Pulaski, deixando-a livre para matar Laurie Erickson e Charlotte Walsh.

— Assassinatos pelos quais ela jamais pagará por causa de Hawkins — respondeu Evans amargamente.

— Na vida, ao contrário do cinema, muitas vezes as coisas não terminam como devem — disse Dana Cutler.

— Você não está desistindo, está? — indagou Brad.

— Não, nem tampouco o juiz Kineer. Vamos continuar com a

nossa investigação. Nós apenas não estamos indo bem. Mas basta de notícias desencorajantes — Evans sorriu. — Estou aqui para lhes dizer que vocês vão voltar para suas vidas hoje de tarde. Com a confissão de Hawkins, não acreditamos que vocês continuem em perigo. Brad, você tem um bilhete de primeira classe de volta para Portland. Dana, você vai ter que se contentar que eu a leve de volta para o seu apartamento no meu calhambeque.

— Estou tão ansiosa por sair desta prisão domiciliar que iria para casa de velocípede.

— Foi um privilégio conhecer vocês — disse Evans. — Só lamento que seus esforços não resultaram em fazer com que Claire Farrington pagasse pelos seus crimes.

— Por ora — disse Brad.

— Que Deus te ouça — comentou Evans.

Brad e Dana subiram para fazer as malas. Dana desceu primeiro, e ela e Evans ficaram batendo papo enquanto esperavam por Brad. O trio trocou adeuses e depois Brad entrou num carro e desapareceu na direção do aeroporto.

— Pronta? — perguntou Evans a Dana.

Ela jogou a bolsa de lona com suas roupas no banco de trás do carro de Evans e sentou-se ao seu lado.

— Quais são seus planos? — perguntou Evans depois que tinham percorrido uma boa distância.

— Os mesmos que eu tinha antes de me meter com os poderosos e famosos: permanecer abaixo do radar e ganhar o bastante para me alimentar e pagar meu aluguel.

— Desejo-lhe sorte. Acho eu já tive agitação suficiente para o resto da vida.

— Tive toda a minha cota de agitação muito tempo antes de Dale Perry ter me contratado — respondeu Dana melancolicamente.

Evans firmou a atenção na estrada, envergonhado por ter

esquecido do que Dana Cutler tinha passado. Mas se ela ficou zangada com ele, não demonstrou, e pareceu perdida em seus próprios pensamentos o resto do percurso.

— Você por acaso tem cópias das fotos mostrando a pessoa misteriosa do hotel? — perguntou Dana quando Evans parou na frente do seu edifício.

— Por quê?

— Prefiro não dizer. Mas eu gostaria de ter cópias das fotos assim como um conjunto completo dos relatórios da polícia detalhando a cena do crime do shopping Dulles Towne.

Evans estudou a detetive particular. As feições de Dana não revelavam nada.

— Vou ver o que posso fazer — disse ele.

Dana assentiu. Um instante depois estava fora do carro e dentro do prédio. Assim que fechou a porta do apartamento, puxou o telefone celular.

— Jake, sou eu, Dana — disse ela, assim que Teeny atendeu.

— Onde, diabos, você tem andado?

Dana ficou satisfeita por ver que ele parecia preocupado.

— É uma longa história e eu quero contá-la para você, mas meu carro está parado na rua da sua casa e não tenho nada para me deslocar.

— Onde está minha Harley?

— Esta é outra longa história.

— Você sabe que o FBI me interrogou? Em que foi que você se meteu?

— Venha para cá que eu lhe conto. Vamos jantar fora, eu pago. Acredite em mim, a história vale a viagem. Oh, e, por favor, traga o envelope que deixei no seu escritório com um DVD.

Jake desligou e Dana carregou a bolsa para o quarto. Estava alegre por ter alguém como Jake para contar, e melhor ainda era saber que ele era um gênio com tudo o que dissesse respeito à fotografia. Enquanto escolhia as roupas, ficou pensando na ideia que não a abandonava desde que Keith Evans disse que Claire Farrington ia se safar da acusação de assassinato. O coração de Dana confrangeu-se por Rhonda Pulaski, Laurie Erickson e Charlotte Walsh. Todas tinham sido boas garotas e haviam morrido cedo demais. Dana sentia-se furiosa porque Farrington tinha tirado suas vidas e mais furiosa ainda ao pensar em como estivera perto de se juntar à coleção de cadáveres da primeira-dama.

Não havia muitas coisas boas derivadas da sua horrível experiência no portão dos traficantes, mas estar tão perto da morte, a ponto de se despedir da vida, a libertara do medo da morte. Isso não significava que quisesse morrer, e Dana prometeu fazer Claire Farrington pagar por considerar seu direito à vida com tanta leviandade.

Capítulo Quarenta e Seis

Morton Rickstein estava exausto. Eram 09h30 da noite e ele estava no escritório desde as 07h30 da manhã, se preparando para um depoimento. Normalmente vestia-se impecavelmente, mas o cansaço era tanto que não se dera ao trabalho de desenrolar as mangas da camisa quando vestiu o paletó e deixou a gravata com o laço frouxo antes de pegar a pasta e se arrastar até o elevador que o levaria ao andar da garagem. Durante o percurso, foi pensando em como seria bom sentar-se no seu pequeno gabinete de trabalho, em casa, tomando um *scotch* com gelo.

As portas do elevador abriram-se e Rickstein saltou na garagem. Era comum trabalhar até tarde, mas nunca conseguira se acostumar ao silêncio sinistro do subterrâneo àquela hora da noite. A maioria dos carros tinha ido embora e a maior parte da garagem estava nas sombras. Rickstein imaginou coisas terríveis se escondendo nos recessos negros como piche e surpreendeu-se olhando furtivamente para os grossos pilares de concreto que sustentavam o teto. Um assassino podia se esconder atrás deles, completamente invisível, até que uma vítima ingênua se aproximasse.

Havia três pilares entre o elevador e seu carro, e o advogado ficou tenso ao passar por eles. Pescou a chave eletrônica no bolso e usou o controle remoto para destrancar as portas do carro e entrar o mais depressa possível. Ouviu o bip tranquilizador e apressou o passo. Quando chegou junto ao carro, desarmado, deixou escapar um suspiro e abaixou-se para abrir a porta do motorista.

— Sr. Rickstein.

O advogado virou-se, com o coração na mão. Uma mulher surgiu do nada. Parecia uma pessoa durona, de calça jeans preta e jaqueta de motociclista.

— Desculpe tê-lo assustado. Meu nome é Dana Cutler. Sou uma investigadora particular e trabalhei para sua firma. A maior parte do meu trabalho fiz para Dale Perry.

Foi preciso um segundo para Rickstein reconhecer o nome e conectá-lo à cliente de Dale Perry que telefonara para se queixar de ter sido assediada por um associado da Reed & Briggs. Dana Cutler era a mulher que se envolvera com o tiroteio na casa de Marsha Erickson, no Oregon.

— Olha, Srta. Cutler, eu tive um longo dia. Telefone para minha secretária amanhã e marque um encontro, se é que tem algo para discutir comigo.

— Isto não pode esperar. Meu assunto diz respeito à Claire Farrington, cliente da Kendall & Barrett.

Dana estendeu a mão para Rickstein. Segurava um envelope de papel pardo.

— Quero que dê isto à primeira-dama. Há uma fotografia e um telefone celular no pacote. Você tem toda a liberdade de mandar examinar o celular a fim de se assegurar de que não é uma bomba, mas aconselho que não olhe a fotografia. É melhor não saber o que ela mostra. Pode interferir com a sua capacidade de representar sua cliente.

"Quando entregar o envelope à Dra. Farrington, diga-lhe que menti para a polícia quando disse que não voltei para o estacionamento do Dulles Towne Center. Eu não planejava voltar quando deixei para ela a mensagem de voz, mas fiquei curiosa. Diga-lhe que tirei diversas fotos interessantes que não se encontram dentro do envelope. Eu a chamarei pelo telefone celular e lhe direi como poderá obter essas fotos."

— Não sei qual é o seu objetivo, mas não vou me envolver nisso.

— Não consigo imaginar outro modo para me comunicar com a Dra. Farrington. Pessoas como eu não podem simplesmente tocar a campainha da porta da Casa Branca e pedir para falar com a primeira-dama.

— O que você está sugerindo parece chantagem, e eu não a ajudarei. Além do mais, se eu souber que você está persistindo nesse esquema, irei à polícia e deixarei que eles se entendam com você.

— Na verdade, o senhor não deseja fazer isso, Sr. Rickstein. Não, se estiver preocupado com os melhores interesses de sua cliente. Lembra das fotos publicadas pelo *Exposed* que causaram os problemas ao presidente Farrington? Eu as tirei e tentei ser justa. Antes que eu procurasse alguma pessoa, procurei o Sr. Perry e ofereci vender as fotos ao presidente. Dale e o presidente me traíram, e eu as vendi ao *Exposed*. A foto neste envelope pode custar a vida ao seu cliente. Assim, decida o que fazer, mas decida rápido. Se me deixar na mão, eu ligo para Patrick Gorman no *Exposed*. Ele me deu o número do telefone de sua casa depois do sucesso que fez com meu primeiro lote de instantâneos.

Na manhã seguinte ao seu encontro com Rickstein, Dana ligou para um advogado do escritório dele para descobrir quando Rickstein se encontraria com Claire Farrington. Dana imaginou que ele fosse entregar o envelope nos primeiros dez minutos da reunião, juntamente com sua mensagem. Uma vez que a primeira-dama desse uma olhada na foto, pediria a Rickstein para sair porque não ia querer correr o risco de o advogado vê-la ou então ouvir a conversa que teria com Dana. Ela calculou que Claire Farrington fosse começar a examinar a foto cerca de quinze minutos depois da chegada de Rickstein. Foi quando ela fez a ligação. Queria que Farrington visse a foto, mas não queria lhe dar muito tempo antes de fazer suas exigências.

A primeira-dama atendeu após dois toques.
— Dra. Farrington?
— Quem mais poderia estar respondendo a este telefone? — perguntou ela furiosamente.
— Irritar-se não a ajudará a resolver seu problema. Isso é estritamente uma proposição de negócios para mim. Tentei explicar isso a Dale Perry e a seu marido, mas eles decidiram que era melhor me matar que atender às minhas demandas muito razoáveis. Olha só aonde isso os levou. Dale está morto e seu marido provavelmente cairá fora da função no mês de novembro. Posso garantir que ele perderá a eleição e a senhora irá para a cadeia se eu vender suas fotos no Dulles Towne Center ao *Exposed*, mas eles não pagam tão bem quanto a senhora pagará.
— O que é que você quer?
— Três milhões de dólares remetidos hoje para a conta cujo número a senhora encontrará no envelope. Se o dinheiro for depositado seguramente em minha conta, a senhora terá as fotos.
— Não tenho ideia do motivo pelo qual você pensa que essas fotos têm a ver comigo. Elas só mostram alguém de suéter abrindo a porta de um carro. Não se pode ver o rosto da pessoa. Não se pode sequer afirmar se é homem ou mulher.
Dana riu.
— Posso ver que está preocupada que eu esteja gravando esta conversa. Não estou. Mas se a faz sentir-se melhor, não lhe farei perguntas incriminadoras.
"Voltando à razão pela qual a senhora pagará o que peço. Não há dúvida de que a pessoa nas minhas fotos é idêntica à figura no poço da escada do hotel. Mais importante, há uma bela fotografia que eu não lhe dou com medo de que a curiosidade de Mort Rickstein o faça perder a cabeça. Nela, o capuz está recuado o bastante para ver você lançando um olhar ameaçador para o carro

de Charlotte Walsh. Basta ampliá-la e você terá marcada a data da sua execução."

— Não acredito que você tenha fotografias que me afetem um pouco que seja. Mas, mesmo que eu quisesse comprar suas fotos, não tenho como conseguir três milhões de dólares hoje. E certamente que eu não pagaria a uma chantagista um centavo furado sem ver as fotos que você afirma serem tão incriminadoras.

— Se quer ver as fotos antes de pagar, eu a encontrarei hoje à meia-noite no local do estacionamento do Dulles Towne Center onde Charlotte Walsh parou. É bem amplo e vazio à noite, e eu serei capaz de me assegurar de que você estará sozinha.

— Será extraordinariamente difícil para mim sair sem uma escolta do Serviço Secreto.

— Diga a eles que não quer escolta.

— Não é assim tão simples. O Serviço Secreto não seguirá minhas ordens se eu estiver em perigo.

— Está certo, pode deixar que um agente dirija o seu carro, mas se está planejando me prender ou me matar, é melhor pensar duas vezes. Sei que isto é um clichê horrível, mas eu realmente entreguei um segundo jogo de fotos a um advogado que as remeterá ao *Exposed* se eu morrer antes da minha hora.

— Suas exigências são ridículas. Se eu estivesse preocupada com suas acusações insanas, estaria também preocupada com você me pedir mais dinheiro assim que eu a pagasse. Chantagistas nunca param de exigir uma vez que fisgam suas vítimas.

— Bom ponto, mas você não tem outra escolha se não acreditar em mim. Não creio que vá gostar de sair algemada da Casa Branca em cadeia nacional de televisão. E se ainda estiver com raiva, pense na transação deste modo: os três milhões pagam o estresse mental que sofri por tentar permanecer viva nestes três meses. Tenho certeza de que um júri ainda me daria mais que isso, se eu a processasse. Um processo desses, no entanto, leva anos. Prefiro uma transação rápida.

"E você realmente não precisa se preocupar que eu volte querendo mais. Se tivesse estudado meu passado, saberia a razão pela qual deixei a polícia. Pague-me e estou fora de sua vida. Tudo o que eu quero é ser deixada em paz. Três milhões de dólares ajeitarão minha vida."

Claire Farrington ficou segurando o celular por diversos segundos depois que Dana Cutler terminou a ligação. Em seguida, sentou-se no sofá e examinou a foto da pessoa encapuzada de pé junto ao carro de Charlotte Walsh. Parecia que tinha sido tirada do lado do motorista do carro de Walsh. Mostrava uma figura encapuzada de pé junto à porta do motorista. Alguma coisa naquela foto a incomodava. Só viu do que se tratava depois de alguns segundos. Só então percebeu que a fotografia era idêntica à do vulto encapuzado surpreendido no poço da escada do hotel.

Claire examinou atentamente a foto por mais alguns momentos. Sorriu. Agora tinha certeza de que a foto era tão falsificada quanto a história de Dana Cutler. O vulto encapuzado estava de pé de modo que sua mão direita aparecia no trinco da porta. Estava errado. Quando ela matara Walsh segurara o trinco com a mão esquerda para que pudesse puxar a porta pelo seu lado esquerdo. Se tivesse aberto a porta com a mão direita, a porta teria ficado entre ela e Walsh.

Na última mensagem de voz de Cutler, ela dissera que tinha terminado de seguir Walsh. Era verdade. Cutler não estava no estacionamento quando matara Charlotte Walsh. A primeira-dama deixou escapar um breve suspiro de alívio. Não sabia como Cutler falsificara a foto, mas sabia que era falsa. Clair chamou Irving Lasker pelo interfone.

Poucos minutos depois ele estava sentado ao lado dela.

— Irv, sabe como se falsifica uma foto ou conhece alguém que sabe falsificar?

— Sei um pouco a respeito.

Farrington passou a foto às mãos dele.

— Como você faria para fazer com que uma pessoa encapuzada parecesse estar perto do carro mesmo que na verdade não estivesse?

— Você usa um programa chamado Photoshop. Primeiro, escaneia a foto do carro e do homem encapuzado para dentro do seu computador. Depois usa uma técnica para manipular os pixels em todos os lados da imagem. Graças a essa técnica a imagem fica borrada onde as imagens serão coladas. Você pega um ou dois pixels em cada lado da foto e as une delicadamente. A imagem parecerá real.

— Há algum modo de dizer se foi usado esse método para juntar esta figura encapuzada ao carro?

— Claro. Basta ampliar. Se a foto foi criada com Photoshop, os pixels aparecerão claros e nítidos como se estivessem numa foto de verdade.

— Por favor, mande alguém examinar esta fotografia e me devolva. Preciso que isso seja feito imediatamente.

Assim que Lasker saiu, a primeira-dama sorriu. Ignorar Dana Cutler era a linha de ação mais sábia, mas Dana esmagara as chances de Chris continuar na presidência quando procurara o *Exposed*. Ela precisava pagar por isso. Se a foto fosse realmente falsa — e Claire tinha certeza disso — ia encontrar-se com Dana à meia-noite. Só que o encontro não terminaria do modo que a Srta. Cutler imaginava.

Capítulo Quarenta e Sete

Por volta da meia-noite não havia carros no remoto recanto do estacionamento do shopping onde Charlotte Walsh tinha sido assassinada. Dana esperou nas sombras, atrás de uma luz, diversas fileiras do ponto onde dissera a Claire Farrington que se encontrasse com ela. Uma hora e quinze depois que Dana começou sua vigilância, um carro parou perto do ponto onde Charlotte Walsh tinha estacionado. Irving Lasker saltou. A primeira-dama esperou no carro enquanto o agente do Serviço Secreto examinava a área. Quando ele deu o ok, ela saltou e caminhou até o ponto onde Charlotte Walsh deixara seu carro. Farrington estava vestida de jeans e uma jaqueta leve de cor bege. Um boné de beisebol com a pala puxada para baixo escondia seus cabelos. Dana esperou uns segundos e aproximou-se deles com as mãos erguidas ao lado do corpo.

— Imagino que você queira me revistar para ver se estou armada — disse ela. Lasker concordou e a revistou minuciosamente. Quando se certificou de que Dana estava desarmada, ele afastou-se da detetive particular.

— Precisamos de alguma privacidade, Irv — disse Farrington.

Lasker juntou-se ao motorista que tinha ficado perto do carro examinando a área de estacionamento.

— Deixa eu ver a fotografia — disse Farrington sem preâmbulo, assim que viu que seus acompanhantes não poderiam ouvi-la.

Dana tirou um envelope do bolso da jaqueta e entregou à primeira-dama. Farrington tirou uma fotografia do envelope e a estudou. Alguém tinha colado a foto do seu rosto no capuz do suéter. Não era um serviço tão bem executado quanto o primeiro, e a fraude era ainda mais óbvia.

— Pode segurar isso aqui, por favor — perguntou ela, usando o sinal que tinham combinado antes. Lasker e o outro agente aproximaram-se casualmente. Quando estava a poucos passos de Cutler, Lasker sacou da arma e a primeira-dama escondeu-se atrás do outro agente.

— A senhora está presa, Srta. Cutler, por extorsão.

Um sorriso triunfante iluminou o rosto de Claire Farrington.

— Você deve pensar que sou horrivelmente burra. Não matei Charlotte Walsh, portanto eu sei que as fotos que me deu eram falsas. Um perito confirmou isso.

Farrington ia continuar quando três carros apareceram do lado do shopping e aproximaram-se deles.

— Entre no carro — disse Lasker à sua protegida.

— Não precisa se preocupar com a primeira-dama — disse Dana — É o FBI. — Arranjei para que eles estivessem aqui agora.

Farrington pareceu confusa. Lasker mandou que entrasse no carro de novo e ela obedeceu, mas seus olhos não se desviaram dos três automóveis, que pararam momentos depois. Keith Evans saltou e exibiu sua identificação.

— Ei, agente Lasker, lembra de mim?

— O que é que você está fazendo aqui, Evans?

— Antes que eu lhe responda, tenho umas perguntas que preciso lhe fazer. — Evans falou baixo para que Farrington não pudesse ouvi-lo. — Como você soube aonde deveria vir hoje?

— A primeira-dama me disse.

— O que foi que ela lhe disse?

— Que queria vir neste shopping.

— O que foi que ela disse ou fez quando chegou aqui?

— Ela nos dirigiu para um ponto no estacionamento.
— Quais foram suas exatas palavras?
— Não me lembro das palavras exatas, mas, pelo que me recordo, ela nos disse para contornar o shopping e seguir por esta fileira. Depois fez-nos parar perto desta vaga.
— Ela deu direções específicas?
— Sim. Agora, o que está acontecendo?
— Receio que a primeira-dama esteja metida numa grossa encrenca — respondeu Evans.
— Ei, espera — disse Lasker quando viu Evans e Sparks dirigirem-se para a parte de trás do carro de Farrington.
— Por favor, não interfira, agente Lasker — disse Evans. Os agentes do FBI do outro carro aproximaram-se de Lasker e do motorista, e os agentes do Serviço Secreto perceberam que estavam em inferioridade numérica.
Claire abaixou o vidro numa tentativa de ouvir o que estava sendo dito.
— Boa noite, Dra. Farrington — cumprimentou Evans.
— Boa noite, agente Evans. Acabamos de prender Dana Cutler por tentar extorquir três milhões de dólares de mim por um conjunto de fotos que supostamente me mostravam matando Charlotte Walsh. Lamentavelmente para ela, eu sabia que as fotos não podiam ser verdadeiras e mandei que um perito as examinasse.
Evans sorriu.
— As fotos eram falsas e nós sabíamos que a Srta. Cutler pediu-lhe que pagasse três milhões de dólares por elas, mas não se tratava de uma extorsão. Ela estava nos ajudando a provar que a senhora matou Charlotte Walsh.
Farrington sorriu.
— Como um conjunto de fotos falsas poderia ajudar a provar isso?
— Oh, elas não podiam. Jamais as levaríamos para o julga-

mento como prova direta. Por outro lado, elas atraíram a senhora para este estacionamento. O agente Lasker acabou de me dizer que a senhora sabia o local exato onde Charlotte Walsh parou seu carro, ou seja, o local onde foi assassinada. Importa-se de nos dizer como tomou conhecimento dessa informação?

Farrington começou a dizer qualquer coisa, mas calou-se.

— Tudo bem — disse Evans. — Não precisa falar comigo. Na verdade, a senhora tem o direito de permanecer calada porque qualquer coisa que disser poderá e será usada no tribunal para condená-la. A senhora também tem o direito a ter um advogado. Se não puder pagar, o tribunal designará um para representá-la.

— Isso é ridículo.

— É mesmo? O corpo de Charlotte Walsh foi encontrado em uma caçamba de lixo atrás de um restaurante em Maryland. Tanto quanto a opinião pública saiba, foi lá que mataram a moça. Houve boatos de que ela foi assassinada aqui, mas nós fomos extremamente discretos quanto à localização do carro no estacionamento. Rebocamos o carro sem que a imprensa soubesse onde foi descoberto. Na verdade, muito poucas pessoas sabem o ponto exato onde ela foi morta.

— Charles Hawkins...

— Confessou um crime que não poderia ter cometido. Ele não teve tempo de ir do hotel à fazenda, encontrar o presidente às onze e quinze e assassinar a Srta. Walsh neste estacionamento. Mas a senhora teve tempo de esgueirar-se para fora do hotel depois que Dale Perry distraiu o guarda do poço da escada, vir aqui, matar Charlotte Walsh e voltar para o hotel antes da uma hora.

— Esta conversa terminou — disse Farrington aos agentes antes de se virar para Lasker.

— Irv, por favor, me leve de volta à Casa Branca.

— Sinto muito, Dra. Farrington, isto não vai acontecer agora — contrapôs Keith Evans. — Eu a estou prendendo. Faremos isto discretamente. Já providenciei ter um juiz disponível, e Mort Rickstein estará à sua espera no tribunal federal. Tendo em vista quem é a senhora, aposto como será capaz de ser libertada imediatamente. Todo mundo neste país ficará fascinado para descobrir o que acontecerá depois.

Capítulo Quarenta e Oito

Dana terminou de prestar um detalhado depoimento ao FBI às três da manhã. Deveria estar exausta, mas afastou-se do escritório do promotor independente tão acesa como se tivesse tomado uma dose tripla de café expresso. Charlotte Walsh, Laurie Erickson e Rhonda Pulaski tinham sido vingadas. Seus espíritos podiam descansar em paz porque ela conseguira pegar Claire Farrington.

Dana ainda estava excitada demais para dormir quando estacionou na entrada de garagem de Jake Teeny. Ele abriu a porta da frente antes que ela pudesse pegar a chave.

— Você está bem? — perguntou ele, com uma preocupação óbvia na voz e no rosto.

Dana puxou Jake com força e beijou-o. Jake estranhou, supreso com a ferocidade do beijo. Depois ele a envolveu com seus braços e abraçou-a carinhosamente.

— Eu amo você — disse Dana. — Eu o amo há tanto tempo, mas tenho andado muito enrolada para lhe dizer.

Jake empurrou Dana para que ela ficasse à distância de seu braço. Firmou os olhos nos dela, como se estivesse incerto do que acabara de ouvir. A empolgação de Dana desapareceu num instante. Falara sem pensar, e sabia que quando disse que o amava misturara tudo o que ela e Jake tinham juntos.

— Sinto muito — disse ela. — Eu não devia ter...

— Não, eu amo você também. Eu só... É que com tudo que aconteceu a você...

O coração de Dana começou a bater com força de novo. Ela se sentiu mais leve do que o ar. Ia dar certo. Pôs a mão no rosto de Jake.

— Você é minha rocha, Jake, minha âncora. Você faz com que eu siga em frente quando começo a pensar em desistir, quando eu mesma não me importava com o que me acontecia. Mas você se importava.

— É fácil me importar com você. Você é muito especial.

— Merda — disse Dana, reclamando de uma lágrima que de repente escorreu pelo seu rosto. Jake beijou-lhe a mão e depois o ponto onde a lágrima surgira.

— Não sou boa nesses papos piegas — disse Dana.

— Então não fale — disse Jake, pegando-lhe a mão e levando-a para o quarto. Pelo menos daquela vez Dana Cutler rendeu-se sem uma briga.

Na manhã seguinte Dana acordou com o sol. Jake dormia a sono solto e ela esgueirou-se para fora da cama, vestiu-se silênciosamente e deixou um bilhete em cima da mesa da cozinha para que Jake não se preocupasse. Com a ajuda de Keith Evans e do FBI, a Harley de Jake tinha sido devolvida. Dana empurrou-a para a rua e não deu a partida senão quando teve certeza de que o barulho não ia acordar seu amado. Assim que pôde, Dana ligou o motor e disparou em direção ao seu destino.

O traficante de drogas levara Dana para a fazenda depois do pôr do sol e ela fora salva antes da madrugada, portanto só vira o lugar onde fora brutalizada à noite. Era menos assustador à forte luz do sol — uma estrutura abandonada, dilapidada, punida pela negligência, separada de um campo de capim alto por um quintal desolado e imundo.

Os degraus que Dana subiu na varanda da frente rincharam sob seus pés e o vento frio de outono soprava os trapos remanescentes da fita isolante da cena do crime para fora e para longe da porta. Dana tentou a maçaneta e a porta se abriu. Seu coração batia loucamente e ela podia sentir o pânico que lhe causou entrar no aposento da frente. Uma tábua do soalho rangeu sob seu pé, a luz do sol iluminou as teias de aranha e os redemoinhos de pó que giravam pelo chão, empurrados pelo vento frio.

Dana respirou fundo e obrigou-se a entrar na cozinha. Parou diante da porta do porão, olhando firme para ela. Era apenas uma porta, disse a si própria, e o porão não passava de um porão, um lugar de concreto e prateleiras baratas. Haveria fantasmas lá embaixo apenas se ela permitisse que existissem.

Dana agarrou a maçaneta e abriu a porta. A eletricidade tinha sido desligada, mas ela trouxera uma lanterna. O facho de luz iluminou os degraus. Frestas de luz passavam pelas janelas estreitas e imundas. Dana parou no pé da escada e iluminou o espaço onde ficara atirada, nua e aterrorizada, por três dias, enquanto era estuprada e surrada. Sentiu-se nauseada e fechou os olhos com força, respirando lenta e profundamente. Enquanto seus olhos estavam fechados, ela evocou o rosto de Jake. Fez sua visão sorrir e se lembrou de como era bom sentir-se aninhada em seus braços. Ele a fazia sentir-se segura.

Dana abriu os olhos e sorriu. Sentia-se a salvo agora. Não havia fantasmas, só poeira, teias de aranha e concreto, nada que pudesse machucá-la. Dana foi tomada por uma sensação de paz. Na noite anterior ela liberara os espíritos sofridos das três garotas que Claire Farrington tinha assassinado. Hoje ela libertara seu próprio espírito dos medos que tentaram matá-la por dentro.

Capítulo Quarenta e Nove

Brad Miller passou o braço em torno dos ombros de Ginny Striker e os dois se aconchegaram, ao mesmo tempo em que lutavam para atravessar a multidão da noite de eleição do Benson Hotel no centro de Portland, e saíram sob a chuva fraca que caíra a tarde toda. Não havia dúvida quanto à vitória de Maureen Gaylord, principalmente depois da prisão da primeira-dama. E a situação ficara ainda pior para o presidente quando os Pulaski e Marsha Erickson começaram a aparecer em todos os programas de televisão que quisessem que eles contassem como tinham sido pagos por Christopher Farrington para se calarem a respeito do envolvimento sexual dele com suas filhas.

— Acho que o povo americano não quer uma assassina e um pervertido sexual na Casa Branca — dissera Ginny quando a NBC declarou Ohio firmemente favorável à Gaylord, definindo o voto eleitoral do estado para a senadora. Até mesmo o estado de Oregon votara esmagadoramente contra seu único filho candidato a liderar a nação.

— Eu só espero que ambos terminem na prisão — disse Brad.

— Só acredito quando vir.

— É o que merecem.

— Os ricos e poderosos parecem ser capazes de cometer crimes impunemente — disse Ginny, quando finalmente conseguiram se livrar da multidão em frente ao hotel.

— Alguns dos analistas legais pensam que o caso contra Claire Farrington é fraco demais para justificar uma condenação — disse Brad, parecendo desencorajado.

Ginny apertou os bíceps dele com força.

— Isto não é mais nosso problema. Estou satisfeita por tudo isso ter terminado. Sinto-me ansiosa por um novo começo.

— Espero que você goste mais do seu emprego na firma de Washington do que da sua ocupação na Reed & Briggs — disse Brad.

— Provavelmente não vou gostar, mas ainda tenho empréstimos para pagar além do aluguel, e não posso contar muito com você.

Brad sorriu. Era verdade. O estágio dele na Suprema Corte Federal não ia lhe pagar nem perto do que Ginny ganharia, mas lhe abriria a porta para qualquer emprego no país, quando terminasse.

— Você se importa se eu desposá-la por dinheiro?

— Pensei que estivesse interessado apenas no meu corpo.

— Ele também me interessa, e muito. Agora, se você soubesse cozinhar, seria perfeita.

— Para um homem sustentado, você é muito exigente. Devia se satisfazer com o que tem.

— Acho que você serve, até que uma mulher rica, sexy e com formação de Cordon Bleu apareça.

Ginny deu-lhe um tapa na cabeça e ele a beijou. A vida era boa e sua única preocupação verdadeira era não deixar mal o juiz Roy Kineer, que tinha obtido a posição na Suprema Corte para ele. Ele sabia que os outros estagiários seriam editores de revistas de direito em Harvard, Penn, NYU e outras superfaculdades de direito, e ele se sentia um pouco nervoso por integrar este *panteon* de intelectuais. Mas toda vez que se preocupava com sua capacidade de realizar seu trabalho, Brad se lembrava da segurança do juiz Kineer por ter escolhido alguém que encarara com sucesso assassinos, derrubara uma primeira-dama e provara que o antigo ministro da Justiça não passava de um imbecil.

* * *

Durante o percurso até o apartamento de Brad, a chuva piorou. O casal correu da vaga de Brad até a porta do prédio, encolhidos para escapar ao temporal. Brad acendeu a luz assim que entraram.

— Vou até o banheiro para secar o cabelo — disse Ginny.

— Vou ferver a água para o chá.

Brad tirou a capa de chuva e pendurou num gancho. Estava prestes a entrar na cozinha quando percebeu um envelope branco fininho perto da porta. Abaixou-se e pegou. Seu nome e endereço tinham sido escritos à mão, e não havia identificação de remetente. Também não havia selo, portanto a carta fora entregue pessoalmente e metida por baixo da sua porta. Dentro do envelope havia uma folha de bloco pautado amarelo de tamanho ofício. Brad leu o que estava escrito e sentiu um calafrio que não tinha nada a ver com o tempo.

Caro Brad

Eu sabia que estava certo em confiar em você. Acabo de saber que minha condenação pela morte da garota Laurie Erickson foi anulada, e isso se deve, é claro, ao seu árduo trabalho. Ainda serei executado, mas posso viver com isso, se me permite o trocadilho. Eu o convidaria para a execução, mas sei que você é sensível. Minha única mágoa é não ter ido à corte para anular a condenação. Eu talvez tivesse visto minha linda coleção de dedinhos pela última vez. Oh. Bem, não se pode ter tudo. Boa sorte no seu novo emprego e no casamento com a linda Ginny. Ela é um amor. Uma pena eu não ter tido uma chance de conhecê-la.

Seu amigo, Clarence

Brad amassou o envelope e a carta e correu a colocar na lixeira da cozinha. Enfiou tudo debaixo do lixo que lá estava para ter certeza de que Ginny nunca veria a carta de Clarence Little.

— Ei, você está tremendo — disse Ginny quando entrou na cozinha. — Deixe-me fazer algo a respeito.

Ginny envolveu Brad em seus braços e aninhou-se de encontro a ele. Geralmente ela o fazia crer que tudo ia dar certo, mas agora seu abraço não foi capaz de dispersar a sensação de medo gerada pela carta de Little. Como ele havia descoberto sobre ela? Quem entregara a carta? A raiva substituiu o medo quando Brad se deu conta de que Clarence estava enfastiado e voltara a brincar com ele de novo. Com certeza, esperava que Brad fosse a Salem a fim de discutir a carta. Pois bem, ele não ia. Deixaria Clarence ficar sentado em sua cela sozinho, esperando pelo dia da execução. Nada mais de brincadeiras para o Sr. Little. Não a expensas de Brad, pelo menos.

Brad puxou Ginny contra si e beijou-a ferozmente.

— Calma, meu jovem, o que deu em você?

— É aquilo que não mais está em mim, Ginny. Você afastou meus demônios. Bridget Malloy, Clarence Little, Susan Tuchman, todos sumiram para ir infernizar outra pessoa. De agora em diante, somos apenas você e eu, garota.

Ginny sorriu e beijou Brad. Ele retribuiu o sorriso. A vida era boa e ele tinha a sensação de que ia melhorar ainda mais.

Epílogo

Christopher Farrington estava sentado sozinho em sua mansão de West Hills, na cidade de Portland, contemplando a paisagem pela janela do estúdio. A babá tinha posto Patrick para dormir e a casa estava muito quieta. O fogo na lareira ajudava a combater o frio causado pela chuva constante. Claire não tivera direito à fiança. O próprio número de acusações de assassinato e sua fortuna tinham trabalhado contra ela quando o promotor apontara sua motivação e a capacidade de fugir de uma jurisdição sem um tratado de extradição. A única visita de Farrington a Claire na cadeia tinha sido um pesadelo. Depois de fugir de um bando de *paparazzi*, fora forçado a ouvir os devaneios insanos da mulher. Ela o culpara por tudo, o acusara de obrigá-la a matar para proteger seu casamento e dera a entender que se vingaria dele quando saísse dali.

Além disso, tinha sua própria situação. Ele não estava aposentado e sim exilado, levado ao ostracismo por uma mídia enlouquecida que o perseguira como uma matilha de chacais. Quando o rumor das constantes perguntas da imprensa estava ausente, um silêncio glacial era seu único companheiro. Ninguém o visitava, ninguém telefonava, exceto os advogados que vinham discutir o caso de Claire e os processos cíveis que tinham sido abertos contra eles.

Não era justo. Tudo o que ele fizera fora prevaricar um pouco. Outros presidentes tinham feito o mesmo. Diabos, Kennedy fizera sexo com putas da máfia, e constava que Eisenhower tinha uma amante. Nem precisava falar em Clinton. O que havia de tão errado? Por que Claire não podia ver aquilo como algo inofensivo como na realidade fora? Por que ela reagira exageradamente a umas poucas aventuras das quais ele se esquecera assim que o ato terminara?

Farrington adivinhava que seu erro tinha sido admitir o que fizera com Rhonda Pulaski na parte de trás da limusine quando fora lhe dar o cheque da compensação. Precisava do dinheiro de Claire para pagar a família Pulaski, e a esposa se recusara a falar com o pai enquanto não tomasse conhecimento do menor dos detalhes. Ele se mostrara tão contrito que tinha certeza de que ela o perdoara, e Claire nada dissera que o levasse a acreditar que reagiria tão violentamente.

Foi Chuck quem lhe falou sobre o atropelamento seguido por fuga e a necessidade de proporcionar um álibi para Claire, caso se chegasse a tal necessidade. Não foi preciso, felizmente, porque Chuck limpara a sujeira de Claire, mas assassinato... Meu Deus, nunca pensara que ela fosse capaz de matar alguém.

Depois ela repetira a façanha. Farrington não podia sequer imaginar o que teria acontecido à sua carreira se Chuck não tivesse voltado correndo à mansão do governador e sumido com o corpo antes que alguém o encontrasse.

Farrington fez uma pausa. Claro que ele podia imaginar o que teria acontecido. Era o que estava acontecendo agora. Mas a culpa não era dele. Fora Claire. Ela é que matara as garotas. Tudo o que ele tinha feito fora sugerir a Chuck que ajudasse sua mulher. Não havia culpa sua, havia?

Antes que ele pudesse avaliar a confusão moral em que estava envolvido, faróis na sua entrada distraíram Farrington de seus pensamentos lúgubres. Caminhou até a janela e viu um Town Car estacionado diante da sua porta. Um membro da equipe do Serviço Secreto conversava com o motorista. Momentos depois o motorista abria a porta de trás e Susan Tuchman saltou e mergulhou sob o pórtico.

Farrington apressou-se a ir para o hall de entrada a fim de recepcioná-la. Esperava que tivesse boas notícias. A família de Claire tinha cortado qualquer suporte financeiro ao saber do adultério; não tinha havido nenhum convite para falar publicamente, pago a peso de ouro, que outros ex-presidentes recebiam; e um lucrativo contrato para escrever um livro estava suspenso enquanto seu advogado estudava a viabilidade dos processos que podiam ser abertos contra o adiantamento autoral e os futuros *royalties*, pelas famílias das vítimas de Claire.

— Susan — disse Chris, forçando um sorriso assim que a advogada entrou na sua casa.

— Chris — respondeu Susan tensamente.

Ele notou que ela não lhe retribuiu o sorriso. — Vamos para o estúdio. A lareira está acesa. Posso lhe preparar algo para beber?

— Não, obrigada. Não posso ficar muito tempo. Tenho um encontro com uns investidores estrangeiros que estão considerando uma parceria com um de nossos clientes.

— Você nunca reduz o ritmo? — perguntou Cris, tentando manter a conversa leve. Tuchman não respondeu.

— Então, o que é que há? — perguntou Chris depois que se sentaram.

— Nada de bom, lamento — respondeu Tuchman. — Os sócios consideraram sua proposta de você passar a integrar o Conselho da firma. Decidimos, à luz da corrente situação, que não seria recomendável por ora.

Farrington teve ímpetos de perguntar por que seus velhos amigos o estavam desertando, mas sabia que a resposta só serviria para humilhá-lo.

— Há outra razão pela qual estou aqui. Uma razão muito desagradável, mas nós somos amigos há tanto tempo que eu me senti na obrigação de lhe dizer pessoalmente.

Chris lutou para sustentar o sorriso.

— Como você sabe, eu sou da junta do Westmont Country Club. Ontem à noite tivemos uma reunião especial. A maioria da junta quis revogar sua qualidade de membro e a de Claire. Consegui convencer aos demais que seria melhor para todo mundo se lhe dessem uma oportunidade para renunciar.

Farrington ficou atônito. O Westmont era o mais prestigioso *country club* de Portland. Seus membros eram os mais íntimos amigos dele e de Claire e seus mais entusiastas seguidores políticos. Era um refúgio onde ele podia jogar uma partida de golfe em paz ou beber um drinque sem ser perseguido por curiosos e jornalistas.

— Não entendo.

Susan experimentou uma emoção estranha: embaraço. Foi preciso um grande esforço de vontade para encarar seu amigo olho no olho.

— Nós nos conhecemos há muito tempo, Chris. Você sabe que sempre estive ao seu lado... mas esta situação é demais.

— Claire ainda não foi condenada por nada. Estamos nos Estados Unidos. Ela é inocente até ser considerada culpada.

— Esta regra funciona num tribunal, mas não no Westmont. Tivemos um comitê especial para estudar os fatos do seu caso. Não sei o que vai acontecer no tribunal. Travis Holliday tem a reputação de fazer mágica com júris. Mas nós dois sabemos que Claire é culpada de diversos homicídios. E os seus casos, Chris. Elas eram meninas, e estão mortas por sua causa.

— Você acha que eu tive alguma coisa a ver com as mortes?

— Não tenho ideia se você sabia o que Claire andava fazendo. Mas Pulaski era sua cliente, Erickson era sua babá e Walsh trabalhou na sua campanha. Sugiro que você renuncie ao clube o mais rápido possível. Renunciando você deixa aberta a possibilidade de retornar no futuro, se os seus problemas forem resolvidos favoravelmente.

— Muito obrigado por me ajudar a dar esta opção e por ter tido coragem de falar comigo pessoalmente.

Susan estendeu o braço e apertou a mão de Farrington.

— Desejo-lhe o melhor, Chris. — Ela se levantou. — Realmente tenho que ir embora.

Farrington levantou-se. — Eu entendo.

Ele caminhou até a porta e observou o Town Car desaparecer. Quando sumiu de vista, ele voltou ao estúdio. Meses atrás ele era a pessoa mais poderosa da Terra. Tinha o poder de destruir o mundo apertando um botão. Agora...

Farrington contemplou o fogo. As labaredas não conseguiam dispersar o frio do ar.

Agradecimentos

Qualquer pessoa que não me conheça pessoalmente pode cometer o erro de pensar que sou uma *Encyclopaedia Britannica* ambulante por causa das informações técnicas sobre tópicos médicos, os procedimentos do Serviço Secreto e procedimentos odontológicos, de telecomunicações, que podem ser encontrados em *O grande suspeito*. Porém, todas as minhas informações vêm de alguns maravilhosos peritos que se dispuseram a perder parte do seu dia atarefado para me ajudar tornar o livro mais realista. Assim, eu agradeço à Dra. Karen Gunson, Dennis Balske, Dr. Daniel Moore, Ken Baumann, Al Bosco, Andrew Painter, Andy Rome, Ed Pritchard, Joe Massey e Mark Miller. Recomendo também a leitura de *So You Think You Want to Be an Indepedent Counsel*, de Donald C. Smaltz, a quem quiser ser promotor independente ou precisar saber muito sobre esse ofício.

Agradeço o tempo gasto por Susan Svetkey, Karen Berry, Amy Margolin Rome, Jerry e Judy Margolin pela leitura da primeira versão e aconselhamento sobre como eu poderia tornar o livro melhor.

Um agradecimento especial a Marjorie Braman por seu excelente trabalho de edição. O livro saiu muito melhor por causa dos seus comentários e sugestões. Um prêmio especial Pulitzer para Títulos vai para Peggy Hageman. E nada do que eu possa dizer será adequado para demonstrar meu agradecimento pela compaixão que todos na Harper-Collins me dedicaram durante a pior fase da minha vida.

Também estiveram comigo — como sempre — Jean Naggar, Jennifer Weltz e todos os demais na agência literária Jean Naggar.

Nenhuma palavra será capaz de explicar como foram fabulosos todos os meus amigos em me apoiar e a Daniel e Ami — meus filhos maravilhosos — desde o falecimento de Doreen. Doreen foi minha musa e minha inspiração para tudo quanto fiz na vida.

Este livro foi impresso pela Prol Editora Gráfica
para a Editora Prumo Ltda.